Das Erbe der Clans

Roman
von Delia Golz

Impressum

1. Auflage 2024

Copyright © 2024 Delia Golz

Verlag: BoD · Books on Demand GmbH
In de Tarpen 42, 22848 Norderstedt

Druck: Libri Plureos GmbH,
Friedensallee 273, 22763 Hamburg

Umschlaggestaltung: inspirited books Grafikdesign

Lektorat/Korrektorat: Antonia Ertelt

Buchsatz: Constanze Kramer, coverboutique.de

ISBN 978-3-7597-8659-3

Bibliografische Information der Deutschen Nationalbibliothek:
Die Deutsche Nationalbibliothek verzeichnet diese Publikation in der Deutschen
Nationalbibliografie; detaillierte bibliografische Daten sind im Internet über
dnb.dnb.de abrufbar.

DAS
ERBE

⌒ DER ⌒

CLANS

Delia Golz

Delia Golz wurde 1995 geboren und lebt gemeinsam mit ihrem Ehemann und ihren zwei Katzen in der Nähe von Köln.

Neben dem Schreiben liebt sie Fahrradtouren durch die Natur, das Lesen und das Reisen.

Sie ist gelernte Glasgraveurin, arbeitet jedoch mittlerweile hauptberuflich mit viel Freude als Tagesmutter.

Mehr als hundert Jahre sind vergangen,
seit der Tyrann Morigan gefallen ist
und Amisha gemeinsam mit allen Unsterblichen
den Kontinent verlassen hat.
Die Clans der Wildnis lebten lange Zeit in Frieden,
doch nun bahnt sich eine neue Gefahr an ...

Dieses Buch kann unabhängig von der Trilogie
»Die Clans der Wildnis« gelesen werden
und es wird kein Vorwissen benötigt.

PROLOG

»Sie ist sehr schwach«, sagt Taesera, die Schamanin meines Clans, ernst. Mit hektischen Bewegungen sucht sie verschiedene Kräuter zusammen.

»Wird sie es schaffen?«, frage ich und blicke voller Sorge auf meine Gefährtin Leysa hinab, die sich vor Schmerzen krümmt. Ich zucke zusammen, als ein Schrei aus ihrer Kehle dringt.

»Gib ihr diese Kräuter.« Taesera drückt mir ein Säckchen in die Hand. »Die sollten den Schmerz ihrer Wehen etwas abmildern. Ich muss mich nun auf die Geburt der Zwillinge konzentrieren, denn es könnte jeden Moment so weit sein.«

Ich nicke stumm, und mit einem Mal fühlt sich mein Hals völlig ausgetrocknet an. Leysas Gesicht ist leichenblass und ich habe das Gefühl, dass sie nicht mehr bei Bewusstsein ist.

»Sie verliert viel Blut«, murmelt Taesera. »Doch ich kann keine Magie anwenden, ehe die Babys geboren sind.«

Kaum hat sie das gesagt, reißt Leysa die Augen auf, und ihr Körper bebt unter der nächsten Wehe. Sie drückt meine Hand so fest, dass es sich anfühlt, als würden meine Finger jeden Moment brechen.

»Ja, so ist es gut«, sagt die Schamanin. »Ich kann bereits den Kopf sehen.«

Leysa schreit erneut auf, und ich bin mir sicher, dass sie es nicht mehr länger ertragen wird.

Doch dann, nach einer furchtbaren Zeit des Hoffens und Bangens, hält Taesera endlich ein rotes, schreiendes Geschöpf in den Händen, das sie mir mit einem flüchtigen Lächeln in die Arme legt. Kurz bin ich völlig von dem Anblick meines Sohnes gefangen und vergesse die Welt um mich herum – bis mich das schmerzerfüllte Stöhnen meiner Gefährtin jäh in die Wirklichkeit zurückreißt. Und dann ist da plötzlich noch ein Baby, völlig identisch mit seinem Bruder. Ich bemerke kaum, wie Taesera mir auch meinen zweiten Sohn in die Arme drückt, denn mir ist voller Schrecken bewusst geworden, dass Leysa die Augen geschlossen hat und kein Leben mehr in ihrem Gesicht auszumachen ist.

Während die Zwillinge in meinen Armen schreien und nach ihrer Mutter verlangen, legt die Schamanin ihre Hände auf Leysas Herz. Weiße Strahlen dringen in den Körper meiner Gefährtin, und kurz habe ich die Hoffnung, dass Taesera sie retten kann – bis ich die Resignation in ihrem Blick sehe.

»Nein«, keuche ich, als die Schamanin zurücktritt und mich traurig anschaut.

»Es tut mir unendlich leid, Audon«, sagt sie, ehe sie zu den Zwillingen blickt. »Doch du musst nun für die beiden stark sein. Sie sind die Zukunft vom Clan des großen Adlers, das kann ich spüren.«

»Ich kann das nicht«, antworte ich mit erstickter Stimme, reiche ihr die noch immer schreienden Babys und laufe davon. Vor meinem inneren Auge sehe ich noch immer das reglose Gesicht meiner Gefährtin und das viele Blut, das ihr geschwächter Körper verloren hat.

Ich laufe immer weiter, aus der Höhle hinaus, bis ich von eisiger Winterluft eingehüllt werde. Und so stehe ich da, mitten in einem Wirbel aus Schneeflocken, und schreie meinen ganzen Kummer heraus. Wie kann das Schicksal so grausam sein und mir die Frau nehmen, die ich liebe? Wie soll ich es schaffen, ohne sie zwei Kinder großzuziehen?

Nach einiger Zeit legt sich eine warme Hand auf meine Schulter. Mit verweintem Gesicht drehe ich mich um und blicke in das traurige Gesicht von Taesera. »Ich habe die Zwillinge Daedara anvertraut. Zum Glück kann sie beiden von ihrer Milch geben, jetzt, wo ihr eigenes Kind alt genug ist. Meine Kräuter werden ihr dabei helfen.«

Ich nicke, und Erleichterung mischt sich unter meine grenzenlose Verzweiflung.

»Eure Kinder brauchen Namen«, sagt Taesera sanft.

»Leysa hatte sich bereits welche ausgesucht«, erwidere ich mit brüchiger Stimme und schließe kurz die Augen, um nicht wieder von der Traurigkeit überwältigt zu werden. »Ascian und Cadoc sollen sie heißen.«

Taesera lächelt. »Dann soll es so sein.«

Plötzlich zucken wir gleichzeitig zusammen, denn unsere Körper werden von einer unbändigen Energie durchströmt, was nur heißen kann, dass sich unser Krafttier in der Nähe befindet. Ich weiche erschrocken zurück, als ein Schatten vom verschneiten Himmel schießt und sich kurz darauf ein mächtiger Adler auf Taeseras Schulter niederlässt. Völlig überwältigt blicken wir ihn an, denn es kommt überaus selten vor, dass sich ein Krafttier auf diese Weise zeigt.

»Er möchte mir etwas mitteilen«, raunt Taesera wie in Trance.

Sie schließt die Augen, und ich beobachte gebannt, wie sie völlig von der Vision überwältigt wird. Ihre Lider flattern und ihr ganzer Körper versteift sich. Und dann reißt sie ihre Augen auf, und ich bemerke schockiert, dass nur das Weiß zu sehen ist.

Mit rauer Stimme beginnt Taesera zu sprechen: »Zwei werden es sein, das Licht und die Dunkelheit. Gemeinsam mit der Vereinigung der Vier haben sie die Macht, die Clans zu retten.«

Mit einem ohrenbetäubenden Schrei stößt sich der Adler von Taeseras Schulter ab und erhebt sich in die Lüfte. Ich kann sie gerade noch auffangen, als ihre Beine nachgeben und sie benommen in sich zusammensackt.

»Das war eine Prophezeiung«, sagt sie schließlich kaum hörbar und blickt zu mir auf. »Eine Prophezeiung für deine Söhne. Ich muss sofort den Ratsmitgliedern und dem Anführer Bescheid geben.«

Schwerfällig richtet sich Taesera auf und humpelt zum Höhleneingang. Ich blicke ihr stumm nach, ehe ich noch tiefer in die Nacht trete – in die Dunkelheit, die von nun an mein steter Begleiter sein wird.

»Audon, wach auf«, reißt mich eine panische Stimme aus dem Schlaf. Mittlerweile sind drei Tage seit der Geburt meiner Söhne vergangen, und es war die erste Nacht, in der ich Ruhe finden konnte. »Cadoc ist fort!«

Sofort richte ich mich auf und bin mit einem Mal hellwach. In Daedaras Miene ist das blanke Entsetzen geschrieben. »Was sagst du da?«, frage ich alarmiert. »Wie konnte Cadoc verschwinden?«

»Ich weiß es nicht«, antwortet die junge Frau und kämpft mit den Tränen. »Ich bin von entfernten Schritten wach geworden, und als ich in die Betten der Zwillinge geschaut habe, war Cadoc fort.«

In meinem Kopf gehe ich alle logischen Erklärungen durch, doch keine von ihnen scheint wirklich plausibel zu sein. »Sicherlich ist es nur ein Missverständnis«, sage ich und klinge dabei überzeugter, als ich mich fühle. »Vielleicht hat Taesera ihn geholt, um seine Gesundheit zu überprüfen.«

Daedara nickt, aber wirkt nicht weniger verzweifelt als zuvor. Und so eilen wir los, um das gesamte Lager zu durchsuchen und allen Bewohnern Bescheid zu geben. Doch egal, wie lange wir suchen, Cadoc ist nirgendwo zu finden. Auch Taesera hat keine Ahnung, wo er sein könnte – aber ich kann ihr ansehen, dass sie einen Verdacht hat.

Irgendwann, als ich vor Verzweiflung nicht mehr klar denken kann, spreche ich sie darauf an. »Ich bin mir sicher, dass du ahnst, wo Cadoc ist. Bitte sag es, ganz egal, wie schlimm es ist.«

Die Schamanin schließt für einen Moment die Augen, ehe sie mir ernst ins Gesicht blickt. »Wie du weißt, habe ich den Ratsmitgliedern von der Prophezeiung erzählt. Bei einem von ihnen, Kuron, konnte ich eine Dunkelheit spüren, die mich zutiefst beunruhigt hat. Ich habe mir eingeredet, dass es bloß Einbildung war, doch nun bin ich mir nicht mehr sicher.«

Ich schlucke schwer und es fühlt sich so an, als würde mein Herz kalt und schwer wie Stein werden. »Du denkst also, dass er Cadoc etwas angetan hat? Und dass es etwas mit der Prophezeiung zu tun hat?«

Taesera senkt betrübt den Blick, und das reicht mir als Antwort.

»Wenn ich diesen Verräter in die Finger bekomme ...«, knurre ich und mit einem Mal wird meine Verzweiflung von blanker Wut abgelöst.

Taesara legt mir ihre Hand auf die Schulter und blickt mich eindringlich an. »Wir müssen Cadoc um jeden Preis wiederfinden. Wenn die Prophezeiung wahr ist – und davon bin ich überzeugt – stehen den Clans schlimme Zeiten bevor. Und wenn deine beiden Söhne nicht vereint sind, fürchte ich, dass wir keine Chance haben.«

KAPITEL 1

Ascian

Gemeinsam mit meiner besten Freundin Jasira streife ich durch ein kleines Tal, in dessen Mitte ein See im Sonnenlicht glitzert. Die Luft ist warm und kündigt den Sommer an.

»Wie war dein heutiger Schamanenunterricht?«, durchbricht Jasira irgendwann die friedliche Stille und rempelt mich spielerisch an.

Als ich sie mit falscher Empörung anfunkele, streicht sie sich lächelnd eine ihrer honigblonden Strähnen hinter das Ohr. Kurz bin ich von diesem Anblick abgelenkt und muss mich zusammenreißen, um es mir nicht anmerken zu lassen.

»Taesera war streng wie immer«, antworte ich und zucke betont gleichgültig mit den Schultern. »Aber ich mache Fortschritte. Mittlerweile beherrsche ich alle Heilungszauber.«

Jasira nickt anerkennend. »Du wirst eines Tages ein würdiger Nachfolger für deine Tante sein. Ein Glück, dass du die Magie geerbt hast, obwohl du nicht ihr direkter Nachfahre bist.«

Aus irgendeinem Grund verspüre ich bei ihren Worten Widerwillen. Zwar bin stolz auf meine Stellung als Schamanenschüler, doch manchmal lastet die Verantwortung schwer auf meinen Schultern. Die meisten Schamanen haben mehrere Kinder, unter denen sie ihren Nachfolger wählen können, doch

Taesera hat nur mich, den Sohn ihres Bruders. Wenn ich es vermassle, leidet der ganze Clan des großen Adlers darunter. »Lass uns zum See gehen«, wechsle ich hastig das Thema und laufe voraus.

Ich höre, dass Jasira mir folgt, und beschleunige meine Schritte noch weiter. In diesem Moment fühle ich mich in meine Kindheit zurückversetzt. Noch ehe ich das Ufer erreiche, hat Jasira mich überholt. Während ich schon völlig aus der Puste bin, strotzt sie noch vor Energie. Jasira geht häufig auf die Jagd und hat vor Kurzem ihre Kriegerausbildung abgeschlossen, wodurch sie deutlich trainierter ist als ich. Kein Wunder, da ich die meiste Zeit in Taeseras Räumlichkeiten hocke und die Anwendung von Magie übe.

»Du enttäuschst mich«, sagt Jasira grinsend und zieht sich ihre leichten Lederstiefel aus, um mit den Füßen ins Wasser zu gehen. Ich beuge mich währenddessen schnaubend nach vorne und versuche, mein rasendes Herz zu beruhigen. »Komm her«, ruft Jasira amüsiert.

Um mich nicht noch mehr zu blamieren, folge ich ihr in das kühle Wasser. Ich kremple meine dünne Stoffhose hoch und genieße das leise Plätschern der Wellen, die auf das Ufer treffen. Unter meinen Füßen spüre ich Steine und Algen. Ich zucke zusammen, als ich plötzlich von Wassertropfen eingehüllt werde, und bemerke, dass Jasira mich nassgespritzt hat.

»Na warte«, sage ich grinsend und gebe die Attacke zurück. Meine Freundin schreit erschrocken auf, als sie von dem eiskalten Nass getroffen wird. Dann watet sie auf mich zu und reißt mich einfach mit sich ins Wasser. Prustend und lachend versuchen wir wieder auf die Beine zu kommen, doch immer, wenn es einer von uns schafft, schubst der andere ihn wieder ins Wasser.

»Ich ergebe mich!«, rufe ich irgendwann atemlos und lasse mir von Jasira hochhelfen, die triumphierend lächelt. Doch dieser Ausdruck ändert sich, als ich fasziniert in ihre braunen Augen blicke, die in der Sonne die Farbe von Bernstein angenommen haben.

Und dann nehme ich meinen ganzen Mut zusammen und mache das, was ich mir schon seit langer Zeit gewünscht habe: Ich gehe einen Schritt auf Jasira zu und drücke meine Lippen auf ihre. Zunächst versteift sich ihr Körper und sie wirkt überrumpelt, doch im nächsten Moment erwidert sie den Kuss. Es ist noch viel überwältigender, als ich es mir ausgemalt habe. Obwohl wir uns seit unserer Kindheit kennen, fühlt es sich völlig richtig an, so als würden unsere Körper zueinander gehören. Gerade möchte ich Jasira noch enger an mich ziehen, als eine vertraute Stimme nach mir ruft.

»Ascian! Wo steckst du?«

Augenblicklich lösen wir uns voneinander, und ich seufze auf. »Warum ausgerechnet jetzt?«

Jasira weicht meinem Blick aus und errötet. Dann erscheint auch schon Iyan, mein bester Freund, in unserem Sichtfeld. Als er uns entdeckt, fährt er sich erleichtert durch das wellige, schwarze Haar und läuft auf uns zu. »Hast du eine Ahnung, wie lange ich dich gesucht habe? Taesera möchte dir eine neue Lektion beibringen.« Er stutzt, als er bemerkt, dass irgendetwas zwischen Jasira und mir vorgefallen ist, und runzelt die Stirn. »Alles in Ordnung bei euch? Habt ihr euch gestritten?«

Ich räuspere mich und erwidere: »Nein, uns ist bloß kalt. Wie du siehst, sind wir ein bisschen nass geworden.«

Jasira hat sich mittlerweile wieder völlig verschlossen und blickt an Iyan vorbei in die Ferne. Ich bin einer der wenigen Menschen, denen sie sich öffnet.

»Ich muss jetzt leider gehen«, sage ich zu ihr.

Ich versuche, meinen Blick Bände sprechen zu lassen, doch sie scheint es nicht zu bemerken und nickt bloß stumm. Widerwillig wende ich mich von ihr ab und verlasse gemeinsam mit Iyan das Tal in Richtung unseres Lagers.

»Ich verstehe einfach nicht, wie du dich mit Jasira so gut verstehen kannst«, sagt Iyan irgendwann. »Sie ist so ein seltsamer Mensch.«

Ich wusste schon immer, dass die beiden sich nicht leiden können, und mittlerweile ermüdet es mich, sie voreinander zu verteidigen. Ich bin es leid, zwischen ihnen zu stehen.

»Lass gut sein«, erwidere ich abweisend. »Du kennst sie einfach nicht so gut wie ich.«

Damit ist das Thema für mich erledigt, und auch wenn Iyan nicht zufrieden ist, hält er zum Glück den Mund.

Schließlich gelangen wir an den Höhleneingang und werden von zwei Wachen mit einem Nicken begrüßt. Ich muss mich überwinden, das Lager zu betreten, denn ich würde am liebsten draußen unter dem strahlend blauen Himmel bleiben – und zu Jasira gehen, um den Kuss zu wiederholen. Während ich durch die schummrigen Höhlengänge zu Taeseras Räumlichkeiten gehe, denke ich nochmal über das Geschehene nach – ein angenehmes Kribbeln erfüllt mich. Schon lange habe ich mir gewünscht, dass zwischen Jasira und mir mehr als Freundschaft entsteht, und nun scheint es endlich wahr zu werden.

»Da bist du ja endlich«, ertönt Taeseras raue Stimme, noch ehe ich ihren Raum betreten habe.

»Ich war draußen, um die Sonne zu genießen«, erkläre ich knapp, denn ich habe nicht vor, mich zu rechtfertigen. Auch als Schamanenschüler steht mir Freizeit zu.

»Wir beginnen heute mit Tarnmagie«, sagt meine Tante ohne Umschweife und zeigt auf einen Blätterhaufen, der auf dem Höhlenboden aufgetürmt wurde. »Deine Aufgabe ist es, dich auf die Blätter zu legen und deinen Körper mit ihnen verschmelzen zu lassen, sodass er die Farben der Umgebung annimmt. Du wirst zwar auch dann nicht völlig unsichtbar sein, wenn dir die Magie tadellos gelingt, aber man wird dich zumindest aus der Ferne nicht erkennen können.«

Ich nicke und folge ihren Anweisungen. Ich schließe meine Augen und weiß, dass mein Körper nun von dem grünen Licht meiner Magie eingehüllt wird. Doch obwohl mir bewusst ist, dass ich meine Aufgabe ernst nehmen muss, kann ich mich nicht darauf konzentrieren. Schon bald höre ich Taeseras ungeduldiges Schnaufen. »Das Einzige, was ich sehe, ist ein Blätterhaufen und ein überaus sichtbarer Junge darauf.«

Ich öffne die Augen wieder und setze mich auf. Ich hasse es, wenn Taesera mich trotz meiner siebzehn Jahre wie ein Kind behandelt.

»Heute bin ich wohl nicht bei der Sache«, murmle ich, auch wenn ich weiß, dass sie mich nicht einfach aufgeben lassen wird.

Doch zu meinem Erstaunen wird ihre Miene sanft, und sie setzt sich neben mich. »Mir ist klar, dass die Verantwortung überwältigend ist. Doch du kennst die Prophezeiung und weißt, was mit deinem Bruder geschehen ist. Du bist die einzige Hoffnung der Clans, und ich spüre, dass sich derzeit etwas Schreckliches zusammenbraut.«

Mein Körper versteift sich, so wie immer, wenn jemand Cadoc oder die Prophezeiung erwähnt.

»Ich schaffe das«, entgegne ich abweisend, auch wenn ich von Selbstzweifeln geplagt werde.

Niemand weiß, worum es sich bei dieser Gefahr handelt. Doch egal, was es ist, ich werde es nicht allein bewältigen können. Taesera denkt, dass es ausreicht, wenn ich doppelt so hart trainiere wie die normalen Schamanenschüler – doch die unausgesprochene Tatsache ist, dass ich mich unvollständig fühle. Obwohl ich mich nicht an Cadoc erinnern kann, spüre ich seine Abwesenheit mit jedem Atemzug. Er war schon immer ein Teil von mir, noch ehe mein Vater mir von ihm erzählt hat. Doch auch, wenn alle davon überzeugt sind, glaube ich nicht daran, dass Cadoc tot ist. Ich weiß nicht, woher diese Gewissheit kommt, aber ich bin mir sicher, dass er irgendwo da draußen ist.

»Na los, du kannst gehen«, reißt mich Taesera aus meinen Gedanken und wedelt mit der Hand in Richtung des Ausgangs. »Das wird heute nichts mehr. Genieße den Tag und versuche den Kopf freizubekommen.«

Ich mustere meine Mentorin skeptisch, denn ich habe Sorge, dass es ein Test ist. Noch nie hat sie mich einfach so gehen lassen. Doch ihre sonst so strengen grauen Augen blicken mich nun voller Liebe an, und in diesem Moment wird mir wieder bewusst, dass sie mich gemeinsam mit meinem Vater und Iyans Mutter Daedara großgezogen hat.

»Danke«, antworte ich zögerlich und klopfe mir die Blätter von meinem dunkelgrauen Hemd.

»Jetzt geh schon, bevor ich es mir wieder anders überlege«, sagt Taesera mit gutmütiger Strenge, und das lasse ich mir diesmal nicht zweimal sagen.

Geradewegs laufe ich zum See, wo ich hoffentlich Jasira finde. Doch schon von Weitem kann ich sehen, dass ich kein Glück habe. Das Tal liegt verlassen in der flirrenden Nachmittagssonne. Nur drei Enten watscheln gemächlich durch das hohe Gras zum Ufer. Dennoch mache ich mich auf den Weg in das Tal, das nur über einen schmalen Pfad erreicht werden kann, welcher steil einen Berg hinabführt. Da ich ein Mitglied vom Clan des großen Adlers und im Hochgebirge zuhause bin, bereitet mir das Hinabsteigen keine Schwierigkeiten.

Am Seeufer angekommen gehe ich unschlüssig in die Hocke. Ich fahre mit der Hand über die Wasseroberfläche und verwische mein Spiegelbild. Mit einem Mal frage ich mich, ob es sich so anfühlen würde, Cadoc gegenüberzustehen. Wäre es so, als würde ich in mein eigenes Abbild blicken? Hat er die gleichen Sommersprossen, grünen Augen und dunklen rotbraunen Haare? Oder würde ich mich nicht in ihm wiedererkennen?

Niedergeschlagen seufze ich und bereue es nun, den Unterricht unterbrochen zu haben. Denn nun bin ich allein mit meiner Sehnsucht nach einem Menschen, den ich nicht kenne – und der vermutlich trotz meiner Hoffnung längst nicht mehr lebt.

Cadoc

Mit lautlosen Schritten folge ich meinem Meister, der wie eine Spinne von Schatten zu Schatten huscht. Dabei müssen wir uns nicht verstecken, denn wir wurden an diesen Ort bestellt.

Nachdem wir einen langen, von Fackeln erhellten Gang hinter uns gebracht haben, betreten wir einen prunkvollen Saal, der von mehrreihigen Bänken gesäumt ist. In der Mitte steht ein Pult aus Marmor. Meine Augen huschen über die zwanzig Senatoren, die in edle Togen gekleidet sind. Wenige Wimpernschläge später habe ich sie alle abgeschätzt, wie es mir mein Meister beigebracht hat.

»Sei gegrüßt, Erebus«, sagt einer der Männer, den ich gleich für den Anführer gehalten habe, und kommt auf uns zu. Ich erinnere mich daran, dass sein Name Titus ist. Er schüttelt meinem Meister die Hand und mustert mich von oben bis unten. »Der Junge wirkt blass und kränklich«, stellt er naserümpfend fest. »Sieh zu, dass er mehr isst.«

Erebus deutet eine Verbeugung an, ohne dass sein verschlagenes Lächeln verrutscht. Seine schwarzen Augen glitzern im schummrigen Kerzenlicht, was sein spinnenhaftes Aussehen noch verstärkt.

»Dann ist es also bereits beschlossen?«, fragt er mit seiner rauen Stimme und reibt sich die Hände.

Titus scheint seinen Fehler bemerkt zu haben und schüttelt mit einem strengen Gesichtsausdruck den Kopf. »Zunächst müssen alle Formalitäten geklärt werden.« Nun blickt er wieder zu mir und verengt die Augen. »Und wir müssen herausfinden, ob der Bursche für diese wichtige Aufgabe geeignet ist. Ja, er sieht dem Schamanenschüler sehr ähnlich, aber möglicherweise reicht das nicht. Wie ist dein Name, Junge?«

Ohne zu zögern, antworte ich mit ausdrucksloser Stimme, so wie mein Meister es mir beigebracht hat. »Ich habe keinen Namen.« Der Mann lacht gehässig auf. »Gute Arbeit, Erebus. Nun, dann sprechen wir über die Formalitäten. Wie du bereits weißt, wirst du prächtig dafür entlohnt werden, wenn du es schaffst, dass dein Junge die Aufgabe erfolgreich abschließt. Und dafür ist noch eine Menge Übung nötig, denn abgesehen von seinem Aussehen gleicht er dem Schamanenschüler kaum. Die Verwechslung darf auf keinen Fall auffliegen.«

Zustimmendes Gemurmel ertönt von den Bänken, und als ich zu den Männern blicke, fällt mir auf, dass sie mich wie ein Stück Vieh abschätzen. Es macht mir nichts aus, denn ich bin es gewohnt, so behandelt zu werden. Solange mein Meister es gutheißt, muss es richtig sein.

»Der Junge wird nicht scheitern«, sagt Erebus, was mich mit Stolz erfüllt.

»Dann wäre das geklärt«, antwortet Titus und lächelt breit. »Nun, Junge ohne Namen, du wirst von jetzt an Ascian heißen.«

Gemeinsam durchqueren mein Meister und ich die dunklen Straßen der Stadt. Feiner Nieselregen benetzt mein Gesicht, sodass ich meine schwarze Kapuze tiefer herunterziehe. Das Ratsgebäude der Senatoren liegt schon weit hinter uns, und dennoch schaffe ich es nicht, meine Gedanken zum Schweigen zu bringen. Ich muss aufpassen, dass Erebus es nicht bemerkt, denn bei solchen Angelegenheiten kennt er keine Gnade. Doch noch wichtiger ist, dass ich ihn nicht enttäuschen darf.

Immer wieder keimt die Frage in mir auf, wer dieser Schamanenschüler sein könnte, aber irgendwann schaffe ich es endlich, diesen Gedanken zu verdrängen und mich auf die Finsternis der Nacht zu konzentrieren. Mein Körper scheint mit der Dunkelheit zu verschmelzen, was mir mittlerweile sogar noch besser gelingt als Erebus. Das harte Training, das ich bereits seit meiner frühesten Kindheit absolvieren musste, hat sich gelohnt.

Schließlich gelangen wir vor ein graues kastenförmiges Gebäude, das in einem augenscheinlich verlassenen Außenbezirk der Stadt liegt. Ich weiß, dass der Senat dafür gesorgt hat, dass keine gewöhnlichen Bürger hierherziehen, denn in diesem Viertel werden dunkle Pläne geschmiedet und vorbereitet. Und ich bin einer davon. Schon früh wusste ich von meiner Aufgabe, jedoch hat man mir nie Details verraten – dies scheint sich nun allmählich zu ändern. Euphorie breitet sich in mir aus, als ich daran denke, wie stolz ich Erebus machen werde, wenn ich den Plan erfolgreich durchführe. Ich werde nicht scheitern. Ich *darf* nicht scheitern.

Wir betreten das graue Gebäude, in dem ich seit meiner frühesten Kindheit lebe, und ich gehe geradewegs zu meiner Kammer. Nur wenn Erebus es erlaubt, darf ich sie verlassen. Doch ich weiß, dass wir diese Nacht noch eine Mission haben, und bereite mich schon mal darauf vor. Ich lege mir den Gürtel mit Wurfmessern an, befestige jeweils einen Dolch im Inneren meiner Stiefel und spanne die kleine Armbrust, die ich später an meinen Rücken befestigen werde. Mit den Waffen an meinem Körper fühle ich mich gleich besser – es hat mir zutiefst widerstrebt, sie für den Besuch im Senatsgebäude abzulegen.

Bald schon kann ich die Schritte von Erebus hören, auch wenn er sich wie immer beinahe lautlos bewegt. Als er in meine Kammer tritt und bemerkt, dass ich bereit bin, nickt er zufrieden, was mich innerlich triumphieren lässt.

»Du kennst deine Aufgabe?«, fragt er, woraufhin ich ihn erstaunt anblicke. Sofort verengen sich seine Augen, denn ich sollte meine Emotionen nicht so offen zeigen. Schnell konzentriere ich mich darauf, mein Gesicht ausdruckslos werden zu lassen. »Ich werde die Mission allein ausführen?«, frage ich schließlich so monoton wie möglich.

»Du bist nun bereit, auch ohne mich rauszugehen«, sagt Erebus wohlwollend. »Du hast es oft genug bewiesen. Zudem müssen wir testen, ob du für deine große Aufgabe bereit bist.«

Ich werde von Stolz erfüllt und nicke überzeugt. »Ich werde dich nicht enttäuschen, Meister.«

»Dann geh nun. Du weißt, was zu tun ist.«

Nach seinen Worten schwinge ich mich ohne zu zögern durch das Fenster meiner Kammer und komme beinahe lautlos auf dem regennassen Steinboden auf. Ich werde eins mit der Nacht und finde ohne Schwierigkeiten mein Ziel. Es ist das Reichenviertel der Stadt, in dem auch die meisten Senatoren in prachtvollen Villen leben. Erebus hat mir bei einem unserer Streifzüge gezeigt, in welchem Haus die Person wohnt, um die ich mich gleich kümmern werde.

Zunächst vergewissere ich mich, dass mich niemand beobachtet, und suche mir dann einen Weg durch die makellos gestutzten Hecken des Grundstücks. Wie erwartet stehen vor der Eingangstür zwei Wachen, aber ich bin weit genug entfernt, um ihre Aufmerksamkeit nicht auf mich zu ziehen. Ich umrunde die Villa, welche aus sandfarbenen Steinen erbaut wurde, und deren Dach aus rostroten Ziegeln besteht. Ich husche von Fenster zu Fenster, nur um festzustellen, dass sich die Schlafräume wohl im oberen Stockwerk befinden.

Also suche ich nach einem Balkon und werde auch schnell fündig. Dass Kletterpflanzen an dieser Stelle nach oben ranken, erleichtert mein Vorhaben noch zusätzlich. Flink hangele ich mich an dem Gewächs nach oben und erreiche ohne Schwierigkeiten das schmiedeeiserne Geländer. Ich presse mich an die Steinwand, denn durch die teils gläserne Balkontür schimmert schwaches Kerzenlicht. Bei einem vorsichtigen Blick ins Innere entdecke ich meine Zielperson. Ich erkenne den alten, mageren Mann sofort, denn er war ebenfalls im Ratssaal der Senatoren anwesend.

Probeweise drehe ich am Knauf der Balkontür – und tatsächlich ist sie nicht abgeschlossen. Der Alte scheint sich also trotz seiner vielen Feinde sicher zu fühlen – oder verlässt sich blind auf seine nutzlosen Wachen am Eingang.

Lautlos wie eine Katze betrete ich das Gemach und mustere den Schlafenden für eine Weile. Ich weiß nicht, weshalb er beseitigt werden soll, doch wenn mein Meister es befiehlt, muss es richtig sein. Also zücke ich meinen Dolch, dessen schwarze Klinge im Mondlicht aufblitzt, und beuge mich über den Mann. Mit einer geübten Bewegung lasse ich den Dolch über seinen Hals fahren, sodass die Kehle sauber durchgeschnitten wird. Der Alte reißt die Augen auf und drückt röchelnd die Hände auf die Wunde. Stumm beobachte ich seinen Todeskampf, wohl wissend, dass er keine Chance hat, ihn zu gewinnen. Das scheint auch der Mann zu begreifen, als sich mit einem letzten gurgelnden Laut unsere Blicke treffen, ehe seine Augen ausdruckslos werden. Sein Kopf sackt beiseite und auf der weißen Decke unter ihm breitet sich langsam ein roter Fleck aus.

Ohne jegliches Gefühl schaue ich auf die Leiche hinab und spüre keinen Triumph dabei, die Mission ohne Zwischenfall hinter mich gebracht zu haben. Doch ich empfinde gleichzeitig keine Trauer über das verlorene Menschenleben. Das Leben, das ich gestohlen habe.

Routiniert stecke ich meinen Dolch zurück in die Halterung und verlasse die nun verwaiste Villa, um zu meinem Meister zurückzukehren.

KAPITEL 2

Jasira

Schon bei Sonnenaufgang breche ich auf, um auf die Jagd zu gehen. Es ist die einzige Tätigkeit, bei der ich nicht nachdenken und zudem keinen Menschen begegnen muss. Verträumt beobachte ich, wie die Wipfel der Berge in Morgenlicht getaucht werden und es beinahe so wirkt, als würden sie brennen. Ich durchquere einen kleinen Nadelwald, dessen Bäume sich in den felsigen Boden krallen, und halte aufmerksam Ausschau nach Kaninchen oder Rehen.

Lange Zeit bleibt meine Suche jedoch erfolglos, und irgendwann schaffen es meine tobenden Gedanken wieder, meine Aufmerksamkeit zurückzugewinnen. Die ganze Nacht habe ich bereits wach gelegen und konnte nicht aufhören, über den Kuss mit Ascian nachzudenken. Ob es ein Fehler war, den ich schon bald bereuen werde? Ja, ich kann nicht leugnen, dass ich schon lange mehr für ihn empfinde als Freundschaft. Doch was ist, wenn ich es vermassle und ihn verliere? Er ist die einzige Person, die mich nicht für völlig seltsam hält – selbst meiner Mutter kann ich manchmal ansehen, dass sie mich nicht versteht.

Ich weiß, dass ich sehr abweisend wirke und oft Menschen von mir stoße, wenn sie sich mit mir unterhalten wollen. Ich habe stets das Gefühl, Verurteilung in ihren Gesichtern zu lesen, denn es ist bis heute nicht klar, ob der Adler mein Krafttier ist und ich überhaupt in meinen Clan gehöre. Normalerweise zeigt sich schnell, welchem Krafttier man zugehörig ist – auch, wenn man, wie ich, Vorfahren aus allen vier Clans hat. Doch bei mir verhält es sich anders, und das kann sich niemand erklären. Manchmal, wenn ein Adler in der Nähe ist, fließt dieses euphorische Gefühl, von dem alle reden, durch meine Adern. Aber dann ist es so schnell wieder verschwunden, wie es gekommen ist.

Ich seufze tief und versuche, meine Gedanken wieder auf die Jagd zu wenden. Tatsächlich habe ich Glück und höre in einiger Entfernung ein Rascheln aus einer Brombeerhecke. Während ich mich heranpirsche und einen Pfeil aus meinen Rückenköcher ziehe, entdecke ich ein kleines graues Kaninchen, welches ahnungslos an einem Blatt knabbert. Langsam und darauf bedacht, kein Geräusch zu verursachen, lege ich den Pfeil an den Bogen und ziele auf das Tier. Ich presse konzentriert meine Lippen aufeinander und mache mich bereit, loszulassen.

Doch dann blickt das Kaninchen mich geradewegs mit seinen sanften dunklen Augen an, was mich meine Waffe unwillkürlich wieder sinken lässt. Was ist bloß in mich gefahren? Als ich einen leisen und frustrierten Fluch ausstoße, sucht das Kaninchen endlich das Weite. Ich rede mir ein, dass diese Beute ohnehin nicht nötig gewesen wäre, da unser Clan derzeit gut mit Nahrung versorgt ist. Dennoch ärgere ich mich darüber, dass mich die wirren Gedanken selbst bei der Jagd verfolgen.

Rastlos laufe ich noch eine Weile weiter, bis ich den kleinen Wald verlasse und auf einen schmalen Pfad gelange, an dem auf einer Seite ein steiler Abgrund klafft. Ein falscher Schritt und ein furchtbarer Tod wäre mir gewiss. Dennoch genieße ich den Ausblick, der sich mir nun bietet. Ich habe eine herrlich klare Sicht auf das Hochgebirge und kann in der Ferne sogar die

Ausläufer der Savanne entdecken, wo der Clan des schnellen Leoparden heimisch ist. Ich war als Kind bereits dort und schon damals fasziniert von dem wilden Dschungel und den Weiten der goldenen Savanne. Einmal glaubte ich sogar, eine Verbindung mit einem nahenden Leoparden zu spüren.

Ich wende mich wieder von diesem überwältigenden Anblick ab und folge mit vorsichtigen Schritten dem Pfad. Dabei streiche ich mit der Hand über die Felswand, die auf der anderen Seite neben mir aufragt. Ich weiß, dass ich keinen Halt mehr finden könnte, wenn der Boden unter mir nachgäbe, doch ich genieße das raue Gefühl des Felsens unter meinen Fingerspitzen.

Ich folge dem Pfad in die Höhe immer weiter, bis ich endlich auf der Spitze des Berges angekommen bin. Eine kühle Brise bauscht mein leichtes Leinenkleid auf, und ich bin froh, eine Hose darunter zu tragen, da ich allmählich zu frösteln beginne. Die Temperaturen an diesem Ort sind deutlich kühler als im Tal.

Als ich mich auf dem Gipfel umschaue, entdecke ich eine Lagerfeuerstelle und einige Baumstümpfe, die darum gereiht worden sind. Also haben meine Clankameraden diesen Ort schon besucht, was mich jedoch nicht verwundert. Ich bezweifle, dass es einen Ort im Hochgebirge gibt, der noch nicht von uns erkundet wurde.

Während ich den Blick abermals über die fernen Berge wandern lasse, werde ich mit einem Mal von einer tiefen Dankbarkeit erfüllt, an diesem Ort leben zu dürfen – bis diese augenblicklich von Traurigkeit ersetzt wird. Was ist, wenn der Adler wirklich nicht mein Krafttier ist und ich gezwungen bin, in einem anderen Clan zu leben? In der Savanne könnte ich mich vielleicht noch wohlfühlen, aber es graut mir bei dem Gedanken, im kalten Wald beim Clan des weißen Hirsches oder im warmen Wald beim Clan des grauen Wolfes zu leben. Auch diese Reviere habe ich bereits besucht und mich dort fehl am Platz gefühlt.

Ich werde aus meinen Gedanken gerissen, als ich plötzlich einen fernen Schrei vernehme – doch er stammt nicht von einem Menschen. Meine Augen weiten sich, als ich am Horizont einen Adler kreisen sehe, der sich allmählich in meine Richtung bewegt. Mit ganzer Kraft konzentriere ich mich darauf, eine Bindung mit ihm aufzubauen, auch wenn diese eigentlich von selbst kommen sollte. Ich schließe sogar die Augen und balle meine Hände zu Fäusten, während jede Faser meines Körpers hofft, etwas zu spüren. Doch da ist nichts.

Während ich meine Augen wieder öffne, rechne ich damit, dass der Adler weggeflogen ist und ich deswegen keine Verbindung wahrnehme. Als ich den Kopf jedoch in den Nacken lege, sehe ich, dass er direkt über mir kreist. Tränen schießen mir in die Augen, denn nun bin ich mir sicher: Ich bin kein vollwertiges Mitglied vom Clan des großen Adlers.

Ich stürme blindlings los und achte kaum auf meine Umgebung. Als ich keuchend und weinend im Nadelwald stehen bleibe, weiß ich nicht, wie ich den gefährlichen Pfad unbeschadet hinter mich gebracht habe. Vermutlich habe ich es nur meinen Instinkten zu verdanken, nicht in die Tiefe gestürzt zu sein. Schniefend reibe ich mir über die tränennassen Wangen und setze mich auf einen Felsbrocken.

Ich weiß nicht, wie ich Ascian je wieder gegenübertreten kann, denn nun bin ich mir nicht mehr sicher, ob wir eine Zukunft haben. Er muss für den Clan des großen Adlers da sein, während ich nicht mehr hierhergehöre. Es wäre zwar nicht verboten, als seine Gefährtin weiterhin hier zu leben, aber ich glaube nicht, dass ich das unter diesen Umständen möchte. Ich will nicht von Ascian abhängig sein, auch wenn ich weiß, dass ich ihm voll und ganz vertrauen kann.

Als die Sonne bereits hoch am Himmel steht, raffe ich mich endlich auf, in das Lager zurückzukehren. Ich muss mit Ascian reden und ihm sagen, was passiert ist. Und ihn überzeugen, dass er ohne mich besser dran ist.

Als der Höhleneingang in mein Sichtfeld gelangt, sehe ich gerade noch, wie Iyan im Dickicht verschwindet. Ich runzele die Stirn, denn auch wenn nichts daran ungewöhnlich ist, dass er allein unterwegs ist, kommt es mir irgendwie verdächtig vor. Instinktiv weiß ich, dass Ascians bester Freund etwas vorhat, wobei er nicht gesehen werden möchte. Ich möchte ihm gerade folgen, doch da sehe ich im Augenwinkel, dass eine Person auf mich zukommt.

»Jasira«, ruft Ascian und bleibt mit strahlenden Augen vor mir stehen. »Ich habe dich schon überall gesucht.«

Ihn so glücklich zu sehen, lässt mein Herz noch schwerer werden. Wie immer wirkt er so unschuldig und liebenswürdig mit seinem sommersprossigen Gesicht und den stets fröhlich funkelnden grünen Augen. Und ich werde es sein, die sein Herz bricht, weil ich nicht weiß, wo ich hingehöre.

»Ascian, wir müssen reden«, sage ich mit rauer Stimme und weiche seinem Blick aus. Dennoch bemerke ich, wie seine Stimmung augenblicklich sinkt und er mich besorgt mustert.

Mit gesenktem Kopf entferne ich mich vom Höhleneingang, während Ascian mir folgt, bis ich zwischen mehreren Felsen einen geschützten Ort gefunden habe. Ich setze mich in das

Gras und hasse mich schon jetzt für das, was ich Ascian gleich sagen werde.

»Ist es wegen dem Kuss?«, platzt es schließlich aus ihm heraus. »Habe ich dich bedrängt? Fühlst du überhaupt mehr als Freundschaft für mich?«

Gegen meinen Willen muss ich bei seiner Flut an Fragen lächeln und verspüre wieder dieses warme Gefühl, das ich seit langem in seiner Gegenwart empfinde. Ich deute auf eine Stelle neben mich, auf die sich Ascian dann mit unsicherem Blick setzt.

»Nein, du hast mich nicht bedrängt, und ich fand den Kuss wunderschön«, stelle ich klar und merke, dass ich bei der Erinnerung rot werde.

Ascian atmet erleichtert auf und nimmt meine Hand. »Worum geht es dann? Um die Unsicherheiten wegen deines Krafttieres?«

Ich beiße mir ertappt auf die Lippe. Ascian kennt mich einfach zu gut.

»Ja und nein«, antworte ich zögerlich. »Ich weiß nun, dass der Adler mit großer Wahrscheinlichkeit nicht mein Krafttier ist. Und darum kann ich nicht mehr hierbleiben.«

Die Augen meines Freundes weiten sich entsetzt, aber ich bin noch nicht fertig. »Der eigentliche Grund, weshalb ich mit dir reden will, ist, dass wir es bei Freundschaft belassen sollten. Zumindest vorerst, bis ich weiß, wer ich überhaupt bin.«

Ohne etwas zu erwidern, zieht mich Ascian in eine feste Umarmung, in die ich mich voller Erleichterung sinken lasse. Meine größte Angst war, dass er mich nach meinen Worten hassen würde. Ich schließe die Augen, um die Tränen zurückzuhalten, und atme Ascians vertrauten Duft nach Wald und Kräutern aus Taeseras Höhle ein.

Irgendwann löst sich Ascian vorsichtig aus der Umarmung. Er streicht sich eine Strähne seines dunklen Haares aus der Stirn und blickt mich ernst an. »Egal was passiert – versprich mir, dass wir uns nicht verlieren.«

Ich nicke voller Überzeugung. »Natürlich. Du weißt, dass ich alles für dich tun würde.«

Ascian lächelt, und er blickt mich so voller Liebe an, dass es wehtut.

Cadoc

Wieder stehe ich mit Erebus im Ratssaal und höre mir die weiteren Schritte des großen Planes an. Mittlerweile weiß ich, dass ich den Platz von diesem Ascian einnehmen soll. Angeblich sehe ich ihm sehr ähnlich, auch wenn ich bezweifle, dass sein Umfeld so blind ist, darauf reinzufallen. Dennoch werde ich mein Bestes geben, um Erebus nicht zu enttäuschen.

»Jodan, trete vor«, befiehlt Titus irgendwann, als die grundlegenden Förmlichkeiten besprochen sind.

Ein großer, hagerer Mann steht von seinem Sitzplatz auf, und ich bemerke nicht zum ersten Mal, dass er anders als die anderen Senatoren aussieht – genau genommen nicht mal wie ein Bewohner der Stadt. Er hat tiefschwarzes Haar, das mit silbergrauen Strähnen durchzogen ist, blasse Haut und stechend graue Augen. Seine Haltung ist unsicher, so als würde er sich unter den Blicken der anderen Senatoren nicht wohlfühlen. Auch fällt mir auf, dass er es vermeidet, zu mir zu schauen.

»Berichte uns, Jodan, ob der Junge ohne Namen eine gute Kopie von diesem Schamanenschüler abgeben würde«, sagt Titus mit seiner aalglatten Stimme und blickt herablassend zu dem Angesprochenen.

»Nun, ich habe Ascian zuletzt vor einem Jahr gesehen«, stammelt Jodan und räuspert sich. Wieder ist ihm deutlich sein Unwohlsein anzumerken.

Endlich blickt er zu mir, auch wenn es ihn offensichtlich seine ganze Überwindung kostet. Ich glaube, dass schlechtes Gewissen in seinen Augen aufblitzt, und frage mich allmählich, ob er überhaupt dem Senat angehört.

»Aber dennoch kann ich sehen, dass die beiden sich sehr gleichen«, fährt er fort, als er neuen Mut geschöpft hat. »Allerdings ist die Haut von Ca... ich meine, von diesem Jungen, deutlich bleicher. Ascian sieht zudem wohlgenährter aus und wirkt viel offener und fröhlicher. Ich würde sogar sagen, dass er noch eine kindliche Naivität beibehalten hat, wenn sich das nicht mittlerweile geändert hat.«

Titus nickt wohlwollend. »Danke, Jodan, du kannst dich wieder setzen. Bei Gelegenheit werden wir erneut auf dein Wissen zugreifen.«

Erleichtert zieht sich der Mann zurück, und ich frage mich unwillkürlich, wo dieser Ascian lebt, wenn der fremdaussehende Mann der Einzige ist, der ihn kennt. Schnell konzentriere ich mich wieder auf das Gespräch, denn es ist mir verboten, über solche Dinge nachzudenken, die mich nichts angehen. Erebus wird entscheiden, was ich wissen sollte und was nicht.

»Wann wird die Mission beginnen?«, fragt mein Meister mit seiner leisen, rauen Stimme.

Titus blickt ihn genervt an, woraufhin sich eiskalte Wut in mir breitmacht – eines der wenigen Gefühle, die ich zulassen darf, wenn sie Erebus nützen.

»Da dein Junge Brutus erfolgreich beseitigt hat, ist nun niemand mehr da, der uns Steine in den Weg legt«, stellt der Senator fest. »Also wird es bald schon so weit sein. Vielleicht schon in wenigen Wochen. Und bis dahin siehst du zu, dass du deinem Jungen ordentlich zu essen gibst und er die Sonne sieht. Außerdem bringst du ihm bei, nach außen hin nicht so mürrisch und emotionslos zu wirken. Und nun geht.«

Titus macht eine abwertende Handbewegung in unsere Richtung, woraufhin meine Wut wieder zu kochen beginnt. Ich blicke zu meinem Meister, denn ich warte auf seinen Befehl, diesen arroganten Senator anzugreifen. Doch zu meiner Überraschung deutet er eine unterwürfige Verbeugung an und gibt mir ein Zeichen, dass wir nun gehen. Für einen winzigen Augenblick habe ich das Bedürfnis, mich seinem Befehl zu widersetzen, und das erschreckt mich zutiefst. Hastig folge ich Erebus, um nicht weiter darüber nachzudenken und den rebellischen Impuls im Keim zu ersticken.

Als ich noch ein Kind war, gab es immer wieder Phasen, in denen ich meinem Meister widersprochen habe, und das habe ich teuer bezahlt. Jedes noch so kleinste Aufbegehren wurde mir ausgetrieben. Und mittlerweile ist mir nichts wichtiger als meine Treue zu Erebus. Das sage ich mir immer wieder in Gedanken, während ich ihm durch die Gänge folge.

Als wir das Senatsgebäude verlassen haben und in eine dunkle Gasse eingebogen sind, bleibt mein Meister ruckartig stehen.

»Schau mich an, Junge«, raunt er so leise, dass seine Stimme beinahe in den Geräuschen der Nacht untergeht. Seine tiefschwarzen Augen mustern mich eingehend, als ich seinem Befehl gehorche. »Du wirst diese Mission erfolgreich absolvieren. Seit ich dich bei mir aufgenommen habe, wurdest du auf diese Aufgabe vorbereitet, also wirst du alles dafür tun, um mich nicht zu enttäuschen. Es ist wichtig, dass du Folgendes weißt: Zwar kümmert sich der Senat darum, dass alles organisiert wird, doch unser eigentlicher Auftraggeber ist König Nainor.«

Für einen kurzen Moment bin ich überrascht. Wenn mich der König höchstpersönlich auf diese Mission schickt, ist sie sogar noch wichtiger, als ich bisher angenommen habe.

»Morgen werde ich dir weitere Details nennen«, fährt Erebus fort und blickt sich misstrauisch um. »Hier ist allerdings nicht der richtige Ort dafür. Wer weiß, ob diese Wilden nicht Späher in die Stadt geschickt haben.«

»Wer sind diese Wilden?«, wage ich zu fragen und hoffe, nicht zu weit gegangen zu sein.

Tatsächlich wirkt Erebus kurz verärgert, aber scheint ausnahmsweise über mein eigensinniges Verhalten hinwegzusehen. »So viel kann ich dir schon mal verraten: In der Wildnis, weit außerhalb der Zivilisation, leben vier barbarische Clans, die es nur darauf abgesehen haben, uns Stadtmenschen zu schaden.«

Ich nicke, denn nun weiß ich endlich, um wen es bei meiner Mission vermutlich gehen wird.

»Und nun komm, Junge«, sagt Erebus. »Morgen musst du zum ersten Mal tagsüber wach bleiben. Du solltest also nun schlafen gehen.«

Ein Anflug von Widerwillen breitet sich in mir aus, denn ich bewege mich gerne im Schutz der Nacht. Dennoch werde ich meinem Meister nicht widersprechen und nicke gehorsam.

KAPITEL 3

Ascian

Ich wache bereits früh am Morgen auf. Als mir wieder einfällt, dass ich mich gleich von Jasira verabschieden muss, werde ich von Trauer überwältigt. Am liebsten würde ich einfach alles stehen und liegen lassen, um mit ihr zu gehen, doch ich weiß, dass ich das dem Clan des großen Adlers nicht antun kann. Ich bin Taeseras Erbe und dadurch wiegt meine Verantwortung schwer – von der Prophezeiung, die mir Tag und Nacht durch die Gedanken kreist, ganz zu schweigen.

Seufzend erhebe ich mich von meinem Bett, ziehe mir ein luftiges schwarzes Hemd sowie kurze Hosen an und verlasse mein Zimmer, das nur durch einen Vorhang vom fackelerhellten Gang getrennt wird. Die Schlafräume wurden vor unzähligen Jahren in die Felswände gehauen, doch der Rest der Höhle ist naturbelassen.

Lustlos laufe ich zum Eingang, wo ich mit Jasira verabredet bin. Nur wenige Clanmitglieder werden ebenfalls dort sein, um sie zu verabschieden, denn sie hat nicht viele Freunde und Verwandte in diesem Lager. Als ich ins Freie trete, stehen dort tatsächlich nur ihre Mutter und Taesera sowie unser Anführer, der vor zwei Tagen in das Hauptlager zurückgekehrt ist. Er hatte eine Reise durch die Nebenlager unternommen, um nach dem Rechten zu sehen, was zu seinen regelmäßigen Aufgaben zählt.

Er ist ein Mann mittleren Alters mit dunkelbraunem Haar und stets ernst blickenden grünen Augen. In seiner Hand hält er die Zügel eines schwarzen Pferdes, das bereits fertig gesattelt ist und Jasira auf ihrer Reise begleiten wird. Jasira selbst ist jedoch noch nicht hier, und nachdem ich mich zu der kleinen Gruppe gesellt habe, spreche ich zuerst ihre Mutter an. Ich weiß, dass sie kein enges Verhältnis zu ihrer Tochter hat, und bin gespannt, was sie über ihr Vorhaben denkt.

»Wird Jasira zuerst zu ihrem Vater reisen?«, frage ich, denn darüber habe ich mit meiner Freundin noch nicht gesprochen.

Ihre Mutter winkt ab, und man merkt gleich, was sie von ihrem ehemaligen Gefährten hält, der vor vielen Jahren in seine Heimat bei dem Clan des weißen Hirsches zurückgekehrt ist. »Wer weiß, ob er Jasira überhaupt noch erkennt. Er schien ja nicht viel Interesse an seiner Tochter zu haben und hat die ganze Arbeit mir überlassen.«

Die Frau schüttelt verbittert den Kopf, wobei sich eine der lockigen braunen Strähnen aus ihrem Zopf löst. Ich weiß, dass sie damals sehr jung Mutter geworden ist und mit der Erziehung von Jasira völlig überfordert war. Das hat mir zumindest mein Vater erzählt, aber das wäre definitiv eine Erklärung für das kühle Verhältnis zwischen Mutter und Tochter.

Irgendwann tritt endlich auch Jasira ins Freie und ich muss mich beherrschen, um ihr nicht sofort freudig entgegenzulaufen. Sie sieht so wunderschön aus mit ihrem zurückhaltenden Lächeln und den locker hochgesteckten blonden Haaren, die in der Morgensonne golden glänzen. Ein warmes Gefühl breitet sich in mir aus, als sie geradewegs auf mich zugeht und mich in die Arme schließt.

»Dich werde ich am meisten vermissen, aber sag das nicht den anderen«, raunt sie scherzhaft in mein Ohr.

Für einen Moment ziehe ich in Erwägung, sie einfach zu küssen, doch damit täte ich weder ihr noch mir einen Gefallen. Also löse ich mich widerwillig von ihr und lächle sie traurig an. »Pass auf dich auf und bring dich nicht in Schwierigkeiten.«

»Das sagt der Richtige«, sagt sie grinsend und gibt mir einen freundschaftlichen Stoß gegen die Schulter. Dann wendet sie sich an die anderen, weicht jedoch dem Blick ihrer Mutter aus. »Ich danke euch, dass ich in diesem Clan zuhause sein konnte, obwohl nie klar war, ob der Adler mein Krafttier ist. Doch nun muss ich herausfinden, ob ich eine Verbindung zum weißen Hirsch aufbauen kann.«

Sie winkt ein letztes Mal, wobei sie nur mich anschaut, befestigt ihre Taschen am Sattel und schwingt sich auf den Rücken des Pferdes. Dann lenkt sie das Tier auf den Pfad und entfernt sich immer weiter von uns, was mit einem Mal tiefe Verzweiflung in mir auslöst. Ich möchte ihr hinterherlaufen, ihr sagen, dass sie hierbleiben soll. Aber ich weiß: Egal, was ich tun würde, ich kann sie hier nicht festhalten.

Und so blicke ich Jasira lange Zeit hinterher, während die anderen längst in die Höhle zurückgekehrt sind, und wende mich erst ab, als meine Freundin nicht mehr zu sehen ist.

Lustlos übe ich vor dem Höhleneingang den Tarnzauber, der mir noch immer nicht zufriedenstellend gelingen will. Mittlerweile sind schon fünf Tage vergangen, seit Jasira aufgebrochen ist.

Irgendwann, als ich etliche Male vergebens versucht habe, meine Magie erfolgreich heraufzubeschwören, tritt Iyan aus einem nahen Wald. Als er mich entdeckt, kommt es mir so vor, als würde er für einen Moment ertappt dreinblicken. Dann erscheint jedoch das übliche schiefe Grinsen auf seinem Gesicht und er kommt auf mich zu.

»Was tust du denn hier draußen?«, fragt er, woraus ich schließe, dass mein Tarnzauber kein bisschen gewirkt hat. »Solltest du nicht bei Taesera in der Höhle sein?«

Meine Schultern sacken mutlos nach unten, und ich kicke frustriert einen Stein weg. »Ich übe Magie, aber es gelingt mir einfach nicht. Ich muss immer wieder an Jasira denken.«

Mir ist bewusst, dass es keine gute Idee ist, mit Iyan über sie zu reden, aber ich muss meine Gedanken einfach loswerden.

Überraschenderweise wirkt mein Freund ausnahmsweise mitfühlend, obwohl es um Jasira geht. »Ich habe schon länger gemerkt, dass du Gefühle für sie hast. Und darum finde ich es umso verwerflicher, dass sie nun einfach gegangen ist.«

Es war klar, dass Iyan nun doch die Situation nutzt, um Jasira schlechtzumachen. Aber um ehrlich zu sein, bin auch ich ein wenig wütend auf sie, auch wenn ich weiß, dass es unfair ist. Sie möchte herausfinden, wer sie ist, und dabei sollte ich ihr nicht im Weg stehen. Und doch wünscht sich der egoistische Teil von mir, dass sie beim Clan des großen Adlers geblieben wäre.

»Wie wäre es«, unterbricht Iyan mit einem schelmischen Lächeln meine Gedanken, »wenn wir beide auf eine heimliche Patrouille gehen? Sicherlich wird Taesera es nicht merken.«

Sein Angebot klingt verlockend, aber ich bin hin- und hergerissen. Ich sollte nicht schon wieder so schnell aufgeben, denn schließlich geht es um das Wohl unseres Clans. Doch wenn ich so darüber nachdenke … Wofür bräuchte ich überhaupt diesen dämlichen Tarnzauber? Heilmagie ist um einiges wichtiger, und die beherrsche ich beinahe perfekt.

»Also gut«, sage ich und zwinge mich dazu, eine heitere Miene aufzusetzen. »Wo möchtest du denn auf Patrouille gehen? Soweit ich weiß, wurden schon in alle Richtungen Krieger ausgesendet.«

Iyan zuckt unbekümmert mit den Schultern. »Dann lass es uns einfach einen Streifzug nennen. Wir dürfen uns nur nicht beim Nichtstun erwischen lassen.«

Ich bin kurz davor, mich doch gegen das Schwänzen zu entscheiden, aber Iyan ist bereits in die Richtung des Waldes gegangen, aus dem er eben gekommen ist.

»Was hast du eigentlich gemacht, bevor du mich getroffen hast?«, frage ich ihn. Mir fällt auf, dass er meinem Blick ausweicht.

Für einen kurzen Moment kommt es mir so vor, als würde er etwas vor mir verbergen. Doch das ist Iyan, mein bester Freund, seit ich denken kann, und eigentlich schon mein Bruder. Seine Mutter hat dabei geholfen, mich großzuziehen, sodass es sich für mich so anfühlt, als wären sie meine Familie.

Also denke ich mir nichts weiter dabei, als Iyan betont gleichgültig mit den Schultern zuckt und sagt: »Ich sollte eigentlich an einer Patrouille teilnehmen, aber habe verschlafen. Ich wollte den Kriegern folgen, doch habe sie nirgendwo gefunden.«

Nun dreht er sich wieder von mir weg und folgt einem schmalen Pfad, der sich durch dichtes Unterholz schlängelt. Irgendwann beginnt mein Nacken zu kribbeln, und trotz des warmen Wetters fröstele ich. Etwas stimmt nicht, doch ich komme nicht darauf, was es sein könnte.

»Vielleicht sollte ich doch zurückgehen und weiterlernen«, rufe ich Iyan zu, denn mittlerweile bin ich weit zurückgefallen.

Mein Freund wirbelt herum und sagt ein wenig zu schnell: »Nein, bleib bitte bei mir.« Er stutzt und scheint selbst zu bemerken, wie seltsam er sich verhält. Er atmet tief durch und schließt für einen Moment die Augen. Als er sie wieder öffnet und zu mir blickt, wirkt er traurig. »Ich muss dir etwas erzählen, was sonst niemand mitbekommen darf. Möglicherweise stecke ich in Schwierigkeiten und brauche deine Hilfe.«

Ich reibe mir die Arme, denn das Frösteln hört einfach nicht auf. Immer wieder sage ich mir, dass ich Iyan vertrauen kann und er wohl wirklich meine Hilfe braucht. Und doch weiß ich instinktiv, dass irgendetwas ganz und gar nicht stimmt.

»Es tut mir leid, aber ich muss nun wirklich zurück«, sage ich unsicher und versuche, nicht auf den enttäuschten Ausdruck in Iyans Gesicht zu achten.

Sicherlich wird sich das bald schon als ein Missverständnis herausstellen und wir können über diese Situation lachen, aber nun drängt erst mal alles in mir, die Flucht zu ergreifen. Doch gerade, als ich mich umdrehe, um den Rückweg anzutreten, stellt sich mir eine fremde Person in den Weg.

»Du gehst nirgendwo hin«, sagt ein bedrohlich wirkender Mann, dessen Gesicht beinahe vollständig verhüllt ist.

Panisch weiche ich zurück und möchte zu Iyan laufen, um an seiner Seite zu kämpfen, aber als ich den eiskalten Blick meines besten Freundes sehe, bleibe ich ruckartig stehen. Nein, das kann nicht sein. Iyan kann mich unmöglich derart verraten. Und doch kann ich es nicht mehr leugnen, als er auf mich zukommt, meine Arme packt und sie hinter meinem Rücken festhält. Ich bin nicht in der Lage, mich zu wehren, auch wenn eine Stimme in meinem Kopf ruft, dass ich es tun muss. Die Enttäuschung über Iyans Verrat nimmt mich völlig gefangen, und es kommt mir so vor, als würde ich diese ganze absurde Situation aus der Perspektive eines Außenstehenden betrachten.

Erst als der fremde Mann auf mich zukommt und einen Lappen mit einer übelriechenden Flüssigkeit tränkt, geht endlich ein Ruck durch meinen Körper und ich erwache aus der Starre. Ich konzentriere mich auf meine Magie, die ich bis zu meinen

Händen leite und schließlich gegen meinen besten Freund einsetze. Es ist kein starker Abwehrzauber, aber Iyan lässt mich mit einem schmerzerfüllten Schrei los. Ich zögere keinen Moment, stoße ihn ins Unterholz und laufe los, so schnell ich kann. Das Geräusch von Schritten hinter mir verrät, dass der Fremde die Verfolgung aufgenommen hat, und so erhöhe ich meine Geschwindigkeit noch weiter.

Ich weiß, dass meine beste Chance darin besteht, eine Patrouille zu finden. Vielleicht könnte ich es auch zu einem Nahkampf kommen lassen, doch ich möchte nicht das Risiko eingehen, mit dem getränkten Lappen Berührung zu kommen, der mich vermutlich betäuben soll. Bald schon verfluche ich es, so selten meine Ausdauer zu trainieren, denn ich merke allmählich, wie ich außer Puste gerate. Gleichzeitig kann ich hören, dass die Schritte immer näher kommen – als ich einen Blick nach hinten riskiere, erkenne ich voller Schrecken, dass ein Stück hinter dem Fremden auch Iyan die Verfolgung aufgenommen hat. Ein naiver Teil von mir hofft, dass er mir helfen möchte, doch ich weiß mit eisiger Gewissheit, dass es nicht so ist.

Mittlerweile laufen wir über eine große Blumenwiese, die steil bergab geht. In der Nähe befindet sich ein Weg, der häufig patrouilliert wird, was mich möglicherweise retten könnte.

Doch gerade, als ich neuen Mut schöpfe, werden meine Beine jäh weggerissen. Mit einem Ächzen komme ich unsanft auf den Boden auf und rolle noch einige Schritte weiter die Steigung hinab, ehe ich benommen liegen bleibe. Ein schemenhafter Umriss beugt sich über mich, und brauche einen Moment, um ihn klar ausmachen zu können. Entsetzt keuche ich auf, als ich Iyan erkenne. Er muss wohl den Fremden überholt und mir die Beine weggerissen haben. Da er größer und sportlicher ist als ich, ist es ihm sicherlich nicht schwergefallen, mich einzuholen.

»Bitte, tu das nicht«, flehe ich. »Du bist doch mein bester Freund!«

Tränen sammeln sich in meinen Augen, als ich sehe, wie ausdruckslos Iyan auf mich hinabblickt.

»Weißt du eigentlich, wie es war, in deinem Schatten aufzuwachsen?«, fragt er schließlich mit einer Stimme, die jegliche Wärme verloren hat. »Wie es ist, wenn selbst die eigene Mutter den besten Freund mehr liebt als ihren Sohn?«

Tiefe Trauer erfüllt mich, als mir klar wird, dass ich meinen besten Freund schon lange an Neid und Eifersucht verloren habe.

»Iyan ... das war doch nie meine Absicht«, starte ich noch einen letzten Versuch.

Doch dann tritt der Fremde neben Iyan. Das Letzte, was ich noch wahrnehme, ist der stinkende Lappen, der auf mein Gesicht gedrückt wird, ehe ich in eine tiefe Dunkelheit gezogen werde.

Levana

Ich betrete, wie so oft, den Thronsaal, in dem ich mich seit meiner Kindheit wie in meinem eigenen Zuhause bewege. Mit stolzer Haltung gehe ich auf den König zu, während die strahlend weiße Toga meine Beine umspielt. Die Bediensteten halten alle in ihrer Arbeit inne und neigen respektvoll den Kopf – ich bemerke jedoch, dass ein paar der jungen Männer verstohlen zu mir blicken.

Schließlich bleibe ich vor dem Thron stehen und erwidere den herablassenden Blick des Königs. Er ist ein junger Mann mir welligem braunem Haar, lebhaften braunen Augen und feinen Gesichtszügen. Schließlich weicht seine gespielt strenge Miene einem amüsierten Lachen und er kommt mit ausgebreiteten Armen auf mich zu. »Levana, wie schön, dass du endlich hier bist.«

Er schließt mich in eine feste Umarmung und drückt mir einen Kuss auf den Scheitel.

»Ist meine Verlobte nicht wie immer wunderschön?«, ruft er heiter seinen Dienern zu, die sichtlich verunsichert sind und nicht wissen, ob sie auf diese Frage antworten sollen. Nainor beachtet sie jedoch nicht mehr, sondern mustert mich lächelnd. »Was gibt es Neues in der Stadt? Wie laufen Titus' Pläne? Er sollte mir eigentlich schon längst Bericht erstatten.«

»Du kennst meinen Vater ja«, sage ich und verdrehe die Augen. »Er macht ständig Alleingänge.«

»Was hältst du eigentlich von seinem Plan bezüglich der Clans?«, fragt Nainor und wirkt mit einem Mal verunsichert.

»Titus hat mir gesagt, dass sie vorhaben, die Stadt anzugreifen, und dass wir ihnen deswegen zuvorkommen müssen. Ich habe ihm meine Erlaubnis gegeben, dagegen vorzugehen, aber mittlerweile frage ich mich, ob das richtig war.«

Ich antworte nicht sofort, denn mein Vater hat mich bereits in alles eingeweiht. Und dadurch weiß ich, dass die Clans keineswegs vorhaben, die Städte anzugreifen. Es ist einfach nur ein weiterer machthungriger Plan meines Vaters, die Wildnis zu erobern, und dafür nutzt er Nainor als Marionette. Da dieser schon in seinem dreizehnten Lebensjahr viel zu früh König geworden ist, war er von Anfang an leicht zu manipulieren. Jeder denkt, dass er alles entscheidet, doch in Wahrheit werden die Fäden einzig von Titus gezogen.

Am liebsten würde ich Nainor, der seit Kindertagen einer meiner engsten Vertrauten ist, die ganze Wahrheit sagen. Doch damit würde ich meinen Vater verraten, und er ist die einzige Familie, die ich noch habe – bis ich eines Tages Nainor heirate. Unsere Verlobung war jedoch nicht unsere Entscheidung, da wir nicht mehr als Freundschaft füreinander empfinden, sondern die meines Vaters – wie so ziemlich alles in meinem Leben.

»Du kannst ihm vertrauen«, sage ich schließlich zu Nainor und lasse mich elegant auf den kleineren Thron neben ihm sinken. Der Thron, der eines Tages mir gehören wird. »Du weißt, dass mein Vater nur das Beste für dein Königreich möchte. Du kannst dich also entspannt zurücklehnen und ihm die Arbeit überlassen.«

Nainor lacht bei meinen Worten, und ich setze ein Lächeln auf, das jedoch nicht ganz echt ist. Ich zwirbele eine Strähne meines tiefschwarzen lockigen Haares um meinen Finger und versuche, mir mein schlechtes Gewissen nicht anmerken zu lassen. Der König vertraut mir und dadurch auch meinem Vater, und wir nutzen es schamlos aus.

»Was gibt es bei dir eigentlich sonst noch Neues?«, frage ich betont heiter.

Ich stehe auf, nehme Nainors Hand und ziehe ihn von seinem Thron hoch. Nachdem ich mich bei ihm eingehakt habe, verlassen wir den Thronsaal und treten hinaus in den Palastgarten. Mein Verlobter hat noch immer nicht auf meine Frage geantwortet und wirkt vollkommen in sich gekehrt. Gedankenverloren streicht er über die Blätter eines Rosenstrauches, der üppig rote Blüten trägt.

»Hat es wieder mit deiner Sklavin zu tun?«, frage ich vorsichtig.

»Sie hat einen Namen«, antwortet Nainor ungewohnt hart. »Sie heißt Ereka und das weißt du genau.«

»Na gut«, sage ich und hebe beschwichtigend die Hände. »Hat es wieder mit *Ereka* zu tun?«

Nainor senkt den Kopf und seufzt tief. Er pflückt eine Rose und lässt ihre Blüten in den Teich neben uns rieseln, was die zuvor noch träge herumschwimmenden Kois aufschreckt.

»Sie sagt, dass es das Beste wäre, wenn wir unsere Liebschaft beenden«, erklärt Nainor und schleudert den dornigen Rosenstiel frustriert von sich. »Ich weiß, dass ich mich als König nicht auf eine Sklavin einlassen darf. Wenn es jemand aus dem Volk erfahren würde, wäre das fatal. Aber habe ich nicht das Recht auf privates Glück?«

Ich nehme seine Hand und drücke sie tröstend. »Wenn wir erst mal verheiratet sind, schaffen wir das gemeinsam. Vielleicht ernenne ich Ereka zu meiner Hofdame oder so.«

Ich verziehe das Gesicht bei diesem Gedanken, denn ich habe nicht gerne fremde Menschen um mich herum, denen es meist nur um meine Macht geht. Denn zweifellos habe ich Macht – auch jetzt schon, als Tochter des obersten Senators und Verlobte des Königs.

»Wir werden gute Verbündete sein«, stellt Nainor fest und blickt mich dankbar an. »Vielleicht schaffen wir es sogar gemeinsam, die Sklaverei endlich abzuschaffen. Ich bin schon so oft an dem Versuch gescheitert.«

Wieder muss ich daran denken, dass ich schon oft sein Vertrauen für die Zwecke meines Vaters missbraucht habe. Manchmal hasse ich Titus dafür, dass er mich zu solchen Taten drängt, doch ich kann auch den Gedanken nicht ertragen, ihn zu enttäuschen. Seitdem meine Mutter ihn verlassen hat, als ich noch ein kleines Kind war, bin ich die einzige Person, die er noch liebt.

»Ich muss nun leider gehen«, murmle ich, denn mit einem Mal kann ich es nicht mehr ertragen, Nainor ins Gesicht zu lügen. Ich weiß, dass ich mich für eine Seite entschieden habe, und das ist leider nicht die seine.

KAPITEL 4

Jasira

Nun sind schon acht Tage vergangen, seit ich beim Clan des weißen Hirsches angekommen bin. Ich befinde mich in dem Nebenlager, wo auch mein Vater lebt, aber es fällt mir noch immer schwer, eine Bindung zu diesem Ort aufzubauen. Genau genommen fühle ich mich im kalten Wald allgemein nicht sehr wohl, denn ich spüre mit jeder Faser meines Körpers, dass ich hier nicht heimisch bin. Was wäre, wenn der weiße Hirsch tatsächlich mein Krafttier ist und ich gezwungen bin, hier zu leben? Oder – was vermutlich sogar noch schlimmer wäre – sich herausstellt, dass er *nicht* mein Krafttier ist? Über diese Möglichkeit möchte ich gar nicht erst nachdenken, denn es würde wohl bedeuten, dass ich in gar keinem Clan wirklich zuhause bin.

Wie so oft in den letzten Tagen wandere ich rastlos durch den kalten Wald, der seinem Namen alle Ehre macht. Obwohl der Sommer bereits angebrochen ist, herrschen dort Temperaturen wie bei uns am Frühlingsanfang.

Ich kann nicht leugnen, wie atemberaubend hier die Landschaft ist; kristallklare Bäche ziehen sich durch eine hügelige Waldlandschaft, die von Laubbäumen dominiert wird, und überall sprießen Blumen in allen erdenklichen Farben. Man hört das Rascheln von Tieren im Unterholz, das Summen von Insekten und das Zwitschern der Vögel.

Und doch vermisse ich das Gebirge mit seiner endlos weiten Landschaft und das Gefühl von Freiheit, wenn man einen Berg erklommen hat. Auch fehlen mir die schützenden Wände der Höhle, in der sich mein Heimatlager befindet. Hier leben die Clanmitglieder in Holzhütten, die sich auf einer großen Lichtung befinden. Zwar ist es immer noch besser als die Zelte beim Clan des schnellen Leoparden, aber dennoch ist es ein seltsamer Gedanke, dass mich nur eine dünne Wand von der Außenwelt trennt statt massiver Fels.

Als allmählich die Sonne untergeht, setze ich mich auf einen großen Stein am Rande eines schmalen Bachlaufes, in dem gerade eine Entenfamilie nach Futter sucht. Gedankenverloren packe ich meinen Proviant aus, der aus Brot und Beeren besteht, und werfe den Tieren ein paar Krümel zu. Mit lautem Geschnatter stürzen sie sich darauf, was mich zum ersten Mal seit langem zum Lächeln bringt – genauer gesagt, seit ich mich von Ascian verabschiedet habe. Ob es ihm wohl gut geht und er Fortschritte mit seiner Tarnmagie macht?

Schnell schiebe ich jeden Gedanken an ihn beiseite, denn das würde meine Sehnsucht ins Unermessliche steigen lassen. Ich muss mich auf das konzentrieren, weshalb ich hier bin: einen weißen Hirsch zu finden. Das ist auch der Grund, weshalb ich den ganzen Tag in der Wildnis verbringe, auch wenn ich es vermutlich ohnehin nicht lang im Lager ausgehalten hätte. Mein Vater versucht die ganze Zeit, wenn ich dort bin, ein lockeres Gespräch aufzubauen, so als wäre nie etwas passiert. Als hätte er nicht vor Ewigkeiten meine Mutter und mich verlassen, die dadurch völlig überfordert mit meiner Erziehung war.

Gerade, als ich meinen letzten Bissen heruntergeschluckt habe, höre ich ein lautes Rascheln aus dem Gebüsch in meiner Nähe. Instinktiv taste ich nach einer Waffe an meinem Gürtel, bis mir einfällt, dass ich keine dabeihabe. Im Gebirge könnte man jederzeit auf einen Bären oder ein anderes wildes Tier stoßen, doch hier im kalten Wald gibt es diese Gefahr nicht. Dennoch nehme ich mir nun fest vor, das nächste Mal zumindest einen Dolch mitzunehmen – denn was wäre, wenn es Sklavenhändler sind?

Schnell husche ich hinter einen Baum in Deckung und beobachte angespannt das Gebüsch, aus dem noch immer laute Geräusche dringen. Dann atme ich auf, denn es ist ein weißer Hirsch, der schließlich hervortritt. Meine Erleichterung verfliegt jedoch, als eine überwältigende Kraft durch meine Adern rauscht, die mich meine Umgebung sofort schärfer sehen und hören lässt.

Im nächsten Moment, als ich mich gerade auf dieses Gefühl konzentriere, verfliegt es so schnell, wie es gekommen ist – und das, obwohl der Hirsch noch immer in meiner Nähe steht und gemächlich an einem Zweig knabbert. Als ich laut und voller Verzweiflung fluche, schreckt er zusammen und sucht das Weite. Das könnte mir in diesem Moment jedoch kaum weniger egal sein.

Mit einem lauten Schluchzen vergrabe ich mein Gesicht in den Händen und lehne mich gegen den Baum, der mir noch eben als Versteck gedient hat. Was stimmt denn nicht mit mir? Genau so war es auch bei dem Adler: Zuerst hatte ich das Gefühl, dass er tatsächlich mein Krafttier sein könnte, bis das Gleiche passiert ist wie eben beim Hirsch.

Lange Zeit stehe ich so da und versinke im Selbstmitleid, ehe ich mich endlich zusammenreiße. Zum Glück hat niemand meinen Zusammenbruch bemerkt. Schlecht gelaunt mache ich mich auf den Weg zum Lager, wo ich hoffentlich nicht von meinem Vater ausgefragt werde.

Doch als ich die Lichtung betrete, merke ich, dass etwas nicht stimmt. Eine Menschenmenge hat sich dort versammelt, und ich sehe auf dem zweiten Blick, dass sie einen Reiter umringt. Beim Näherkommen erkenne ich überrascht, dass es sich augenscheinlich um einen jungen Mann aus dem Clan des großen Adlers handelt, den ich jedoch nicht kenne. Ich gehe auf die Versammlung zu, in der ich kurz darauf meinen Vater entdecke.

»Was ist hier los?«, frage ich ihn.

Mit seiner Reaktion habe ich nicht gerechnet. Er zieht mich in eine feste Umarmung und streicht über meinen Kopf, so als wäre ich noch das kleine Kind, das er einst verlassen hat. Ich befreie mich aus seinen Armen und weiche einen Schritt zurück. Irgendetwas stimmt hier ganz und gar nicht. Plötzlich spüre ich den Blick des Fremden auf mir und meine Verwirrung steigt noch weiter, als er sich durch die Menge auf mich zu bahnt.

»Bist du Jasira?«, fragt er, woraufhin ich skeptisch nicke. Sofort wird der Blick des Mannes von Trauer überschattet. »Ich wurde als Bote hergeschickt, um dir mitzuteilen, dass Ascian höchstwahrscheinlich entführt wurde. Er und Iyan sind nicht mehr nach Hause gekommen, und wir vermuten, dass sie auf Sklavenhändler gestoßen sind.«

Ich kann den Fremden bloß fassungslos und ungläubig anstarren. Ascian wäre niemals so dumm, sich in die Nähe von Sklavenhändlern zu begeben. Und selbst wenn, er hätte sich mit seinen magischen Kräften verteidigen können. Außerdem ist Iyan ein guter Kämpfer, sodass die beiden gemeinsam sicherlich keine Probleme gehabt hätten, gegen Sklavenhändler anzukommen.

»Was redest du für einen Unsinn?«, fahre ich den Mann an, der beschwichtigend die Hand auf meine Schulter legt.

Genervt schüttle ich sie ab und weiche zwei Schritte zurück. Ich kann die Augen aller Anwesenden auf mir spüren und mit einem Mal wird mir alles zu viel. Ich wirble herum und stürze zu meiner Hütte, die ich glücklicherweise allein bewohne. Mit einem lauten Knall ziehe ich die Tür hinter mir zu und lehne mich schwer atmend dagegen.

Weshalb sollte der Clan des großen Adlers einen Boten losschicken, nur um solch einen Unsinn zu verbreiten? Könnte es ein geschmackloser Trick von Ascian sein, damit ich zurückkehre? Nein, so etwas traue ich ihm nicht zu.

Ich lasse mich zu Boden sinken und starre lange Zeit einfach nur gegen die Wand. Fieberhaft denke ich nach, ohne zu einem Ergebnis zu kommen. Was ist, wenn der Bote recht hat? Wenn Ascian wirklich entführt wurde? Meine Kehle wird trocken und mein Herz beginnt zu rasen. Obwohl ich weiß, dass es Unsinn ist, fühle ich mich plötzlich schuldig. Hätte ich Ascian nicht verlassen, wäre er sicherlich nicht auf die Idee gekommen, einen Ort aufzusuchen, wo Sklavenhändler üblicherweise unterwegs sind. Dort werden die Wege regelmäßig von Patrouillen überprüft, die gut geschult und bewaffnet sind.

Erst als die Dämmerung einbricht, verlasse ich mit schweren Schritten die Hütte und gehe zu dem Lagerfeuerplatz, wo die Clanmitglieder gerade ihr Abendessen zu sich nehmen. Da der Clan des weißen Hirsches kein Fleisch isst, gibt es hauptsächlich Brot, Pilze und Beeren. Ich entdecke den Boten und gehe nach kurzem Zögern auf ihn zu. Sofort wird auf dem umgekippten Baumstamm Platz gemacht, damit ich mich neben ihn setzen kann. Eine Weile blicke ich bloß in die knisternden Flammen und fröstle trotz der Wärme, die sie ausstrahlen.

Dann fasse ich endlich Mut und frage den Boten: »Ist es wirklich wahr? Hat man Beweise dafür gefunden?«

Der junge Mann blickt mich bedauernd an und scheint genau zu wissen, wie stark mein innerer Schmerz ist. »Es tut mir unglaublich leid. Der gesamte Clan des großen Adlers leidet darunter, und ich kann mir nicht ausmalen, wie schlimm es für dich ist.« Er hält kurz inne und atmet tief durch, ehe er weiterspricht. »Man hat Spuren gefunden, die auf einen Kampf hindeuten. Auch Blut. Taesera konnte mithilfe ihrer Magie identifizieren, dass es von Ascian und Iyan stammte.«

Ich schlucke schwer und blicke starr in die Ferne. Wenn es wirklich stimmt, muss ich sofort zurückkehren. Ich muss die Verfolgung aufnehmen, auch wenn ich dafür bis in die Stadt reisen muss. Wenn nötig, würde ich alles für Ascian tun.

»Ich reite mit dir zurück«, sage ich entschieden und ignoriere den protestierenden Blick meines Vaters. Hier hält mich ohnehin nichts mehr – wenn überhaupt bin ich nun noch verwirrter und verzweifelter als zuvor.

»In Ordnung«, erwidert der Bote und wirkt nicht überrascht. Vermutlich hat man ihn darüber unterrichtet, wie stark das Band zwischen Ascian und mir ist. »Wir brechen morgen früh bei Dämmerung auf.«

Ascian

Ein lautes Rumpeln weckt mich aus der Bewusstlosigkeit. Als ich die Augen öffne, ist alles schwarz. Sofort werde ich von unerträglichen Kopfschmerzen überwältigt und wünsche mir meine Ohnmacht zurück. Stöhnend versuche ich mich aufzurichten, doch meine Hände und Füße sind gefesselt.

»Du bist also endlich aufgewacht«, höre ich eine raue Stimme sagen.

Kurz denke ich, dass sie zu Iyan gehört, und werde von unbändiger Wut erfüllt. Doch als der junge Mann, den ich in der Dunkelheit nicht erkennen kann, fortfährt, merke ich, dass seine Stimme nicht die meines früheren besten Freundes ist.

»Du hast vermutlich viele Fragen, von denen dir zumindest einige bald beantwortet werden. Aber ich bin nur dafür da, dich am Leben zu erhalten, also erspar mir dein Gerede.«

»Was wollt ihr von mir?«, knurre ich und zerre an meinen Fesseln.

In meinem Inneren wechseln sich Wut und Angst miteinander ab. Ich versuche mit ganzer Kraft, meine Magie heraufzubeschwören, doch bei jedem Versuch werde ich von Schwäche überwältigt.

»Das wirst du noch früh genug herausfinden«, entgegnet die Stimme genervt. »Und nun trink etwas.«

Mir wird eine Feldflasche gegen den Mund gedrückt und kurz überlege ich, sie zu verweigern. Aber dann ist mein Durst übermächtig, sodass ich gierig das Wasser trinke. Ich frage mich, wie lange ich bewusstlos war, um mich so elend zu fühlen.

»Wo bringt ihr mich hin?«, versuche ich es nochmal, nachdem die Feldflasche wieder weggenommen wurde, auch wenn ich nicht mit einer zufriedenstellenden Antwort rechne.

»Nun, es bringt nichts, ein Geheimnis daraus zu machen«, sagt der Mann jedoch. »Wir sind auf den Weg in die Hauptstadt. Aber nun hör endlich mit der Fragerei auf.«

Mein Mut sinkt noch weiter als ohnehin schon. Zwar hatte ich bereits vermutet, dass man mich in die Stadt bringt, aber es nun zu hören, macht es noch schlimmer. Ob es die gleichen Menschen sind, die damals Cadoc entführt haben? Wie lang haben sie mich wohl schon beobachtet?

Erneut versuche ich, mich heimlich von meinen Fesseln zu befreien. Ich schließe die Augen und konzentriere mich auf meine Handgelenke. Es ist bloß einfache Magie nötig, die ich durch meinen Körper strömen lasse, um sie zu lösen. Ich lächle siegessicher, als ich spüre, wie sie die Fesseln erreichen – doch kurz darauf merke ich, dass etwas nicht stimmt. Ein weiteres Mal versuche ich es, doch meine Magie schafft es nicht, die Stricke aufzulösen.

Als ich die Augen öffne, wird mir ein großer Fehler bewusst: Das grünliche Licht erhellt den Raum der Kutsche und lässt das Gesicht eines narbengesichtigen jungen Mannes erscheinen, der mich kopfschüttelnd anblickt. Schnell lasse ich die Magie zurück in meinen Körper fließen. Sofort werden wir wieder in eine erdrückende Dunkelheit getaucht, doch ich kann noch immer seinen Blick auf mir spüren.

»Du bist ein seltsamer Bursche«, sagt der Mann und ich kann an seiner Stimme hören, dass er lächelt. »Man hat mir bereits gesagt, dass du nicht der Klügste bist, aber das gerade war wirklich dämlich.«

Ich merke, wie mein Kopf hochrot anläuft, und bin nun dankbar für die Finsternis um uns herum.

»Halt den Mund«, knurre ich, doch meine Wut gilt mehr mir als ihm. »Es gehört nicht gerade zu meinen täglichen Erlebnissen, gefangen genommen zu werden.«

»Wie auch immer«, erwidert der Fremde. »Du wirst die Fesseln nicht mit deiner Magie lösen können.«

»Wieso das?«, frage ich widerwillig.

»Ganz einfach: weil sie mit Magie erschaffen wurden.«

Ich reiße entsetzt die Augen auf, denn soweit ich weiß, beherrscht niemand von den Stadtmenschen Magie. Und auch bei den Clans sind es nur die Schamanen. Arbeitet etwa einer von ihnen mit dem Feind zusammen? Bei diesem Gedanken werden meine Kopfschmerzen wieder schlimmer und ich muss die langsam aufsteigende Übelkeit niederringen.

»Hier, iss etwas«, sagt der Mann, so als hätte er meine Gedanken gelesen. »Dann fühlst du dich besser.«

Er klingt beinahe schon fürsorglich, was völlig fehl am Platz ist. Er hält mir wieder etwas gegen den Mund, und skeptisch beiße ich hinein. Sofort schmecke ich, dass es sich um Brot handelt, und nehme gierig einen weiteren Bissen.

»Nicht so hastig«, sagt der Fremde amüsiert. »Du hast schon seit fünf Tagen nichts gegessen, da musst du es langsam angehen.«

Ich halte entsetzt inne und verschlucke mich beinahe an einem Krümel. »Fünf Tage? Wie kann das sein?«

Nun schwindet auch meine letzte Hoffnung, dass wir uns noch im Hochgebirge befinden.

»Das Schlafmittel war sehr effizient«, erwidert der Mann knapp und hält mir wieder das Brot hin.

Doch ich habe nun keinen Hunger mehr. Am liebsten würde ich meinen Mageninhalt geradewegs auf den Fremden entleeren, doch alles in mir fühlt sich nun völlig versteinert an.

Fünf Tage. Dann kann es nicht mehr lange dauern, bis wir die Stadt erreichen.

KAPITEL 5

Cadoc

»Bald ist es so weit«, sagt mein Meister und reibt sich mit einem verschlagenen Lächeln die Hände. »Dann wird der Schamanenjunge hier eintreffen. Und du wirst die große Aufgabe antreten.«

Ich nicke ernst und beinahe schon feierlich. »Ich bin bereit. Wie wird alles ablaufen?« Zwar ist diese Frage riskant, doch früher oder später wird man mich ohnehin einweihen müssen.

»Wir beide werden eine Reise antreten«, sagt Erebus und scheint sich nicht an meiner Frage zu stören. »Und währenddessen wird man dir alle Einzelheiten erklären. Wenn wir das Ziel erreicht haben, wirst du bestens vorbereitet sein und ich werde dich aus der Ferne beobachten.«

Ich bin erleichtert, dass Erebus dabei sein wird, auch wenn ich es niemals offen zugeben würde. Sicherlich würde er es nicht als Kompliment, sondern als Schwäche meinerseits sehen.

Nun mustert er mich von oben bis unten und wirkt zufrieden. »Seit du tagsüber wach bist, siehst du viel gesünder aus. Und auch das viele Essen hat dir gutgetan.«

Mit Ekel denke ich daran zurück, was ich in der letzten Zeit alles zu mir nehmen musste. Ich bin es seit meiner Kindheit gewöhnt, nur das Nötigste zu essen und auch lange Zeit ohne Nahrung auszukommen. Aber die Gewichtszunahme scheint wichtig für die Mission zu sein, sodass ich mich nicht beschwert habe.

»Also werden wir die restliche Zeit nun mit Warten verbringen?«, frage ich mit neutraler Stimme. In Wirklichkeit ist es mir jedoch zuwider, meine Tage mit Nichtstun zu vergeuden.

»So sieht es aus«, antwortet mein Meister mit wohlwollender Stimme.

Er möchte gerade noch etwas hinzufügen, als plötzlich ein Bursche von höchstens zwölf Jahren in unser Quartier gestürzt kommt. Instinktiv greife ich nach dem Dolch an meiner Seite, doch Erebus hebt die Hand. »Lass die Waffe stecken. Der Junge ist ein Bote. Sprich, was hast du uns mitzuteilen?«

Der Bursche braucht einen Moment, um wieder zu Atem zu kommen. Anscheinend ist er eine lange Strecke gerannt. »Senator Titus hat die Nachricht erhalten, dass die Kutsche noch am heutigen Tag ankommen wird. Ihr sollt unverzüglich zum Senatsgebäude kommen.«

Erebus' schwarzen Augen werden bei diesen Worten wachsam und sein Blick schnellt sofort zu mir. »Dann geht es nun also schneller als gedacht.«

»Ich bin bereit«, bestätige ich voller Überzeugung und versuche damit, meine Aufregung zu überspielen. Heute noch wird sich mein Leben also grundlegend ändern.

Auf Erebus' Anweisung hin gehe ich in meine Kammer, wo ich all meine wichtigsten Habseligkeiten zusammenpacke. Genau genommen bestehen diese hauptsächlich aus meinen Waffen. Lediglich eine Silbermünze, die Erebus mir einmal nach einer besonders gelungenen Mission geschenkt hat, ist ein wertvolles Erinnerungsstück, das ich in einer verborgenen Tasche meines Gürtels verstecke. Mein Meister hat mir bereits mitgeteilt, dass ich die Waffen zwar mitnehmen darf, doch vor Ort gut verstecken muss. Auch meine Kleidung, die derzeit aus einer schwarzen Tunika und einer Hose in der gleichen Farbe besteht, werde ich wechseln müssen.

Schließlich bin ich bereit für den Aufbruch. Ein letztes Mal schaue ich mich in meiner Kammer um und frage mich, ob ich diesen Ort vermissen werde. Doch nein, es gibt hier rein gar nichts, woran mein Herz hängt.

Nachdem ich zu Erebus zurückgekehrt bin, machen wir uns auf den Weg zum Senatsgebäude. Draußen schlägt mir sofort die flimmernde Nachmittagshitze entgegen, die ich so sehr verachte. Ich vermisse den kühlen Schutz der Nacht, in dem ich mich damals bewegen durfte.

Nach einer Weile gelangen wir auf die belebten Straßen und tauchen in die Menschenmenge ein. Mein Blick huscht unruhig hin und her, denn ich fühle mich eingeengt und beobachtet. Am liebsten würde ich meinen Dolch zücken und die Leute von mir fernhalten, doch Erebus, der vor mir geht, würde das nicht dulden. Also ertrage ich mit verborgener Wut das Gedrängel um mich herum und richte den Blick einzig auf den kahlen Hinterkopf meines Meisters.

Dann kann ich endlich das Senatsgebäude sehen, doch ich muss schnell feststellen, dass dort tagsüber ebenso viel los ist wie auf den Straßen. Zum Glück ist der Tunnel, den wir auch die letzten Male benutzt haben, kein offizieller Eingang, sodass wir bald nicht mehr den vielen Blicken ausgesetzt sind. Anders als sonst werden wir diesmal schon im Tunnel von Titus begrüßt. Man kann ihm deutlich seine Unruhe und Ungeduld anmerken.

»Das wurde aber auch Zeit«, wirft er Erebus vor, und sein Blick huscht nur kurz zu mir. »Folgt mir«, sagt er dann knapp und eilt den dunklen Gang entlang.

Wir haben keine Mühe, mitzuhalten, denn der beleibte Mann scheint schnell außer Atem zu kommen. Ich bemerke, dass er bei einer Abzweigung nicht den Weg wählt, der zum Senatssaal führt, sondern einem deutlich schmaleren und schlechter beleuchteten Gang folgt.

Nach einer Weile erreichen wir eine Treppe, die tief nach unten führt. Kurz überlege ich, ob es eine Falle sein könnte und beobachte die Reaktion von Erebus. Doch er wirkt nicht so, als wäre er beunruhigt, sodass auch ich mich wieder entspanne. Die Luft wird immer muffiger, je tiefer wir steigen, bis wir endlich vor einer schweren Tür stehen bleiben. Titus kramt einen schweren Schlüsselbund heraus und sucht umständlich nach dem richtigen Schlüssel. Dann steckt er ihn rasselnd ins Schloss, woraufhin die Tür mit einem Quietschen aufschwingt.

Vor uns liegt ein Raum, der vollständig in Dunkelheit getaucht ist, und erst als Titus eine Fackel von der Wand nimmt und eintritt, erkenne ich die ersten Einzelheiten. Es handelt sich um einen Gewölbekeller voll abgestandener und feuchter Luft. An einer Wand sind mehrere Zellen eingelassen. Als ich nach dem Eintreten einen Blick hineinwerfe, merke ich jedoch, dass sie leer sind.

»Der Schamanenjunge wird dort noch früh genug eingesperrt«, sagt Titus geringschätzig. »Ein Bote hat mitgeteilt, dass er noch am Abend hier ankommen wird. Bis dahin gehen wir den Plan nochmal detailliert durch.«

Er setzt sich auf eine gepolsterte Liege und wirkt alles andere als begeistert darüber, die Zeit mit uns allein verbringen zu müssen. Er beginnt, alles, was ich ohnehin bereits weiß, aufzuzählen. Um Erebus nicht zu verärgern, versuche ich, Interesse vorzutäuschen, doch meine Gedanken schweifen trotz meiner Vorsätze ab. Gleich werde ich diesen Jungen sehen, dem ich angeblich so ähnlich sehe. Ich soll mir genau sein Verhalten einprägen, um ihn so gut es geht zu imitieren, ehe ich losgeschickt werde, um seinen Platz einzunehmen. Zwar wird es seinen Angehörigen wohl auffallen, dass sich dieser Ascian anders benimmt als sonst, doch da sie wissen, dass er entführt wurde, werden sie sich sein Verhalten damit erklären. Schließlich kann so etwas nicht ohne Spuren an ihm vorbeigehen.

»Und du, Erebus, wirst deinen Jungen nicht aus den Augen lassen«, beendet Titus endlich seinen Vortrag. »Lass nicht zu, dass er sich bei den Wilden allzu wohlfühlt oder sogar Sympathie für sie entwickelt.«

Wut kocht in mir hoch, und ich würde den Senator am liebsten angreifen.

»Das wird er nicht«, sagt Erebus unbeeindruckt. »Ich habe ihm seit frühester Kindheit beigebracht, mir zu gehorchen. Und du weißt genau, welche Mittel ich dafür genutzt habe, Titus.«

Als ich daran zurückdenke, wird mir für einen kurzen Moment übel. Wenn auch nur der leiseste Funken Ungehorsam in mir aufblitzt, muss mich Erebus nur an die Strafe erinnern, damit ich wieder zur Besinnung komme. Doch ich weiß, dass er mir all das in meiner Kindheit nur angetan hat, weil er das Beste für mich wollte. Er wollte, dass ich stark werde. Ich hatte die Schmerzen durch mein Verhalten verdient, das weiß ich mittlerweile.

Ich richte mich aufmerksam auf, als ich ein leises schabendes Geräusch höre, ohne seinen Ursprungsort ausmachen zu können. Nun bemerken es auch die beiden anderen, und Titus sagt mit aufgeregt glitzernden Augen: »Das müssen sie sein.«

Er steht schwerfällig auf und geht zu einem großen Wandteppich, auf dem der Palast des Königs abgebildet ist. Achtlos reißt er ihn herunter, und zu meiner Überraschung kommt eine hohe Flügeltür zum Vorschein. Titus öffnet sie, und ich muss die Augen zusammenkneifen, um nicht vom Licht geblendet zu werden. Betont gleichgültig, meine Neugierde überspielend, gehe ich ein paar Schritte nach vorne, um hinauszuspähen. Ich erkenne einen steilen Weg, der sich vermutlich im Hinterhof des Senatsgebäudes befindet und zwischen hohen Bäumen, Hecken und Sträuchern verborgen liegt. Weiter oben steht ein schmiedeeisernes Tor, an dem sich gerade ein unscheinbarer Mann zu schaffen macht.

»Ich komme sofort«, ruft Titus und wirkt beinahe wie ein aufgeregtes Kind. Mit dem scheppernden Schlüssel in der Hand eilt er zum Tor und öffnet das Schloss.

Als Nächstes entdecke ich eine schmale Kutsche, die von einem kräftig gebauten Pferd gezogen wird. Als der fremde Mann es an den Zügeln nimmt und in unsere Richtung führt, fällt es dem Tier sichtlich schwer, den steilen Weg hinabzugehen, da das Gewicht der Kutsche es nach vorne schiebt.

Schließlich gelangt das Gespann jedoch in das Innere des Kellers und Titus beeilt sich, die Tür zu schließen. Da nun wieder ausschließlich das Licht des Feuers den Raum erhellt, dauert es einen kurzen Moment, bis sich meine Sehkraft an die Dunkelheit angepasst hat.

»Hast du dem Jungen die Augen verbunden?«, fragt der fremde Mann in Richtung der Kutsche.

»Ja, du kannst die Klappe öffnen«, antwortet eine gedämpfte Stimme aus dem Inneren.

Meine Spannung wächst ins Unermessliche, und ich befürchte, dass Erebus es bemerken könnte. Doch als ich zu ihm spähe, bemerke ich, dass es ihm nicht anders zu gehen scheint. Also traue ich mich, näher heranzugehen, sodass ich die Klappe, die gerade von dem Fremden geöffnet wird, sehen kann. Zuerst fällt mir der großgewachsene und narbengesichtige Mann auf, der nur wenig älter als ich zu sein scheint. Dann sehe ich, wie er einem Jungen mit verbundenen Augen auf die Beine hilft.

Mein Atem stockt, denn auch wenn sein halbes Gesicht verdeckt ist, kann ich nicht leugnen, dass wir uns sehr ähnlich sehen. Zwar habe ich mich in meinem Leben nur selten in einem Spiegel betrachtet, aber es fühlt sich so an, als hätte ich einen Teil von mir wiedergefunden. Schnell verdränge ich dieses unangemessene Gefühl, denn dieser Junge dort ist mein Feind. Ich werde dafür eingesetzt, sein Leben zu übernehmen, da kann ich es mir nicht leisten, etwas in seiner Gegenwart zu empfinden, das mir nicht nützlich ist.

»Wo sind wir?«, fragt der Junge namens Ascian nun mit rauer Stimme, und ich muss meine Hände zu Fäusten ballen, um nicht zusammenzuzucken.

Es ist ein seltsames Gefühl, meine Stimme zu hören, ohne selbst geredet zu haben. Ich schaffe es nicht, meinen Blick von Ascian abzuwenden, und erst als Erebus mich anspricht, erwache ich aus meiner Starre.

»Präg dir sein Verhalten und seine Bewegungen genau ein.«

Gerade möchte ich etwas antworten, da kommt mir Titus mit erschrocken aufgerissenen Augen zuvor. »Du darfst auf keinen Fall in seiner Gegenwart sprechen.«

Ich kann ihm anmerken, dass er sich über sich selbst ärgert, es nicht schon vorher angesprochen zu haben. Ich presse verärgert die Lippen zusammen, aber bin nicht so dumm, aus Protest etwas zu antworten. Es würde mir nur für einen Moment Genugtuung verschaffen, ehe Erebus mir diese schnell wieder austreiben würde.

Ich richte meinen Blick wieder auf Ascian. Gerade wird er von dem Narbengesicht in eine Zelle geführt. Mir fällt auf, dass immer wieder ein grünes Licht um die Hände des Schamanen-schülers erscheint, und ich vermute, dass er verbissen versucht, sich doch noch zu befreien. Es ist faszinierend, seine Magie zu sehen, und dieser Anblick nimmt mich völlig gefangen. Ich frage mich, was er damit alles zustande bringen kann.

»Könnt ihr mir nicht wenigstens die Beinfesseln abnehmen?«, fragt er nun frustriert, nachdem die Zellentür ins Schloss gefallen ist. »Ich kann doch nun ohnehin nicht mehr fliehen.«

Das Narbengesicht blickt fragend zu Titus, doch der schüttelt entschieden den Kopf. »Erst, wenn Erebus' Junge aufgebrochen ist. Die Gefahr ist zu groß, dass der Schamanenschüler es irgendwie schafft, seine Augen freizubekommen.«

Ascian dreht seinen Blick nun aufmerksam in unsere Richtung, und ich glaube zu wissen, was er gerade denkt. *Wieso darf ich diesen Jungen nicht sehen?*

Schnell konzentriere ich mich wieder auf Erebus, denn seit wann kümmert es mich, was andere Menschen denken?

Jasira

Die Reise zum Clan des großen Adlers vergeht quälend langsam.

Als wir dann endlich im Hauptlager ankommen, ist die betretene Stimmung beinahe greifbar. Die Clanmitglieder gehen ihren Aufgaben schweigend nach, und sogar auf die kleinsten Kinder scheint diese Atmosphäre abgefärbt zu haben. Als ich die Haupthöhle betrete, in der normalerweise viel Trubel herrscht, schlägt mir eine beklemmende Stille entgegen.

Nachdem ich eine Weile gesucht habe, finde ich Taesera bei dem Anführer. Sie führen ein leises und eindringliches Gespräch, und als sie mich bemerken, zucken sie beinahe schon ertappt zusammen.

»Jasira, so schnell habe ich dich nicht erwartet«, sagt Taesera mit einem müden Lächeln. »Es ist schön, dich wieder bei uns zu haben, aber ich denke leider nicht, dass du etwas an unserer Lage ändern kannst.«

»Ich möchte auch nicht hierbleiben«, eröffne ich ihr ohne Umschweife. »Ich werde so bald wie möglich wieder aufbrechen, um Ascian zu suchen.«

Die beiden Erwachsenen blicken mich überrascht an, doch schnell ändert sich ihr Ausdruck in Resignation.

»Wir haben bereits mehrere Patrouillen hinterhergeschickt«, erklärt der Anführer sachlich, aber ich kann deutlich den Schmerz aus seiner Stimme heraushören. Ascian ist ein wichtiger Teil unseres Clans und unersetzbar, da Taesera sonst keinen Nachkommen mehr hat.

»Das ist mir egal«, sage ich entschieden und gebe mir Mühe, nicht wie ein trotziges Kind zu klingen. »Ich bin nur hier, um herauszufinden, in welche Richtung ich reisen muss. Ansonsten hätte ich mich direkt auf den Weg gemacht.«

Der Anführer wirkt verärgert, doch Taesera ist anzusehen, dass sie es mir nicht ausreden kann. Sie weiß am besten, wie stark das Band zwischen Ascian und mir ist. »Komm mit in meine Räumlichkeiten, dann berichte ich dir alles, was ich weiß.«

Ohne weiter auf den Anführer zu achten, der sichtlich empört darüber wirkt, dass die Schamanin ihn nun stehen lässt, verlässt sie die Haupthöhle. Ich folge ihr durch das Labyrinth aus Gängen, die mir so vertraut sind, dass ich mich sogar im Schlaf zurechtfinden würde. Als Taesera den Vorhang zu ihren Räumlichkeiten zur Seite schiebt, schlägt mir wie immer ein süßlicher und würziger Duft entgegen. Ich setze mich auf eines der Sitzkissen und beobachte, wie die Schamanin eine Weile nachdenklich durch den Raum wandert. Ihre dunklen, graumelierten Haare fallen ihr ins Gesicht, als sie sich nach vorne beugt, um überflüssigerweise ein paar Schriftrollen zurechtzurücken.

Schließlich seufzt sie und wendet sich endlich wieder mir zu. »Ascian war in letzter Zeit so abwesend und hat keine Fortschritte in der Magie gemacht. Und ich war so dumm und habe ihn Pausen machen lassen – mehr, als nötig gewesen wären. Hätte ich ihm nicht so viele Freiheiten gelassen, hätte er sich vielleicht nicht so weit von der Höhle entfernt.«

»Rede keinen Unsinn«, erwidere ich energisch. »Wenn überhaupt, dann war es meine Schuld, denn für sein abwesendes Verhalten war einzig ich verantwortlich. Ich habe ihn mit ungeklärten Gefühlen zurückzulassen, um für mein eigenes Leben Klarheit zu finden.«

Taeseras Gesichtszüge werden weicher und sie nimmt meine Hand. Diese Geste überrascht mich, denn meist wirkt die Schamanin streng und beherrscht. »Wir sollten uns darauf einigen, dass keiner von uns schuld ist. Die Einzigen, die dafür die Verantwortung tragen, sind die Sklavenhändler. Ascian und Iyan sind schließlich nicht die ersten Clanmitglieder, die entführt wurden.«

»Stimmt, Iyan ist ja auch betroffen«, seufze ich und habe ein schlechtes Gewissen, keinen Gedanken an ihn verschwendet zu haben. »Seine Mutter und Schwestern tun mir leid.«

Taesera nickt und wirkt mit einem Mal unendlich traurig. »Es ist so, als hätte Daedara gleich zwei Söhne verloren. Schließlich hatte sie einen großen Anteil daran, Ascian großzuziehen.«

Aus irgendeinem Grund erscheint bei diesen Worten Iyans neidischer Gesichtsausdruck in meinen Erinnerungen. Oft hat er Ascian so hinterhergeschaut, ohne zu merken, dass ich ihn dabei beobachtet habe. Schnell schiebe ich diesen Gedanken wieder beiseite. Meine Feindseligkeiten mit Iyan sind jetzt wirklich fehl am Platz.

»Nun kommen wir aber zu dem eigentlichen Grund, weshalb du hier bist«, sagt Taesera nach einem langen betretenen Schweigen. »Wie der Bote dir bereits berichtet hat, wurden Kampfspuren gefunden, die ich eindeutig Ascian und Iyan zuordnen konnte. Tatsächlich hat eine Patrouille auf dem Hauptweg, der oft von Sklavenhändlern benutzt wird, frische Wagenspuren gefunden. Alles deutet darauf hin, dass sie sich auf den Weg in die Hauptstadt gemacht haben. Leider haben wir erst spät bemerkt, dass Ascian und Iyan fort sind, sodass die Entführer einen großen Vorsprung hatten, den wir nicht mehr einholen konnten.«

»Also die Hauptstadt«, murmle ich abwesend. »Es wird kein Spaß, dort hinzureisen und Ascian zu suchen.«

»Das wirst du auf keinen Fall tun. Es wäre viel zu gefährlich«, fährt mich Taesera mit einem Mal voller Wut an.

Ich begegne ihren eisblauen Augen jedoch unbeeindruckt.

»Du weißt, dass du mich nicht davon abhalten kannst.«

Die Schamanin bebt bei meinen Worten vor Zorn, aber sie verschwendet ihre Energie nicht damit, weiter auf mich einzureden.

»Geh mir aus den Augen und tu, was du für richtig hältst«, sagt sie schließlich kühl. »Wenn du der Meinung bist, dass die Clans einen weiteren Verlust verkraften können.«

»Ich wäre für keinen der Clans ein Verlust«, antworte ich knapp und verlasse dann mit schnellen Schritten den nun bedrückend wirkenden Raum.

KAPITEL 6

Cadoc

Zwei Tage verbringe ich damit, stumm vor Ascians Zelle zu sitzen und seine Verhaltensweisen zu beobachten. Zwar glaube ich kaum, dass ich in seiner Gefangenschaft viel über ihn herausfinden werde, aber ich habe dennoch das Gefühl, einen Teil von ihm kennenzulernen. Obwohl ich nicht mit ihm rede, spüre ich eine seltsame Verbundenheit mit ihm. Ich schiebe es darauf, dass ich meine Mission besonders wichtig nehme und bereits jetzt versuche, mich mit dem Schamanenschüler zu identifizieren.

An meinem letzten Abend, den ich hier verbringen werde, bringt mich Ascian jedoch völlig aus dem Konzept.

»Ich weiß, dass du die ganze Zeit hier bist und mich beobachtest«, sagt er mit müder Stimme. Ertappt richte ich mich auf und frage mich, ob ich mich durch irgendetwas verraten habe. »Zwar kann ich dich weder sehen noch hören, aber ich kann deine Anwesenheit spüren. Und ich habe das Gefühl, dich zu kennen, deswegen gehe ich davon aus, dass du Iyan bist.«

Seine Stimme hat einen wütenden Unterton angenommen, während ich mich wieder erleichtert zurücklehne. Ich hätte es mir niemals verziehen, einen Fehler gemacht zu haben, doch Ascian scheint bloß gute Sinne zu haben. Vielleicht ist das normal, wenn man Magie beherrscht. An seiner Stelle hätte ich sicherlich auch gemerkt, wenn ich beobachtet werde.

»Ich werde dir das nie verzeihen«, fährt Ascian fort, und ich kann beinahe körperlich spüren, wie der Hass durch seine Adern brodelt. Dadurch fühle ich mich sogar noch verbundener mit ihm. »Du warst mein bester Freund – nein, sogar mein Bruder – und hast mich dennoch verraten. Wenn ich hier wieder rauskomme, werde ich deiner Familie erzählen, was für ein Ungeheuer in dir schlummert.«

Ich hebe die Augenbrauen und verspüre beinahe so etwas wie Mitleid mit diesem Iyan. Vermutlich war er es, der bei der Gefangennahme von Ascian eine entscheidende Rolle gespielt hat. Ich erwische mich bei dem Gedanken, dass er eine Strafe verdient hätte.

Reflexartig stehe ich auf und drehe mich von der Zelle weg. Was löst Ascian bloß in mir aus, dass ich über solche sinnlosen Dinge nachdenke? Ich muss mich wieder auf das Wesentliche konzentrieren, um Erebus stolz zu machen. Wenn es nur um Titus oder den König ginge, wäre mir die Mission wohl gleichgültig. Doch wenn ich es richtig verstanden habe, hat mein Meister mich einzig dafür großgezogen und trainiert, um meine Fähigkeiten zum jetzigen Zeitpunkt einzusetzen. Also werde ich ihm beweisen, dass er alles richtig gemacht hat und ich ihm treu ergeben bin.

Als die Nacht bereits lange eingebrochen ist, öffnet sich endlich die große Flügeltür. Wachsam stehe ich auf und entspanne mich erst wieder, als nicht nur Titus, sondern auch Erebus eintritt.

»Gleich ist es so weit«, verkündet mein Meister, und seine Augen glitzern schwarz im Kerzenlicht. »Wir werden unsere Reise in die Wildnis antreten.«

Ich nicke, denn es ist mir noch immer nicht gestattet, zu sprechen. Dennoch hat sich Ascian alarmiert aufgesetzt. »Was werdet ihr dort tun? Ich warne euch, wenn ihr die Clans angreift …«

Titus' hämisches Lachen bringt ihn zum Verstummen, und seltsamerweise habe ich den Drang, dem alten Mann dafür meinen Dolch an die Kehle zu setzen.

»Was willst du dann tun?«, fragt der Senator amüsiert, woraufhin Ascians sommersprossiges Gesicht vor Wut rot anläuft. »Du sitzt hier fest, Junge, und daran wird sich so schnell nichts mehr ändern. Wir haben unterdessen alle Zeit der Welt, um deinen Clan von innen heraus zu vernichten.«

Ascians ganzer Körper bebt und grünes Licht strömt aus seinen Händen. Es hüllt die Gitterstäbe ein und ist so hell, dass ich die Augen zusammenkneifen muss. In Titus' Augen blitzt Furcht auf, doch sie verschwindet wieder, als das magische Licht langsam erlischt. Ascian bricht kraftlos zusammen, und ich kann seine Verzweiflung beinahe körperlich spüren. Die Metallstäbe der Zelle haben nicht den geringsten Schaden genommen. Es wundert mich nicht, denn ich weiß, dass sie mit starker Magie behandelt wurden, ebenso wie Ascians Fesseln.

»Die Kutsche steht draußen bereit«, sagt Erebus nun unbeeindruckt an mich gerichtet. »Es wird Zeit, aufzubrechen.«

Lautlos wie immer huscht er aus dem Gewölbekeller, und ich mache mich bereit, ihm zu folgen.

»Iyan, warte kurz«, ertönt dann jedoch die schwache Stimme Ascians. »Bitte, verrate nicht auch noch deinen ganzen Clan.«

Mit einem Blick zu Titus, der mich mit schmalen Augen anschaut, wende ich mich ab und folge Erebus hinaus in die Nacht, die mich wie einen Freund einhüllt. Die Hitze des Tages ist mir zuwider, und ich bin froh, mich endlich wieder durch die Dunkelheit bewegen zu können. Erebus hat sich bereits in den Laderaum der Kutsche gesetzt und ich mache es ihm schweigend nach.

Bald schon wird die Luke geschlossen und die Kutsche setzt sich schaukelnd in Bewegung. Ich kann hören, dass wir das Forum passieren, denn trotz der späten Stunde dringen heitere Menschenstimmen zu uns. Im Zentrum der Hauptstadt pulsiert zu jeder Tageszeit das Leben, was einer der Gründe ist, weshalb ich diesen Ort für gewöhnlich meide. Dann werden wir endlich wieder von Stille eingehüllt.

Nach einiger Zeit ändert sich die Stimmung der Umgebung jedoch plötzlich, ohne dass ich begreifen kann, woran das liegt. Ich werfe Erebus einen Seitenblick zu und er scheint sofort zu merken, was in mir vorgeht.

»Wir haben die Stadt hinter uns gelassen«, erklärt er mit seiner rauen Stimme. »Wir befinden uns nun in einem Wald am Rande der Wildnis.«

Bei diesen Worten breitet sich ein seltsames Gefühl in mir aus, das ich nicht zuordnen kann. Ich erinnere mich, es als Kind oft empfunden zu haben, doch es hat einen starken Schmerz in mir ausgelöst, sodass ich es damals zurückgedrängt habe.

An einer Wand der Kutsche kann man ein Fenster aufschieben, und ich ziehe kurz in Betracht, nach draußen zu schauen. Doch nachdem ich meinem Meister einen Seitenblick zugeworfen habe, entscheide ich mich dagegen. Er soll nicht denken, dass mich der Wald, den ich nie zuvor betreten habe, interessiert. Mein ganzes Leben habe ich hinter den Stadtmauern verbracht, und obwohl ich hin und wieder einen Blick durch die Stadttore erhaschen konnte, habe ich mich nie weiter damit befasst, was dahinter liegt.

Ich richte mich aufmerksam auf, als ich bemerke, dass die Kutsche zum Stehen gekommen ist. Hat uns jemand angehalten, der unsere Mission gefährden könnte? Doch da Erebus völlig entspannt wirkt, nehme ich an, dass er den Grund für unser Anhalten kennt.

Die Luke wird geöffnet und das Narbengesicht blickt uns entgegen. »Kommt raus und vertretet euch die Beine. Wir machen eine kurze Rast, bis Iyan zu uns stößt.«

Bei dem Namen blitzen sofort die Erinnerungen an Ascian auf. Es muss sich um den Jungen handeln, der ihn verraten hat, obwohl der Schamanenschüler sein engster Freund gewesen ist. Aus irgendeinem Grund kann ich ihn schon jetzt nicht leiden, obwohl sein Handeln für unsere Mission förderlich gewesen ist.

Widerstrebend folge ich Erebus aus der Kutsche und werde sofort von unzähligen Eindrücken überwältigt. Die Luft riecht nach etwas, das ich noch nie in meinem Leben wahrgenommen habe, und es erfüllt meinen Körper mit neuer Energie. Es herrscht eine angenehme Stille, die meine angespannte Haltung zur Ruhe kommen lässt. Kurz schließe ich die Augen und atme die frische Luft ein.

»Was tust du da?«, reißt mich Erebus' scharfe Stimme in die Wirklichkeit zurück.

Kaum habe ich meine Lider wieder geöffnet, verpasst er mir eine schallende Ohrfeige, die meine Wange wie Feuer brennen lässt. Ich zucke nicht einmal zusammen, denn das kam den Schmerzen, die ich in der Vergangenheit ertragen habe, nicht ansatzweise nahe. Dennoch werde ich von starkem Schuldbewusstsein erfüllt und senke reuevoll den Kopf. Eine Entschuldigung kann ich mir sparen, denn darauf legt Erebus keinen Wert.

»Sieh das als Warnung«, sagt er mit leiser, aber eiskalter Stimme. »Wenn du dich nochmal deinen Gefühlen hingibst, wird es nicht bei einer Ohrfeige bleiben.«

Ich nicke stumm und werde überwältigt von Selbsthass. So viele Jahre habe ich an meiner Selbstbeherrschung gearbeitet und habe sie dennoch verloren. Gerade jetzt, wo die wichtige Mission ansteht, ist das unverzeihlich.

Ich blicke erst wieder auf, als entfernte Schritte ertönen, die von einem lauten Rascheln begleitet werden. Kurze Zeit später löst sich ein Junge, den ich auf etwa achtzehn Jahre schätze, aus dem Gebüsch. Er ist großgewachsen, schlank und hat schwarzes, welliges Haar. Seine hellbraunen Augen mustern uns skeptisch, doch als sie an mir hängenbleiben, weiten sie sich vor Überraschung.

»Wie ist das möglich?«, fragt er verblüfft und mustert mich von oben bis unten. »Er gleicht Ascian fast bis aufs Haar. Wie habt ihr das geschafft? Ist er etwa …«

Erebus wirft Iyan einen warnenden Blick zu, der bei ihm jedoch nicht so gut wirkt wie bei mir. Ich kann sehen, dass er weiter nachhaken möchte, doch da mischt sich wieder das Narbengesicht ein.

»Die erste Zeit wirst du damit verbringen, bei Erebus und seinem Jungen in der Kutsche zu sitzen und ihnen alles Wichtige über Ascian zu erzählen. Außerdem musst du alle Einzelheiten aus dem Leben beim Clan des großen Adlers schildern, damit der neue Ascian keine Fehler macht.«

»Der neue Ascian«, wiederholt Iyan verächtlich. »Als ob ein Doppelgänger ihn einfach so ersetzen könnte.«

Wir alle blicken ihn mit gerunzelter Stirn an, denn mit seinen sentimentalen Worten widerspricht er völlig der Tat, die er begangen hat. Das scheint auch Iyan aufzufallen, denn seine helle Haut färbt sich leicht rosa.

»Wie auch immer«, fährt das Narbengesicht fort. »Später, wenn wir weiter ins Clangebiet vorgedrungen sind, wirst du zu mir auf den Kutschbock kommen, Iyan. Wenn wir auf Clanmitglieder treffen, werden wir ihnen erzählen, dass wir vor den Sklavenhändlern flüchten konnten und Ascian in der Kutsche schläft, da er von seiner langen Gefangenschaft erschöpft ist. Ehe die Luke geöffnet wird, versteckt sich Erebus in einem verborgenen Fach am Boden der Kutsche. Ich werde mich als Sklave ausgeben, was durch mein hübsches Antlitz wohl glaubhaft sein sollte.«

Er lächelt verbittert und blickt uns dann nacheinander an. »Habt ihr das alles verstanden?«

Wir nicken, und damit scheint die Sache geklärt zu sein. Wir setzen uns wieder in die Kutsche und ich werfe einen letzten Blick zurück in den Wald, wobei es mir schwerfällt, meine Sehnsucht zu verbergen.

Irgendetwas, das ich nicht begreifen kann, verbindet mich mit diesem Ort. Es ist das gleiche Gefühl, das ich auch in Ascians Anwesenheit hatte.

Ascian

Ich schrecke aus meinem traumlosen Schlaf, als die Tür meiner Zelle quietschend geöffnet wird. Vermutlich ist es wieder dieser Titus, oder sogar Iyan, der mich weiter demütigen möchte. Umso überraschter bin ich, als ich von einem Blumenduft eingehüllt werde und dann sanft das Tuch über meinen Augen abgenommen wird. Ich blinzle mehrmals und habe nach Tagen der Blindheit Mühe, etwas zu sehen.

Schließlich kann ich das lächelnde Gesicht einer jungen Frau mit bronzefarbener Haut und bernsteinfarbenen, katzenhaften Augen erkennen. Ihr schwarzes lockiges Haar ist mit einer goldenen Spange zurückgesteckt und sie trägt eine strahlend weiße Toga.

»Mein Name ist Levana«, erklärt sie. »Ich werde mich von nun an um dich kümmern, damit du dich ein wenig von deinen Strapazen erholst.«

Sie nimmt eine Karaffe von einem kleinen Tisch, der vermutlich eben erst dort hingestellt worden ist, und schüttet Wasser in einen gläsernen Kelch. Nachdem sie ihn mir gereicht hat, leere ich das Gefäß in wenigen gierigen Schlucken.

Um meine Würde zumindest ansatzweise zu wahren, erwidere ich: »Von dem, was mir angetan wurde, werde ich mich niemals erholen. Und egal, wie ihr den Clans schadet, ich werde nicht ehe Ruhe geben, ehe ich Rache nehmen konnte.«

Überrascht registriere ich, dass Levana nicht wütend, sondern mitfühlend wirkt. Sie nimmt sich einen Stuhl und setzt sich vor mich. Ich zucke nicht zurück, als sie meine gefesselten Hände berührt. »Ich kann verstehen, dass du dich so fühlst. Aber du kannst mir glauben, dass ich nichts mit alldem zu tun habe. Ich bin bloß eine Dienerin, die sich um dein Wohl sorgen soll.«

Eine Weile mustere ich sie bloß stumm und frage mich, ob sie die Wahrheit sagt. Ihre Kleidung ist zwar schlicht, aber hochwertig und tadellos sauber. Zudem kann ich nicht leugnen, dass sie wunderschön und anmutig wirkt – das schließt zwar nicht aus, dass sie eine Dienerin ist, doch ihre Hände sehen nicht so aus, als hätten sie jemals harte Arbeit verrichtet.

Levana scheint meine Skepsis zu merken, denn sie senkt scheu den Blick und sagt: »Ich stehe hoch in der Gunst von Titus, meinem Herrn. Wenn du verstehst, was ich meine.«

Sofort kehrt meine Wut zurück, doch diesmal richtet sie sich auf den alten Mann, dessen Stimme ich in den letzten Tagen so häufig vernommen habe. Wenn ich mich nicht irre, ist er der Auftraggeber meiner Entführung.

»Du solltest nicht zulassen, dass er dir zu nahe kommt. Wechsele wenn nötig deine Stellung.«

Levana lächelt traurig. »Er würde mich nicht gehen lassen, selbst wenn ich wollte. Aber ich bin von dieser Stellung abhängig und kann mir nicht leisten, sie zu verlieren. Zwar bin ich keine Sklavin, aber muss dafür meine Familie ernähren.«

Ich presse die Lippen zusammen und kann es nicht ertragen, so machtlos zu sein. In weiter Ferne wird mein Clan vermutlich bald angegriffen, und hier, direkt in meiner Nähe, wird eine junge Frau misshandelt. Noch nie in meinem Leben habe ich mich so schrecklich gefühlt.

Levana

Als ich den Gewölbekeller verlasse, weiß ich nicht so recht, wie ich mich fühlen soll. Ascian hat mir meine Lüge nach kurzem Zögern abgenommen und ich habe einmal mehr bewiesen, dass ich eine gute Schauspielerin bin. Es ist zwar nicht leicht, mich in das Verhalten einer einfachen Dienerin einzufühlen, aber da Ascian nicht aus der Stadt kommt, hat er wohl keinen Vergleich.

Ich umrunde das Senatsgebäude, bis ich schließlich wieder auf die Hauptstraße gelange, wo die prunkvolle Kutsche meines Vaters bereitsteht. Ein paar Menschen, vor allem Angestellte des Senats, erkennen mich und senken respektvoll den Kopf. Dazu haben sie auch jeden Grund, denn ich werde bald ihre Königin sein.

Mit einem selbstsicheren Lächeln, das nicht ganz meine Gefühle widerspiegelt, raffe ich meine scheußlich schlichte Toga und steige in die Kutsche, deren Tür mir von einem Sklaven aufgehalten wird. Abwesend blicke ich aus dem Fenster, während wir an dem Forum vorbeifahren, auf dem geschäftliches Treiben herrscht. Händler haben ihre Stände aufgebaut und einige Gaukler verdienen sich ihren Lebensunterhalt. Die Bürger, deren Herrscherin ich bald sein werde, wirken fröhlich und genießen die frühsommerliche Sonne.

Nach einer Weile gelangen wir in das sauber gepflasterte Reichenviertel, in dem eine Villa prachtvoller ist als die andere. Und vor der größten von ihnen bleibt die Kutsche schließlich stehen.

Als ich aussteige, werde ich wieder respektvoll gegrüßt, aber diesmal weniger unterwürfig. Ich weiß, dass sich das nach meiner Hochzeit mit Nainor ändern wird.

Als ich die Villa betrete, schlagen mir sofort eine angenehm kühle Luft und der Geruch von frischem Zitrusgebäck ent-

78

gegen. Ich ziehe meine Sandalen aus, um den kalten Mosaikboden unter meinen Füßen zu spüren. Am frühen Abend hält sich mein Vater stets im Innenhof auf, also gehe ich dorthin, um ihm Bericht zu erstatten.

Ich entdecke ihn auf einer Liege im Schatten der Zypressen. Er hat die Augen geschlossen und genießt wahrscheinlich die Ruhe nach einem langen Arbeitstag. In letzter Zeit ist er sogar noch angespannter als sonst, da er ein Perfektionist ist und sich sorgt, dass etwas bei der Mission nicht so läuft, wie es sollte.

Lautlos trete ich an seine Liege und lasse mich neben ihm nieder. Sofort schreckt mein Vater alarmiert auf, aber entspannt sich sogleich wieder, als er mich erkennt. Er zieht mich in eine kurze Umarmung und drückt mir einen Kuss auf den Scheitel.

»Selbst in dieser Kleidung bist du wunderschön«, sagt er stolz, was ich jedoch abwinke.

»Ich freue mich schon, diese langweilige Toga endlich loszuwerden.«

»Warst du denn erfolgreich, meine Liebe?«, fragt er und deutet auf einen Teller mit Zitronengebäck, der neben ihm auf einem Beistelltisch steht. Obwohl sich bei diesem Anblick mein Appetit regt, lehne ich dankend ab, denn als zukünftige Königin möchte ich meine schlanke Figur bewahren.

»Ja, ich war natürlich erfolgreich«, beginne ich meinen Bericht. »Ascian hat mir die Geschichte, dass ich deine Dienerin bin, abgekauft. Sein Hass auf dich ist nun noch größer, und das ist vermutlich eine gute Gelegenheit für mich, um sein Vertrauen zu gewinnen.« Ich lächle meinen Vater schelmisch an. »Es tut mir leid, aber dafür werde ich wohl schlecht über dich reden müssen.«

Er lacht auf und sagt: »Solange der Zweck es erfordert, werde ich es dir nicht übelnehmen. Die Hauptsache ist, dass du letztendlich Informationen aus ihm herausbekommst. Wenn es stimmt, was die Spione sagen, ist der Junge recht naiv, sodass du keine großen Schwierigkeiten haben solltest.«

Nachdenklich zwirbele ich eine Haarsträhne um meinen Finger und beobachte einen kleinen bunten Vogel, der aus dem Wasserbecken in der Mitte des Innenhofes trinkt. Naiv kam mir Ascian eigentlich nicht vor, ich nehme allerdings an, dass er zuvor behütet aufgewachsen ist, ähnlich wie ich. Nur dass mir schon früh beigebracht wurde, wie intrigant und niederträchtig die Menschen sein können, sodass ich mir stets ihrer schlechten Eigenschaften bewusst bin. Acian hatte vermutlich sein ganzes Leben Vertrauen in seine Mitmenschen, das dann jedoch von seinem besten Freund missbraucht wurde. Sicherlich ist er nun achtsamer geworden, weshalb ich meine Rolle besonders über-zeugend spielen muss.

KAPITEL 7

Jasira

Bereits seit Tagen reite ich durch die raue Landschaft des Hochgebirges.

Als ich auf den letzten Berg angelangt bin, erstreckt sich auf der einen Seite die Savanne, die vereinzelt von kleinen Regenwäldern unterbrochen wird. Auf der anderen Seite kann ich in der Ferne die Hauptstadt ausmachen. Hinter ihr liegt das Meer, doch das kann ich von hier aus nicht erkennen.

Ich überlege, welchen Weg ich nehmen soll. Ich könnte entweder die Abkürzung nehmen, die in den Waldgürtel des Stadtgebietes führt, dafür aber nur aus einem schmalen Pfad besteht. Der leichtere Weg würde mich für kurze Zeit durch die Savanne führen – diese Straße haben sicherlich auch die Sklavenhändler gewählt. Zwar müssen sie schon seit vielen Tagen in der Hauptstadt angekommen sein, aber vielleicht begegne ich einer Patrouille vom Clan des schnellen Leoparden, die etwas gesehen haben könnte. Also verzichte ich schweren Herzens auf die schnellere Strecke und lenke mein Pferd auf den deutlich breiteren Weg, der sich den Berg hinunterwindet.

Schon als ich die Hälfte der Serpentinen hinter mich gebracht habe, schlägt mir die schwüle Luft des Urwaldes entgegen, der die Grenze zwischen Hochgebirge und Savanne darstellt. Ich bin schon häufiger dort gewesen und war jedes Mal froh, in mein eigenes Clanrevier zurückzukehren. Ich bin einfach nicht für extreme Hitze oder Kälte gemacht, auch wenn ich Vorfahren aus allen vier Clans habe.

Die Eltern meines Vaters stammen aus dem Clan des weißen Hirsches und dem Clan des schnellen Leoparden, während meine Großeltern mütterlicherseits im Clan des grauen Wolfes und in dem Clan des großen Adlers geboren wurden. Ich frage mich immer wieder, ob diese Mischung meines Blutes für mein Dilemma mit den Krafttieren verantwortlich ist.

Gegen Abend erreiche ich den Urwald. Noch während mein Pferd die ersten Schritte ins Innere macht, ist es, als würde ich in eine völlig andere Welt eintauchen. Die Geräusche, die mich zuvor begleitet haben, werden gänzlich verschluckt und von einer Kulisse aus exotischen Tierstimmen abgelöst. Ich höre das Krächzen von Papageien, die hohen Stimmen von Singvögeln und das entfernte Kreischen von Affen. Auch die Pflanzenwelt hat sich von jetzt auf gleich vollständig verändert. Riesige Palmwedel wachsen aus dem Boden und die moosbewachsenen Bäume sind beinahe doppelt so groß wie die in meinem heimatlichen Revier.

Meinem Pferd scheint all das nichts auszumachen. Es trottet unbeirrt den Weg weiter, woraus ich schließe, dass es schon häufig auf Reisen in diesem Gebiet gewesen ist.

Als der Weg weicher wird, erkenne ich deutlich verschiedene Wagenspuren, doch das nützt mir leider nichts. Auf diesen Hauptwegen sind häufig auch reisende Händler unterwegs, welche die Clans mit Waren aus den Städten beliefern. Zwar sind wir nicht von deren Lieferungen abhängig, doch hin und wieder freuen wir uns über einen Laib Brot, der nicht vom Clan des weißen Hirsches kommt, oder Gewürze, die wir nicht in unseren Gebieten anbauen können.

Als die Dunkelheit allmählich einbricht und ich gerade beginne, mein kleines Reisezelt aufzubauen, nehme ich plötzlich eine Bewegung im Augenwinkel wahr. Einer der übergroßen Farnwedel hat sich verdächtig bewegt, allerdings habe ich zuvor keine Schritte vernommen. Könnte es bloß ein Vogel gewesen sein, der sich dort niedergelassen hat?

Ich beschließe, der Sache auf den Grund zu gehen. Als ich näher an das Unterholz herantrete und angestrengt hineinschaue, weiche ich mit einem Mal zurück. Ein erschrockener Schrei entweicht meiner Kehle und ich presse mir schnell eine Hand auf den Mund. Da ist eindeutig ein Augenpaar gewesen, das mich beobachtet hat. Menschliche Augen.

Plötzlich dringt ein leises Lachen zu mir und ich beobachte perplex, wie sich die Gestalt eines Kindes aus dem Dickicht löst.

»Du hättest dein Gesicht sehen sollen«, prustet das etwa zehnjährige Mädchen und kriegt sich vor Lachen nicht mehr ein.

»Wie hättest du denn reagiert, wenn du denkst, dass du allein bist?«, fauche ich und versuche damit, den Schrecken zu überspielen, der mir noch immer tief in den Knochen steckt.

Ich sehe sofort, dass das Mädchen zum Clan des schnellen Leoparden gehört, also geht von ihm keine Gefahr aus. Es hat kurzes dunkelbraunes Haar und mandelförmige Augen, die ein wenig meinen ähneln – das Erbe meiner Großmutter, die ebenfalls aus diesem Clan stammte.

»Ich bin immer auf der Hut«, sagt das Mädchen stolz und wirft sich in die Brust. »Niemand kann mich erschrecken.«

»Wenn du meinst«, erwidere ich schulterzuckend und fahre damit fort, mein Zelt aufzubauen. Vielleicht verschwindet dieses Kind wieder, wenn ich es mit Nichtachtung strafe. Leider ist meine Hoffnung vergebens.

»Von welchem Clan kommst du?«, fragt sie neugierig und stellt sich neben mich. »Irgendwie kann ich das an deinem Aussehen nicht erkennen.« Ihre Augen weiten sich nach diesen Worten und sie tritt wieder einen Schritt zurück. »Oder kommst du aus der Stadt?«

Kurz erwäge ich, die Frage zu bejahen und das Mädchen damit loszuwerden, aber vermutlich würde sie dann sofort zu ihrem Lager laufen und Alarm schlagen.

»Ich komme vom Clan des großen Adlers«, sage ich schließlich mit einem ergebenen Seufzer. »Allerdings bin ich tatsächlich auf den Weg in die Stadt, denn mein Freund wurde von Sklavenhändlern entführt.«

Sofort wirkt das Gesicht des Mädchens noch erschrockener. »Und du willst dort ganz allein hin?«

Ich hebe etwas hilflos die Schultern, denn ich kann nicht leugnen, wie gefährlich und leichtsinnig dieses Vorhaben ist. Dann kommt mir jedoch eine Idee. »Kann ich mit jemandem aus deinem Clan reden? Vielleicht hat jemand von euch mitbekommen, wie eine Kutsche von Sklavenhändlern hier vorbeigefahren ist. Dann könnte ich zumindest sicher sein, dass die Hauptstadt ihr Ziel war.«

Das Mädchen mustert mich kurz skeptisch, aber nickt dann. »Komm mit. Ich habe die Erwachsenen vor Kurzem über eine Kutsche reden hören, aber sie wollten mir nicht mehr darüber erzählen.«

Mit diesen Worten verschwindet sie wieder im Gebüsch, und ich vermute, dass sie mich herausfordern möchte, mit ihr mitzuhalten. Beim Clan des großen Adlers sind wir gut darin, steile Wände zu erklimmen oder trotz starker Steigung schnell voranzukommen. Somit bin ich nicht geübt darin, mich durch dieses dichte Unterholz des Dschungels zu bewegen.

Es bereitet mir große Schwierigkeiten, das Mädchen nicht aus den Augen zu verlieren. Dank der erdfarbenen Kleidung verschmilzt es beinahe mit der Umgebung und auch auf mein Gehör kann ich mich nicht verlassen. Nun weiß ich, weshalb ich zuvor keine Schritte gehört habe, denn das Mädchen bewegt sich beinahe lautlos durch die Büsche und Farne.

Nach einer Weile bleibe ich stehen, denn nun ist es passiert: Ich habe sie verloren. Leise fluchend drehe ich mich um die eigene Achse und suche nach irgendwelchen Spuren, denen ich folgen kann. Wenn ich mich nun allein in diesem Urwald zurechtfinden muss, habe ich ein Problem.

Ein leises Kichern von oben lässt meine Hilflosigkeit jedoch in Wut umschwenken. Über mir, auf dem untersten Ast des moosbewachsenen Baumes, sitzt das Mädchen und streckt mir frech die Zunge heraus.

»Das reicht jetzt«, murmle ich und mache Anstalten, umzukehren. Vielleicht habe ich Glück und finde dank der niedergetrampelten Pflanzen den Weg zurück.

»Warte, ich höre ja schon auf«, ertönt dann jedoch die Kinderstimme. »Es tut mir leid«, sagt sie fröhlich, nachdem sie heruntergeklettert ist und ich mich mit verschränkten Armen zu ihr umgewandt habe. »Meine Clanmitglieder sagen oft, dass ich unerzogen bin. Aber ich arbeite daran.«

»Das bezweifle ich«, entgegne ich verstimmt. Ich konnte noch nie viel mit Kindern anfangen und diese Situation bestätigt mir das.

»Ich verspreche dir, nun langsamer zu gehen«, sagt das Mädchen und lächelt mich strahlend an. »Mein Name ist übrigens Shaya.«

»Jasira«, erwidere ich knapp und warte dann, dass sie wieder die Führung übernimmt.

Zum Glück dauert es nicht mehr lange, bis der Wald sich endlich lichtet und schließlich eine große Lichtung in mein Blickfeld gelangt. Auf ihr stehen dutzende Zelte in allen möglichen leuchtenden Farben. Von Orange bis Lila ist alles dabei. Zwischen den Zelten laufen Clanmitglieder herum, die vermutlich gerade das gemeinsame Abendessen beendet haben und nun die Reste in das Vorratszelt bringen.

Angesichts dieser Menschenansammlung fühle ich mich sofort wieder unbehaglich und bin mit einem Mal froh, dass Shaya bei mir ist. Diese rennt gerade schnurstracks zu einem Mann und einer Frau, die suchend herumlaufen. Ich kann mir sofort denken, dass es ihre Eltern sind, die Ausschau nach ihrem kleinen Ausreißer halten.

»Da bist du ja«, schimpft ihre Mutter. »Wir oft sollen wir noch sagen, dass ...«

»Ich habe jemanden mitgebracht«, unterbricht Shaya sie unbeeindruckt. Sie zeigt auf mich und sofort schnellen die Blicke ihrer Eltern zu mir. »Sie kommt vom Clan des großen Adlers«, erklärt das Mädchen, während ich mich immer unbehaglicher fühle. Mittlerweile haben mich auch einige der anderen Bewohner entdeckt und mustern mich skeptisch.

»Und was möchte sie hier?«, fragt Shayas Vater. Zu meiner Erleichterung wirkt er nicht feindselig, sondern neugierig.

Nun ist für mich der Augenblick gekommen, das Wort zu ergreifen. »Vor einigen Tagen muss eine Kutsche mit Sklavenhändlern durch euer Revier gefahren sein. Habt ihr etwas mitbekommen?«

Shayas Mutter wechselt sofort einen wissenden Blick mit ihrem Gefährten. »Ja, vor etwa vierzehn Tagen ist tatsächlich eine verdächtig aussehende Kutsche den Hauptweg langgefahren. Aber unsere Patrouillen waren nicht schnell genug, um sie zu stoppen.« Ich schließe für einen Moment die Augen, als mir bewusstwird, dass Ascian hätte gerettet werden können. Wäre die Patrouille etwas näher dran gewesen, wäre die Kutsche mit Sicherheit aufgehalten worden. Aber dafür weiß ich jetzt, dass ich richtig gehandelt habe, als ich zur Hauptstadt aufgebrochen bin. An der Küste befinden sich nämlich noch viele weitere kleinere Städte, und wären die Sklavenhändler dorthin gefahren, wäre es mir deutlich schwerer gefallen, Ascian zu finden.

»Danke für die Information«, sage ich. »Dann werde ich morgen wieder aufbrechen.« Etwas verlegen blicke ich zu den beiden Erwachsenen. »Ich würde gerne noch mehr Zeit hier verbringen, aber ich habe mein Pferd und Zelt am Wegesrand zurückgelassen.«

»Möchtest du wirklich nicht hier übernachten?«, fragt Shaya schmollend.

»Leider geht das nicht«, antworte ich und versuche, dabei bedauernd zu wirken. In Wahrheit bin ich jedoch froh, wenn ich nicht mehr den vielen Blicken ausgesetzt bin.

»Dann auf Wiedersehen«, sagt Shaya traurig. »Und viel Glück bei deinem Vorhaben.«

Ich lächle ihr und den anderen Clanmitgliedern ein letztes Mal gezwungen zu und wende mich dann ab.

Erst als der Mond bereits hoch am Himmel steht, lasse ich endlich das Dickicht des Urwaldes hinter mir und baue dann völlig übermüdet das Zelt weiter auf. Sobald es einigermaßen sicher steht, lasse ich mich in das Innere auf die Felle sinken. Innerhalb weniger Augenblicke bin ich bereits eingeschlafen.

Nach gefühlt wenigen Augenblicken werde ich jedoch von einem seltsamen Gefühl geweckt. Mit einem Mal ist jede

Müdigkeit wie weggefegt und ich habe den Drang, einfach loszulaufen, so schnell ich kann. Doch es ist nicht das Gefühl von Panik, sondern eine unbändige Energie, die durch meine Adern fließt. Ein Gefühl, nach dem ich mich so oft gesehnt habe.

Diesmal konzentriere ich mich nicht so verbissen darauf wie sonst, sondern schließe die Augen und lasse mich treiben. Meine Beine tragen mich durch das dichte Buschwerk des Urwaldes und einem Instinkt folgend erklimme ich einen Baum, an dem Schlingpflanzen hochwachsen. Ich bin so voller Kraft, dass es mir keinerlei Schwierigkeiten bereitet, beinahe bis zur Krone hochzuklettern.

Ob ich das wohl bloß träume? Aber es fühlt sich so real an, dass ich nicht länger daran zweifle: Mein Krafttier ist in der Nähe. Kein Adler, kein weißer Hirsch, sondern ein Leopard. Und als hätte er meinen Gedanken gespürt, regt sich nun eine Wildkatze vor mir auf dem dicken Ast des Baumes. Der Leopard war so gut im Blätterwerk getarnt, dass ich ihn jetzt erst bemerke. Seine Augen funkeln mich in der Dunkelheit an und ich verspüre tiefe Ehrfurcht.

»Bist du zu mir gekommen, um mir zu zeigen, dass du mein Krafttier bist?«, flüstere ich.

Natürlich kann mir der Leopard nicht antworten, aber er kommt dennoch näher zu mir. Elegant balanciert er über den Ast, bis er direkt vor mir steht. Die Energie, die durch meine Adern rauscht, wird beinahe überwältigend, und ich halte unwillkürlich die Luft an.

Plötzlich senkt der Leopard den Kopf und berührt sanft meine Stirn. Sofort werde ich in eine Flut von Bildern gerissen. Erst sehe ich einen Adler, der im Sturzflug auf mich zukommt. Dann einen weißen Hirsch, der stolz sein Geweih senkt. Er wird von einem Wolf abgelöst, der mit gefletschten Zähnen auf mich zuläuft. Gerade, als ich denke, dass er mir an die Kehle springt, reiße ich die Augen auf und schnappe panisch nach Luft. Vor mir sehe ich wieder den Leoparden, der das Bild der vier Krafttiere angeführt hat und nun abschließt.

»Was hat das zu bedeuten?«, frage ich völlig überrumpelt. Ich weiß, dass ein Krafttier nur in sehr wichtigen Angelegenheiten mit Clanmitgliedern kommuniziert.

Der Leopard blinzelt mich nur träge an und springt dann elegant auf den Ast unter uns. Stumm beobachte ich, wie die Raubkatze innerhalb weniger Augenblicke den Baum verlässt und lautlos mit dem Urwald verschmilzt. Ich reibe mir zerstreut die Schläfen und weiß nicht, ob ich Glück oder Verwirrung verspüren soll.

Irgendwann klettere ich ebenfalls von dem Baum und gehe zurück zum Zelt, mit der Gewissheit, diese Nacht kein Auge mehr zuzubekommen.

Cadoc

Nun ist schon der dritte Tag vergangen, seit wir die Reise begonnen haben. Zum Glück hat Iyan mittlerweile den Laderaum verlassen – ich hätte ihn auch keinen Augenblick länger ertragen. Er hat mir zwar viele interessante Details über Ascian verraten, doch irgendetwas an seiner Ausstrahlung gefällt mir ganz und gar nicht.

Ich werde aus meinen Gedanken gerissen, als die Kutsche mit einem Ruck zum Stehen kommt.

»Wir müssen mittlerweile im Clangebiet angekommen sein«, raunt Erebus. »Ich verschwinde nun besser.« Im nächsten Moment ist er bereits schlangenartig in die Kammer im Boden geglitten.

Von draußen höre ich gedämpfte Stimmen, doch die Wände sind so dick, dass ich kein Wort verstehe. Ich glaube allerdings, dass es sich um eine weibliche Person handelt. Dann nähern sich eindeutig Schritte, und als Nächstes wird die Luke aufgerissen.

»Komm heraus, Ascian«, sagt Iyan. Seine Erschöpfung wirkt sehr überzeugend. Ich werde von Befriedigung erfüllt, als ich das erste Mal im Hellen die Verletzungen in seinem Gesicht sehe, die ich ihm zufügen durfte.

Auch ich gebe mir nun größte Mühe, erschöpft auszusehen, und trete mit einem Humpeln aus der Kutsche heraus. Ich blicke geradewegs in das perplex dreinblickende Gesicht eines Mädchens mit honigblonden Haaren und braunen Augen. Und dann stürmt sie auf mich zu, um mich fest in die Arme zu schließen.

Mein Körper versteift sich, obwohl Ascian vermutlich anders reagieren würde – doch das ist das erste Mal in meinem Leben, dass mich jemand umarmt. Ich weiß nicht, ob ich diese Berührung scheußlich oder angenehm finden soll, und überwinde mich, nun ebenfalls die Arme um das Mädchen zu legen. Wenn ich mich nicht irre, handelt es sich bei ihr um Ascians beste Freundin Jasira, aber ich werde sie erst beim Namen nennen, wenn ich mir ganz sicher bin.

»Ascian, wie ist das möglich?«, schluchzt sie und vergräbt ihr Gesicht in meiner Schulter. Es scheint ihr nichts auszumachen, dass ich die völlig verdreckte Kleidung trage, die Ascian bei seiner Entführung anhatte.

Ich erwische mich dabei, wie ich diese Umarmung zu genießen beginne und löse mich schnell von ihr. Dann atme ich tief durch und konzentriere mich darauf, völlig erledigt zu wirken. Leider gehört schauspielerische Kunst nicht zu den Fertigkeiten, die ich erlernt habe, doch das macht hoffentlich meine Ähnlichkeit mit Ascian wieder wett.

»Iyan und ich haben es geschafft, aus der Stadt zu entkommen«, sage ich mit ausdrucksloser Stimme. »Tullio, ein Sklave, hat uns dabei geholfen.«

»Ich bin so froh, dass du es geschafft hast«, sagt das Mädchen mit glasigen Augen und wischt sich mit einer schnellen Bewegung die Tränen von der Wange. Fasziniert betrachte ich sie, denn ich habe noch nie ein Mädchen in meinem Alter von Nahem gesehen.

»Du siehst wirklich furchtbar aus«, bemerkt sie, als sie sich wieder gesammelt hat. »Du bist so blass und ausgemergelt. Was hat man dir bloß angetan?«

Ich versuche, diese Worte nicht persönlich zu nehmen, denn anscheinend hat mein neuer Lebensstil, der mich mehr wie Ascian aussehen lassen sollte, nicht so viel gebracht, wie er sollte.

Nun ergreift Iyan wieder das Wort. »Er wurde noch schlechter behandelt als ich, da man Informationen über unseren Clan aus ihm herausbekommen wollte. Er musste wirklich viel ertragen, und ich glaube nicht, dass er darüber reden möchte, Jasira.«

Nun weiß ich mit Sicherheit, dass es sich um Ascians beste Freundin handelt. Sicherlich war es kein Zufall, dass Iyan ihren Namen genannt hat.

Jasira beißt sich nachdenklich auf die Unterlippe, und für einen kurzen Augenblick flackert Skepsis in ihren Augen auf. Dann scheint ihre Erleichterung jedoch wieder Überhand zu nehmen, denn sie wendet sich mit einem Lächeln an mich. »Die Hauptsache ist, dass du es überstanden hast und flüchten konntest. Du wirst es nicht glauben, aber ich war auf dem Weg in die Hauptstadt, um dich zu suchen.«

Allmählich merke ich, wie sich Überforderung in mir breitmacht. Ich hätte nicht gedacht, dass mich ein harmloses Gespräch aus dem Konzept bringen würde. Irgendetwas an Jasira macht mich nervös.

»Danke«, sage ich unbeholfen. Eine andere Antwort möchte mir einfach nicht einfallen.

Ascians Freundin runzelt kurz die Stirn, aber erwidert zum Glück nichts mehr. Ich sehe, wie Tullio, der hinter Jasira steht, belustigt den Kopf schüttelt. Nur schwer kann ich meine Wut auf ihn und auf mich selbst verbergen.

»Können wir aufbrechen?«, versuche ich der Situation zu entgehen. Meine Stimme sollte sehnsuchtsvoll und ungeduldig wirken, doch auch ich merke, wie ausdruckslos sie klingt. »Ich möchte so schnell wie möglich nach Hause.«

Jasira nickt nach kurzem Zögern und wirft Iyan nochmal einen nachdenklichen Blick zu. Als sie dann Tullio anschaut und er ihr schief zugrinst, wendet sie sich schnell wieder ab. Mir fällt ein, dass Iyan gesagt hat, sie wäre sehr menschenscheu – etwas, in dem wir uns ähneln, nur dass bei mir eher Verachtung der Grund dafür ist.

»Ich reite auf meinem Pferd hinter der Kutsche her«, informiert sie uns und entfernt sich dann mit hastigen Schritten.

Ich vermute, dass ihr Wiedersehen mit Ascian nicht so abgelaufen ist, wie sie es sich ausgemalt hatte. Hoffentlich hat Erebus nicht viel mitbekommen, denn mein Verhalten war einfach nur beschämend. Wenn ich so weitermache, wird die Mission mit Sicherheit scheitern.

Gegen Abend bemerke ich ein seltsames Gefühl, das für einen kurzen Moment in mir aufblitzt. Iyan, der nun wieder neben mir im Inneren der Kutsche sitzt, versteift sich ebenfalls.

»Was war das?«, frage ich ihn, denn ich nehme an, dass er es ebenfalls gespürt hat.

»Wir haben die Grenze zum Revier vom Clan des großen Adlers überquert«, sagt er, und eine Spur Traurigkeit schwingt in seiner Stimme mit. Ich hatte schon mehrmals vermutet, dass er seinen Verrat bereut, aber dafür kann ich kein Mitleid verspüren. »Die Schamanen markieren die Grenzen mit ihrer Magie, sodass jedes Clanmitglied es spüren kann.«

Mein Blick schnellt zu ihm, denn er hat etwas gesagt, was mich zutiefst verwirrt.

»Ich bin aber kein Clanmitglied«, sage ich.

Iyan zuckt ertappt zusammen, was mich kein Stück schlauer macht. »Also … ich …«, stammelt er, doch dann lenkt mich plötzlich etwas von ihm ab, denn die Klappe am Boden öffnet sich lautlos und Erebus kommt hervor. Sofort senke ich unterwürfig den Kopf und befürchte, etwas Falsches gesagt zu haben.

»Auch ich habe die Grenzüberschreitung gespürt, obwohl ich kein Clanmitglied bin«, erklärt mein Meister mit ruhiger Stimme, und ich bin froh, ihn nicht erzürnt zu haben. »Daher vermute ich, dass jeder Mensch die Magie spüren kann, aber die Clanmitglieder etwas stärker.«

Ich nicke, denn das ergibt Sinn. Iyan scheint einfach falsch informiert zu sein oder hat leichtfertig etwas dahingesagt.

Nach einer Weile bleibt die Kutsche mit einem Ruck stehen, und ich höre von draußen Jasira irgendetwas sagen. Ich rufe mir ins Gedächtnis, dass ich mich nicht mehr verstecken muss.

»Darf ich rausgehen?«, frage ich an meinen Meister gewandt, und er nickt knapp.

Nachdem er wieder in die Kammer im Boden verschwunden ist, öffne ich die Luke und verschwinde nach draußen. Iyan folgt dicht hinter mir. Ich erkenne Jasira, die noch immer auf ihrem Pferd sitzt und ein angespanntes Gesicht aufgesetzt hat. Ich vermute, dass sie zuvor mit Tullio diskutiert hat, denn seine Miene wirkt genervt.

Er dreht sich auf dem Kutschbock um und sagt an mich gewandt: »Deine Freundin will hier übernachten. Ich habe ihr gesagt, dass wir die Nacht durchreiten, aber sie möchte nicht auf mich hören.«

Als Jasiras Blick zu mir wandert, wirken ihre Züge gleich milder, so als würde ihr allein Ascians Anblick helfen, sich zu entspannen. Wenn sie wüsste, dass es nicht Ascian ist, den sie vor sich hat.

»Wir hören auf Jasira«, sage ich kurzentschlossen. Vielleicht hilft es mir, mich nicht zu verraten, wenn ich mich auf ihre Seite stelle.

»Na wunderbar«, murmelt Tullio. Vermutlich hat er den Befehl bekommen, so wenig Pausen wie möglich einzulegen, aber das ist mir nun egal.

Ich blicke erneut zu Jasira und bemerke mit Unbehagen, dass sie mich anlächelt. In mir regt sich ein seltsames Gefühl, das ich nicht deuten kann.

Kapitel 8

Jasira

Während ich bei Einbruch der Nacht mein Zelt in der Nähe der Kutsche aufbaue, versinke ich tief in meinen Gedanken. Ascian hat im ersten Moment so fremd auf mich gewirkt, dass ich für einen Moment gezweifelt habe, dass er wirklich zurückgekehrt ist. Es kommt mir so vor, als hätte er einen Teil von sich in der Stadt zurückgelassen. Ich möchte mir nicht ausmalen, was ihm dort angetan wurde, denn er ist wirklich nur noch ein Schatten seiner selbst.

Verstohlen beobachte ich ihn dabei, wie er leise mit Iyan spricht und dann dabei hilft, die beiden Pferde zu versorgen. Sogar seine Bewegungen wirken anders als früher – sie sind flink und geübt, so als hätte er nicht sein halbes Leben in der Höhle mit Ausüben von Magie verbracht. Sein sonst so fröhliches, sommersprossiges und beinahe schon kindliches Gesicht wirkt blass und ausgemergelt. Sein Blick ist ernst und verschlossen, sodass ich vergeblich nach dem alten Ascian darin suche.

Und doch bin ich unendlich dankbar, dass ich ihn zurückhabe. Immer wieder hat mich die Angst eingeholt, dass er bereits tot sein könnte, und so ist seine Veränderung ein verhältnismäßig kleiner Preis. Außerdem verspüre ich trotz der unsichtbaren Wand, die uns derzeit trennt, diese unverwechselbare Verbindung zu ihm – vielleicht sogar ein bisschen stärker als zuvor. Darum bin ich umso entschlossener, den alten Ascian in ihm wiederzufinden, und dann werde ich ihn nie wieder verlassen.

Ich muss unwillkürlich lächeln, als mir wieder einfällt, dass es dafür nun auch keinen Grund mehr gibt. Ich habe herausgefunden, dass der Leopard mein Krafttier ist, und gleichzeitig ist mir klargeworden, dass ich dennoch nicht in der Savanne leben möchte. Mein Platz ist beim Clan des großen Adlers, an Ascians Seite. Vermutlich werde ich hin und wieder zum Clan des schnellen Leoparden reisen, um mehr über mich herauszufinden, aber momentan bin ich einfach nur dankbar dafür, meinen Freund wohlbehalten zurückzuhaben.

Ich blicke überrascht auf, als ich im Augenwinkel eine Gestalt auf mich zukommen sehe. Ein warmes Gefühl breitet sich in mir aus, denn es ist Ascian. Als ich in sein Gesicht blicke, durchzuckt mich wieder dieses seltsame Gefühl der Fremde, und in seinen grünen Augen liegt so etwas wie Widerwillen. Doch ich entspanne mich ein wenig, als er sich nervös durch die dunklen, rotbraunen Haare fährt; eine Angewohnheit, die er schon als Kind hatte.

»Kann ich dir beim Aufbau helfen?«, fragt er mich und wieder klingt seine Stimme so leer.

»Ich bin fast fertig«, antworte ich etwas unsicher. »Aber du kannst mir gerne Gesellschaft leisten.«

Ascian nickt steif und setzt sich in das weiche Gras. Während ich die Leinen des Zeltes im Boden befestige, beobachte ich ihn verstohlen. Er lässt den Blick gedankenverloren über die Ausläufer des Hochgebirges um uns herum schweifen. Nicht weit von uns entfernt ragen schon die hohen Berge auf, deren Gipfel in das sterbende Licht der Abendsonne getaucht sind.

»Fertig«, sage ich und lasse mich neben Ascian sinken.

Seltsamerweise fühle ich Nervosität dabei, ihm so nahe zu sein. Auch er wirkt nicht gerade entspannt.

»Ist der Anblick nicht wunderschön?«, frage ich leise, um die Distanz zwischen uns zu überwinden. Ich deute auf die rote Sonne am Horizont, die schon halb hinter den Bergen verschwunden ist.

Ascian zögert kurz, ehe er nickt. »Ja, in der Stadt gab es so etwas nicht. Es ist faszinierend.«

»Du klingst so, als würdest du zum ersten Mal in deinem Leben einen Sonnenuntergang sehen«, erwidere ich neckisch und stoße ihm leicht die Ellenbogen in die Rippen.

Seine Reaktion darauf erschreckt mich jedoch zutiefst. Blitzschnell weicht er zurück, und seine Hand fährt zu seinem Gürtel. Sein ganzer Körper ist angespannt, und als ich in seine eiskalten Gesichtszüge blicke, ist er mir so fremd wie noch nie. Es dauert einen Moment, bis er anscheinend wieder zur Besinnung kommt und begreift, dass er mich mit seinem Verhalten erschreckt hat.

»Entschuldige«, sagt er mit rauer Stimme und atmet tief durch. »Seit meiner Entführung habe ich schon bei Kleinigkeiten das Gefühl, angegriffen zu werden.«

»Wolltest du etwa eine Waffe ziehen?«, frage ich und betrachte seinen Gürtel, an dem zum Glück kein Dolch befestigt ist.

Ascian senkt den Blick, und ich habe das Gefühl, dass er von Selbsthass zerfressen wird. Einem Impuls folgend nehme ich seine Hand. Ascians blickt beinahe schon irritiert auf unsere nun verschränkten Finger.

»Es ist in Ordnung«, sage ich sanft. »In Zukunft werde ich versuchen, mich zurückzuhalten.«

Mein Freund nickt und schließt die Augen. »Ich werde mir auch Mühe geben.«

»Ich verspreche dir, wir schaffen es, dass alles wieder so wird wie früher.«

Ascian blickt mich mit einem rätselhaften Gesichtsausdruck an, der ihn mit einem Mal wieder fremd erscheinen lässt. »Ich bin mir nicht sicher, ob das überhaupt möglich ist.«

Mit diesen Worten steht er auf und geht zurück zur Kutsche. Ich blicke ihm noch lange hinterher und frage mich, was er mir damit sagen wollte. Werde ich den alten Ascian – *meinen* Ascian – jemals wieder zurückhaben?

Cadoc

Es vergehen mehrere Tage, bis wir unser Ziel fast erreicht haben. Seltsamerweise werde ich immer nervöser, je näher wir kommen, so als würde mich eine unsichtbare Kraft anziehen. Erebus, den ich nur noch selten zu Gesicht bekomme, bemerkt es ebenfalls.

»Es ist nicht der Zeitpunkt, um die Nerven zu verlieren«, sagt er warnend und mit diesem kühlen Unterton, den ich schon mein ganzes Leben gefürchtet habe.

Für einen kurzen Moment übernimmt das ängstliche Kind in mir die Oberhand, und ich schaffe es nur mit viel Beherrschung, es zurückzudrängen. Erebus scheint meine kurz aufflackernde Panik jedoch bemerkt zu haben, denn er wirkt zufrieden.

»Ich muss dir sicherlich nicht sagen, was geschieht, wenn die Mission scheitert. Titus und der König verlassen sich darauf, dass ich einen fähigen Jungen herangezogen habe. Du wirst es nicht wagen, mich zu enttäuschen.«

Dieses Mal bin ich sogar zu gelähmt, um ein Nicken zustande zu bringen. Jede Faser meines Körpers erinnert sich an den Schmerz, den er erleiden musste.

»Was wird deine Aufgabe sein?«, fragt mein Meister, vermutlich, um mich ein letztes Mal zu testen. Bald werden wir nur noch wenige Gelegenheiten haben, miteinander zu sprechen, aber er wird mich stets aus der Ferne beobachten.

»Ich werde den Clan des großen Adlers von innen heraus schwächen«, sage ich mit so monotoner Stimme, als würde ich einen auswendig gelernten Text aufsagen. »Zuerst werde ich die Schamanin töten und dann den Anführer. Sobald das erledigt ist, erobern wir das Hochgebirge und greifen von dort aus die anderen Clans an.«

Erebus nickt zufrieden. »Deine Aufgabe sollte kein Problem für dich darstellen. Gemordet hast du schon oft genug.«

Ich möchte gerade etwas Zustimmendes erwidern, als von außen gegen die Decke der Kutsche geklopft wird.

»Wir werden gleich ankommen«, höre ich Iyans gedämpfte Stimme.

Mehr kann er nicht sagen, denn Jasira reitet vermutlich immer noch in der Nähe. Ich werde das Gefühl nicht los, dass sie etwas ahnt. Zwar scheint sie nicht infrage zu stellen, dass ich Ascian bin, doch sie spürt offensichtlich, dass etwas nicht stimmt. Ich muss dafür sorgen, dass sie weiterhin denkt, ich wäre von der Gefangenschaft traumatisiert. Wenn sie die Wahrheit herausfindet, ist alles vorbei. Und das muss ich um jeden Preis verhindern, auch wenn es bedeutet, dass ich sie dafür töten muss.

Ich kann nicht verhindern, dass sich bei diesem Gedanken Widerwillen in mir regt, denn jedes Mal, wenn ich mit ihr rede, fühlt es sich seltsam vertraut an. So, als würde tatsächlich ein Teil von Ascian in mir stecken. Ja, ich werde Jasira töten müssen, wenn es so weitergeht. Da wird mir keine andere Wahl bleiben.

Meine düsteren Gedanken werden beendet, als wir anhalten und kurz darauf Tullio die Luke öffnet. Erebus ist bereits verschwunden, ohne dass ich es bemerkt habe.

»Den Rest müssen wir zu Fuß gehen«, sagt der narbengesichtige Sklave und wirkt ebenso angespannt wie ich mich fühle. Er wird sich ebenfalls im Clan aufhalten und eine Rolle spielen, auch wenn sie nicht so wichtig ist wie meine.

Ich bemerke wieder dieses warme Gefühl in meinem Körper, als auch Jasira in meinem Sichtfeld erscheint. Sie ist abgestiegen, und in der einen Hand hält sie die Zügel ihres Pferdes, während sie mir die andere entgegenstreckt. »Bist du bereit?«

Ich nicke und ergreife, wenn auch widerwillig, ihre Hand. Bei Berührungen von anderen Menschen werde ich für gewöhnlich von Ekel gepackt, aber bei Jasira ist es zum Glück erträglich, wenn auch nicht wirklich angenehm.

Tullio wirft mir einen bedeutungsvollen Blick zu und kann sich ein Grinsen anscheinend kaum verkneifen. Iyan hingegen wirkt verärgert, was mich wieder zum Nachdenken bringt. Vielleicht wird sich im Laufe der Zeit herausstellen, welches Problem er mit Ascian und Jasira hat.

Wir lassen die Kutsche stehen und folgen einem breiten Weg, der sich einen Berg hinaufschlängelt. Je höher wir gehen, desto faszinierender wird der Ausblick, sodass ich mich kaum davon losreißen kann. Ein leichtes Gefühl breitet sich in mir aus, ein Gefühl von Freiheit, wie ich es noch nicht kenne. Dabei wiegen meine unsichtbaren Fesseln schwer, und ich weiß, dass ich sie niemals loswerde. Und das möchte ich auch nicht, denn das würde bedeuten, dass ich meinen Meister verraten müsste.

Schließlich erreichen wir einen gewaltigen Höhleneingang, der sicherlich zwanzig Schritte hoch ist. Vor ihm stehen zwei gelangweilt dreinblickende Frauen, die dem Anschein nach Wache halten. Als sie uns entdecken, weiten sich ihre Augen jedoch fassungslos, und sie kommen auf uns zugelaufen.

»Ascian? Iyan? Wie ist das möglich?«, fragt die ältere von beiden und blickt besonders mich lange an. Sie wirkt ebenso erschrocken von meinem kränklichen Aussehen und Betroffenheit macht sich auf ihrer Miene breit. »Was hat man dir bloß angetan?«, fragt sie, und ich bin mit einem Mal von der Situation überfordert.

»Ascian braucht dringend Ruhe«, sagt Iyan genervt. Mir wird bewusst, dass man ihn kaum beachtet hat, obwohl er vermeidlich ebenso entführt wurde wie der Schamanenschüler.

»Ja, natürlich«, sagt die Frau zerstreut und scheint sich über den rauen Umgangston von Iyan zu wundern. »Kommt rein, dort wird man sich um euch kümmern.«

Nun kommt der Moment, vor dem es mir am meisten gegraut hat: Wir betreten die Höhle. Sobald uns die ersten Menschen entdecken, werden wir eingekreist und mit Fragen gelöchert. Am liebsten würde ich mich stumm im Hintergrund halten, doch die meisten Clanmitglieder haben sich auf mich fokussiert.

Mein Blick huscht von Gesicht zu Gesicht, und mit jedem Augenblick wächst mein Unbehagen. Ich fühle mich bedrängt und habe den Impuls, eine Waffe zu ziehen, um die Menschen zurückzudrängen. Meine Instinkte drohen, überhandzunehmen, und mein Atem beschleunigt sich im Takt meines rasenden Herzens. Ich weiß, dass ich mich verrate, wenn ich nun falsch handle, aber ich schaffe es nicht, einen klaren Kopf zu behalten.

Gerade, als ich kurz davor bin, mich notfalls mit Gewalt aus der Menge freizukämpfen, ertönt zu meiner Überraschung Jasiras Stimme. »Seht ihr nicht, wie schlecht es Ascian geht? Lasst ihn erst mal hier ankommen. Sicherlich wird er euch später erzählen, was vorgefallen ist.«

Die Menschen machen zwar keine Anstalten, sich zurückzuziehen, aber verstummen zumindest. Wieder nimmt Jasira mich an der Hand und führt mich durch die Menge, die zurücktritt, um einen Gang zu bilden. Ihre Blicke brennen sich dennoch erbarmungslos in mich ein.

Als wir kurz davor sind, einen Tunnel zu betreten, höre ich noch Iyans Stimme: »Ich erzähle euch gerne, was vorgefallen ist. Richtet eure Fragen ruhig an mich, solange sich Ascian noch nicht erholt hat.«

Jasira verdreht mit einem genervten Seufzen die Augen. »Er lässt mal wieder keine Gelegenheit aus, sich in den Mittelpunkt zu drängen. Ich habe mich immer gewundert, wie du mit ihm befreundet sein kannst.«

Ich hebe die Schultern, denn ich verstehe ebenfalls nicht, was Ascian an Iyan findet.

»Wir sind gemeinsam aufgewachsen und er ist wie ein Bruder für mich«, greife ich auf mein Wissen zurück.

Jasira hebt amüsiert die Augenbrauen. »Das wirkt aber nicht besonders überzeugt, sondern eher wie eine Rechtfertigung.«

Ich kann gerade noch verhindern, ein ertapptes Gesicht aufzusetzen. Ich muss mich dringend mehr anstrengen, überzeugend zu wirken.

»Möchtest du lieber auf dein Zimmer oder in Taeseras Räumlichkeiten?«, wechselt Jasira das Thema. »Sie hat bestimmt ebenfalls mitbekommen, dass du wieder hier bist, und möchte sicherlich mit dir sprechen.«

Ich massiere mir die Schläfen und schließe für einen Moment die Augen. Das würde mir jetzt noch fehlen, der Frau zu begegnen, die ich ermorden soll.

»Ich fühle mich wirklich nicht gut«, weiche ich aus. »Ich lege mich besser hin und rede morgen mit ihr. Iyan wird ihr sicherlich auch schon einiges berichten können.«

Jasira nickt zögerlich und wirkt wieder gedankenversunken. Gemeinsam dringen wir tiefer in das Höhlensystem vor, und ich bin froh, dass Ascians Freundin die Führung übernimmt. In einem unbeobachteten Moment werde ich mir alle Gänge einprägen müssen, um mich nicht zu verirren, wenn niemand dabei ist.

Schließlich bleibt Jasira vor einem Eingang stehen, der mit einem tannengrünen Vorhang verdeckt ist. »Ich schicke später jemanden los, der dir etwas zu essen bringt«, sagt sie. »Du musst regelrecht ausgehungert sein.« Daraufhin nicke ich bloß. Wenn Jasira wüsste, dass ich darauf trainiert bin, sogar tagelang ohne Nahrung auszukommen ... Aber irgendwie gefällt mir die Tatsache, dass sie sich um mich sorgt. »Dann bis morgen«, fügt sie hinzu, nachdem sie vergeblich auf eine Antwort gewartet hat.

Mein Körper versteift sich, als sie sich auf Zehenspitzen stellt und mir einen Kuss auf die Wange drückt. Unbehagen wechselt sich mit einem anderen, fremden Gefühl ab, das ich nicht deuten kann. Schnell wende ich den Blick ab, damit Jasira meine Verwirrung nicht sieht. Dann endlich wendet sie sich ab und geht zurück in Richtung der Haupthöhle.

Ich schließe für einen Moment die Augen und lehne meinen Kopf gegen die kühle Höhlenwand, bis sich mein Herzschlag endlich beruhigt. Wenn jeder Tag so wird wie der heutige, muss ich mich auf eine furchtbare Zeit gefasst machen.

KAPITEL 9

Ascian

Ich liege auf meiner gepolsterten Pritsche und blicke wie so oft gegen die graue Decke. Ich habe mittlerweile aufgehört, die Tage zu zählen, und mein Bewusstsein ist in eine bedrückende Monotonie verfallen. Nur die Besuche von Levana durchbrechen diesen Zustand. Zwar fühle ich ihr gegenüber noch immer ein starkes Misstrauen, aber es ist eine willkommene Abwechslung, mit ihr zu sprechen.

Und dann ist es wieder so weit, dass sich das Tor öffnet und gleißendes Sonnenlicht den Gewölbekeller erhellt. Ich genieße den kurzen Luftzug, der in meine Zelle weht, aber sogleich wieder verschwindet.

Zu meiner Erleichterung ist es Levana, die in meinem Sichtfeld erscheint und nicht Titus. Die wenigen Male, die er hier war, waren mehr als unangenehm. Er hat immer wieder entwürdigende Kommentare von sich gegeben und mir Fragen gestellt, die ich selbstverständlich nicht beantwortet habe.

»Sei gegrüßt, Ascian«, sagt Levana mit einem freundlichen Lächeln, während sie auf meine Zelle zugeht.

In den Händen hält sie einen Korb mit einer Feldflasche, Brot und frischen Früchten, die sofort den Hunger in mir wecken. Jedes Mal, wenn Levana kommt, bringt sie die köstlichsten

Speisen mit, sodass ich trotz meiner Gefangenschaft weiterhin gut genährt bin.

Sie zückt den dicken Schlüsselbund und öffnet meine Zellentür, um hineinzukommen. Schon öfters habe ich abgeschätzt, ob ich in diesem Moment eine Chance hätte, zu entkommen – doch da sind leider noch meine magischen Fesseln, die ich nicht zu lösen vermag.

»Ich habe dir etwas mitgebracht«, sagt Levana mit einem verführerischen Lächeln, das meinen Herzschlag für einen Moment beschleunigt.

Schon oft habe ich mich dabei erwischt, wie ich Levana und Jasira verglichen habe, doch diesen Gedanken jedes Mal schnell beiseitegeschoben. Meine beste Freundin seit Kindertagen kann man nicht mit einer Dienerin aus der Stadt vergleichen, die mein einziger Lichtblick in der Gefangenschaft ist.

Levana beobachtet amüsiert, wie ich – so gut es die Fesseln zulassen – die Früchte herunterschlinge und dann die Feldflasche leere, die einen klebrig süßen Saft enthält.

»Ich werde mit Titus sprechen, dass man dir mehr zu essen gibt«, sagt sie mit ihrer samtenen Stimme, die mich bis in meine Träume verfolgt.

Da sie jedoch den Namen ihres Herren erwähnt, sinkt meine Stimmung sofort wieder. Seit ihrer Andeutung, welches Verhältnis sie zu ihm hat, verspüre ich Ekel, sobald sie diesen Mann erwähnt.

»Mach dir keine Sorgen, er ist stets gut zu mir und hört auf mich«, fügt sie noch hinzu, als hätte sie meine Gedanken erraten.

»Dennoch tritt er dir näher, als du möchtest«, erwidere ich wütend. »Er nutzt aus, dass du als Dienerin unter ihm stehst.«

Levana lächelt traurig. »Er ist kein guter Mensch, da hast du recht. Aber mach dir keine Sorgen um mich.«

Ich balle meine Hände zu Fäusten und spüre, wie die Magie in mir zu brodeln beginnt. Dann habe ich jedoch eine Idee. Vielleicht könnte ich es mit einer List schaffen, hier rauszukommen. »Wir könnten gemeinsam fliehen. Mein Clan würde dich aufnehmen, da bin ich mir ganz sicher.«

Levana hebt die Augenbrauen und wirkt für einen Moment amüsiert. »Möchtest du mich etwa dafür ausnutzen, freizukommen? Tut mir leid, aber so dumm bin ich nicht.«

Mit einer anmutigen Bewegung erhebt sie sich von ihrem Stuhl und nimmt den leeren Korb an sich.

»Es tut mir leid«, sage ich schnell und bemühe mich, nicht allzu ertappt zu wirken. Ich darf Levana auf keinen Fall unterschätzen. »So war das wirklich nicht gemeint. Aber ich merke doch, wie unglücklich du hier bist. Wir könnten uns gegenseitig helfen.«

Levana hält in ihrer Bewegung inne und wendet sich mir wieder zu. »Ich wirke unglücklich?«

»Ich sehe es daran, wie du dich jedes Mal überwinden musst, in meine Zelle zu kommen. Du wirkst nach außen hin fröhlich, aber ich kann an deinen Augen sehen, dass du es ungerne tust.«

Levana zieht die Augenbrauen zusammen und wirkt für einen Moment abwesend. »Du verfügst über beeindruckende Menschenkenntnis«, stellt sie fest.

»Sowas lernt man als Schamanenschüler«, sage ich mit einem verlegenen Schulterzucken. »Schließlich gehört zu meinen Aufgaben, Menschen zu helfen.«

»Du fehlst deinem Clan sicherlich sehr«, murmelt Levana und wirkt mit einem Mal distanziert. Dann wendet sie sich mit einer schnellen Bewegung vollends ab und verlässt beinahe schon fluchtartig den Gewölbekeller.

Levana

Kaum habe ich das Tor hinter mir geschlossen, raufe ich mir die Haare und gehe ungehalten auf und ab. Ich darf nicht zulassen, dass Ascian meine wahren Gefühle errät. Es hat mich völlig aus dem Konzept gebracht, und das darf mir auf keinen Fall nochmal passieren.

Dann halte ich jedoch inne. Vielleicht könnte man seinen Plan, gemeinsam mit mir zu flüchten, für unsere Zwecke nutzen. Ein triumphierendes Lächeln breitet sich auf meinen Lippen aus, als ein Plan in meinem Kopf heranreift. Sobald ich alle Einzelheiten gut durchdacht habe, werde ich meinen Vater einweihen. Ich weiß nicht, ob er meine Idee ebenso brillant finden wird wie ich, aber er wird mir vertrauen müssen.

Wie so oft nehme ich mein Abendessen im Palast am langen prunkvollen Tisch ein. Mittlerweile habe ich mich an den Gedanken gewöhnt, dass dies bald mein Zuhause sein wird.

»Ich hatte heute ein Gespräch mit Titus«, eröffnet Nainor mir, ehe er sich einen Bissen des saftigen Lammbratens in den Mund schiebt.

Sofort setze ich mich alarmiert in meinem Stuhl auf, denn ich befürchte eine weitere Intrige meines Vaters. Ungeduldig beobachte ich Nainor, wie er betont langsam kaut, ehe er endlich fortfährt.

»Er ist der Meinung, dass unsere Hochzeit noch diesen Sommer stattfinden sollte. Ich bin mir nicht sicher, ob das vielleicht zu überstürzt wäre.«

Ich zwinge mich zu einem überzeugten Lächeln, so wie mein Vater es von mir erwarten würde. »Allmählich wird es wirklich Zeit. Schließlich sind wir schon seit über sechs Jahren verlobt. Wir lieben uns, wenn auch nur als Freunde, also was sollte dagegensprechen, die Hochzeit endlich durchzuführen?«

Ich merke selbst, dass meine Stimme nicht so überzeugt klingt, wie sie sollte. Zum Glück fällt es Nainor nicht auf, denn er scheint völlig in seinen Gedanken versunken zu sein. Wahrscheinlich denkt er wieder über seine Sklavin nach, die nach unserer Hochzeit zu seiner heimlichen Mätresse wird. Gegen meinen Willen verspüre ich Eifersucht, obwohl ich nicht vorhabe, eine romantische Ehe mit ihm zu führen.

»Na gut«, sagt Nainor schließlich und erhebt sich ruckartig vom Stuhl. »Ich werde meinen Bediensteten noch heute sagen, dass sie mit den Planungen beginnen sollen.«

Seltsamerweise fühlt sich mein Magen nun an, als würde ein Stein darin liegen. Seit sechs Jahren warte ich auf diese Hochzeit und darauf, endlich Königin zu werden. Fange ich nun etwa an, daran zu zweifeln?

Schnell konzentriere ich mich wieder auf mein köstliches Mahl, um mich nicht in solchen Grübeleien zu verlieren. Mein Ziel ist es, große Macht zu erlangen, und dabei werde ich mir auf keinen Fall selbst im Weg stehen. Bald werde ich über alle Städte herrschen – und über die Wildnis.

Cadoc

Drei Tage befinde ich mich nun schon im Clanlager und beginne allmählich, mich einzugewöhnen. Zwar fällt es mir noch immer schwer, meine Rolle als Ascian überzeugend zu spielen, aber zumindest bin ich noch nicht aufgeflogen. Das ist auch eine Art von Fortschritt.

Die meiste Zeit habe ich in meinem Zimmer verbracht und bin den Menschen aus dem Weg gegangen. Tatsächlich waren die Einzigen, die mich besucht haben, Jasira und Iyan.

»Ich habe dir die anderen Clanmitglieder nun schon mehrere Tage vom Hals gehalten«, verkündet Ascians bester Freund gerade mit genervter Stimme. Ich habe mich auf der anderen Seite des Zimmers auf das Bett gesetzt, so weit von ihm entfernt wie möglich. »Heute wirst du dich Taesera und Ascians Vater stellen müssen. Spiel einfach weiter die Rolle des traumatisierenden Jungen, dann wirst du schon nicht auffliegen.«

Am liebsten möchte ich verzweifelt aufstöhnen, aber ich würde mir niemals diese Blöße geben.

»In Ordnung«, sage ich stattdessen knapp. »Du kannst nun gehen. Ich werde mich um alle Angelegenheiten kümmern.«

Iyan blickt mich nochmal skeptisch an, verlässt dann aber zu meiner Erleichterung das Zimmer. Ich lasse mich resigniert auf das Bett fallen und blicke eine Zeit lang starr an die Decke. Nun wird die Mission richtig losgehen, nachdem ich es so lange wie möglich aufgeschoben habe.

Irgendwann erhebe ich mich widerwillig und bewege mich durch die vielen Gänge, die ich mir mittlerweile eingeprägt habe. In der Stadt hat man mir bereits einen Plan des Höhlensystems gezeigt, aber es ist nochmal etwas anderes, wirklich hier zu sein.

Als ich vor Taeseras Räumlichkeiten ankomme, bleibe ich zunächst unschlüssig stehen. Vielleicht habe ich Glück und sie hält sich gerade woanders auf. Diese Hoffnung wird jedoch sogleich vernichtet.

»Ascian, bist du es?«, dringt es hinter dem dicken Vorhang hervor. »Komm doch rein, ich habe dich erwartet.«

Nun kann ich keinen Rückzieher mehr machen, und so betrete ich widerwillig den Raum. Sofort werde ich von den verschiedensten Düften eingehüllt, von süß bis holzig.

Verstohlen, damit es nicht so wirkt, als wäre ich das erste Mal hier, blicke ich mich um. Der Raum wird von einer magischen Lichtkugel erhellt, die in der Luft schwebt. Auf Regalen schimmern Kristalle, von denen die meisten eine dunkellila oder rote Farbe aufweisen.

Ich schrecke zusammen, als Taesara aus einem Nebenraum tritt, der ebenfalls von einem Vorhang verdeckt wird. Ich vermute, dass es sich um ihr Schlafzimmer handelt. Mit besorgtem Blick eilt die Schamanin auf mich zu und nimmt mein Gesicht in ihre Hände. Ich muss mich beherrschen, nicht zurückzuzucken.

»Du weißt gar nicht, wie erleichtert ich bin, dass du wieder hier bist. Ich hatte befürchtet, dass dich das gleiche Schicksal ereilt wie Cadoc.«

Cadoc? Von dieser Person wurde mir nicht berichtet. Ich vermute, dass sie irrelevant für meine Mission ist.

»Du siehst nicht gut aus«, führt Taesera aus, und ihre hellen Augen funkeln vor Mitgefühl. »Diese Stadtmenschen sind Bestien.« Dann lässt sie mich endlich los und tritt einen Schritt zurück. »Ich hoffe, man hat dir in den vergangenen Tagen reichlich zu essen gegeben. Du bist stark abgemagert. Aber nun setz dich und erzähl, was dir widerfahren ist.«

Zögerlich lasse ich mich auf einem der großen Kissen nieder, die im Raum verteilt sind. Ich versinke tief darin und erwische mich bei dem Gedanken, nie zuvor auf so etwas Gemütlichem gesessen zu haben. Doch ich bin nicht hier, um es mir bequem zu machen, deswegen konzentriere ich mich darauf, mir die Worte sorgfältig zurechtzulegen. Dabei greife ich vor allem auf die Erklärungen zurück, die mir eingetrichtert worden sind.

»Ich war mit Iyan im Wald spazieren, um einen freien Kopf zu bekommen.« Kurz halte ich inne, denn ich merke, dass ich wieder rede, als hätte ich die Worte auswendig gelernt. »Dann ging alles so schnell.« Ich schaffe es tatsächlich, meine Stimme brechen zu lassen, so als würde es mir Qualen bereiten, über das Erlebte zu sprechen. Anscheinend habe ich doch so etwas wie schauspielerische Fähigkeiten. »Die Sklavenhändler haben mich mit irgendeiner Substanz betäubt und ich bin erst Tage später wieder erwacht.«

Ich weiß, dass ich gerade wiedergebe, was Ascian wirklich erlebt hat, und kurz verspüre ich Mitgefühl. Taesera hat die Augenbrauen zusammengezogen und die Lippen zu einem Strich aufeinandergepresst.

»Als wir in der Stadt angekommen sind, hat man mich in eine Zelle gesperrt und mir viele Fragen gestellt. Aber natürlich habe ich sie nicht beantwortet. Iyan wurde ebenfalls in der Nähe festgehalten, aber ihm hat man nicht so viel Aufmerksamkeit geschenkt wie mir. Man hat mich auch … gefoltert.«

Die Überwindung, die mich dieses einfache Wort kostet, ist diesmal nicht gespielt. In meinem Hals bildet sich ein Kloß und ich senke den Blick. Ich kann nur hoffen, dass Ascian nicht die gleichen Schmerzen erleiden muss wie ich in meiner Vergangenheit.

Taesera nimmt meine Hand und blickt mich voller Mitgefühl an. Seltsamerweise fühlt sich das tatsächlich gut an. »Du musst nicht weitersprechen. Die Hauptsache ist, dass du nun wieder hier bist und keine geheimen Informationen weitergegeben hast. Ich kann versuchen, heilende Magie für deine Seele zu verwenden. Darin habe ich zwar nicht viel Übung, aber vielleicht verschafft es dir Linderung.«

»Danke«, sage ich mit rauer Stimme und meine es tatsächlich so. Zwar werde ich ihr Angebot nicht annehmen, da ich Sorge habe, sie könnte dabei zu tief in meine Seele blicken, aber aus irgendeinem Grund trösten mich ihre Worte.

»Ich werde dir nun ein paar Tage Ruhe lassen. Dann werden wir alles Weitere besprechen. Die Stadt scheint gefährlicher als je zuvor zu sein, deswegen dürfen wir die Prophezeiung nicht aus den Augen verlieren.«

»Die Prophezeiung?«, rutscht es mir heraus, ehe ich mich zurückhalten kann. Entsetzt beiße ich mir auf die Zunge. Könnte ich mich durch meine Unwissenheit verraten haben?

Taesera wirkt tatsächlich irritiert, aber scheint sich dann eine andere Erklärung für meine Frage zu geben. »Ich weiß, dass du dafür erst mal keinen Kopf hast. Aber darauf können wir langfristig leider keine Rücksicht nehmen.«

Ich nicke und hoffe, dass sie mir meine Erleichterung nicht anmerkt. Ich bin ganz knapp an einer Katastrophe vorbeigekommen. Wenn Taesera auf die Idee gekommen wäre, mich mit Fragen zu testen, wäre ich sicherlich aufgeflogen. Ich muss mich bei der nächsten Gelegenheit unbedingt von Iyan oder Erebus über diese Prophezeiung aufklären lassen.

KAPITEL 10

Jasira

Als fünf Tage seit unserer Ankunft vergangen sind, beschließe ich, Ascian nicht mehr zu schonen. Er muss unbedingt aus der Höhle rauskommen, die er seitdem nicht mehr verlassen hat. Genau genommen hat er die meiste Zeit nur in seinem Zimmer verbracht, völlig abgeschirmt von seinen Clankameraden. Ich höre sie schon über Ascians schlechten Zustand tuscheln, und das möchte ich verhindern.

»Ascian?«, rufe ich durch den Vorhang in sein Zimmer. »Bist du da?«

Kurz darauf erscheint sein blasses Gesicht, auf dem man kaum noch seine Sommersprossen ausmachen kann. Seine einst lebhaften grünen Augen wirken distanziert und unter ihnen liegen tiefe Schatten. Seit Ascian zurückgekehrt ist, erschrecke ich mich jedes Mal vor seinem Anblick, und es versetzt mir einen schmerzhaften Stich ins Herz.

»Ja, ich bin hier«, antwortet er mit leerer Stimme.

»Ich möchte auf die Jagd gehen«, sage ich betont fröhlich. »Möchtest du mitkommen?«

Ascian wirkt wenig begeistert, und ich glaube sogar, Sorge in seiner Miene zu erkennen. Als er den Mund öffnet, um vermutlich abzusagen, füge ich schnell hinzu: »Die anderen Clanmitglieder machen sich schon Sorgen um dich. Sie befürchten, dass du nicht mehr der Alte wirst. Deswegen wäre es vielleicht gut, wenn du die Höhle verlässt und allen zeigst, dass es dir gut geht.«

Ich weiß, dass Ascian viel Wert auf die Meinung seiner Clankameraden legt und ich dadurch ein gutes Argument geliefert habe. Dass nun jedoch sogar Panik in seinen Augen aufflackert, wundert mich.

»Ich werde ihnen beweisen, dass alles in Ordnung ist«, sagt er schnell.

»Dann komm mit«, erwidere ich und zwinge mich zu einem Lächeln.

Wieder kommt Ascians Verhalten mir so fremd vor. Kurz ziehe in Erwägung, wie gewohnt seine Hand zu nehmen, aber in letzter Zeit hatte ich das Gefühl, dass er es nicht mag. Ich versuche, deswegen nicht verletzt zu sein, denn wer weiß, weshalb er eine Abneigung gegen Berührungen entwickelt hat.

Gemeinsam gehen wir in die Haupthöhle, wo verschiedene Zelte und Hütten stehen, in denen unter anderem Brot gebacken, Waffen geschmiedet oder Kleider genäht werden. Dieser Fortschritt hebt uns von den anderen Clans ab, die uns darum oft Waren abkaufen. Ich steuere geradewegs die Waffenausgabe an, denn anders als ich besitzt Ascian keine eigenen Waffen, sondern leiht sie hier aus.

»Pfeil und Bogen wie immer?«, frage ich und möchte gerade danach greifen, bis ich merke, dass er etwas anderes fokussiert hat.

»Seit wann kannst du mit Wurfmessern umgehen?«, frage ich ihm mit hochgezogenen Augenbrauen

Ascian scheint mit sich zu ringen. »Tullio hat es mir auf dem Weg zurück hierher beigebracht«, sagt er schließlich. »Damit ich mich verteidigen kann, falls die Sklavenhändler uns folgen. Wurfmesser waren die einzigen Waffen, die wir dabeihatten.«

Ich nicke, denn das klingt plausibel. Trotzdem stimmt irgendetwas nicht, doch ich komme nicht darauf, was es sein könnte. Ich beobachte, wie Ascian die Wurfmesser an seinem Gürtel befestigt, und schiebe die dunklen Gedanken beiseite, um mir diesen Ausflug nicht zu vermiesen. Möglicherweise kann ich dabei helfen, dass sich die Laune meines Freundes bessert.

Gemeinsam treten wir aus der Höhle, und ich genieße die Sonnenstrahlen auf meiner Haut. Ascian hingegen kneift die Augen zusammen, so als wäre ihm die Helligkeit unangenehm. Ich führe ihn zu dem kleinen Wald, wo ich am liebsten auf die Jagd gehe, da dort nur selten andere Clankameraden anzutreffen sind. Sie jagen meist in dem weiter entfernten großen Wald sowie am See oder der Heide, wo sich häufig Hasen oder Rehe tummeln.

Ich genieße den harzigen Geruch der Tannen und das leise Rauschen des Windes, der die Blätter der Laubbäume zum Rascheln bringt. Auch Ascian wirkt direkt entspannter. Er schließt die Augen, und ich beobachte fasziniert, wie sich seine Mundwinkel heben. Habe ich ihn seit seiner Rückkehr jemals so sorglos lächeln gesehen? Dann ist dieser Augenblick jedoch vorbei, denn Ascian zuckt zusammen und blickt sich schuldbewusst um.

»Hast du etwas gehört?«, frage ich. Mir ist nichts aufgefallen, doch Ascians Augen wirken beinahe schon angsterfüllt.

»Nein, ich habe mich wohl geirrt«, antwortet er schließlich und schluckt schwer.

»Keine Sorge, es wird schon kein Bär sein«, gebe ich scherzhaft zurück und erinnere mich daran, dass Ascian als Kind häufig Angst davor hatte, einem Raubtier zu begegnen.

Dann wird mir jedoch noch etwas anderes bewusst, und mit einem Mal macht sich schlechtes Gewissen in mir breit. War es nicht dieser Wald, in dem man die Kampfspuren von Ascian und Iyan gefunden hat?

Ich setze gerade zu einer Entschuldigung an und möchte vorschlagen, woanders hinzugehen, als mein Freund den Finger an die Lippen legt.

»Sieh mal«, flüstert er und deutet in Richtung des Dickichtes.

Als ich dorthin blicke, erkenne ich ein dickes Kaninchen, das völlig arglos an einem Zweig knabbert. Langsam ziehe ich einen Pfeil aus meinem Rückenköcher und lege ihn an die Bogensehne. Mit dem, was nun folgt, habe ich jedoch nicht gerechnet. Ascian zieht blitzschnell ein Wurfmesser, wirft es mit einer geschmeidigen Bewegung und trifft das Kaninchen mitten ins Herz. Das Tier quiekt kurz, ehe es tot zusammenbricht. Fassungslos starre ich meinen Freund an.

»Das übertrifft meine Erwartungen«, sage ich schwach und kann einfach nicht glauben, was gerade passiert ist. Ascian war nie besonders gut in der Jagd und nun hat er keinerlei Schwierigkeiten, mit einer neuen Waffe perfekt das Ziel zu treffen?

Mein Freund wirft mir einen schuldbewussten Blick zu, so als würde er bereuen, was er gerade getan hat. Dann geht er zu dem Kaninchen, zieht das Wurfmesser heraus und säubert die Klinge am moosbedeckten Boden. Ich kann ihn dabei nur stumm beobachten.

Nachdem er das Kaninchen aufgehoben hat und sich wieder zu mir umdreht, gebe ich mir jedoch einen Ruck. »Wollen wir zum See gehen? Das Wetter ist perfekt zum Schwimmen.«

Ascians Kopf zuckt zu mir und sein Gesicht ist voller Ablehnung.

»Habe ich etwas Falsches gesagt?«, frage ich verunsichert. Wir haben viele Sommer damit verbracht, uns im See abzukühlen, deswegen hätte ich nicht gedacht, dass er so reagiert.

»Ich fühle mich erschöpft«, erwidert Ascian abweisend. »Es wird Zeit, zurück zur Höhle zu gehen.«

Ich verziehe das Gesicht, aber widerspreche ihm nicht. Vermutlich hat ihn der Ort seiner Entführung doch durcheinandergebracht.

Cadoc

Mit schnellen Schritten verlasse ich den Wald, obwohl mich dieser Ort auf wundersame Weise entspannt hat. Als mir jedoch wieder eingefallen ist, dass mein Meister mich höchstwahrscheinlich beobachtet, konnte ich diese Stimmung nicht mehr genießen.

Fest umklammere ich die Hinterläufe des Kaninchens, das mein erstes erlegtes Tier ist. In der Vergangenheit habe ich meine Treffsicherheit bloß bei Menschen angewandt. Eigentlich hätte ich es noch länger ausgehalten, Zeit mit Jasira zu verbringen, da ihre Anwesenheit mich nicht so anstrengt wie die der meisten anderen. Doch als sie vorgeschlagen hat, schwimmen zu gehen, musste ich die Flucht ergreifen. Tatsache ist nämlich, dass ich nicht schwimmen kann, und das könnte ich nicht mehr auf das Trauma der Entführung schieben. Anscheinend hat man mir doch nicht alle wichtigen Fähigkeiten beigebracht, um meine Rolle überzeugend zu spielen.

Ohne, dass ich mich dafür umblicken muss, weiß ich, dass Jasira mir nicht gefolgt ist. Noch immer spüre ich ihren ratlosen Blick im Rücken und werde dabei von schlechtem Gewissen gequält.

Doch ich muss mich nun darauf konzentrieren, näher an Taesera heranzukommen. In mir ist bereits ein Plan herangereift, wie ich ihr Leben nehmen kann, ohne dass der Rest des Clans es gleich erfährt. Dafür muss ich sie jedoch aus der Höhle herauslocken, und das wird nicht einfach. Außerdem muss es zu einem Zeitpunkt geschehen, zu dem sich der Anführer ebenfalls im Hauptlager aufhält. Nur dann kann ich es schaffen, ihn ebenfalls umzubringen, ehe Taeseras Verschwinden auffällt. Wenn die Clanmitglieder herausfinden, dass ich schuld bin, werde ich längst auf dem Rückweg zur Stadt sein.

Und dann ... ja, was dann? Wird mein Leben weiterhin so verlaufen wie vor der großen Mission? Oder wird man mich beseitigen, da ich keinen Nutzen mehr habe? Ich schlucke schwer, als ich an diese Möglichkeit denke, denn sie ist leider nicht besonders abwegig. Wenn ich es richtig verstanden habe, wurde ich einzig für diese Mission herangezogen und wäre nach erfolgreicher Beendigung austauschbar.

Ich schüttle den Kopf, um diesen furchtbaren Gedanken loszuwerden. Erebus würde nicht zulassen, dass man mir etwas antut. Und doch keimt in mir langsam Zweifel heran, denn ich muss mir eingestehen, dass ich mich hier alles andere als unwohl fühle. Die Natur gibt mir ein überwältigendes Gefühl von Freiheit und die Menschen sind nett zu mir.

Nein, die Menschen sind nicht nett zu *mir*, sondern zu Ascian. Wenn sie herausfinden, wer ich wirklich bin, werden sie mich bestenfalls fortjagen.

Ich presse mir die Finger gegen die Schläfen, denn ich schaffe es einfach nicht, einen klaren Kopf zu bekommen. Mir fehlen die direkten Anweisungen von Erebus, die jeden Funken freien Willens überflüssig machen.

Schließlich gelange ich wieder vor den Höhleneingang und nicke den beiden Wachen zur Begrüßung zu. Dabei versuche ich, überzeugend ihr Lächeln zu erwidern. Ich bemerke, dass es mir allmählich leichter fällt, also machen meine schauspielerischen Fähigkeiten wohl einen Fortschritt.

Kurz ziehe ich in Erwägung, meine Wurfmesser der Waffenausgabe zurückzugeben, doch es fühlt sich zu gut an, sie bei mir zu tragen. Und vielleicht werde ich sie früher gegen Taesera einsetzen als gedacht.

Ich gehe geradewegs zu ihren Räumlichkeiten, denn ich werde versuchen, ein paar Informationen aus der Schamanin herauszubekommen. Es ist nicht nur meine Aufgabe, Morde zu begehen, sondern auch, Geheimnisse der Clans zu erfahren. Diese könnten uns dabei helfen, auch die anderen Clans zu schwächen, sobald wir mit diesem hier fertig sind.

Zum ersten Mal frage ich mich, weshalb die Stadt die Wildnis überhaupt für sich erobern will. Das Stadtgebiet erstreckt sich beinahe die ganze Küste entlang und sogar einige Inseln gehören zum Königreich. Als ich jedoch an die Machtgier in Titus' Augen denke, beantworte ich mir die Frage selbst. Wenn schon der Senator so größenwahnsinnig ist, wie sehr muss es dann der König sein?

Ich schrecke zusammen, als Taeseras Stimme ertönt. Meine Füße haben mich wie von selbst zu ihren Räumlichkeiten getragen, so als wäre ich hier bereits zuhause. »Ascian, was für eine schöne Überraschung. Hast du dir meine Worte zu Herzen genommen?«

Ich nicke zustimmend. »Ich habe ein paar Fragen zu der Prophezeiung.«

Mir ist bewusst, wie riskant dieser Schritt ist, aber es ist die einzige Möglichkeit, die ich sehe, um mehr zu erfahren. Taesera macht einen einladenden Schritt beiseite und wie beim letzten Mal werde ich von unzähligen Eindrücken eingehüllt, als ich den Raum betrete. Diesmal lasse ich mich jedoch wie selbstverständlich auf eines der Sitzkissen sinken.

»Was möchtest du denn über die Prophezeiung wissen?«, fragt die Schamanin und legt ihren Kopf neugierig schief.

Nun darf ich keinen Fehler machen. Was kann ich sagen, ohne zu verraten, dass ich den Inhalt der Prophezeiung nicht kenne?

»Was kann ich nun am besten tun, damit die Prophezeiung sich erfüllt?«, frage ich vorsichtig.

Taesera runzelt die Stirn, sodass ich überzeugt bin, etwas Falsches gesagt zu haben. Dennoch gibt sie zu meiner Erleichterung eine Antwort.

»Du *bist* die Prophezeiung, darüber haben wir doch schon oft genug gesprochen. Darum musst du deine magischen Fähigkeiten so gut trainieren, wie es geht. Das Problem ist ja leider, dass dein Gegenstück fehlt. Die Frage ist, ob du dadurch überhaupt etwas ausrichten kannst.«

Taesera seufzt tief. Sie weiß nicht, dass sie nun mehr Fragen für mich aufgeworfen als beantwortet hat. Wie kann ich herausfinden, was sie mit Ascians Gegenstück meint? Handelt es sich um ein Artefakt, das sich nicht mehr in seinem Besitz befindet?

»Und dann ist da noch die zweite Hälfte der Prophezeiung«, fährt sie fort, woraufhin ich sofort wieder aufhorche. »*Gemeinsam mit der Vereinigung der Vier werden sie es sein, die die Clans retten.* Wir haben schon so oft gerätselt, was damit gemeint sein könnte. Auch wenn wir zu dem Schluss gekommen sind, dass es der Zusammenhalt der vier Clans bedeuten könnte, zweifle ich daran. Meiner Meinung nach wäre das zu einfach.«

Innerlich triumphiere ich, denn nun kenne ich immerhin schon einen Teil der Prophezeiung. Erebus wird stolz auf mich sein.

»Ich werde von nun an wieder meine Magie üben«, lüge ich und schaffe es sogar, Taesera dabei fest in die Augen zu blicken. »Ich hoffe, du hast Verständnis dafür, dass ich es allein in meinem Zimmer tue. Seit meiner Rückkehr fällt es mir schwer, mich nicht ablenken zu lassen.«

Taesera lächelt mich liebevoll an, was mich kurz aus dem Konzept bringt. »Wann hast du dich jemals *nicht* leicht ablenken gelassen?«

Sie strubbelt mir durch die Haare, und ich wäre beinahe zurückgezuckt. Zum Glück bemerkt sie die Abscheu in meinem Gesicht nicht.

»Fang am besten mit den einfachen Übungen an, die du schon kannst«, rät die Schamanin mir. »Heilmagie liegt dir gut, also beginne am besten damit. Soll ich den nächsten verletzten Clankameraden zu dir schicken?«

Sofort kehrt meine Panik zurück, denn ich habe keine Ahnung, wie ich auch nur einen winzigen Kratzer heilen könnte.

»Ähm … ich fühle mich noch nicht so weit«, stammle ich und sehe sofort an Taeseras überraschtem Gesicht, dass das eine schlechte Ausrede ist.

»Es ist dir nie schwergefallen, Heilmagie auszuüben. Bist du sicher, dass du dir das nicht zutraust?«

Ich schüttle den Kopf und stehe ruckartig auf. Mittlerweile fühle ich mich wieder in die Ecke gedrängt und das ist nicht gut. In diesem Zustand fällt es mir schwer, richtig zu handeln.

»Nun, dann solltest du da weitermachen, wo du aufgehört hast«, beschwichtigt die Schamanin mich. Es ist eindeutig, dass sie meine Panik bemerkt hat. »Vielleicht fällt dir die Tarnmagie nun aus irgendeinem Grund leichter.« Sie mustert mich für einen kurzen Moment von oben bis unten, und ich bin schon überzeugt, dass sie mich durchschaut. »Morgen möchte ich sehen, ob du Fortschritte gemacht hast. Du kannst jetzt gehen.«

Aus Taeseras Stimme ist jede Wärme gewichen. Mit einem Mal fühlt es sich so an, als würde sie direkt zu mir sprechen statt zu Ascian. Ich muss mich damit beeilen, die Schamanin zu beseitigen, ehe sie mit jemandem über mein Verhalten spricht.

KAPITEL 11

Ascian

Ich werde aus dem Schlaf gerissen, als meine Zellentür mit einem Scheppern geöffnet wird. Blinzelnd richte ich mich auf meiner unbequemen Pritsche auf, um zu sehen, ob es sich um Levana handelt.

Doch noch ehe ich jemanden erkennen kann, wird mir ein Sack über den Kopf gezogen. Mit ganzer Kraft versuche ich mich zu wehren und schreie aus voller Kehle, doch zur Antwort höre ich bloß das hämische Lachen zweier Männer. Ich werde aus meiner Zelle hinausgezerrt und auf einen hölzernen, erhöhten Boden gestoßen, der vermutlich zu einer Kutsche gehört. Für einen unangenehmen Moment fühle ich mich in meine Entführung zurückversetzt – mit dem Unterschied, dass ich es nicht schlimm finden werde, wenn man mich von diesem Ort fortbringt. Ich beschließe, es mit mir geschehen zu lassen und mich nicht mehr zu wehren.

Tatsächlich höre ich wenig später, dass eine Luke geschlossen wird und spüre, wie die Kutsche sich in Bewegung setzt. Die naive Hoffnung, dass man mich zurück in die Wildnis bringt, macht sich in mir breit. Doch das würde leider keinen Sinn ergeben.

Nach einer gefühlten Ewigkeit bleibt die Kutsche stehen und die Luke wird wieder geöffnet. Unsanft werde ich hochgezogen und hinausgezerrt.

Sofort merke ich, dass wir uns an einem völlig anderen Ort befinden. Der Boden unter meinen nackten Füßen fühlt sich wie glattpolierter Stein an und es dringen angenehme Geräusche wie das Plätschern von Wasser und dem Singen von exotischen Vögeln zu mir. Es ist kein Stadtlärm zu hören, also vermute ich, dass wir uns nicht im Zentrum befinden – aber leider auch nicht in der Natur. Weder höre ich das Rauschen der Bäume noch rieche ich den typischen erdigen Geruch des Waldes. Meine Sehnsucht könnte in diesem Moment kaum größer sein.

Ich merke, wie sich von beiden Seiten Personen neben mich stellen und dann grob an den Armen packen. Sie führen mich weiter über den glatten Boden, bis mein Körper unerwartet in eine angenehme Kühle getaucht wird. Ich nehme an, dass wir uns nun in einem Haus befinden.

Dann ertasten meine Füße eine Treppe, die nach unten führt, und ich wäre wohl gestürzt, wenn die beiden Personen mich nicht festhalten würden. Sofort ändert sich die Luft wieder und gleicht zu meinem Bedauern der im Gewölbekeller.

»Bindet ihn an den Stuhl«, höre ich einen Befehl und kann die Stimme Titus zuordnen.

Mein Hass auf ihn lodert wieder auf – ein Gefühl, das mir in meinem alten Leben fremd war. Im Nachhinein betrachtet bin ich so behütet aufgewachsen, dass ich mir nicht ausmalen konnte, wie grausam Menschen sein können. Es macht mich traurig, dass der alte Ascian, der nur das Gute gesehen hat, für immer getötet wurde.

Zwar wusste ich schon immer von Cadocs Entführung und habe mir viele Gedanken darum gemacht, doch das war bisher immer so weit weg. Zu weit weg, als dass mir in den Sinn gekommen wäre, diese Gräueltaten eines Tages selbst durchleben zu müssen.

Ich zucke erschrocken zusammen, als mir mit einem Ruck der Sack vom Kopf gezogen wird, ich auf einen Stuhl gestoßen und dort festgebunden werde. Währenddessen blicke ich mich benommen um. Zweifelsohne befinde ich mich wieder in einem Keller, doch dieser hier wirkt deutlich luxuriöser. Die Wände sind sauber verputzt und teilweise von Wandteppichen verhangen. Auf ihnen sind Landschaften abgebildet, und ich versuche, darauf die Wildnis zu erkennen, die mein Zuhause ist, doch sie zeigen bloß gezähmte Natur, zurechtgestutzt von Stadtmenschen.

Ich werde jäh in die Wirklichkeit zurückgerissen, als mir ein silberner Pokal an die Lippen gehalten wird.

»Trink das«, sagt einer der beiden Männer, die mich nach unten gebracht haben.

Ich presse jedoch die Lippen aufeinander. So dumm bin ich ganz sicher nicht. Der andere Mann packt grob mein Gesicht und zwingt mich, den Mund zu öffnen. Ohne, dass ich etwas dagegen ausrichten kann, läuft eine bittere Flüssigkeit durch meinen Mund und lässt mich würgen. Ich versuche, sie nicht herunterzuschlucken, doch kann letztendlich nichts dagegen tun.

Als sie mich endlich loslassen, treten mir Tränen in die Augen – vor Wut und vor Machtlosigkeit. Ich fühle mich so entwürdigt, dass ich am liebsten meine Magie gegen die zwei Männer und vor allem Titus richten würde. Wären meine Hände nicht gefesselt, würde meine ganze Kraft aus mir herausbrechen und vermutlich den gesamten Keller zerstören. Ein grimmiges Lächeln stiehlt sich auf meine Lippen, als ich mir vorstelle, wie meine Entführer zerbersten würden, sodass kaum noch etwas von ihnen übrigbleibt. Gleichzeitig bin ich erschrocken über diese Gedanken, denn nie zuvor hatte ich den Wunsch nach Gewalt.

»Was wollt ihr von mir?«, möchte ich wissen. Doch noch während ich das letzte Wort ausspreche, sehe ich alle Umrisse plötzlich verschwommen und ein nebliges Gefühl macht sich in meinem Kopf breit.

»Was habt ... ihr mir ... gegeben?«, nuschle ich. Es kostet mich unglaublich viel Kraft, bei Bewusstsein zu bleiben.

Dennoch scheint sich mein Dämmerzustand nicht zu verändern, also sind die Männer wohl nicht darauf aus, mir vollkommen das Bewusstsein zu nehmen. Ich registriere benommen, wie sich Titus zufrieden die Hände reibt und dann auf mich zukommt.

»So, kleiner Schamane, ich habe ein paar Fragen an dich.«

Entsetzen macht sich in mir breit, denn ich ahne, was mir eingeflößt worden ist: ein Wahrheitsserum. Mit der letzten Konzentration, die ich noch besitze, versuche ich, meinen Geist zu verschließen – eine Übung, die ich schon früh mit Taeseras Hilfe durchgeführt habe. Doch es im Ernstfall anwenden zu müssen, ist leider etwas ganz anderes.

»Verrate mir, ob die Anführer der vier Clans im engen Kontakt stehen. Informieren sie sich gegenseitig darüber, wenn etwas Neues geschieht?«

Ich beiße mir auf die Zunge, bis ich Blut schmecke, doch schaffe es nicht, die Antwort zurückzuhalten.

»Einmal in jeder Jahreszeit findet ein Treffen statt«, lalle ich.

Noch nie habe ich mich so sehr vor mir selbst geekelt wie in diesem Moment. Noch laufe ich nicht in Gefahr, ein fatales Geheimnis preiszugeben, aber wer weiß, welche Fragen noch folgen werden.

»Wenn zwischendurch etwas Wichtiges geschieht, werden Boten losgeschickt«, füge ich noch hinzu. Es ist ein furchtbares Gefühl, so machtlos über meinen eigenen Körper zu sein.

»Das ist sehr interessant«, säuselt Titus und dreht gespielt nachdenklich eine Runde um meinen Stuhl. »Das bedeutet, wenn beispielweise ein wichtiges Clanmitglied zu Schaden kommt, würde man die anderen Clans darüber informieren? Oder wenn es einen Verräter in den eigenen Reihen gäbe und alle Clans in Gefahr wären?«

Bodenlose Panik breitet sich in mir aus. Titus macht kein Geheimnis mehr daraus, was sein Plan ist, und das lässt ihn umso gefährlicher erscheinen.

»Ja«, sage ich. Ich muss unbedingt dagegen ankämpfen, ehrlich zu antworten. »Aber es würde sicherlich eine Weile dauern, alle Clans zu informieren.«

Titus nickt zufrieden. »Das gefällt mir. Gut gemacht, Bursche. Nun, jetzt kommt noch eine letzte Frage: Wie tötet man am besten Schamanen und Anführer?«

Mein Atem beschleunigt sich, und ich verwende nun meine ganze Kraft darauf, meine Zunge im Zaum zu halten und mein Gedächtnis zu blockieren. Nur so kann ich verhindern, dass mich der Trank meine Erinnerungen entblößen lässt.

»Man ... muss...«, entweicht es mir und ich presse meine Augen so fest aufeinander, dass sie tränen.

Gerade öffne ich den Mund, um die fatalen Worte zu sagen, als es mir endlich gelingt. Meine Gedanken verflüchtigen sich, und ich spüre nur noch meine heraufbeschworene Magie warm durch meinen Körper fließen. Mag sein, dass ich mit ihr nicht meine Fesseln lösen kann, aber ich kann sie immer noch dafür nutzen, meinen Körper im Griff zu behalten.

Ein triumphierendes Lächeln breitet sich auf meinen Lippen aus, als ich spüre, dass meine Magie gegen das Gift in meinen Adern ankämpft. Mein Kopf klärt sich langsam wieder und mir wird bewusst, wie knapp ich einer Katastrophe entgangen bin.

Es gibt nämlich nur einen Weg, um Schamanen und Anführer umzubringen: sehr mächtige Magie. Bei einem Ritual erlangen sie einen besonderen Schutz von ihrem Krafttier, der nicht leicht durchbrochen werden kann. Ich bezweifle zwar, dass außerhalb der Clans ein Magier existiert, doch ich möchte unsere Feinde nicht unterschätzen.

Plötzlich fällt mir jedoch etwas ein, das meine Kehle sofort trocken werden lässt: Die Fesseln, die meine Macht unterdrücken, müssen mit Magie hergestellt worden sein. Mit einem Mal ist mir noch elender zumute als ohnehin schon. Ich dachte stets, dass nur die Schamanen der Clans in der Lage sind, Magie auszuüben. Kann es sein, dass es eine vollkommen andere Art gibt, von der wir nicht wissen? Wenn das so ist, sind die Clans verloren, sollte ich es nicht dauerhaft schaffen, unsere Geheimnisse für mich zu behalten.

Ich schrecke zusammen, als Titus wieder zu sprechen beginnt. Ich habe es tatsächlich geschafft, die Außenwelt völlig auszublenden.

»Zu schade«, sagt er mit falschem Bedauern, das mich mehr beunruhigt als ein Wutausbruch. »Dann bleibt mir wohl nichts anderes übrig, als dich eine Weile in diesem Keller verrotten zu lassen. Ein geschwächter Körper bedeutet auch einen geschwächten Geist.«

Das Schlimmste ist, dass er damit recht hat. Er wirft mir einen letzten hinterlistigen Blick zu, ehe er gemeinsam mit seinen beiden Helfern aus dem Keller verschwindet.

Leider hat Titus keine falschen Versprechungen gemacht.

Zwar habe ich mittlerweile jegliches Zeitgefühl verloren, aber ich bin mir sicher, dass mittlerweile Tage vergangen sind, in denen ich weder Nahrung noch Wasser bekommen habe. Mein Hals ist völlig ausgedorrt und der Hunger bringt mich beinahe um den Verstand. Es fällt mir immer schwerer, bei klarem Bewusstsein zu bleiben. Wie wird der Trank auf mich wirken, wenn ich schon jetzt das Gefühl habe, die Kontrolle zu verlieren?

Und dann kommt der Moment, vor dem ich mich am meisten gefürchtet habe: Ich höre, wie die Kellertür sich öffnet und jemand die Treppe heruntergeht. Doch spielt mir meine Wahrnehmung einen Streich? Sind die Schritte nicht deutlich leichtfüßiger als die von Titus?

Benommen blicke ich auf und erkenne die verschwommene Gestalt von Levana. Doch vielleicht ist es auch ein Trugbild – ein neuer Trick, den Titus geschaffen hat.

»Levana?«, nuschle ich.

Beunruhigt blickt sie sich um und hält sich den Finger an die Lippen. »Er weiß nicht, dass ich hier bin. Damit riskiere ich eine große Strafe.«

Sie hält mir eine Feldflasche an den Mund und ich leere sie mit wenigen gierigen Schlucken.

»Mehr«, keuche ich, doch Levana schüttelt den Kopf.

Sie macht sie sich an den – zum Glück nicht magischen – Seilen zu schaffen, mit denen ich am Stuhl festgebunden wurde. Nur die Fesseln an meinen Händen kann sie nicht lösen.

»Ich kenne einen geheimen Ausgang«, flüstert Levana und zieht mich auf die Füße.

Ich bin so schwach, dass ich beinahe wieder zusammenbreche. Allmählich gelangt jedoch die Erkenntnis in meinen Kopf, dass Levana gerade im Begriff ist, mir die Freiheit zu schenken, ganz ungeachtet der Tatsache, dass sie schwer dafür bestraft werden könnte. Das gibt mir neue Kraft, und meine Gedanken werden klarer. Ich humple auf Levana gestützt auf eine Wand zu, die mit einem Teppich verhangen ist. Darauf ist eine Landschaft mit Weinbergen abgebildet. Sie reißt ihn achtlos herunter, und ich gebe einen verdutzten Laut von mir, als ich erkenne, was der Grund dafür ist: Eine geheime Tür war unter dem Wandteppich verborgen.

»Los, schnell«, flüstert Levana und blickt besorgt in Richtung der Treppe.

Bilde ich es mir nur ein, oder sind von oben Stimmen zu hören? So schnell es mein geschundener Körper zulässt, strecke ich meine gefesselten Hände aus und öffne die Tür. Sofort schlagen mir kühle Nachtluft und der süße Duft mir unbekannter Blumen entgegen. Außerdem höre ein Plätschern, das wohl von einem Brunnen in der Nähe stammt.

»Beeil dich«, zischt Levana und schiebt sich an mir vorbei durch die Tür. »Wir haben nur diese eine Chance!«

Das lasse ich mir nicht zweimal sagen, und so mache ich meinen ersten Schritt in Richtung Freiheit.

Levana

Die Umsetzung meines Plans hat begonnen. Mit besorgtem Gesicht helfe ich Ascian, die Böschung in meinem Garten hochzulaufen – doch am liebsten würde ich breit grinsen. Mein Vater war mit meiner Idee einverstanden, aber nur, wenn sein Plan, Ascian zum Reden zu bringen, scheitern würde.

Und genau das ist eingetroffen, was mich nicht verwundert hat. Der Schamanenschüler hat einen starken Willen, das habe ich bereits früh festgestellt. Darum erfordert die Manipulation Ascians mehr List und Verstand, als mein Vater denkt.

»Klettere über die Mauer«, sage ich und blicke mich gespielter Panik um. »Ich habe etwas gehört! Beeil dich, Ascian.«

Mit letzter Kraft zieht sich Ascian die Mauer hoch, wobei ihn die Fesseln stark behindern. Eine weitere Bedingung meines Vaters war, dass ich sie ihm nicht abnehmen darf. Ascian wird sicherlich denken, dass wir beim nächsten Clan Hilfe von einem Schamanen bekommen und er die magischen Fesseln dadurch loswird. Doch so weit wird es niemals kommen. Wie eine Katze, die ihre Beute im Glauben lässt, sie wäre in Sicherheit, werden auch wir vorgehen.

Ein winziger Teil von mir spürt dabei ein schlechtes Gewissen, doch ich verdränge ihn erfolgreich. Noch diesen Sommer werde ich Königin sein, und ich werde noch viel mehr Macht erlangen, wenn der Plan meines Vaters aufgeht.

Ich schaue noch ein letztes Mal zu der riesigen Villa, in der ich mein ganzes Leben verbracht habe, ehe ich mich leichtfüßig über die Mauer schwinge. Ascian sitzt auf der anderen Seite keuchend am Boden und wirkt so, als wäre er der Ohnmacht nahe. Ich ziehe einen kleinen Beutel mit Trockenfleisch aus meiner Toga hervor.

»Hier, iss. In der Nähe gibt es außerdem einen öffentlichen Brunnen, bei dem du etwas trinken kannst.«

»Sollten wir nicht so schnell wie möglich aus der Stadt verschwinden?«, fragt Ascian mit rauer Stimme, aber schielt dabei gierig auf das Trockenfleisch. Ich reiche es ihm, woraufhin er genüsslich davon abbeißt.

»Zuerst ist es wichtig, dass du zu Kräften kommst«, erwidere ich mit gutmütiger Strenge. »Ansonsten kommen wir nicht weit. Und für den Fall, dass uns jemand entdeckt, musst du schnell flüchten könnten. Notfalls auch ohne mich.«

Das ist natürlich Unsinn. Niemand, der mich auf der Straße mit einem zerlumpten Jungen sieht, würde es wagen, mich auch nur schief anzugucken. Mit Sicherheit würde heimlich getuschelt werden, aber das interessiert mich wenig.

»Wieso werden wir eigentlich nicht verfolgt?«, fragt Ascian und lauscht in die Nacht, die bloß vom Zirpen der Zikaden und dem Plätschern des weit entfernten Zierbrunnen der Villa unterbrochen wird.

»Ich glaube, sie sind durch den Hauptausgang gelaufen«, lüge ich.

In Wahrheit sitzt mein Vater wohl entspannt auf seinem Lieblingssessel und gönnt sich einen Kelch Wein. Oder, wie ich ihn kenne, zwei oder drei.

Nachdem Ascian aufgegessen hat, kann er es kaum abwarten, weiterzugehen. Ich deute auf eine Ansammlung von Bäumen, die schemenhaft in der Dunkelheit zu erkennen sind.

»Dort befindet sich ein Park. Von da aus dauert es nicht mehr lange, bis wir das Stadttor erreicht haben.«

Ascians Miene hellt sich bei meinen Worten auf. »Und was liegt dahinter? Haben wir dann schon Clangebiet erreicht?«

Mit bedauernder Miene schüttle ich den Kopf. »Die meisten Städte grenzen zwar an Clangebieten, aber bei der Hauptstadt ist das anders. Es würde wohl einen ganzen Tagesmarsch erfordern, bis wir das Revier vom Clan des schnellen Leoparden erreichen.«

»Du kennst dich aber gut aus«, sagt Ascian mit einem skeptischen Seitenblick.

In Zukunft muss ich vorsichtiger sein, denn ihm entgeht nichts. Schon mit Kleinigkeiten kann ich seinen Argwohn wecken.

»Ich habe mal einer Familie gedient, die Wurzeln in diesem Clan hat«, sage ich augenscheinlich entspannt. In Wirklichkeiten flattert mein Herz vor Nervosität. »Sie waren sehr freundlich und haben mir viel über das Leben in den Clans erzählt. Ich finde all das unglaublich faszinierend.«

In Wirklichkeit hat mein Vater mich alle Schriftrollen über die Clans lesen lassen, die er in die Finger kriegen konnte.

Ascian nickt und wirkt nun zum Glück nicht mehr misstrauisch.

»Wollen wir los?«, frage ich mit einem unschuldigen Lächeln.

Ascian nickt, und so schleichen wir einen Pfad entlang, der nur von Dienstboten genutzt wird, bis wir auf einen breiteren Weg gelangen. Zum Glück ist nirgendwo eine Menschenseele auszumachen.

Es dauert nicht lange, bis wir den Park erreicht haben und in den Schutz der Bäume eingetaucht sind. Sofort sind wir von tiefer Dunkelheit umgeben. Ich muss mich zusammenreißen, um keine Panik zu verspüren, während Ascian anscheinend keine Probleme hat, sich zu orientieren. Sicherlich ist es eine Gabe der Clanmitglieder, im Dunkeln besser sehen zu können.

Unwillkürlich klammere ich mich an seinen Arm und könnte mich im nächsten Moment dafür ohrfeigen, so offen meine

Schwäche zu zeigen. Doch wer weiß, vielleicht bringt mich verletzliches Verhalten früher an mein Ziel. Darum beschließe ich, diese Rolle weiterzuspielen.

»Ascian, ich habe Angst«, flüstere ich und frage mich gleichzeitig, ob das nicht etwas zu übertrieben ist.

Doch er legt tatsächlich den Arm um mich und führt mich durch die Dunkelheit. Hoffentlich sieht er mein triumphierendes Grinsen nicht.

»Wir scheinen die Einzigen hier zu sein«, raunt er und klingt dabei nervös. Ob das jedoch an meiner Nähe oder an unserer heiklen Situation liegt, kann ich nicht beurteilen.

»In welche Richtung müssen wir uns überhaupt halten?«, fragt Ascian leise.

Ich deute vage in die Richtung, von der ich glaube, dass sie uns zum Stadttor führt. Beinahe blind lasse ich mich von ihm leiten und er fängt mich mehrmals ab, als ich über Steine oder Wurzeln stolpere. Ich muss mir eingestehen, dass mir das gefällt. Bisher war ich selten einem Mann so nah, abgesehen von Nainor natürlich.

»Kannst du schon das Ende des Parks erkennen?«, frage ich, denn ich kann noch immer bloß die schemenhaften Umrisse der Bäume erkennen. Doch ich bilde mir ein, dazwischen entfernte Lichter glitzern zu sehen.

»Ja, gleich haben wir die letzten Bäume hinter uns gelassen«, antwortet Ascian und wirkt enttäuscht.

Endlich spüre ich wieder die Steine der Straße unter meinen Füßen und atme erleichtert auf. Ascian nimmt den Arm von meiner Schulter und räuspert sich verlegen. Die letzten Häuser der Stadt erscheinen in mein Sichtfeld. Es ist ein Anblick, der mich sehnsüchtig macht. Am liebsten würde ich zurück zu unserer Villa laufen, mich in mein Bett legen und mir von

Sklaven das Abendessen bringen lassen. Stattdessen bin ich im Begriff, die Zivilisation hinter mir zu lassen.

Nun verfluche ich mich für meinen vermeintlich genialen Plan, Ascian im Glauben zu lassen, er wäre in Freiheit. Wenn ich mich schon in dem kleinen Park unwohl gefühlt habe, wie soll es dann erst in der richtigen Wildnis werden? Ob die Männer meines Vaters wirklich in meiner Nähe bleiben und verhindern, dass mir etwas passiert?

»Ich kann schon den Wald riechen«, sagt Ascian freudig und beschleunigt seine Schritte.

Ich atme die laue Nachtluft ein, doch mir fällt keine Veränderung auf.

Auch ich muss schneller gehen, um den Anschluss nicht zu verlieren. Ascian rennt mittlerweile, und er scheint genau zu wissen, in welche Richtung er sich halten muss.

»Warte«, rufe ich ihm hinterher, so laut, wie ich es mich traue.

Widerwillig bleibt er stehen und dreht sich zu mir um.

»Am Stadttor gibt es Wachen«, sage ich und verschränke vorwurfsvoll die Arme. »Meist sind sie abgelenkt oder alkoholisiert, da schon seit sehr vielen Jahren niemand mehr die Stadt angegriffen hat. Aber du solltest dennoch bei mir bleiben, für den Fall, dass sie uns entdecken.«

»Und was würdest du dann tun?«, fragt Ascian erschrocken und scheint jede Eile vergessen zu haben.

»Keine Sorge«, sage ich mit einem koketten Lächeln. »Ich habe vorgesorgt.« Ich klopfe auf die kleine Umhängetasche, die ich bei mir trage. »Darin befindet sich eine Menge Geld, mit dem ich die Wachmänner notfalls beschwichtigen kann.«

Ascian wirkt erleichtert darüber, dass ich an jede Eventualität gedacht habe.

»Dann kann es jetzt losgehen«, verkünde ich fröhlich und gehe auf das Stadttor zu, das wenig später in unserem Sichtfeld erscheint.

Schon von Weitem kann ich die beiden Wachmänner sehen, die an einer Feuerschale sitzen und Trinkschläuche in der Hand halten. Sie unterhalten sich laut und lallen, was meinen Verdacht, dass sie von Alkohol berauscht sind, bestätigt. Leider sitzen sie jedoch direkt am Tor, sodass sie uns auch in diesem Zustand bemerken werden.

»Verhalte dich unauffällig, versteck deine gefesselten Hände und überlass das Reden mir«, raune ich Ascian zu.

Er wirkt mittlerweile deutlich nervöser und nickt zögernd.

Betont entspannt schlendere ich auf das Stadttor zu und werde schon von Weitem entdeckt. Einer der beiden Männer, ein Hüne mit Ziegenbart, pfeift anerkennend und schlägt seinem Kumpanen auf die Schulter. »Schau mal, wer uns da besuchen kommt.«

Der andere grinst anzüglich und mustert mich von oben bis unten. Noch während ich nähertrete, ziehe ich die Goldmünzen aus meiner Tasche.

»Ihr bekommt das Geld, wenn ihr uns ohne Fragen gehen lasst«, sage ich und gehe nicht auf ihr respektloses Verhalten ein. Sobald ich Königin bin, werde ich die Wachmänner austauschen lassen.

»Sicher, dass du uns nicht noch etwas Gesellschaft leisten möchtest?«, fragt Ziegenbart und möchte nach meiner Hand greifen. Ich weiche jedoch zurück und halte ihnen die Münzen noch nachdrücklicher entgegen.

»Na, dann eben nicht«, sagt er gekränkt und hält seine Pranke auf.

Ich möchte gerade das Geld hineinfallen lassen, als der andere Mann sich plötzlich vorbeugt und mein Gesicht betrachtet.

Mir wird voller Unbehagen bewusst, dass es vom flackernden Schein des Feuers erhellt wird.

»Ich kenne dich doch«, lallt er. Mein Atem geht schneller und ich weiß, dass ich sofort handeln muss. »Bist du nicht ...«

»Lauf!«, schreie ich Ascian zu, wirble herum und laufe so schnell es meine Beine erlauben durch das Stadttor. Die Goldmünzen werfe ich nach oben, sodass die Wachmänner sie später im Dreck suchen müssen.

Zum Glück folgt Ascian meine Anweisung und rennt dicht neben mir. Ich höre keine Schritte hinter uns, sodass ich mir sicher bin, dass die Männer nicht die Verfolgung aufgenommen haben. Vermutlich sind sie zu betrunken oder haben verstanden, dass ich unantastbar bin – so oder so habe ich Glück gehabt.

Meine Freude verwandelt sich jedoch in Entsetzen, als mir dünne Zweige entgegenpeitschen und meine Toga an Dornen hängen bleibt. Wir haben den Wald erreicht, und während Ascian vor Begeisterung jauchzt, könnte mein Unbehagen kaum größer sein.

KAPITEL 12

Jasira

Von Tag zu Tag finde ich Ascians Verhalten immer seltsamer. Ständig geht er mir aus dem Weg, und wenn ich ihn in seinem Zimmer besuche, wirkt er jedes Mal so, als würde ich ihn stören. Ich frage mich, was ihm in dieser kurzen Zeit in der Stadt angetan worden ist, das ihn derart verändert hat.

Allmählich bekomme ich leise Zweifel daran, dass es zwischen uns jemals so werden könnte wie zuvor, aber noch möchte ich nicht aufgeben. Ich beschließe, heute einen neuen Versuch zu starten, ihn aus der Höhle herauszulocken. Bei unserem letzten Ausflug lief es zumindest annehmbar, bis Ascian sich am Ende wieder seltsam verhalten hat. Er ist immer gerne schwimmen gegangen, deswegen weiß ich nicht, warum er so abweisend reagiert hat.

Gerade, als ich in den Gang biege, der zu seinem Zimmer führt, laufe ich beinahe in ihn herein.

»Ascian, ich wollte gerade zu dir«, sage ich freudig.

Kurz habe ich den Impuls, ihn zu umarmen oder seine Hand zu nehmen, doch als ich in sein verschlossenes Gesicht blicke, halte ich mich zurück.

»Was möchtest du denn?«, fragt er mit ausdrucksloser Stimme.

Es ist, als würde er durch mich hindurchblicken und mich nicht sehen. Ich habe das ungute Gefühl, dass sich sein Zustand wieder verschlechtert hat.

»Hast du Zeit, mit mir am See angeln zu gehen?«, frage ich hoffnungsvoll. »Unsere Clankameraden freuen sich sicherlich über Fisch zum Abendessen.«

Ascian seufzt und ich glaube schon, dass er absagen wird. Doch zu meiner Überraschung nickt er und lächelt gezwungen. »Ein bisschen Ablenkung wird mir bestimmt guttun.«

Er fährt sich mit der Hand müde über das Gesicht und wirkt so, als würde eine schwere Last auf seinen Schultern liegen.

»Belasten dich Taeseras Aufgaben?«, frage ich besorgt.

Ich weiß, wie streng die Schamanin ist, doch dass sie Ascian kurz nach seiner Rückkehr so in Anspruch nimmt, finde ich sogar für ihre Verhältnisse hart.

»Ja, das auch«, murmelt Ascian abwesend.

Ich runzle die Stirn, denn ich weiß nicht, was er damit meinen könnte. Dennoch möchte ich ihn nicht weiter mit meinen Fragen löchern.

»Komm mit«, sage ich mit gespielter Fröhlichkeit. »Ich bringe dich auf andere Gedanken.«

Gemeinsam gehen wir in die Haupthöhle, wo ich die beiden Holzangeln bereits zuvor gegen die Wand gelehnt habe. Ich hatte sie aufbewahrt, nachdem wir sie vor einer gefühlten Ewigkeit gemeinsam gebastelt hatten.

Ascian nimmt seltsamerweise meine Angel, die etwas kürzer ist als seine. Es wundert mich zwar, aber ich lasse es unkommentiert. Er scheint momentan mit seinen Gedanken dauerhaft woanders zu sein.

Voller Vorfreude darüber, Zeit mit Ascian zu verbringen, laufe ich voraus und genieße die Sonnenstrahlen auf meinem

Gesicht. Der typische Duft nach Sommer umhüllt mich und Grillengezirpe dringt aus dem nahen Unterholz zu mir. Die Frische von Sommerregen liegt in der Luft und lässt die Landschaft noch viel grüner erscheinen. Ich bin optimistisch, dass ich heute den alten Ascian herauskitzeln kann. Gut gelaunt folge ich dem Pfad in das Tal – ich muss mich nicht umdrehen, um zu wissen, dass Ascian mit weit weniger Enthusiasmus hinter mir hergeht.

Endlich sind wir an dem See angelangt und ich stelle zufrieden fest, dass wir die Einzigen sind. Die Wasseroberfläche, auf der sich die fedrigen Wolken spiegeln, wird von Libellen und aufsteigenden Molchen gekräuselt. Auch Fische kann ich vereinzelt träge herumschwimmen sehen. Der Bestand wird hier stets gut kontrolliert, sodass wir nie Probleme haben, genug Fische zu fangen.

Wir setzen uns an das Ufer und ich hole eine kleine Schaufel aus meinem Rucksack. Damit buddle ich in der Erde herum, bis ich zwei Regenwürmer gefunden habe. Ich halte einen Ascian hin, und kurz flackert Abscheu in seinem Blick auf. Widerwillig streckt er die Hand aus und nimmt den Wurm an sich. Ich beschließe, mich heute ausnahmsweise nicht über sein seltsames Verhalten zu wundern, auch wenn es mir schwerfällt, es zu ignorieren.

Ich befestige den Wurm am Haken und werfe dann die Angel aus. Im Augenwinkel sehe ich, dass Ascian es mir unbeholfen nachmacht.

Nach einer Weile entspanne ich mich und beobachte träge die Insekten, die über die Wasseroberfläche schwirren. Auch mein Freund scheint endlich seine Anspannung zu verlieren. Obwohl wir beide schweigen, fühle ich mich mit ihm verbundener als zuvor, und ich spüre, dass sich meine Gefühle für ihn wieder regen.

Doch diesmal ist es anders als vor seiner Entführung; nicht dieses vertraute Gefühl von tiefer Zuneigung, sondern ein aufregendes Kribbeln, so als würden wir uns kaum kennen. Liegt es daran, dass er sich so stark verändert hat?

Ich werde aus meinen Gedanken gerissen, als die Angelschnur ruckt und ich weiß, dass ein Fisch angebissen hat. Mit geübten Bewegungen ziehe ich ihn aus dem Wasser. Als ich merke, dass er groß genug ist, nehme ich ihn vom Haken und töte ihn schnell mit einem großen Stein. Es kostet mich immer Überwindung, Tiere zu töten, doch ich mache es einzig, um meinen Clan zu versorgen. Ich habe Geschichten über große Festgelage in der Stadt gehört, für die so viele Tiere geschlachtet werden, dass einiges übrigbleibt und weggeschmissen wird. Solch eine Grausamkeit widert mich an, denn ich habe früh gelernt, dass man der Natur so viel geben muss, wie man ihr nimmt, und jedes genommene Leben achten muss.

Es dauert nicht lang, bis wir genug Fische gefangen haben und sie in große Blätter eingewickelt in meinem Rucksack verstauen. Es stimmt mich traurig, dass wir uns nun schon auf den Rückweg machen. Obwohl Ascian und ich kaum ein Wort gewechselt haben, fühlt es sich an, als wären wir uns endlich wieder nah.

Nachdem wir unsere Sachen gepackt haben, trete ich unwillkürlich näher an ihn heran. In der Ferne ertönt das dumpfe Grollen eines Donners.

»Danke, dass du mitgekommen bist«, sage ich und bin mit einem Mal nervös.

Ascian schaut mich wortlos an und wirkt nachdenklich. Ich entdecke kleine graue Sprenkel in seinen grünen Augen und frage mich, warum sie mir zuvor nie aufgefallen sind. Zudem wirkt sein Blick tiefer und dunkler, was mir eine Gänsehaut über den Nacken jagt.

Ich stoße einen erschrockenen Laut aus, als plötzlich der Himmel aufbricht und kühle Regentropfen auf uns niederprasseln. Innerhalb weniger Augenblicke sind wir völlig durchnässt und ich drehe mich mit ausgestreckten Armen jauchzend im Kreis. Ein unbändiges Gefühl von Freude und Freiheit überwältigt mich, und ich lege den Kopf in den Nacken, um die Tropfen auf meinem Gesicht zu spüren. Lachend schaue ich zu Ascian und bemerke, dass er mich mit einem unergründlichen Blick beobachtet. Ich denke nicht lange nach, sondern laufe zu ihm und verschränke meine Arme in seinem Nacken.

»Ist das nicht wundervoll?«, rufe ich.

Und dann beugt Ascian sich plötzlich vor und legt seine Lippen auf meine. Dieser Kuss ist völlig anders als der erste; er ist verlangend, aufregend und fühlt sich beinahe schon verboten an. Ich vergrabe meine Hände in seinen nassen Haaren und ziehe ihn noch enger an mich. Ascian umfasst meine Taille und wirkt so, als würde er mich nie wieder loslassen wollen.

Doch dann löst er sich mit einer ruckartigen Bewegung von mir und weicht mehrere Schritte zurück. Er wirkt beinahe schon verstört und fährt sich nervös über das Gesicht.

»Ich bin zu weit gegangen«, sagt er und wendet sich ab, um wegzulaufen.

Doch mir ist etwas aufgefallen: Sein weißes Hemd ist klatschnass und klebt ihm am Rücken. Und durch den Stoff kann ich unzählige, furchtbare Narben erkennen

»Ascian!«, schreie ich voller Entsetzen. »Bleib stehen!«

Als er sich langsam zu mir umdreht, ist sein Gesicht zu einer Maske aus Hass und Abscheu verzerrt. Erschrocken bleibe ich stehen und glaube, einen Fremden vor mir zu sehen.

»Woher sind diese Narben?«, hauche ich so leise, dass meine Stimme beinahe im Regen untergeht. Doch Ascian scheint mich verstanden zu haben.

»Halte dich von mir fern«, sagt er mit rauer Stimme. Dann wirbelt er herum und läuft so schnell davon, wie ich es ihm niemals zugetraut hätte.

Noch lange stehe ich im Regen und fühle mich so, als hätte ich einen Teil von mir verloren.

Cadoc

Was habe ich mir bloß dabei gedacht? Was verdammt nochmal hat mich auf die Idee gebracht, die Freundin von Ascian zu küssen?

Mittlerweile ist der Abend längst eingebrochen, doch alles in mir sträubt sich dagegen, zu der Höhle zurückzukehren. Meine Beine haben mich zu dem kleinen Wald getragen, wo ich mit Jasira jagen war.

Jasira. Alle meine Gedanken kreisen im Moment nur um sie und meine Dummheit. Sicher weiß es Erebus schon, denn er hat seine Augen überall. Bei dem Gedanken, dass er uns bei dem Kuss beobachtet haben könnte, verspüre ich Übelkeit – doch nicht aus schlechtem Gewissen, sondern weil sich dieser Moment so vertraut und besonders angefühlt hat. Dabei dachte ich, dass mein Meister mir alle unnützen Emotionen ausgetrieben hat.

Ich setze mich auf einen Stein und vergrabe seufzend mein Gesicht in den Händen. Vielleicht kann ich es so darstellen, dass ich Ascians Rolle perfekt spielen wollte und damit auch seine Gefühle für Jasira. Ob Erebus mir glauben wird, bezweifle ich jedoch.

Ich setze mich kerzengerade auf, als ich eine vertraute Anwesenheit spüre. Zwar kann ich ihn weder hören noch sehen, doch im Laufe meines Lebens habe ich gelernt, meinen Meister trotzdem zu bemerken.

»Du hast mir einiges zu erklären«, zischt eine Stimme hinter mir.

Ich wirble herum und blicke in Erebus' Gesicht, der mich eiskalt mit seinen schwarzen Augen anfunkelt. Dann holt er aus und versetzt mir eine so heftige Ohrfeige, dass mir für einen

Moment schwindelig wird. Mit einem Mal sind alle Erklärungen, die ich mir überlegt habe, verschwunden, und ich habe den Drang, mich zusammenzurollen. Ich warte darauf, dass Erebus einen Stock holt und mir weitere Narben zufügt, doch er bewegt sich nicht.

»Ich habe nur versucht, meine Rolle überzeugend zu spielen«, sage ich schwach und senke unterwürfig den Kopf.

Erebus packt jedoch meine Haare und zwingt mich, ihn anzublicken. »Du hast wohl vergessen, wieso du hier bist. Wenn du deiner eigentlichen Mission mehr Achtung schenken würdest, müsstest du nicht auf solch niederes Verhalten zurückgreifen.«

Ich nicke und verspüre seltsamerweise Erleichterung. Wie es aussieht, hat Erebus ein Problem damit, dass ich Taesera noch nicht beseitigt habe, oder zumindest auf einem guten Weg bin. Anscheinend macht er sich keine Gedanken darüber, dass der Kuss zwischen mir und Jasira etwas bedeutet haben könnte.

»Ich arbeite daran, die Schamanin aus der Höhle zu locken«, sage ich mit rauer Stimme.

Gleichzeitig frage ich mich, ob das wirklich stimmt. Bisher bin ich Taesera größtenteils aus dem Weg gegangen, obwohl ich eigentlich das Gegenteil tun sollte.

»Hältst du mich für dumm?«, fragt Erebus mit gefährlich leiser Stimme. »Iyan und Tullio überbringen mir regelmäßig Nachrichten, wie du dich schlägst. Und diese waren bisher mehr als enttäuschend.«

Ich zucke ertappt zusammen und frage mich, weshalb ich das nicht bedacht habe. Dann komme ich jedoch zu der überraschenden Erkenntnis, dass ich mich in der Höhle im Schutze des Clans sicher gefühlt habe. Denn egal wie leise und unauffällig Erebus ist – an diesen Ort kann selbst er nicht gelangen, ohne entdeckt zu werden.

Zum ersten Mal in meinem Leben wird mir bewusst, dass es nicht Respekt ist, den ich für meinen Meister verspüre – sondern pure Angst. Und diese überwältigt mich in diesem Moment so stark, dass mein Körper gelähmt ist. Wie ein Kaninchen, das in der Falle sitzt und weiß, welches Schicksal es erwartet.

»Ich werde mir mehr Mühe geben«, bringe ich schließlich hervor. Meine Kehle ist wie zugeschnürt und es fällt mir schwer, ruhig zu atmen.

»Wenn du noch mehr Zeit vergeudest, hast du keinen Wert mehr für mich«, erklärt Erebus und seine Stimme klingt mit einem Mal freundlich. Eine trügerische Freundlichkeit, die mir nur allzu deutlich macht, was ich zu verlieren habe. »Dann werde ich dich beseitigen müssen und jemand anderen deine Aufgabe übernehmen lassen.«

Ich schaffe es nicht mehr, etwas darauf zu erwidern. Doch Erebus weiß genau, was in mir vorgeht. Seine schmalen Lippen verziehen sich zu einem kühlen, zufriedenen Lächeln.

»Merke dir meine Worte.«

Und damit dreht er sich um, huscht in das Unterholz und ist im nächsten Moment wie ein Schatten mit der Dunkelheit des Waldes verschmolzen.

Erst tief in der Nacht kann ich mich überwinden, in die Höhle zurückzukehren. Meine Wange brennt noch immer von Erebus' Ohrfeige, doch der Schmerz in meinem Inneren ist viel schlimmer. Lange habe ich die Erkenntnis nicht zugelassen, doch ich fühle mich in Ascians Leben wohl – wohler jedenfalls, als es jemals in der Stadt der Fall gewesen ist. Doch ich weiß auch, dass ich hier ein Eindringling bin und sofort verurteilt werden würde, wenn die Wahrheit ans Licht käme. Niemand würde mir mehr mit Freundlichkeit begegnen.

Ich komme zu dem ernüchternden Entschluss, meine eigentliche Aufgabe so schnell wie möglich in die Tat umzusetzen. Schon morgen werde ich Taesera darum bitten, mit mir einen Ausflug zu machen, weit weg von der Höhle.

Während ich kraftlos durch die von Fackeln erhellten Gänge trotte, kommen mir immer wieder Clanmitglieder entgegen, die mir freundlich zunicken. Sie merken sicherlich, dass ich mich nicht wohlfühle, aber zum Glück spricht mich niemand an. Als ich den Vorhang von Ascians Zimmer beiseiteschiebe, halte ich inne. Dort auf meinem Bett sitzt Jasira und blickt mich mit stummer Traurigkeit an. Sofort beginnt mein Herz schneller zu schlagen, und ich schiebe es auf meine Nervosität wegen Erebus' Warnung.

»Was hat man dir angetan?«, fragt Jasira ohne Umschweife. »Weshalb ist dein Rücken voller Narben?«

Das Gute ist, dass ich dafür leicht eine Erklärung finde. »In der Stadt hat man mich gefoltert«, antworte ich mit leiser Stimme und wage es nicht, ihr in die Augen zu blicken. »Wie du bereits weißt, wollte man mir Informationen entlocken.«

Jasira schluchzt auf und erhebt sich, um mich in die Arme zu schließen. Ich lasse es zu und mir kommt der flüchtige Gedanke in den Kopf, dass Erebus, Tullio und Iyan uns diesmal nicht beobachten können. Also lege auch ich meine Arme um Jasiras Taille und drücke sie noch enger an mich. Es ist eine Nähe, die mich sofort alle Sorgen vergessen lässt und eine Seite von mir zum Vorschein bringt, von der ich mein Leben lang nicht wusste, dass sie existiert. Eine Weile stehen wir so da und ich verspüre den Wunsch, Jasira niemals loslassen zu müssen.

»Ich bin müde«, murmelt sie jedoch irgendwann in meine Halsbeuge.

»Dann leg dich schlafen«, sage ich mit sanfter Stimme, die mir selbst fremd ist. Es ist beinahe so, als würde tatsächlich Ascian aus mir sprechen.

»Ist es in Ordnung, wenn ich diese Nacht bei dir schlafe?«, fragt Jasira verlegen, nachdem sie sich von mir gelöst hat. Sofort beginnt mein Herz zu flattern. »Natürlich rein freundschaftlich«, fügt sie hinzu und läuft rot an. »So wie wir es früher oft getan haben.«

Kurz erwäge ich, ihr eine Abfuhr zu erteilen, denn die Gefahr ist groß, dass Iyan oder Tullio etwas davon mitbekommen. Doch wenn ich früh genug aufstehe und zu Taesera aufbreche, kann ich das sicherlich umgehen.

»Ja, gerne«, sage ich und bringe tatsächlich ein echtes Lächeln zustande.

Ich lege mich mit dem Rücken zur kalten Felswand in Ascians schmales Bett und Jasira schmiegt sich eng an mich. Ich lege meinen Arm um sie und schaffe es zum ersten Mal seit sehr langer Zeit, ohne Probleme einzuschlafen.

KAPITEL 13

Levana

»Meine Füße tun weh«, beschwere ich mich, während ich schlecht gelaunt durch das Unterholz hinter Ascian herstapfe. Ständig bleiben Dornen an meiner Toga und Zweige in meinen Haaren hängen. Es fällt mir immer schwerer, die Maske der freundlichen und bescheidenen Dienerin aufrechtzuerhalten. Immerhin haben sich meine Augen mittlerweile an die Dunkelheit gewöhnt, sodass ich nicht mehr völlig hilflos bin.

Endlich bleibt Ascian stehen und dreht sich zu mir um. Ihm scheinen all die nervigen Eigenheiten des Waldes nichts auszumachen.

»Bis zum Sonnenaufgang sollten wir so weit wie möglich von der Stadt entfernt sein«, erklärt er geduldig.

»Können wir wenigstens eine kurze Pause machen?«, flehe ich. Noch nie in meinem Leben bin ich gezwungen gewesen, so weit zu laufen – geschweige denn unter solchen Umständen. Ich bin erst einmal vor mehreren Jahren im Wald gewesen, um bei einer Jagd zuzuschauen. Doch da bin ich auf einem edlen Pferd geritten und mehrere Sklaven haben sich um mein Wohl gekümmert.

»Na gut«, sagt Ascian widerstrebend. »Ich höre einen Bach in der Nähe. Dort können wir rasten.«

Ich nicke erleichtert, und es dauert tatsächlich nicht lang, bis wir an das Ufer gelangen. Ascian hockt sich sofort hin und trinkt gierig vom Wasser, während ich angewidert das Gesicht verziehe. Wer weiß, was für ein Schmutz in diesem Bach schwimmt. Ich jedenfalls würde lieber verdursten, als von diesem Wasser zu trinken.

Ich setze mich auf einen Baumstamm und strecke stöhnend meine Beine aus. Sicherlich habe ich bereits unzählige Blasen unter meinen Füßen, und selbst in der Dunkelheit erkenne ich, dass meine Waden voller Kratzer sind. Ich kann nur hoffen, dass daraus keine Narben entstehen.

Mittlerweile verfluche ich mich für meinen Plan, eine Flucht zu inszenieren. Damit wollte ich meine Gerissenheit unter Beweis stellen, was mir nun einfach nur lächerlich erscheint. Sicherlich hätte es deutlich bequemere Wege gegeben, Ascians Vertrauen zu gewinnen.

»Dort hinten gibt es Waldbeeren«, sagt er gut gelaunt, als er mit dem Trinken fertig ist. »Davon können wir einige als Proviant pflücken.«

Bei der Aussicht, Beeren aus der Wildnis zu essen, sinkt meine Laune noch weiter. Ich werde darauf vertrauen müssen, dass Ascian weiß, welche giftig sind, und das gefällt mir ganz und gar nicht. Was wäre, wenn er mich durchschaut hat und loswerden möchte? Doch sein offenes Lächeln lässt meine Zweifel verfliegen. Er ist nicht so durch und durch verdorben wie wir Stadtmenschen.

Er hält mir seine Hand hin und hilft mir, aufzustehen. Am liebsten würde ich mich sofort wieder über meinen schmerzenden Körper beschweren, aber ich schaffe es, den Impuls zu unterdrücken. Ich trotte lustlos zu dem Beerenstrauch und helfe Ascian, sie zu pflücken. Nun, da das Geld weg ist, ist genug Platz in meiner kleinen Tasche, um sie mit Beeren zu füllen. Danach werde ich das teure Stück zwar wegwerfen müssen, aber das ist im Moment mein kleinstes Problem.

Nach einer Weile überwinde ich mich dazu, eine der Beeren zu probieren. Sofort breitet sich ein angenehm süßer und leicht säuerlicher Geschmack auf meiner Zunge aus.

»Gar nicht so schlecht«, gebe ich zu.

»In dem Revier meines Clans wachsen diese Beeren ebenfalls«, sagt Ascian und sofort wird sein Gesicht von Sehnsucht überschattet.

Ich lege ihm tröstend die Hand auf die Schulter, und diesmal ist mein Mitgefühl nicht mal gespielt.

»Du wirst bald wieder dort sein«, lüge ich und werde beinahe von schlechtem Gewissen überwältigt. Ein klein wenig ekele ich mich vor mir selbst, auch wenn ich es schaffe, dieses Gefühl zu verdrängen.

»Ich hoffe es«, seufzt Ascian. »Wer weiß, wie aufgeschmissen sie ohne mich sind. Sicherlich kommen sie um vor Sorge um mich.«

Ich beiße mir nachdenklich auf die Lippe und muss daran denken, dass niemand ahnt, dass der echte Ascian noch in Gefangenschaft lebt. Ich habe seinen Doppelgänger bereits mehrmals gesehen. Wenn er seine Rolle überzeugend spielt, wird niemand herausfinden, dass er nicht echt ist.

Während wir unseren Weg fortsetzen, denke ich weiter über diesen Jungen nach. Niemand wollte mir handfeste Informationen geben, was es mit ihm auf sich hat. Mein Vater hatte mir versprochen, mich bald darüber aufzuklären, aber bisher ist es noch nicht dazu gekommen. Ich bin jedoch nicht so dumm, zu denken, dass zufällig ein Junge gefunden wurde, der Ascians beinahe bis aufs Haar gleicht. Also muss entweder Magie im

Spiel sein oder die beiden sind verwandt – mehr als das, sie müssen Zwillinge sein. Ich fasse einen neuen Plan: Ich werde herausfinden, ob Ascian einen verschollenen Bruder hat.

»Wie ist eigentlich deine Familie so?«, frage ich betont beiläufig. Ich merke, dass er sich versteift, aber er antwortet dennoch, ohne zu zögern. »Eigentlich habe ich nur noch meinen Vater. Meine Mutter ist bei unserer Geburt gestorben und ich wurde von einer Clankameradin großgezogen.« Seine Stimme trieft vor Verbitterung, als er hinzufügt: »Genauer gesagt von Iyans Mutter.«

Ich nicke mitfühlend, aber meine Aufmerksamkeit ist auf eine andere Formulierung gelenkt worden. »Du hast gesagt *bei unserer Geburt*. Hast du einen Zwilling?«

Lange Zeit antwortet Ascian nicht, doch das ist schon Antwort genug. Dieser Junge, der zum Clan des großen Adlers geschickt wurde, ist sein Bruder.

»Ich möchte nicht darüber reden«, sagt Ascian schließlich.

»Natürlich. Ich hoffe, meine Frage war nicht zu aufdringlich«, erwidere ich. Hoffentlich klinge ich nicht triumphierend.

»Nein, keine Sorge«, murmelt Ascian abwesend.

Die nächste Zeit verbringen wir schweigend und ich grüble über meine neu erlangte Erkenntnis. Ich vermute, dass man Ascians Bruder in seiner Kindheit in die Stadt entführt hat, wo Erebus sich seiner angenommen hat. Es überläuft mich kalt, denn ich habe schon viel über die Techniken dieses Mannes gehört. Mein Vater hält ihn für brillant, doch ich habe diese Meinung nie geteilt.

Als endlich die Morgendämmerung anbricht, spüre ich meine Beine längst nicht mehr.

»Ich denke, wir können es nun wagen, eine Rast einzulegen«, verkündet Ascian, wofür ich ihm am liebsten um den Hals fallen würde.

Ich setze mich an Ort und Stelle hin und lehne mich seufzend gegen einen Baum. Normalerweise würde ich nicht mal im Traum daran denken, so einzuschlafen, doch nach dieser furchtbaren Nacht ist mir alles egal.

Ascian

Ich beobachte Levana verstohlen, als ich mir sicher bin, dass sie eingeschlafen ist. Ihre langen schwarzen Wimpern flattern unruhig, doch ihr Atem geht gleichmäßig.

Ich habe den seltsamen Drang, mich neben sie zu setzen und ihr über die Wange zu streichen, doch stattdessen konzentriere ich mich darauf, unseren Proviant aufzustocken. Ich finde essbare Pilze sowie einen weiteren Strauch mit Beeren. Am liebsten würde ich zusätzlich auf die Jagd gehen, doch zum einen habe ich keine Waffen bei mir und zum anderen bin ich alles andere als gut darin.

Schmunzelnd erinnere ich mich daran, wie oft sich Jasira schon über mich lustig gemacht hat. Als ich an sie denke, spüre ich sofort einen Stich der Sehnsucht. Gleichzeitig wirkt jedoch alles unglaublich weit weg, so als wäre unsere gemeinsame Zeit bloß ein schöner Traum gewesen. Ob sie ähnlich fühlt wie ich?

Ehe ich noch mehr Zeit mit solch traurigen Gedanken verschwende, erkunde ich weiter die Gegend, ohne mich jedoch zu weit von Levana zu entfernen. Ich finde einen Baum, der die anderen überragt, und klettere trotz meiner Fesseln geschickt bis zur Krone. Als ich zum Horizont blicke, entweicht mir ein sehnsüchtiges Seufzen. Ich erkenne das Hochgebirge, das zwar noch weit entfernt ist, aber mir schon jetzt ein Gefühl von Heimat vermittelt. Außerdem kann ich in der Ferne schon den Urwald sehen. Er erhebt sich majestätisch über den verhältnismäßigen kleinen Wald der Stadt. Nicht mehr lange, bis wir endlich ein Clanrevier erreicht haben.

Als ich mich in die andere Richtung wende, zieht sich sofort mein Magen zusammen. Obwohl wir die ganze Nacht unterwegs waren, kann ich die hohen Türme der Stadt durch den Nebel aufragen sehen. Dort, auf dem höchsten Berg, kann ich außerdem einen eindrucksvollen Palast erkennen, in dem vermutlich der König lebt. Ich werde von Hass gepackt, denn er war es sicherlich, der beschlossen hat, dass die Clans angegriffen werden sollen.

Ehe ich mich noch weiter in diesen düsteren Gedanken verliere, klettere ich schnell wieder vom Baum herunter. Mittlerweile sitzt auch mir die Müdigkeit tief in den Knochen. Ich weiß, dass ich wachbleiben und Wache halten sollte, doch ich rede mir ein, dass mein Schlaf leicht genug ist, um jede Gefahr früh genug zu bemerken.

Als ich mich gegenüber von Levana setze und die Augen schließe, werde ich jedoch dieses seltsame Gefühl nicht los, beobachtet zu werden. Darum gestatte ich mir bloß, zu dösen, statt in einen erholsamen Schlaf zu fallen.

Es dauert nicht lang, bis ich beschließe, dass wir unsere Reise fortsetzen sollten. Eine tiefe Unruhe hat mich gepackt sowie das Gefühl, dass wir schleunigst von hier verschwinden sollten. Ich bin so nah und doch so fern von der Wildnis der Clans.

»Levana, wach auf«, flüstere ich.

Sie schlägt die Augen auf und blickt müde zu mir auf. In diesem Moment wirkt sie verletzlicher als je zuvor, was ein seltsames Gefühl in mir auslöst.

»Was ist denn los?«, murmelt sie widerwillig. »Hättest du mich nicht noch etwas länger schlafen lassen können?«

Nun klingt sie wieder wie das verwöhnte Stadtmädchen, was eigentlich seltsam ist in Anbetracht der Tatsache, dass sie eine Dienerin ist. Wie so oft geht mir durch den Kopf, dass sie nicht so wirkt, als hätte sie je im Leben harte Arbeit verrichtet. Doch sie hat viel riskiert, um mir zu helfen, deswegen beschließe ich, mein Misstrauen nicht weiter zu beachten.

»Wir müssen so schnell wie möglich das Clangebiet erreichen«, erkläre ich. »Ich habe das ungute Gefühl, dass wir verfolgt werden.«

In Levanas braunen Augen flackert eine Emotion auf, die ich nicht so recht deuten kann. »Sicherlich bildest du dir das nur ein. Wir sind bereits weit entfernt von der Stadt.«

»Denkst du, dass sie einfach so aufgeben, uns zu finden?«, frage ich frustriert. Ich habe das Gefühl, dass Levana mich nicht ernst nimmt.

»Natürlich nicht«, sagt sie mit samtweicher Stimme und geht einen Schritt auf mich zu. Augenblicklich beginnt mein Herz schneller zu schlagen. »Ich glaube dir ja. Komm, lass uns losgehen.«

Ich nicke erleichtert, doch meine Nervosität will dennoch nicht schwinden. Liegt es daran, dass Levana so nah neben mir hergeht und sich unsere Arme immer wieder berühren? Oder ist es noch immer dieses Gefühl, beobachtet zu werden?

»Würde es dir etwas ausmachen, mir etwas mehr über die Clans zu verraten?«, durchbricht Levana irgendwann die Stille. »Vermutlich wird es bald darauf hinauslaufen, dass ich bei euch leben werde.«

Ich blicke sie überrascht an. »Du möchtest bei meinem Clan wohnen? Ich bin davon ausgegangen, dass sich irgendwann unsere Wege trennen und du in eine Stadt reist, wo dich niemand kennt.«

Levana erwidert meinen Blick und wirkt verletzt. »Du möchtest mich nicht bei dir haben?«

»Also ... nein, so habe ich das nicht gemeint. Unsere Leben sind bloß so verschieden, also bin ich nicht davon ausgegangen, dass du an meinem teilhaben möchtest.«

Levana lächelt schief und zuckt mit den Schultern. »Ich kann dich gut leiden. Also wäre es mir eine Freude, deinen Clan kennenzulernen. Ob ich dort bleibe, ist eine andere Frage, aber ich wüsste gerne, was auf mich zukommt.«

Ihre Augen glitzern so gespannt, dass ich ihr nicht mehr widersprechen kann.

»Also gut«, sage ich und erröte, als sie den Arm um meine Schulter legt und mir einen Kuss auf die Wange drückt.

»Ich danke dir. Es bedeutet mir viel, dass du mir vertraust.« Um meine Verlegenheit zu überspielen, rede ich einfach drauflos.

»Ich weiß nicht, was du schon alles über uns weißt, aber jeder der vier Clans ist gleich aufgebaut. Es gibt den Anführer, der für Recht und Ordnung sorgt und ständig zwischen den verschiedenen Lagern umherreist. Man bekommt ihn nicht oft zu Gesicht, aber wir alle hören auf ihn. Dann gibt es noch die Ratsmitglieder, die meist schon etwas älter sind. Wie der Name schon sagt, beraten sie den Anführer und übernehmen teilweise seine Aufgaben, da er sich ja nicht um alle Clanmitglieder gleichzeitig kümmern kann. Jedes Lager hat ein Ratsmitglied als Oberhaupt.

Dann gibt es noch die Krieger. Alle Kinder, abgesehen von dem Nachfolger des Schamanen, durchlaufen die Ausbildung und sind danach hauptsächlich für Patrouille und Jagd zuständig. Manche von ihnen werden auch zu Heilern, um den Schamanen zu unterstützen.«

Levana unterbricht mich mit einem strahlenden Lächeln. »Kannst du mir mehr über die Schamanen erzählen? Soweit ich weiß, bist du einer von ihnen, deswegen interessiert mich das am meisten.«

Wieder werde ich verlegen, doch aus irgendeinem Grund habe ich auch Hemmungen, ihr davon zu erzählen. Dennoch beschließe ich, ihr diesen Wunsch nicht abzuschlagen. »Nun ja, ich bin noch Schüler und werde erst zum vollwertigen Schamanen, wenn meine Mentorin stirbt. Meine Aufgabe wird es dann hauptsächlich sein, verletzte oder kranke Clanmitglieder zu versorgen; vor allem, wenn die Medizin der Heiler nicht mehr ausreicht. Die Schamanen sind die Einzigen, die Magie beherrschen, und diese kann bloß vererbt werden.«

»Du bist also mit der derzeitigen Schamanin verwandt?«, fragt Levana neugierig.

Allmählich wird mir immer mulmiger dabei, ihr so viel zu erzählen.

»Sie ist meine Tante«, sage ich zögerlich. »Da sie keine eigenen Kinder hat und meine Magie gut genug ausgeprägt ist, hat sie mich zu ihrem Schüler gemacht.«

Levana nickt wissend. »Da hat sie wirklich Glück, dich als ihren Nachfolger zu haben. Und du bist sicherlich froh, noch für eine Weile Schüler zu bleiben und keine große Verantwortung zu tragen. Sicherlich wird deine Tante noch lange leben dank ihrer Magie.«

Ich werfe ihr einen Seitenblick zu. Irgendetwas an Levanas Tonfall hat mir nicht gefallen, doch ich kann nicht genau sagen, was es gewesen ist. Sicherlich bin ich durch meine Gefangenschaft bloß zu misstrauisch geworden. Levana hat mich stets freundlich behandelt und mir letztendlich sogar zur Flucht verholfen, obwohl das schlimme Folgen für sie haben kann. Sie hat vielleicht schon schrecklichere Dinge durchmachen müssen als ich. Mit einem Mal habe ich ein schlechtes Gewissen, ihr gegenüber so verschlossen zu sein.

»Das wird sie ganz sicher«, sage ich und konzentriere mich darauf, freundlich zu klingen. »Schamanen genießen einen besonderen Schutz durch ein Ritual, das sie gemeinsam mit ihrem Krafttier durchgeführt haben.«

Levana nickt fasziniert. »Die Clans sind so interessant. Ich kann es kaum erwarten, dort zu leben.«

Nach ihren Worten entspanne ich mich sofort wieder. Sie wollte wirklich bloß mehr über meine Heimat wissen und mich nicht aushorchen.

KAPITEL 14

Cadoc

Noch nie im Leben habe ich so widersprüchliche Emotionen empfunden. Einerseits ist da dieses unbeschwerte Gefühl in meinem Inneren, das mich jedes Mal überkommt, wenn ich Zeit mit Jasira verbringe. Sie bringt mich zum Lächeln, was zuvor noch nie ein Mensch geschafft hat – ich wusste nicht mal, dass es überhaupt möglich ist.

Doch andererseits ist da auch dieser sprichwörtliche Dolch, der immer bedrohlicher über mir schwebt. Mit jedem Tag wird mir bewusster, dass ich meine Mission so schnell wie möglich durchführen muss. Jedes Mal, wenn ich die Höhle verlasse, spüre ich Erebus' stechende Blicke auf mir und die unausgesprochene Warnung, dass mir die Zeit davonläuft. Selbst in den schützenden Wänden der Höhle fühle ich mich stets von Iyan und Tullio beobachtet.

Bei dem narbengesichtigen Sklaven habe ich jedoch das Gefühl, dass er sich hier ebenso wohlfühlt wie ich. Mit seinem trockenen Humor und der Tatsache, dass ihn alle für Ascians Retter halten, hat er sich hier bereits viele Freunde gemacht, und er verbringt viel Zeit in der Waffenschmiede. Mir ist aufgefallen, dass er nur selten die Höhle verlässt. Das könnte zwar daran liegen, dass er mich hier im Auge behalten soll – doch ich habe vielmehr das Gefühl, dass er sich Erebus' Beobachtung entziehen möchte.

Als ein neuer Tag anbricht, macht sich schon früh die kalte Erkenntnis in mir breit, dass es heute so weit ist: Ich werde Taesera aus dem Lager locken und sie umbringen. Denn die Schamanin hat mir am vorigen Tag mitgeteilt, dass der Anführer in der nächsten Zeit hier eintrifft. Woher sie das weiß, ist mir unbekannt, aber ich vermute, dass es etwas mit Magie zu tun hat.

Eigentlich wollte der Anführer schon viel früher kommen, um mich – oder vielmehr Ascian – nach der Rückkehr wiederzusehen und über die Gefangenschaft zu befragen. Allerdings ist der Todesfall eines Ratsmitglieds in einem der Nebenlager dazwischengekommen, weswegen er für längere Zeit nicht abreisen konnte. Doch nun ist der Augenblick da, in dem ich keine Ausrede mehr für mein Zögern habe.

Also verlasse ich an diesem Morgen widerwillig mein Bett und statte mich mit den Waffen aus, die ich aus der Schmiede entwenden konnte: zwei Wurfmesser, die ich in meine leichten Lederstiefel stecke, und ein Dolch, den ich an meinem Gürtel befestige. Ich komme zu dem Schluss, dass ich diesen nicht verstecken muss, da viele der Clanmitglieder mit solchen Waffen herumlaufen.

Zuerst möchte ich geradewegs Taeseras Räumlichkeiten ansteuern, doch dann halte ich inne. Das ist vermutlich mein letzter Tag in diesem Clan, und ich möchte vorher noch Zeit mit Jasira verbringen. Vielleicht lenkt sie mich von den quälenden Gedanken an den grausamen Mord ab, den ich noch heute vollbringen werde. Meine Laune sinkt jedoch wieder, als mir bewusstwird, wie sehr mich Jasira danach hassen wird. Ich werde sie verlieren und nie wiedersehen können. Doch unsere gemeinsame Zeit war von Anfang an flüchtig und mein Glück zum Scheitern verurteilt.

Schnell schiebe ich diese düsteren Gedanken beiseite und mache mich auf den Weg zu ihrem Zimmer. Schon auf halbem Weg begegne ich ihr und lächle breit, als sie mir freudestrahlend um den Hals fällt.

»Ich habe gerade an dich gedacht«, sagt sie. »Hast du ein wenig Zeit für mich, bevor dein Unterricht bei Taesera beginnt?«

Kurz verliere ich mich in ihren bernsteinfarbenen Augen und habe den plötzlichen Drang, sie zu küssen. Seit diesem Moment im Sommerregen ist das nicht mehr passiert, und ich muss mir eingestehen, dass ich mich mit jedem Augenblick mehr danach sehne. Doch ich schaffe es, mich zu zügeln, und nicke stattdessen.

»Sehr gerne. Würde es dir etwas ausmachen, wenn wir dafür in der Höhle bleiben?«

Damit will ich natürlich vermeiden, dass Erebus uns beobachtet. Zu meiner Erleichterung fragt Jasira nicht nach dem Grund.

»Ich habe eine Idee! Was hältst du davon, wenn wir zu unserem damaligen Lieblingsort gehen? Kannst du dich erinnern?«

Ich überlege, was ich darauf antworten kann, ohne mich zu verraten.

»Nur noch vage«, sage ich, da ich es für das Sicherste halte.

»Ich war vor Kurzem nochmal da«, erklärt sie. »Dieser Ort ist noch genauso schön wie damals.«

Mit den Worten nimmt sie mich an die Hand und führt mich durch das Labyrinth aus Gängen. Irgendwann erreichen wir einen schmalen Tunnel, der nicht von Fackeln erhellt und vermutlich kaum benutzt wird. Gemeinsam quetschen wir uns durch die Felswände und ich bin insgeheim dankbar dafür, keine Platzangst zu haben. Als Kind hatte ich verschiedene Ängste, etwa vor Dunkelheit, doch die hat Erebus mir ausgetrieben. Ich musste schmerzlich feststellen, dass es viel realere Dinge gibt, vor denen man Angst haben muss.

Meine düsteren Gedanken verschwinden jedoch vollständig, als wir den engen Gang hinter uns lassen und plötzlich im Freien stehen.

»Das ist unglaublich«, raune ich ergriffen.

Wir sind von Felsen eingekesselt, doch über uns erstreckt sich der weite blaue Himmel. Vor uns rauscht ein Wasserfall, dessen Gischt sofort mein Gesicht benetzt. Er mündet in ein flaches Becken, von wo aus das Wasser weiter zu einem Loch im Boden fließt.

»Man könnte meinen, dass du noch nie hier gewesen bist«, sagt Jasira scherzhaft, doch ich kann auch ihre Verwirrung heraushören.

»Das ist alles schon so lange her«, rede ich mich raus. »Seitdem ist so viel passiert.«

Jasira nickt, wirkt aber nicht vollends überzeugt.

»Lass uns jetzt einfach diesen Ort genießen«, sage ich schnell, ehe sie auf die Idee kommt, weiter nachzuhaken.

Ich ziehe mir die Stiefel aus und gehe dann in das Becken, wo das türkisfarbene Wasser im Sonnenlicht glitzert. Es ist so eiskalt, dass es beinahe schon schmerzt, doch ich genieße dieses Gefühl.

»Du bist ja tapfer«, ruft Jasira lachend und macht es mir dann nach.

Mit einem erschrockenen Schrei springt sie jedoch sofort wieder an das Ufer. Ich folge ihr schmunzelnd und schließe sie dann in die Arme. Es ist seltsam, wie normal und gut mir das mittlerweile vorkommt, obwohl alles daran verboten und falsch ist. Jasira hält mich für eine andere Person, und ich nutze es gnadenlos aus. Doch warum fühlt es sich dann so rein und echt an?

Immer wieder bilde ich mir ein, dass Jasira wirklich mich sieht statt Ascian, obwohl das Unsinn ist. Schließlich bin ich gerade dabei, ihren Clan in den Abgrund zu ziehen. Wie könnte sie mich da gernhaben? Wieder einmal wird mir bewusst, dass ich sie vergessen muss, sobald meine Mission erfüllt ist. Aber vorher werde ich dafür sorgen, dass sie in Sicherheit ist, auch wenn ich mich dafür selbst in Gefahr begeben muss.

Jasira schmiegt ihren Kopf an meine Schulter. Meine Augen brennen, als mir immer wieder durch den Kopf geht, dass dies unsere letzte Berührung sein wird.

»Ich habe das Gefühl, dass uns irgendetwas trennt«, murmelt Jasira. »Dass irgendetwas Schlimmes auf uns zukommt und du es weißt.«

Ich versteife mich, denn sie könnte kaum näher an der Wahrheit liegen.

»Mach dir keine Sorgen«, antworte ich und löse mich aus der Umarmung, um ihr in die Augen zu blicken.

Ich streiche ihr vorsichtig über die Wange und bin mir nicht sicher, ob es Tränen oder Wassertropfen sind, die ich an meinen Fingern spüre. Unter keinen Umständen möchte ich schuld daran sein, dass Jasira sich schlecht fühlt.

Ich beuge mich vor und drücke ihr einen sanften Kuss auf die Lippen. Ich schließe meine Augen, während ich von Sehnsucht und Glück zerrissen werde. Unser letzter Kuss. Jasira legt ihre Arme um meinen Hals und fährt mit der Hand über meinen Rücken. Als sie vorsichtig unter mein Hemd und über meine narbige Haut streicht, versteife ich mich und weiche zurück.

»Diese Narben sind ein Teil von dir«, sagt Jasira ernst. »Und ich liebe *jeden* Teil von dir bedingungslos.«

Mein Herz wird bei diesen berührenden Worten schwer und ein ungewohntes Gefühl verengt mein Hals. Ich wende mich schnell ab, denn mir wird klar, dass ich kurz davor bin, zu weinen. Das darf nicht passieren. Wenn Erebus das mitbekäme, wäre das mein Todesurteil. Doch er ist nicht hier, und ich werde nicht zulassen, dass meine Angst vor ihm diesen wertvollen Moment kaputtmacht. Also gebe ich meine Tränen frei und gehe wieder zu Jasira, die mich besorgt anblickt.

»Ich muss jetzt los«, sage ich mit erstickter Stimme und drücke ihr einen liebevollen Kuss auf die Stirn.

»Bist du sicher, dass alles in Ordnung ist?«, fragt sie mit großen Augen.

»Ja, alles bestens«, antworte ich mit einem unechten Lächeln.

Und dann wende ich mich ab, ehe ich es mir nochmal anders überlegen kann.

Auf dem Weg zu Taesera zwinge ich mein Herz dazu, wieder so hart und kalt wie Stein zu werden, wie es früher war. Ich habe schon so viele Morde ausgeführt, ohne auch nur das geringste Gefühl von Reue zu verspüren, und das werde ich auch dieses Mal schaffen. Ich muss bloß eine Person töten, zu der ich keinerlei Bindung habe.

Als ich bei Taeseras Räumlichkeiten ankomme, wartet sie bereits wie immer auf mich.

»Ich hoffe, heute kannst du mir endlich deine Fortschritte zeigen«, sagt sie streng, aber ich kann auch ein liebevolles Glitzern in ihren Augen sehen. Doch das ist mir egal. Das *muss* mir egal sein.

»Ich habe draußen einen perfekten Tarnzauber hinbekommen«, lüge ich. Ich räuspere mich, denn meine Stimme klingt viel zu leer.

»Fühlst du dich nicht gut?«, fragt Taesera besorgt.

»Ich hatte eine Auseinandersetzung mit Jasira«, lüge ich und muss feststellen, dass es schmerzhaft für mich ist, auch nur ihren Namen auszusprechen.

Taesera nickt wissend. »Die junge Liebe. Wo möchtest du mir denn den Tarnzauber zeigen?«

»Im kleinen Wald ist es mir leichtgefallen«, sage ich und besiegle damit ihr Todesurteil. Dort werde ich beobachtet und kann mich nicht mehr davor drücken, Taesera umzubringen.

»Vielleicht hat es etwas damit zu tun, dass du dort entführt wurdest«, überlegt sie. »Dein Drang, für Feinde unsichtbar zu werden, könnte dort ausgeprägter sein.«

»Ja, vielleicht«, sage ich gedankenverloren. Wenn sie wüsste, dass sie mir bloß eine plausible Erklärung dafür bietet, dass sie den einzigen Ort, an dem sie sicher ist, verlassen soll.

Gemeinsam machen wir uns auf den Weg nach draußen, und mit jedem Schritt fühle ich mich elender. Mir wird übel und ich glaube, mich jeden Moment übergeben zu müssen. Wir treten gemeinsam an die drückende Sommerluft, die mir beinahe unerträglich entgegenschlägt. Schon nach wenigen Augenblicken überkommt mich das überwältigende Gefühl, beobachtet zu werden. Auch ohne ihn zu sehen, weiß ich, dass Erebus in der Nähe ist und jeden meiner Schritte verfolgt.

Taesera scheint es ebenfalls zu bemerken, denn sie blickt sich mit zu Schlitzen verengten Augen um. Seltsamerweise verspüre ich eine dringliche Hoffnung, dass die Schamanin kehrtmacht und zurück in den Schutz der Höhle geht. Doch dieser Gefallen wird mir nicht vergönnt. Vermutlich fühlt sie sich dank ihrer magischen Fähigkeiten und ihrem Schüler, dem sie blind vertraut, an ihrer Seite zu sicher.

»Warum schaust du mich so an?«, fragt sie munter. »Nun lass uns schon gehen.«

Ich nicke stumm und so machen wir uns gemeinsam auf den Weg zu dem Wald, wo Taesera ihr Leben verlieren wird. Ich spüre die Waffen an meinem Körper und sie fühlen sich plötzlich bleischwer an.

Während wir einem schmalen Pfad durch die felsige Berglandschaft folgen und ich mich kurz umdrehe, mache ich eine Bewegung im hohen Farn aus. Doch das kann unmöglich Erebus sein, denn er ist ein Meister der Tarnung.

Schließlich gelangen wir zu der Baumgrenze, doch statt hinter Taesera in den Wald einzutauchen, bleibe ich ruckartig stehen. Sie dreht sich zu mir um und lächelt mich verständnisvoll an – was mein schlechtes Gewissen noch schlimmer macht.

»Keine Sorge, ich werde dir keine Vorwürfe machen, wenn du die Tarnmagie nicht schaffst.« Taesera zwinkert mir verschmitzt zu. »Zumindest heute nicht. Ich habe gute Laune.«

Meine Kehle wird staubtrocken, und ich schlucke schwer.

»Ich komme schon«, krächze ich, denn wieder kann ich Erebus' Anwesenheit und seinen dunklen Blick mit jeder Faser meines Körpers spüren. Ich stelle fest, dass jedes bisschen Treue, das ich einst für ihn verspürt habe, verflogen ist. Stattdessen ist blanke Angst um mein Leben, und auch das von Taesera, geblieben. Doch ich weiß, dass Erebus uns beide ohne zu zögern töten wird, wenn ich meine Aufgabe nicht erledige, also werde ich zumindest mein Leben retten.

Während Taesera weiter in den Wald hineingeht und ich ihr folge, ziehe ich den Dolch. Die Klinge funkelt in den Lichtsprenkeln, die durch das Blätterdach fallen. Fast glaube ich zu spüren, wie Erebus zufrieden lächelt – der Triumph einer Spinne, deren Beute ihr ins Netz gegangen ist.

Als Taesera sich plötzlich zu mir umdreht, verstecke ich hastig die Waffe hinter meinem Rücken. Die erste Gelegenheit, ihr den Dolch in den Rücken zu rammen, ist somit verstrichen.

»Wir sind nun tief genug in den Wald gegangen«, sagt die Schamanin und schaut mich abwartend an.

Ich kann nur stumm zurückblicken. Fieberhaft überlege ich, wie ich sie dazu bringen könnte, sich wieder umzudrehen. Doch warum stürze ich mich nicht einfach auf sie zu und stoße ihr die Klinge ins Herz? Die Antwort wird mir sofort bewusst: Ich möchte Taesera nicht in die Augen blicken, während ich sie töte.

»Ascian?«, fragt sie verwirrt, als ich keine Anstalten mache, mich von der Stelle zu bewegen.

Ich kann nicht länger warten. Jetzt oder nie.

Und so mache ich einen Sprung nach vorne, reiße den Dolch hoch und lasse ihn auf Taeseras Körper zuschnellen. Ich sehe noch, wie sich ihre hellen Augen weiten, ehe die Klinge ihr Ziel findet.

Ein lauter Schrei ertönt, der mich zusammenzucken lässt, doch er stammt nicht von der Schamanin.

Jasira

»Ascian, nein!«, schreie ich voller Entsetzen und laufe auf ihn zu.

Doch dann werden wir beide von einer Welle aus gleißendem Licht zu Boden gerissen. Ich ächze, als ich schmerzhaft aufkomme und mir die Luft aus den Lungen gepresst wird.

Benommen blicke ich auf und erkenne die Quelle dieser Magie: Es ist Taesera, deren Körper vollkommen in das Licht getaucht wird. Ihre Haare werden von der Energie ihrer Kräfte aufgewirbelt und ihr Blick ruht voller Enttäuschung auf Ascian, der ebenfalls am Boden liegt und sich schwerfällig aufrappelt. Er blickt verdutzt auf seine Hand, in der er zuvor noch den Dolch gehalten hat. Ich schüttle völlig fassungslos den Kopf, denn ich kann nicht realisieren, was gerade geschehen ist. Ascian wollte Taesera töten? Doch wie kann das sein? Ich möchte zu ihm, möchte eine Erklärung. Doch mein Körper gehorcht mir nicht, sodass ich nur hilflos beobachten kann, was geschieht.

Das, was nun folgt, bringt mich endgültig um den Verstand. Ascian, der sich mittlerweile aufgerappelt hat, streckt seine Hand aus, und rotes Licht fließt aus ihr hervor. Es trifft auf Taeseras Magie und sogleich beginnt die Luft zu knistern. Die Schamanin blickt Ascian fassungslos an, und jeder Funken Enttäuschung ist aus ihren Augen gewichen. Und auch mir wird nun klar, was hier nicht stimmt: Er kann nicht Ascian sein, denn seine Magie hat eine grüne Färbung.

»Cadoc, hör sofort auf!«, ruft Taesera mit schneidender Stimme.

Der fremde Junge, der bis aufs Haar meinem Freund gleicht, macht einen Schritt zurück und reißt die Augen auf. Gleichzeitig fließt das rote Licht in seine Hand zurück. Er sackt auf die Knie und blickt zu Taesera auf.

»Wie ... hast du mich gerade genannt?«, fragt er mit rauer und beinahe unhörbarer Stimme.

Die Schamanin geht mit langsamen Schritten auf ihn zu und ich rechne damit, dass sie ihn mit ihrer Magie angreift. Doch stattdessen geht sie ebenfalls in die Knie und schließt ihn fest in die Arme. Völlig entgeistert beobachte ich dieses Schauspiel und weiß nicht, wie ich das Geschehene einordnen kann.

»Cadoc«, wiederholt Taesera diesen fremden Namen und streicht dem Jungen sanft über das dunkle rotbraune Haar. »Was haben sie bloß mit dir gemacht?« Sie löst sich von ihm und betrachtet lächelnd sein Gesicht. »Du siehst deinem Zwillingsbruder tatsächlich zum Verwechseln ähnlich.«

»Bruder?«, stammelt Cadoc verwirrt, und auch ich kann nicht glauben, was Taesera gerade gesagt hat.

Die Schamanin nickt ernst und öffnet gerade den Mund, um etwas hinzuzufügen, als ein weiterer Schrei aus meiner Kehle bricht: »Pass auf! Hinter dir!«

Denn dort gleitet ein blitzschneller Schatten aus dem Unterholz, und ich erkenne, dass ein Mann mit erhobener Waffe auf die beiden zuläuft. Doch statt Taesera anzugreifen, zielt die Klinge auf Cadoc.

»Nein!«, schreit Taesera und wirft sich vor ihn – genau in die Klinge.

Doch diesmal wird der Dolch nicht von ihrer Magie aufgehalten, und so kann ich bloß mit stummem Entsetzen zuschauen, wie er geradewegs in ihr Herz gestoßen wird.

172

KAPITEL 15

Ascian

Ich schrecke früh am Morgen auf und stelle entsetzt fest, dass ich während meiner Wache eingeschlafen bin. Sogleich entspanne ich mich jedoch wieder, denn die Landschaft um uns herum liegt still da. Die einzigen Geräusche stammen von den Vögeln, welche die Morgendämmerung mit ihrem Lied ankündigen.

Mein Blick schweift zu Levana, die sich auf einem Bett aus Moos zusammengerollt hat und tief schläft. Unwillkürlich tragen mich meine Beine zu ihr und ich gehe neben ihr in die Hocke. Ihr Gesicht, das meist einen spöttischen, abweisenden oder nachdenklichen Zug trägt, wirkt vollkommen entspannt. Ihre langen schwarzen Wimpern flattern leicht, als ich ihr eine Haarsträhne hinter das Ohr streiche.

Meine noch immer gefesselten Hände zucken jedoch ruckartig zurück. Ich muss an Jasira denken und werde mit einem Mal von Scham erfüllt. Sie trauert vermutlich zuhause um mich und macht sich große Sorgen, während ich ... Nein, darüber möchte ich gar nicht erst nachdenken. Ich muss eine Distanz zu Levana aufrechterhalten, denn sie ist ein Stadtmensch und wird nie das Leben der Clans vollständig verstehen können.

Noch während ich darüber nachdenke, fällt mein Blick auf eine Falte in Levanas Toga, etwa in der Höhe ihrer Taille. Ich runzele die Stirn, als ich etwas Silbernes aufblitzen sehe und kurz darauf erkenne, worum es sich handelt: Es ist ein kunstvoll geschmiedeter Dolch, den Levana offensichtlich unter ihrer Kleidung versteckt hält. Ich habe mehrmals erwähnt, wie nützlich uns eine Waffe bei der Beschaffung von Nahrung wäre, und sie hat es anscheinend nicht für nötig gehalten, mir die Wahrheit zu erzählen. Was ist der Grund dafür, dass sie mir den Dolch verheimlicht – und was verbirgt sie noch vor mir?

Noch ehe ich mir darüber weiter Gedanken machen kann, regt sich Levana und öffnet verschlafen die Augen.

»Hast du mich etwa beim Schlafen beobachtet?«, fragt sie verschmitzt lächelnd, als sie mich bemerkt.

Ich zwinge mich dazu, die Mundwinkel zu heben. »Ich wollte dich bloß gerade wecken.«

»Natürlich«, erwidert sie, und ihr ist anzusehen, dass sie mir nicht glaubt.

Wenn sie wüsste, was ich gerade entdeckt habe. Doch vielleicht steckt auch keine böse Absicht dahinter und ich bin bloß zu misstrauisch.

»Wir sind nicht mehr weit von der Grenze zum Clangebiet entfernt«, erklärt Levana fröhlich, als sie mein finsteres Gesicht bemerkt. »Dann bist du vollends in Sicherheit. Sieh mal, die Landschaft verändert sich bereits.«

Ich nicke, denn das ist mir ebenfalls schon aufgefallen. Die Bäume werden größer und die Luft immer feuchter. Von den Ästen hängen Moosfäden herab und das Unterholz besteht aus Sträuchern mit riesigen sattgrünen Blättern. Nicht mehr lange, bis wir den Urwald vom Clan des schnellen Leoparden erreicht haben.

Bei diesem Gedanken hebt sich meine Laune tatsächlich ein wenig und mein Misstrauen rückt in den Hintergrund. Vielleicht hat Levana recht und ich bin dort in Sicherheit – auch wenn ich nicht weiß, ob ich mich überhaupt jemals wieder sicher fühlen kann. Ich wurde in meinem eigenen Clangebiet entführt, und wo könnte ich mich geborgener fühlen als dort?

Völlig von meinen Gedanken in Bann genommen, schlage ich uns einen Weg durch das Unterholz, ohne die Umgebung wirklich wahrzunehmen. Mehrmals bin ich kurz davor, Levana auf den Dolch anzusprechen, lasse es dann aber doch bleiben. Ich weiß nicht, warum ich das Gefühl habe, dass ihr Geheimnis eine tiefere Bedeutung hat. Wahrscheinlich hat sie ihn bloß von Titus gestohlen und nicht daran gedacht, es zu erwähnen. Oder aber sie traut mir nicht und möchte sich im Zweifelsfall vor mir verteidigen können.

Zu meinem Ärger versetzt mir dieser Gedanke einen Stich und ich ermahne mich, wieder an Jasira zu denken. Bald werde ich wieder bei ihr sein und alles dafür tun, damit wir zusammen sein können. Ein trauriges Lächeln stiehlt sich auf meine Lippen, als ich an ihre funkelnden hellbraunen Augen denke, die mein Herz stets zum Flattern gebracht haben.

Ob Jasira mittlerweile Klarheit darüber hat, zu welchem Krafttier sie gehört? Ich hatte immer den Eindruck, dass sich ihre Energie verändert hat, sobald ein Adler in der Nähe war, doch es hat sich anders angefühlt als bei meinen anderen Clankameraden. Ich als Schamane habe die Fähigkeit, diese Art von Magie zu spüren, die Krafttiere bei Clanmitgliedern auslöst, und bei Jasira ist sie eindeutig vorhanden. Ich habe ihr das schon häufig versichert, doch sie ist stets der Meinung gewesen, dass ich mich irren könnte.

»Worüber denkst du nach?«, durchbricht Levana meine grüblerischen Gedanken. »Du wirkst die ganze Zeit so abwesend.«

Mir fällt auf, dass ihre Stimme wachsam klingt, beinahe schon lauernd. Wieder breitet sich dieses ungute Gefühl in mir aus, dass etwas mit ihr nicht stimmt – und dennoch kann ich nicht leugnen, dass ich mich von Levana angezogen fühle.

»Ich denke bloß darüber nach, wie mein Clan auf meine Rückkehr reagiert«, lüge ich. »Und wie sie sich dir gegenüber verhalten werden.«

Levana schnauft belustigt. »Sie werden mich sicherlich mit offenen Armen empfangen, nachdem es Stadtmenschen waren, die dich entführt haben.«

»Sie legen viel Wert auf meine Meinung«, sage ich ernst. »Wenn ich ihnen sage, dass von dir keine Gefahr ausgeht, werden sie mir glauben.«

Ich lache beinahe bitter auf, als mir klar wird, dass ich das von meinen Clankameraden nicht mit Sicherheit sagen könnte. Mit einem Mal wird mir klar, wie wenig ich eigentlich über sie weiß.

»Hast du eigentlich eine Familie, die dich vermissen wird?«, frage ich betont beiläufig.

Es dauert einen Moment, bis sie antwortet. »Ich habe bloß meinen Vater, doch der wird auch ohne mich zurechtkommen.« Ihre Stimme klingt beinahe schon trotzig.

»Und was ist mit deiner Mutter?«

»Du hast mir auch nicht alles über dich verraten, also hör auf, mir solche Fragen zu stellen«, gibt Levana feindselig zurück. Dabei blitzt eine Seite von ihr hervor, die sie bisher nicht gezeigt hat.

»Ich werde dich meinem Clan vorstellen«, antworte ich mit aufkeimender Wut, »da sollte ich zumindest die wichtigsten Dinge über dich wissen.«

Levana atmet tief durch und schließt kurz die Augen. Als sie ihre Lider wieder öffnet, lächelt sie versöhnlich. Doch etwas in mir weiß, dass es nicht echt ist.

»Ich habe dich aus der Gefangenschaft gerettet«, sagt sie nun mit ruhiger Stimme. »Reicht das nicht als Vertrauensbeweis?« Darauf erwidere ich nichts mehr, denn ich möchte nicht undankbar wirken.

So setzen wir unseren Weg schweigend fort, und ich kann deutlich die unterkühlte Stimmung zwischen uns fühlen. Meine Laune hebt sich jedoch wieder, als ich merke, dass nur noch ein kurzer Weg bis zu der Clangrenze vor uns liegt. Die Landschaft hat sich mittlerweile in einen dichten Urwald verwandelt, und ich spüre bereits die Magie der Grenzmarkierung.

Mein nächster Schritt wäre, Kontakt mit dem Clan des schnellen Leoparden aufzunehmen und Rast in einem ihrer Lager einzulegen. Derzeit gibt es glücklicherweise keine Spannungen zwischen den Clans, und so muss ich mir keine Sorgen machen, abgewiesen zu werden. Das Einzige, was mir Kopfzerbrechen bereitet, ist, was ich dann mit Levana tun werde. Soll ich sie zurück in die Stadt schicken und ihrem Schicksal überlassen? Sie friedlich zum Clan des großen Adlers bringen oder als Gefangene? Ich schiebe diese Gedanken beiseite, als ich spüre, dass die Grenzmarkierung beinahe vor uns liegt.

»Wir sind gleich da«, sage ich mit leuchtenden Augen an Levana gewandt.

Doch statt sich zu freuen, liegt Besorgnis in ihrer Miene. Sie blickt sich hektisch um, doch dann scheint sie etwas zu entdecken, denn sie entspannt sich sichtlich. Ich möchte ihrem Blick folgen, doch da ist es schon zu spät. Sechs schwarz gekleidete Männer mit erhobenen Dolchen springen aus dem Unterholz und haben mich innerhalb eines Wimpernschlages umzingelt. Ich drehe mich entsetzt um meine eigene Achse und weiß sofort, dass ich keine Chance habe. Ich trage noch immer Fesseln, sodass ich nicht auf meine Magie zugreifen kann.

Und dann wandert mein Blick zu Levana, die gerade Anstalten macht, auf die Männer zuzueilen. Sie will sich vor mir in Sicherheit bringen. Sie hat mich verraten. Tiefe Enttäuschung überwältigt mich, doch verwandelt sich dann in blanke Wut. Ich werde Levana nicht so einfach entkommen lassen.

Noch ehe sie zwischen den lauernden Männern hindurchgehen kann, sprinte ich auf sie zu, reiße sie zurück und ziehe ihren Dolch aus dem Versteck zwischen ihren Kleidern, was mir trotz der Fesseln gelingt. Levana schreit auf, als ich meine Arme von oben um sie lege und die Klinge gegen ihren Hals drücke. Die Männer sind zwischenzeitlich auf mich zugestürmt, um ihr zu helfen, doch nun halten sie alle in ihrer Bewegung inne. Sie wissen, dass ich mit einer winzigen Bewegung Levanas Leben beenden kann.

»Wer bist du wirklich?«, knurre ich in ihr Ohr. Sie atmet heftig, und ich muss mich konzentrieren, um kein Mitleid zu verspüren.

»Ich bin bloß eine einfache Dienerin«, schluchzt sie. »Bitte lass mich gehen. Ich wusste nichts von dem Hinterhalt.«

»Lüg mich nicht an«, sage ich mit bedrohlicher Stimme. »Wenn du die Wahrheit sagst, lasse ich dich vielleicht am Leben.«

Levanas Schluchzen verstummt. »Versprich mir, dass du mich dann gehen lässt. Nur dann sage ich die Wahrheit.«

Mit einem Mal klingt ihre Stimme völlig klar und berechnend – ihre Hilflosigkeit war also nur gespielt. Gegen meinen Willen verspüre ich so etwas wie Bewunderung.

»Na gut«, sage ich, denn ich muss unbedingt erfahren, wer Levana wirklich ist.

Doch noch ehe sie zu einer Antwort ansetzen kann, kommt ein weiterer Mann zwischen den Bäumen hervor. Meine Augen weiten sich vor Entsetzen, denn es ist niemand anderes als Titus, der mich herablassend angrinst. Mir entgeht jedoch nicht, dass sein Blick kurz zu Levana huscht und das Lächeln für einen Augenblick verrutscht.

»Du möchtest also wissen, wer sie ist? Nun, es wird dich sicher überraschen, dass ich ihr Vater bin.«

Ich schnappe fassungslos nach Luft und alles in mir krampft sich zusammen. Diese Erklärung wäre mir nicht einmal in meinen düstersten Überlegungen in den Sinn gekommen. Dann hat sie also mit Titus unter einer Decke gesteckt und mich die ganze Zeit hintergangen.

»Ist das wahr?«, frage ich tonlos, denn ein naiver Teil in mir hofft, dass Titus lügt.

»Ja, es ist wahr«, antwortet Levana traurig.

Ich drücke die Klinge enger gegen ihre Kehle, woraufhin sie die Luft anhält. Ich sehe zwar nicht ihr Gesicht, aber ich kann mir ihren panischen Blick vorstellen.

»Wenn du sie tötest, wirst du ihr Schicksal teilen«, sagt Titus mit ruhiger Stimme. Er kommt einen Schritt auf uns zu, doch ich weiche gemeinsam mit Levana zurück. Er hebt beschwichtigend die Hand. »Wenn du sie gehen lässt, darfst auch du ziehen. Ich gebe dir mein Ehrenwort.«

»Unsinn!« Ich spucke diese Worte beinahe schon aus. »Auch dann würdet ihr mich töten.«

Obwohl ich tapfer klinge, werde ich beinahe von Verzweiflung überwältigt. Wie kann ich es schaffen, lebend aus dieser Situation herauszukommen? Doch dann blitzt eine Idee in meinem Kopf auf: Wenn ich Levana weder töten noch gehen lassen kann, muss ich sie eben als Geisel nehmen. Meine Gedanken schwirren, denn ich bin mir alles andere als sicher, dass dieser Plan funktioniert. Dennoch ist es meine einzige Chance.

»Ihr werdet Levana nicht bekommen, weder lebendig noch tot«, rufe ich mit fester Stimme. »Sie bleibt meine Gefangene, und wenn ihr versucht, mich aufzuhalten, schneide ich ihre Kehle durch.«

Nun wird Titus' zuvor noch listiger Gesichtsausdruck panisch. »Das wirst du nicht tun! Wir werden dich verfolgen und eine günstige Gelegenheit abwarten, um dich zu töten. Wir werden deinen Clan vernichten! Wir werden …«

»Vater, hör auf«, schneidet Levana ihm jedoch das Wort ab. »Lass ihn gehen. Er wird mir sicher nichts antun, und sobald alles friedlich geklärt ist, wird Ascian mich freilassen.«

Innerlich stimme ich ihr zu, denn es überläuft mich kalt bei dem Gedanken, sie töten zu müssen. Gleichzeitig bin ich erstaunt, dass sie mir so entgegenkommt. Wahrscheinlich ist es bloß wieder eisige Berechnung, so wie bei jedem Wort, das sie je mit mir gewechselt hat.

Ich kann Titus ansehen, wie sehr ihm die Forderung seiner Tochter widerstrebt, dennoch nickt er nach einer Weile. »Also gut. Ich werde dich ziehen lassen, Ascian. Aber glaube nicht, dass du mich so leicht loswirst.«

Mit diesen Worten gibt er seinen Männern ein Zeichen, woraufhin sie die Waffen sinken lassen und zu ihrem Herrn gehen. Ohne Levana noch einmal anzuschauen, dreht sich dieser um und verschwindet im Wald. Irritiert blinzle ich, denn ich habe erwartet, unter Titus' scharfer Beobachtung den Rückzug antreten zu müssen. Und nun stehe ich hier, noch immer Levana in meiner Umklammerung und dem Dolch an ihrer Kehle.

»Lässt du mich jetzt endlich los?«, fragt sie genervt. Vermutlich zeigt sie nun ihr wahres Gesicht, das zwischenzeitlich nur leicht durchgeschimmert ist.

Umständlich hebe ich meine gefesselten Hände über ihren Kopf, umklammere den Dolch dabei jedoch fest. Der echten Levana würde ich zutrauen, diesen kurzen Moment zu nutzen, um mir die Waffe zu entreißen. Mit einer schnellen Bewegung gehe ich hinter sie und gebe ihr mit einem leichten Druck der Klinge in ihren Rücken zu verstehen, dass sie nun meine Gefangene ist.

»Ist das wirklich nötig?«, fragt sie gelangweilt. Die ganze Situation scheint sie völlig kaltzulassen.

»Geh jetzt«, fordere ich sie auf, ohne auf ihre Worte einzugehen. »Wir werden die heutige Nacht in einem Clanlager verbringen.«

Levana

Das Gefühl der Spitze des Dolches, die sich in meinen Rücken bohrt, lässt mein Herz noch immer wie wild rasen. Nach außen hin war ich die meiste Zeit völlig ruhig, während in meinem Inneren die Todesangst getobt hat. Mein Hals kribbelt noch immer an der Stelle, wo Ascian mir die Klinge an die Haut gedrückt hat. Noch nie in meinem Leben habe ich dem Tod in die Augen geblickt und war nicht auf dieses Gefühl der nackten Angst vorbereitet. Immer wieder habe ich mir eingeredet, dass Ascian mir nichts tun würde, doch kann ich mir da sicher sein? Ich kenne ihn kaum und weiß nicht, ob er in der Vergangenheit bereits Menschen getötet hat.

Nun stolpere ich völlig entkräftet durch das immer dichter werdende Unterholz, während Ascian dicht hinter mir folgt. Irgendwann nimmt er endlich die Klinge runter, aber wohin sollte ich auch flüchten?

»Wir haben gerade die Grenze überschritten«, sagt Ascian schließlich mit rauer und beinahe schon ehrfürchtiger Stimme. »Bald werden wir sicherlich auf Mitglieder vom Clan des schnellen Leoparden treffen.«

Ich schlucke schwer, denn ich habe schon angsteinflößende Geschichten von den Kriegern dieses Clans gehört. Die Mitglieder sollen unberechenbar und temperamentvoll sein – zwei Eigenschaften, die mich beunruhigen.

Leider dauert es nicht lange, bis sich Ascians Mutmaßung bewahrheitet. Ohne auch nur einen Laut verursacht zu haben, stehen plötzlich zwei Frauen mit erhobenen Speeren vor uns. Sie tragen erdfarbene Tuniken sowie farbenfrohe Perlen und Federn in den Haaren.

»Was habt ihr in unserem Revier zu suchen?«, faucht die ältere der beiden. Dann bleibt ihr Gesicht jedoch an Ascian haften und ein ungläubiges Lächeln tritt auf ihre Lippen. »Du bist doch der Schüler von Taesera. Ich habe dich bei den letzten drei Clantreffen gesehen. Aber unsere Boten haben berichtet, dass du längst wieder zum Clan des großen Adlers zurückgekehrt bist, also was tust du hier in der Nähe der Stadt?«

Ein ungutes Gefühl breitet sich in mir aus, denn nun könnte der ganze Plan meines Vaters auffliegen. Und ich kann nicht ausschließen, dass Ascian seine Wut an mir auslässt. Er ist mittlerweile neben mich getreten und ich werfe ihm einen verstohlenen Seitenblick zu. Er hat seine Stirn verwirrt gerunzelt und kann sich offensichtlich keinen Reim auf die Worte der grauhaarigen Kriegerin machen.

»Ich befand mich lange Zeit in Gefangenschaft«, sagt er langsam. »Wurde euch nicht davon berichtet?«

Nun sind es die zwei Kriegerinnen, die ihn anblicken, als sei er verrückt geworden.

Schließlich ergreift die Älteste wieder das Wort. »Begleite uns doch zu unserem Nebenlager. Dort können wir das Missverständnis sicherlich aufklären. Doch erst mal bekommen du und deine Freundin etwas Warmes zu essen und frische Kleidung.«

»Sie ist nicht meine Freundin, sondern meine Gefangene«, sagt Ascian mit solch kühler Stimme, dass sich tiefes Bedauern in mir breitmacht.

Auch wenn es mir schwerfällt, es zuzugeben: Ich habe ihn mit der Zeit ins Herz geschlossen. Es ist völlig absurd und dumm, aber ich habe es nicht geschafft, diese Gefühle zu kontrollieren. Dennoch habe ich Ascian verraten und ihn geradewegs in die Falle meines Vaters laufen lassen.

Nun blicken mich auch die Kriegerinnen hasserfüllt an und eine von ihnen spuckt sogar auf den Boden. »Habe ich mir doch gleich gedacht, dass sie ein Stadtmensch ist«, sagt sie voller Verachtung. »Also werden wir schauen müssen, wo wir sie unterbringen.«

Sie blickt fragend zu der Ältesten, die mich kühl mustert. »Wir haben noch Ketten, mit denen wir sie fesseln können.«

»Wenn ihr schon von Ketten redet«, sagt Ascian und hält seine Hände hoch, woraufhin sich die Augen der Kriegerinnen entsetzt weiten. »Es sind leider keine gewöhnlichen Fesseln, sie wurden mit Magie belegt. Hält sich zufälligerweise euer Schamane oder seine Schülerin in der Nähe auf, um mir zu helfen?«

»Tatsächlich befindet sich Naya derzeit in einem nahen Lager«, sagt die Älteste und blickt kopfschüttelnd auf Ascians Handgelenke. »Derjenige, der dir das angetan hat, wird dafür büßen. Aber nun folge uns erst mal zu unserem Lager.« Dabei tut sie so, als wäre ich Luft.

Ascian stellt sich wieder hinter mich und drückt erneut die Spitze des Dolches in meinen Rücken. »Folge den Kriegerinnen.«

Ich habe keine andere Wahl, als seinen Worten Folge zu leisten. Die Frauen bewegen sich so elegant durch das Unterholz, dass ich Mühe habe, mitzuhalten. Sie scheinen mich damit zu verhöhnen, immer wieder zwischen den großen Blättern einzutauchen, sodass ich sie aus den Augen verliere. Ascian wirkt immer ungeduldiger, und irgendwann treten mir aus Verzweiflung Tränen in die Augen. Ich bin müde, durstig und völlig verängstigt. So schlecht habe ich mich in meinem ganzen Leben noch nicht gefühlt.

Ein bitteres Lächeln umspielt meine Lippen, als mir klar wird, wie sehr ich das alles hier verdient habe. Ascian hat jedes Recht dazu, mich so zu behandeln. Allmählich bin ich mir nicht mehr sicher, ob es das Richtige war, meinem Vater zu widersprechen und hinzunehmen, dass Ascian mich als Geisel nimmt. Doch es erschien mir in diesem Moment richtig, denn ich wusste, dass wir uns in einer Sackgasse befanden. Vielleicht wäre ich nun nicht mehr am Leben, wenn ich anders reagiert hätte.

Endlich gelangt eine Lichtung in mein Sichtfeld, und trotz meiner elenden Situation werde ich von Faszination gepackt. Als wir zwischen den Bäumen hervortreten, erstreckt sich vor uns ein Lager mit etwa zwei Dutzend Zelten, die in allen erdenklichen Farbtönen leuchten. Die Stoffe flattern leicht in einer warmen Brise. Ich entdecke einige Clanmitglieder, die ähnlich gekleidet sind wie die zwei Kriegerinnen, die uns hergeführt haben.

Ascian neben mir wirkt unendlich erleichtert, denn nun ist er endgültig in Sicherheit. Niemand würde es wagen, dieses Lager anzugreifen – zumindest derzeit noch nicht. Wenn es meinem Vater erst mal gelungen ist, die Clans zu schwächen, wird er die Legionen ausschwärmen lassen, um die naturverbundenen Menschen zu unterjochen. Er wird das Königreich, das bald auch ich regieren werde, ausweiten. Für die Städte würde es völlig neue Möglichkeiten eröffnen und vielleicht würden wir es sogar schaffen, die Magie für uns zu beanspruchen.

Obwohl mir all das zugutekäme, fühle ich mich bei diesem Gedanken mittlerweile schlecht. Die Clans wollen einfach nur in Frieden leben, und wir werden diesen zerstören.

»Geh weiter«, fordert mich Ascian auf, und erst jetzt merke ich, dass ich wie angewurzelt stehengeblieben bin.

»Ich kann es kaum erwarten, in Ketten gelegt zu werden«, fauche ich.

Abermals verstecke ich meine Angst hinter Aggression. Ich kann in Ascians Blick nicht erkennen, wie er über mein Verhalten denkt.

Mittlerweile haben uns die Bewohner des Lagers entdeckt, und eine Gruppe von Kindern läuft neugierig auf uns zu. Sie umzingeln uns und löchern uns mit Fragen, die ich kaum wahrnehme. Ich bin auf die zwei Kriegerinnen fixiert, die in eines der Zelte gehen und dann mit schweren Ketten zurückkehren. Mein Mut sinkt und ich glaube, jetzt schon das Gewicht an meinen Handgelenken zu spüren. Als mir die Fesseln angelegt werden, verziehe ich kein Gesicht, um zumindest meine Würde zu bewahren.

»Hast du etwas Böses getan?«, fragt ein kleines Mädchen und blickt mit großen braunen Augen zu mir auf.

Ich verziehe meinen Mund zu einem zähnefletschenden Grinsen und sage: »Halte dich besser von mir fern, ich bin sehr gefährlich.«

Die Kinder kreischen auf und laufen lachend weg. Der Knoten in meiner Brust hat sich dadurch zumindest ein wenig gelöst. Ich bemerke, dass Ascian mich von der Seite anblickt und seine Miene wirkt nachdenklich, vielleicht sogar ein wenig traurig.

Schließlich werde ich in ein Zelt gebracht. Meine Fesseln werden an einem Ring im Boden befestigt und ich anschließend allein gelassen. Nur aus der Ferne kann ich die fröhlichen Stimmen der Clanmitglieder hören, die sich vermutlich mit Ascian unterhalten.

Mit einem Mal wünsche ich mir, zu ihnen zu gehören.

KAPITEL 16

Cadoc

Fassungslos blicke ich in Taeseras Gesicht. Ihre Augen sind weit aufgerissen und ihr Mund geöffnet, so als wolle sie etwas sagen. Doch bloß ein Stöhnen entweicht ihrer Kehle. Als sie zusammenbricht, fange ich sie auf und sinke mit ihr zu Boden.

»Warum hast du das getan?«, schreie ich Erebus entgegen, auch wenn es eine sinnlose Frage ist. Er wollte mich töten, da ich meine Aufgabe nicht erledigt habe, und Taesera hat sich für mich geopfert. Doch weshalb konnte ich ihr nichts anhaben, aber Erebus schon?

»Dich werde ich als Nächstes erledigen«, knurrt mein Meister und stürmt dann mit einer geschmeidigen Bewegung auf mich zu.

Ich reiße meine Hände hoch und lasse rote Blitze auf ihn zuschnellen. Er weicht jedoch ohne Mühe aus und hat mich schon fast erreicht.

Doch dann hält er plötzlich inne und wirkt überrascht. Sein Blick wandert nach unten, und nun entdecke auch ich den Blutfleck, der sich rasch auf seiner grauen Tunika ausbreitet. Hinter ihm steht Jasira, die schwer atmend ihren Bogen festhält. Im Eifer des Gefechts habe ich kaum ihre Anwesenheit bemerkt. Ich beobachte mit Genugtuung und überwältigender Erleichterung, wie nun auch Erebus zu Boden fällt, gehe zu ihm und versetze ihm einen festen Tritt in den Bauch.

»Wie fühlt sich das an?«, frage ich gehässig. Ich kann kaum glauben, dass meine lebenslange Folter und Unterdrückung nun ein Ende haben wird.

Er blickt mit seinen schwarzen Augen zu mir auf und funkelt mich hasserfüllt an. »Das wirst du bereuen«, sagt er noch, ehe sein Blick bricht und sein Körper erschlafft.

Ohne ihn eines weiteren Blickes zu würdigen, laufe ich zurück zu Taesera und bemerke erleichtert, dass sie noch immer atmet.

»Halte durch«, keuche ich und lasse mich neben sie fallen.

Ich strecke meine Hände aus und lege sie auf ihre stark blutende Wunde. Schnell wird mir jedoch bewusst, dass ich nie gelernt habe, mit meiner Magie zu heilen. Ich habe sie bisher bloß dafür genutzt, zu töten.

Dennoch möchte ich es versuchen und schließe die Augen. Ich konzentriere mich auf Taeseras Herzschlag und das Blut, das durch ihren Körper gepumpt wird. Mir kommt eine Idee und ich kann nur hoffen, dass sie funktioniert. In der Vergangenheit habe ich bereits mehrfach Herzen zum Stillstand gebracht – vielleicht schaffe ich es, Taeseras Herzschlag stattdessen zu verlangsamen, damit sie weniger Blut verliert und ich mehr Zeit für das Heilen ihrer Wunde habe.

Jasira ist mittlerweile zu uns gekommen, und als ich meine Augen kurz öffne, sehe ich, dass sie Taeseras Hand hält.

Ernst erwidert sie meinen Blick. »Tu alles dafür, dass sie überlebt, auch wenn du nicht Ascian bist.«

Ihre Worte treffen mich tief, aber jetzt ist nicht der Zeitpunkt, mich meinen Gefühlen hinzugeben. Ich nicke stumm und konzentriere mich dann wieder auf Taeseras Körper, in dem kaum noch Leben steckt. Ich leite meine Magie durch ihre Venen, bis ich das Herz erreicht habe. Normalerweise würde ich nun den gnadenlosen Tod bringen, doch diesmal ist es das Gegenteil, das ich erreichen möchte. Vorsichtig lasse ich den Herzschlag langsamer werden und habe Angst, dabei zu weit zu gehen. Doch dann glaube ich, den richtigen Takt gefunden zu haben, und ziehe meine Magie schnell wieder zurück.

Keuchend lasse ich mich zurücksinken und kontrolliere dann Taeseras Atmung. Erleichtert stelle ich fest, dass ich mein Ziel erreicht habe: Ihr Atem geht langsamer und ruhiger. Doch das ist nur der erste Schritt; das Schwierigste steht mir noch bevor.

»Was hast du mit ihr gemacht?«, fragt Jasira besorgt.

Als ich ihrem Blick begegne, strömen Wärme und neue Kraft durch meinen Körper. Zwar schaut sie mich nicht mehr so liebevoll an wie zuvor, sondern beinahe wie einen Fremden. Aber dafür kann ich keinen Hass in ihren Augen entdecken, und das ist mehr als ich verdiene.

»Ihr Herz schlägt langsamer, sodass ihr Körper Kraft spart«, erkläre ich. »Doch nun muss ich es schaffen, ihre Blutung zu stillen. Leider habe ich keine Ahnung, wie das funktioniert.«

»Bitte versuch einfach dein Bestes, Cadoc.«

Dieser Name löst etwas in mir aus, etwas Machtvolles, das ich schwer greifen kann. Könnte das wirklich mein Name sein?

Doch nun ist nicht der Zeitpunkt, mir darüber Gedanken zu machen. Von neuer Energie gepackt beuge ich mich über Taesera und öffne ihr Hemd über der Wunde, die nur knapp das Herz verfehlt hat. Hätte Erebus sie direkt angegriffen, wäre sie nun nicht mehr am Leben.

Das Blut läuft noch immer aus der Verletzung heraus, doch ich glaube, dass es langsamer fließt als zuvor. Taeseras Gesicht ist jedoch leichenblass, und ich weiß, dass mir nicht mehr viel Zeit bleibt.

Zögerlich lege ich meine Hände auf die Wunde und überlege, wie ich nun am besten vorgehe. Am besten wäre es, die Wunde zu schließen, aber ich bezweifle, dass ich das schaffe. Verzweiflung droht, mich zu überwältigen, doch das darf ich nicht zulassen. Ich muss es versuchen und meinen Instinkten folgen. Konzentriert schließe ich die Augen und stelle mir vor, was ich erreichen möchte. Gleichzeitig leite ich meine Magie in die Verletzung. Taesera stöhnt leise, so als würde es ihr Schmerzen bereiten. Ich bin kurz davor, mich wieder zurückzuziehen, doch plötzlich fühle ich eine Hand auf meiner Schulter.

»Mach weiter«, flüstert Jasira so nah an meinem Ohr, dass es mir eine angenehme Gänsehaut bereitet.

Und dann ist da plötzlich noch etwas anderes: Von einem Moment auf den anderen fließt eine solche Kraft durch meinen Körper, dass ich überrascht die Augen öffne. Ein Kreischen ertönt über mir, und als ich aufblicke, entdecke ich einen riesigen Adler, der am Himmel kreist. Das rote Licht strömt nun stärker als je zuvor aus meinen Handflächen und umgibt Taeseras gesamten Körper. Auch Taesera scheint stärker zu werden, denn ihre Augenlider flattern und öffnen sich. Als sie den Adler erblickt und bemerkt, was seine Anwesenheit in mir auslöst, erscheint ein schwaches Lächeln auf ihren Lippen.

»Er ist dein Krafttier«, ruft Jasira voller Begeisterung. »Du bist tatsächlich ein Mitglied vom Clan des großen Adlers!«

Überrascht und überwältigt beobachte ich den Adler und spüre eine völlig neue Art der Verbundenheit.

»Sieh nur«, ruft Jasira und deutet auf Taeseras Verletzung.

Als ich meinen Blick wieder auf Taesera senke, kann ich meinen Augen selbst kaum trauen: Das Blut hat aufgehört, aus der Wunde zu fließen und stattdessen hat sich eine Kruste gebildet.

Doch plötzlich schwindet meine übermenschliche Energie ruckartig und ich sacke völlig entkräftet zusammen. Als mein Blick nach oben wandert, ist der Adler verschwunden.

Jasira

Cadoc und ich schaffen es, Taesera zum Lager zu tragen. Mittlerweile hat sie ihr Bewusstsein wieder verloren, doch ihr Gesicht hat Farbe angenommen und ihr Atem geht gleichmäßig.

Immer wieder werfe ich Cadoc verstohlene Blicke zu und versuche, Unterschiede zwischen ihm und Ascian zu finden. Doch außer der Tatsache, dass er drahtiger und deutlich gezeichnet vom Leben ist, sehen sich die beiden verblüffend ähnlich.

Kann es tatsächlich wahr sein, dass Ascian einen Zwillingsbruder hat? Doch weshalb erfahre ich das jetzt erst und zudem auf solch eine Weise?

Gerade, als der Lagereingang in Sichtweite kommt und die beiden Wachen auf uns zulaufen, überkommt mich eine grausame Erkenntnis. Beinahe hätte ich Taeseras Arm vor nacktem Entsetzen losgelassen. Die Stimmen der Wachen, die uns mittlerweile erreicht haben, rücken in weite Ferne und mein Blick wandert zu Cadoc.

»Wenn du nicht Ascian bist, wo ist er dann?«, frage ich kaum hörbar, doch er scheint mich dennoch zu verstehen.

Während die Wachen nach Verstärkung rufen und uns Taesera abnehmen, blickt mich Cadoc eine Weile bloß wortlos an. Dann endlich antwortet er mir: »Er befindet sich noch immer in Gefangenschaft in der Stadt.« Seine Stimme ist rau und die Worte scheinen ihm selbst Schmerzen zu bereiten.

Ich weiche zurück und presse mir die Hand auf den Mund. Die Welt dreht sich und mir wird schlecht. Cadoc streckt die Hand aus und berührt zögerlich meine Schulter – aus welchem Grund auch immer lasse ich es zu. Nur am Rande bekomme ich mit, dass Taesera von mehreren Kriegern zur Höhle gebracht wird.

»Wir werden ihn retten«, sagt Cadoc so ernst, dass ich kurz im Begriff bin, ihm zu glauben. Doch dann wird mir mit einem Mal klar, wer er wirklich ist.

»Du gehörst zu ihnen«, sage ich kalt. »Du hattest zuerst vor, Taesera zu töten. Und du hast uns alle angelogen. Du hast *mich* angelogen.«

Ich werde von einer neuen Erkenntnis überwältigt: Cadoc und ich haben uns geküsst. Doch das Schlimmste ist, dass es mir gefallen hat und ich nicht gemerkt habe, dass er nicht Ascian ist. Allerdings war da dieses fremde Gefühl, das ich erst jetzt einordnen kann.

»Bitte geh«, sage ich schwach. »Ich muss das alles erst mal verarbeiten.«

Cadoc nickt stumm, blickt sich dann jedoch verloren um.

»Ich ... weiß nicht, wo ich hingehen soll«, gibt er schließlich zu und weicht dabei meinem Blick aus.

Müde seufze ich und atme tief durch. Es ist einfach alles zu viel auf einmal.

»Komm zurück in die Höhle«, sage ich schließlich zu meiner eigenen Überraschung. Eigentlich sollte ich ihn hassen und ihm misstrauen, doch ich kann das Gute, das er heute vollbracht hat, nicht ignorieren.

»Wirklich?«, fragt Cadoc unsicher.

Seinem Blick kann ich ansehen, dass er meine Einladung für zu schön hält, um wahr zu sein. Seltsamerweise berührt mich dieser Ausdruck und ich kann gerade noch ein Lächeln unterdrücken.

»Nun geh schon. Ascian hätte sicherlich nichts dagegen, wenn du sein Zimmer noch einen Tag länger benutzt.«

Noch während ich das sage, verschwindet wieder jede Wärme aus meinem Inneren. Ascian schwebt noch immer in großer Gefahr, oder könnte sogar tot sein. Doch daran darf ich gar nicht erst denken. Erst muss ich das Geschehene verarbeiten, ehe ich mir Gedanken darüber machen kann, wie wir meinem besten Freund helfen können.

Als ich Cadoc hinterherschaue, wie er mit gesenktem Kopf zur Höhle geht, fallen mir wieder seine Worte ein: *Wir werden ihn retten.* Kann es sein, dass er seine Taten wirklich wiedergutmachen will? Oder ist es bloß eine neue Strategie, um den Clans zu schaden? Aber andererseits hätte er dann sicher nicht diesen unheimlichen Mann getötet, der es auf uns abgesehen hatte.

Zerstreut fahre ich mir durch die Haare und gehe dann ebenfalls zurück zur Höhle. Ohne zu zögern, schlage ich den Weg zu Taeseras Räumlichkeiten ein. Sicherlich ist unser Heiler bei ihr, der sie zwar nicht mit Magie behandeln kann, sich dafür jedoch hervorragend mit Kräutern und anderen nichtmagischen Heilpraktiken auskennt.

Tatsächlich ist der Heiler gerade dabei, eine grüne Salbe auf Taeseras Verletzung zu reiben.

»Wie schön, dass du hier bist«, sagt die Schamanin mit schwacher, aber zufriedener Stimme. Ich kann mir kaum noch vorstellen, dass sie sich noch vor Kurzem an der Schwelle zum Tod befunden hat.

Der Heiler lächelt mir zur Begrüßung zu und konzentriert sich dann wieder auf seine Arbeit.

»Kannst du mir erklären, was heute passiert ist?«, frage ich Taesera und lache bitter auf, weil das alles so absurd ist.

Sie mustert mich eine Weile mit wachem Blick, ehe sie zu sprechen beginnt. »Ich hatte Ascian darum gebeten, niemandem von der Existenz seines Bruders zu erzählen. Es ist nicht seine Schuld, dass er Geheimnisse vor dir hatte. Sicherlich fiel es ihm nicht leicht, da er schon immer grenzenloses Vertrauen in dich hatte.«

Meine Kehle wird eng und ich blicke zu Boden, um meine Tränen zu verbergen. Jedes Mal, wenn ich an Ascian denke, überkommt mich eine quälende Angst, dass er nicht mehr am Leben sein könnte oder ihm schlimme Dinge angetan werden. Dinge, die Cadoc seinen Narben nach zu urteilen am eigenen Leib erfahren musste. Wenn ich so darüber nachdenke, kommt mir die Erkenntnis, dass Cadoc wahrscheinlich selbst ein Opfer war.

»Ascian sollte es deswegen geheim halten, weil wir Verräter in unserem Clan hatten und möglicherweise immer noch haben. Es sollte nicht ans Licht kommen, dass wir noch viele Jahre nach Cadocs Verschwinden Krieger losgeschickt haben, um ihn zu suchen. Doch niemand konnte ihn finden, sodass wir von seinem Tod ausgingen.«

»Cadoc wurde entführt?«, frage ich fassungslos. »Von den Stadtmenschen, die auch Ascian festhalten?«

»Ja, davon gehen wir aus. Und heute sind Dinge ans Licht gekommen, die uns lange ein Rätsel waren. Höchstwahrscheinlich wurde Cadoc zu einem eiskalten Mörder erzogen und es war seine Aufgabe, mich zu töten. Als er dies nicht bewerkstelligen konnte, schritt sein Mentor ein, um sich um uns beide zu kümmern. Doch noch immer stelle ich mir eine Frage: Wo hat Cadoc gelernt, mit Magie umzugehen? Er kann sich das unmöglich selbst beigebracht haben. Das ist der Punkt, der mir am meisten Sorge bereitet.«

Unwillkürlich muss ich frösteln. »Heißt das ... die Stadtmenschen haben womöglich einen Magier an ihrer Seite?«

Nun blickt sogar der Heiler von seiner Arbeit auf und in seinen Augen ist blanke Angst zu sehen. »Das ist unmöglich«, sagt er. »Nur Schamanen können Magie wirken.«

»Das mag stimmen«, erwidert Taesera nachdenklich. »Aber auch Ascian und Cadoc beherrschen Magie, obwohl sie nicht meine direkten Nachfahren sind. Also könnte diese Person lediglich mit Schamanen verwandt sein und das Gen geerbt haben.«

»Vielleicht ist es doch nicht unmöglich, dass sich Cadoc seine Fähigkeiten selbst beigebracht hat«, sage ich mit zitternder Stimme. Ich klammere mich verzweifelt an diese Hoffnung fest.

»Mag sein«, sagt Taesera mit einem gezwungenen Lächeln.

Doch ich erkenne gleich, dass sie nicht daran glaubt. Wenn ihre Befürchtung sich bewahrheitet, könnte das unser Untergang sein.

KAPITEL 17

Ascian

Unschlüssig gehe ich vor dem Zelt, in dem Levana gefangen gehalten wird, auf und ab. Obwohl ich mir am Vortag nichts habe anmerken lassen, hat es mir einen Stich versetzt, als ihr die Fesseln angelegt wurden.

Gedankenverloren reibe ich über meine eigenen Handgelenke, die heute am frühen Morgen von den magischen Fesseln befreit wurden. Zum Glück waren sie bloß um simple Magie belegt, die ohne große Probleme von der Schamanenschülerin gebrochen werden konnte.

Wieder einmal frage ich mich, wie es sein kann, dass die Stadtmenschen jemanden an ihrer Seite haben, der magische Kräfte besitzt. Zudem konnte noch immer nicht das Missverständnis aufgeklärt werden, weshalb alle Clans davon ausgegangen sind, dass ich schon lange zuvor aus der Gefangenschaft geflohen bin. Dazu möchte ich nun Levana befragen, doch aus irgendeinem Grund habe ich Hemmungen davor, ihr unter die Augen zu treten.

Dann überwinde ich mich jedoch endlich und schlage energisch den Stoff am Eingang des Zeltes zurück. Levana sieht erschöpft und gezeichnet aus, was mir sofort ein schlechtes Gewissen bereitet. Sie setzt sich jedoch sofort auf, als sie mich bemerkt, und reckt stolz das Kinn.

Am liebsten würde ich sie fragen, wie es ihr geht, doch stattdessen sage ich mit kalter Stimme: »Du hast mir einiges zu erklären.«

Levana hebt spöttisch die Augenbrauen. »Ich wüsste nicht, warum ich deine Fragen beantworten sollte. Aber vielleicht überlege ich es mir anders, wenn du mir Nahrung und Wasser bringst.«

Nun muss ich gegen meinen Willen lächeln. »Also gut, warte hier.«

Levana lacht bei meinen Worten auf, denn sie hat offensichtlich die Ironie verstanden. »Keine Sorge, ich werde nicht weglaufen.«

Ehe dieses warme Gefühl in meinem Inneren Oberhand nimmt, trete ich nach draußen und nehme mir verschiedene Früchte sowie einen Krug mit Wasser aus dem Vorratszelt. Zum Glück hält mich niemand auf, denn sie alle vertrauen mir als Schamanenschüler.

Als ich erneut in Levanas Gefangenenlager trete, leuchten ihre tiefbraunen Augen auf. »Die Früchte sehen unheimlich lecker aus.«

Wieder muss ich mir ein Schmunzeln verkneifen und halte ihr wortlos die Nahrungsmittel hin. Levana strengt sich offensichtlich an, würdevoll beim Essen zu wirken, doch ihr Hunger ist unübersehbar.

»Es ist seltsam, wie schnell sich unsere Rollen getauscht haben«, stelle ich nachdenklich fest.

Noch vor Kurzem war Levana diejenige, die mich in meiner Gefangenschaft umsorgt hat. Mir wird klar, dass sie wohl auch das bloß getan hat, um mein Vertrauen zu gewinnen und wichtige Informationen aus mir herauszubekommen. Mit einem mulmigen Gefühl gehe ich alles durch, das ich je preisgegeben habe, doch das Einzige, was meinem Clan schaden könnte, konnte sie ihrem Vater noch nicht erzählen.

Bei dem Gedanken an sein hämisch dreinblickendes Gesicht überkommt mich sofort wieder Hass, und ich bemühe mich, eine emotionale Distanz zu Levana aufzubauen. Sicherlich ist sie keinen Deut besser als er – vielleicht sogar noch schlimmer, da man ihr ihre Hinterlistigkeit nicht ansieht und sie sich darin versteht, diese Seite zu verbergen.

Als Levana schließlich aufgegessen hat und mich abwartend beobachtet, stelle ich ihr die Frage, die mich am meisten beschäftigt. »Wieso denken alle Clanmitglieder, dass ich schon vor einiger Zeit aus der Gefangenschaft fliehen konnte? Wurden die Boten irgendwie von der Stadt manipuliert?«

Levana mustert mich besorgt, so als wüsste sie nicht, ob ich die Antwort ertrage.

»Nein, mit den Boten hat das nichts zu tun«, sagt sie schließlich langsam. »Der Clan des großen Adlers denkt tatsächlich, dass du bereits lange zurückgekehrt bist.«

Das verwirrt mich noch mehr. »Wie soll das gehen? Euch steht wohl kaum ein Doppelgänger zur Verfügung.«

Levana blickt mich daraufhin bloß stumm an. Plötzlich keimt eine Idee in mir auf, die mir jedoch viel zu absurd erscheint, um wahr zu sein.

»Nein«, sage ich und lache hysterisch auf. »Das ist nicht möglich.«

»Doch, ist es«, antwortet Levana mit leiser Stimme und ich glaube, sogar Bestürzung in ihrem Blick zu erkennen.

Völlig sprachlos und überrumpelt starre ich sie an. Könnte es tatsächlich sein …? Je länger ich darüber nachdenke, desto abwegiger erscheint es mir. Vermutlich steckt doch etwas völlig anderes dahinter. Dennoch ist da diese Hoffnung und gleichzeitig Furcht, die ich nicht zuzulassen wage.

»Es ist dein Bruder«, stellt Levana dann jedoch mit energischer Stimme klar. »Du weißt, dass er es ist.«

»Nein«, hauche ich und schüttle unablässig den Kopf.

Dann stürme ich aus dem Zelt und laufe wie blind durch das Lager. Mehrere Menschen rufen mir etwas zu, doch ich schenke ihnen keine Beachtung.

Erst, als ich tief in den Wald hineingelaufen bin, bleibe ich schwer keuchend und vornübergebeugt stehen. Alles fühlt sich plötzlich so unreal an. Ich schluchze gequält auf und lasse mich an einem Baum hinabsinken.

Cadoc ist am Leben. Er wurde nicht von den Stadtmenschen getötet – doch was wurde ihm stattdessen angetan? Wenn er sich tatsächlich im Clan des großen Adlers befindet und alle denken, er wäre ich, muss er der Stadt als Werkzeug dienen. Er arbeitet gegen die Clans und das ist wohl das Allerschlimmste. Es fühlt sich an, als würde ich meinen Bruder wiederfinden und ihn gleichzeitig erneut verlieren.

Völlig überfordert von diesen Gedanken vergrabe ich mein Gesicht in den Knien und werde immer wieder von Schluchzern geschüttelt. Ich fühle mich wieder wie das kleine Kind, dem seine Tante und sein Vater erzählen, dass es einen Bruder hatte. Einen Bruder, den es niemals kennenlernen wird.

Langsam hebe ich den Kopf, denn plötzlich habe ich eiserne Gewissheit: Ich muss so schnell wie möglich zu meinem Clan reisen und die Lüge aufklären. Ich werde mich meinem Bruder stellen müssen, auch wenn das möglicherweise bedeutet, dass ich ihn ... Nein, so weit darf ich gar nicht erst denken. Sicherlich wird es irgendeine Lösung geben.

Nun lasse ich diese leise Hoffnung tief in meinem Inneren doch zu, und ein zögerliches Lächeln stiehlt sich auf meine Lippen. Ich werde meinen Bruder kennenlernen, von dem alle dachten, dass er längst tot ist.

Die Frage ist nur, ob ich ihn als meinen Feind betrachten muss.

Levana

Bereits unzählige Male habe ich versucht, meine Hände aus den Fesseln zu befreien, doch es hat mir bloß aufgescheuerte Haut beschert. Gerade, als ich es dennoch erneut versuchen möchte, stürmt Ascian ins Zelt. Seine grünen Augen sind gerötet, doch ich kann auch eine starke Entschlossenheit darin erkennen.

»Wir brechen sofort auf«, verkündet er ohne Umschweife und zückt zu meiner Überraschung einen Schlüssel. »Ich habe dem Clan des schnellen Leoparden alles erklärt und ihm außerdem versichert, dass ich dich mit meiner Magie im Griff habe. Die Fesseln brauchst du darum nicht mehr.«

Ich versuche, mir meine Erleichterung nicht anmerken zu lassen, als er sie aufschließt und endlich meine geschundenen Handgelenke freigibt.

»Danke«, sage ich knapp und stolziere dann an ihm vorbei aus dem Zelt.

Ascian braucht sich keine Gedanken zu machen, dass ich versuche, zu fliehen, denn so dumm bin ich nicht. Ich zweifle keinen Moment daran, dass er mir mit seiner Magie starke Schmerzen oder Schlimmeres zufügen könnte.

Unser Weg führt zunächst durch den Urwald, doch hin und wieder weht ein heißer Wind Sand durch das Unterholz. Dieser lässt meine Augen tränen, was meine Laune noch verschlechtert.

»Die Savanne ist ganz in der Nähe«, erklärt Ascian, als er meinen unglücklichen Gesichtsausdruck bemerkt.

»Das hätte ich mir auch selbst denken können«, fauche ich und erschlage eine Mücke auf meinem Arm.

Ich hasse die Natur mit all diesen lästigen Insekten und Stolperfallen. Der Gedanke, dass ich noch kurz zuvor die Clans um ihr Leben beneidet habe, kommt mir nun wieder absurd vor. Ich vermisse den kühlen Innenhof meiner Villa und die erfrischenden Getränke, die von Dienern gereicht werden. Ich sehne mich nach den Spaziergängen mit Nainor durch den Palastgarten, bei denen ich ganz ich selbst sein kann.

Ich gehöre nicht hierher, das ist mir nun endgültig bewusst. Weshalb also sollte das Gebiet der Clans für die Zwecke der Stadt erobert werden? Was wollen wir mit dieser unzähmbaren Wildnis?

Cadoc

Einen ganzen Tag lang verkrieche ich mich in Ascians Zimmer, um das Geschehene zu verarbeiten. Tullio, der von den Clanmitgliedern aufgrund seines Sklavendaseins als unschuldig erklärt worden ist, ist der Einzige, der mich besucht. Er ist es auch, der mir berichtet, dass Taesera dank meiner Behandlung außer Lebensgefahr ist. Außerdem ist Iyan nirgendwo aufzufinden, weshalb man davon ausgeht, dass er in die Stadt geflüchtet ist. Diese beiden Neuigkeiten geben mir ein wenig Mut, mein Versteck endlich zu verlassen – es ist an der Zeit, dass ich mit Jasira rede.

Doch gerade, als ich in die Haupthöhle treten möchte, stoße ich mit einem Mann zusammen. Es ist Audon – mein Vater. Ich stolpere zurück und muss mich zusammenreißen, nicht fluchtartig wegzulaufen. Seinem Blick nach zu urteilen weiß er, wer ich wirklich bin.

»Cadoc«, sagt er mit rauer Stimme. Mit dem liebevollen und überglücklichen Ausdruck in seinen Augen hätte ich im Traum nicht gerechnet.

Dann macht er einen Schritt auf mich zu und schließt mich fest in die Arme. Nicht seinen vermeidlichen Sohn Ascian, sondern mich. Tränen kämpfen sich in mir hoch und ich blinzle sie schnell weg, während ich die Umarmung erwidere. Audon ist meine Familie, und diese Tatsache überwältigt mich völlig.

Als er schließlich nach einer gefühlten Ewigkeit zurücktritt, sind seine Wangen feucht von Tränen.

»Es tut mir so leid, dass wir dich nicht retten konnten«, sagt er mit erstickter Stimme. »Wir hätte noch intensiver nach dir suchen müssen. Wir haben versagt und nur deswegen konnten die Stadtmenschen dich zu solchen Taten bringen.«

Ich senke den Blick vor Scham, denn einst war ich stolz darauf, diese Mission durchführen zu dürfen. Beinahe hätte ich meine Familie zerstört, ohne je zu erfahren, dass ich zu ihr gehöre.

»Erebus ist ein Meister der Tarnung«, erkläre ich mit leerer Stimme. Es kostet mich große Überwindung, über meinen einstigen Meister zu sprechen. Es ist kaum zu glauben, dass ich ihm einst so treu ergeben war. »Ihr hattet keine Chance, mich zu finden, als er mich zu sich geholt hat. Also macht euch keine Vorwürfe.«

Es ist seltsam, so zu reden, als wäre ich der Unschuldige in der ganzen Sache. Vermutlich würde es mir leichter fallen, das Geschehene zu begreifen, wenn mich die Clanmitglieder wie einen Feind behandeln würden. Ich habe das Gefühl, all die netten Worte nicht zu verdienen.

»Ich werde nicht mehr lange hierbleiben«, füge ich noch hinzu und vermeide es, meinen Vater dabei anzuschauen. Dennoch spüre ich seinen verletzten Blick auf mir.

»Ich möchte dich gerne näher kennenlernen. Wir alle. Bitte bleib doch noch eine Weile.«

»Ich werde versuchen, wiedergutzumachen, was ich euch angetan habe«, antworte ich jedoch. »Noch heute werde ich aufbrechen, um Ascian zu befreien. Ich weiß, wo er gefangen gehalten wird und wie man ihn retten kann.«

Mein Vater zieht scharf die Luft ein. »Bist du ihm bereits begegnet?«

Meine Wangen glühen vor Scham und nun habe ich doch Angst vor seiner Wut.

»Ich … habe ihn gesehen, aber er mich nicht«, murmle ich.

Mein Vater fährt sich über das Gesicht und scheint nicht zu wissen, was er davon halten soll. Schließlich seufzt er und sagt: »Ich werde nicht über dich urteilen. Und ich bin unglaublich stolz auf dich, dass du Ascian befreien möchtest. Allerdings werde ich dich nicht allein gehen lassen und stelle gleich eine Gruppe Krieger für diese Mission zusammen.«

Ich schüttle energisch den Kopf. »So würden wir in der Stadt direkt entdeckt werden. Ich muss das allein tun, denn ich kenne mich dort gut genug aus, um mich unsichtbar fortzubewegen.«

Audon öffnet gerade den Mund, um zu protestieren, als plötzlich eine weitere Stimme ertönt. »Ich werde ihn begleiten. Wir werden Ascian gemeinsam befreien.«

Als ich mich umdrehe, blicke ich geradewegs in das entschlossene Gesicht von Jasira. Dieser Anblick lässt sofort wieder mein Herz flattern und löst gleichzeitig Bedauern in mir aus, denn ich habe ihr Vertrauen missbraucht. Sie wird mich bloß auf diese Mission begleiten, um ihre eigentliche Liebe zu retten. Sie hat in mir nur Ascian gesehen. Ich bin nun ein Fremder für sie, ganz egal, wie gut meine Absichten mittlerweile sind.

Audon seufzt erneut. »Wie ich dich kenne, wirst du dich nicht davon abbringen lassen. Na gut, dann geht gemeinsam auf diese Mission, aber bitte gebt auf euch acht. Sobald eure Lage zu gefährlich wird, kehrt ihr um und lasst diese Aufgabe erfahrene Krieger übernehmen.«

Jasira nickt grimmig und zieht mich dann am Arm hinter sich her. Überrumpelt lasse ich es geschehen und finde mich schließlich in ihrem Zimmer wieder. Etwas verlegen blicke ich mich um und versuche die Tatsache zu ignorieren, wie nah ich ihr bin.

»Das hier ist rein zweckmäßig«, stellt Jasira klar, als sie meinen Blick bemerkt. »Wir müssen unsere Sachen packen, um gleich aufbrechen zu können. Ich nehme an, dass du keine Gegenstände besitzt, die dir gehören?«

Mir wird auf unangenehme Weise bewusst, dass ich bloß die Waffen besitze, die ich aus der Stadt mitgebracht habe. Außerdem die Silbermünze, die Erebus mir einst geschenkt hat und die mir so viel bedeutet hat – ich werde sie jedoch bei Gelegenheit entsorgen. Die Waffen hingegen könnten mir bei unserem Vorhaben nützlich sein, und auch wenn es mir widerstrebt, diesen Teil meines Lebens wieder anzulegen, werde ich sie mitnehmen.

»Ich bin gleich zurück«, sage ich und wende mich schweren Herzens von Jasira ab.

Während ich in Ascians Schlafraum die Waffen zusammensuche, wird mit bewusst, was geschehen wird, wenn ich meinen Bruder aus der Gefangenschaft befreie: Er und Jasira werden wieder zusammenkommen. Doch ich habe ein gestohlenes Leben geführt, also habe ich kein Recht darauf, eifersüchtig zu sein. Vermutlich werde ich die Clans ohnehin hinter mir lassen, denn auch wenn mein Vater mich gerne bei sich hätte, gilt das sicher nicht für die meisten anderen Clanmitgliedern.

Abgesehen davon wird mich Ascian höchstwahrscheinlich hassen für das, was ich ihm angetan habe. Die Abneigung fremder Menschen kann ich ignorieren, aber nicht seine.

Mit energischen Bewegungen lege ich mir die Waffen an, die ich in den Wald mitgenommen habe, um Taesera zu töten. Beinahe ist es mir gelungen, was die Schuldgefühle nicht gerade schmälert.

Seufzend blicke ich mich ein letztes Mal in Ascians Zimmer um, in dem ich mich so wohlgefühlt habe. Bald wird mein Bruder hoffentlich wieder selbst in das Bett sinken und alles hinter sich lassen können. Doch dafür muss es Jasira und mir zunächst gelingen, die Stadtmenschen zu überlisten, was ein schwieriges Unterfangen darstellen wird.

Immerhin wird mir Erebus keine Steine in den Weg legen können – doch da ist noch eine andere, viel gefährlichere Person: derjenige, der mir einst beigebracht hat, mit Magie umzugehen.

Mein Magen dreht sich beinahe um bei dem Gedanken, gegen ihn antreten zu müssen, denn er ist der mächtigste Mensch, den ich je kennengelernt habe. Nur seinen Launen ist es zu verdanken, dass er nicht selbst die Aufgabe übernommen hat, für die ich auserwählt wurde. Das wäre der sichere Untergang für die Clans gewesen, und ich kann nur hoffen, dass er sich weiterhin wenig für die Pläne von Titus und dem König interessiert.

»Bist du endlich fertig?«, reißt mich eine Stimme in die Wirklichkeit zurück.

Jasira blickt durch den Vorhang in das Zimmer und wirkt ungeduldig. Ich nicke knapp und folge ihr nach draußen.

Jasira drückt mir eine große Ledertasche in die Hand. »Die füllen wir mit Lebensmitteln. Es macht dir sicherlich nichts aus, sie zu tragen.«

Nachdem wir alles in der Haupthöhle zusammengesucht haben, verlassen wir endlich das Lager. Mir entgehen nicht die verstohlenen und größtenteils feindseligen Blicke, die mir dabei folgen. Vermutlich hätte mich der Clan schon längst fortgejagt, wenn ich nicht Taeseras Leben gerettet hätte.

KAPITEL 18

Jasira

Bis zum Abend verbringen wir den Weg schweigend. Immer wieder blicke ich heimlich zu Cadoc und präge mir jede Einzelheit seines Äußeren ein. Nach und nach fallen mir immer mehr Unterschiede zwischen ihm und Ascian auf.

Da sind zunächst die offensichtlichsten Merkmale, wie etwa die Blässe von Cadocs Haut und die wenigen Sommersprossen, die bei Ascian deutlich ausgeprägter sind. Zudem ist sein Körperbau drahtiger und muskulöser, was wohl an seiner harten und qualvollen Ausbildung liegt.

Doch da sind auch weniger deutliche Merkmale, wie etwa der oftmals leere Blick in Cadocs Augen und eine stets angespannte Haltung – als würde er jederzeit mit einem Angriff rechnen.

»Weshalb schaust du mich so an?«, fragt Cadoc, ohne meinen Blick zu erwidern.

Ertappt zucke ich zusammen und mir schießt Hitze ins Gesicht.

»Ich ... es ist einfach seltsam, wie ähnlich du Ascian bist. Und dann auch wieder nicht.«

Nun dreht Cadoc seinen Kopf doch zu mir und mustert mich mit unergründlicher Miene. Kurz wandert sein Blick zu meinen Lippen, was mein Herz wie wild zum Schlagen bringt.

»Trotzdem hast du mich für ihn gehalten«, stellt er fest.

Ich atme durch und denke nach. Habe ich tatsächlich nichts geahnt? Mir war die ganze Zeit bewusst, dass irgendetwas nicht stimmte, und doch war ich zu blind, um die Wahrheit zu begreifen.

»Wie hätte ich wissen können, dass Ascian einen Zwilling hat?«, frage ich steif und blicke stur in die Ferne, während ich mir einen Weg durch hohe Farne bahne. Zum Glück antwortet Cadoc daraufhin nichts mehr.

Wir laufen einen gewundenen Weg in ein Tal hinab und kurz werde ich von dem Anblick der untergehenden Sonne in den Bann gezogen. Neben uns rinnt ein schmaler und leise plätschernder Wasserfall hinab, der in einem Bach im Tal mündet. Im Schein der tiefroten Sonne sieht es beinahe so aus, als würde er brennen.

»Sobald wir unten sind, schlagen wir unser Lager auf«, verkünde ich, ohne mich zu Cadoc umzudrehen.

Zum Glück konnten wir aufgrund der warmen Temperaturen darauf verzichten, ein Zelt mitzunehmen – ich möchte mir nicht ausmalen, wie unangenehm es gewesen wäre, mit Cadoc auf engstem Raum zu schlafen. Ich schlucke schwer, als ich mich daran erinnere, dass wir sogar schon im gleichen Bett lagen, und wie geborgen ich mich in seinen Armen gefühlt habe. Schnell lenke ich meine Gedanken wieder auf meine Vergangenheit mit Ascian und unseren Kuss. Das sind die einzigen Erinnerungen, die zählen, denn sie sind echt und nicht erlogen.

Ich beschleunige meine Schritte, bis meine Lungen brennen, doch Cadoc kann ohne Probleme mithalten. Am liebsten würde ich vor ihm flüchten, um mich nicht meinen Gefühlen stellen zu müssen.

Als die Sonne nur noch einen schmalen Streifen am Horizont erhellt, erreichen wir endlich das Tal. Während Cadoc die Felle und Decken ausbreitet, die er trotz der schweren Tasche zusätzlich auf seinem Rücken getragen hat, entfache ich mithilfe von Feuersteinen ein Feuer. Zwar haben wir kein Fleisch, das wir darüber garen können, doch die Flammen werden Kälte und wilde Tiere fernhalten.

Zum Glück haben wir genug Proviant für mehrere Tage mitgenommen, sodass wir uns nicht um Essen sorgen müssen. Die mittlerweile geleerten Lederflaschen fülle ich am Bach auf und wasche mir dort außerdem das Gesicht.

Als ich zu unserem Lager zurückkehre, stochert Cadoc mit gedankenverlorener Miene im Feuer herum. Ich beobachte, wie die Flammen Schatten über sein Gesicht tanzen lassen, und ertappe mich wieder einmal dabei, dass ich meinen Blick nicht von ihm losreißen kann. Es ist anders als bei Ascian, den ich stets als festen Bestandteil in meinem Leben gesehen habe. Er hat mich nie so fasziniert wie Cadoc, aber dafür kann ich mich in seiner Anwesenheit vollständig fallenlassen. Es ist eine Verbindung, die für die Ewigkeit bestimmt ist und die ich auf keinen Fall aufs Spiel setzen kann.

»Du starrst mich wieder an«, stellt Cadoc fest und seine Mundwinkel zucken.

Ich räuspere mich verlegen und setze mich auf die andere Seite des Feuers. Wir teilen Trockenfleisch, Käse und Brot unter uns auf und essen es schweigend. Dann legen wir uns – natürlich mit angemessenem Abstand – auf unsere Nachtlager und wenden uns voneinander ab. Das Knistern des Feuers vermischt sich mit dem leisen Rauschen des Baches, aber dennoch werde ich einfach nicht schläfrig.

Ich drehe mich auf den Rücken und blicke verträumt in den Nachthimmel, der sich unendlich weit über mir erstreckt. Nicht eine Wolke verdeckt die Sterne, und ich glaube, selten so etwas Schönes gesehen zu haben.

»Kannst du auch nicht schlafen?«, höre ich irgendwann Cadocs leise Stimme.

Kurz erwäge ich, mich schlafend zu stellen, überlege es mir aber doch anders.

»Nein«, sage ich knapp und drehe meinen Kopf zu ihm.

Er setzt sich auf und wirft ein paar Äste ins Lagerfeuer.

»Wahrscheinlich wäre es ohnehin nicht schlau, ohne Wache einzuschlafen«, murmelt er und blickt sich um, so als würde hinter jedem Strauch Gefahr lauern.

Ich seufze. »Normalerweise fühlen sich Clanmitglieder in ihren Revieren sicher. Aber vermutlich hast du recht. Nach dem, was passiert ist, weiß man nie.«

Cadoc blickt mich schuldbewusst an. »Daran bin ich wohl nicht unschuldig. Ich weiß nicht, wie ich das Geschehene jemals wieder gutmachen kann.«

»Diese Mission ist ein Anfang«, erwidere ich und weiß im selben Moment, dass es stimmt. Wenn es Cadoc tatsächlich gelingt, Ascian mit meiner Hilfe zu retten, werde ich ihn sicherlich mit anderen Augen sehen können.

Kurz flackert in mir die Erkenntnis auf, dass Cadoc mich auch hintergehen und den Stadtmenschen ausliefern könnte, doch seltsamerweise vertraue ich ihm. Er hat seinen einstigen Mentor getötet, um uns zu beschützen, und zudem fließt durch seine Adern Clanblut. Er spürt sogar eine starke Verbindung zu dem Krafttier vom Clan des großen Adlers.

»Ich muss dir noch etwas sagen«, durchbricht Cadoc mit leiser Stimme die Stille. Er wendet sich ab und blickt wieder in die Flammen. »Meine Gefühle zu dir waren nicht gelogen. Ich wusste zuvor nicht, dass ich jemals so etwas empfinden könnte, doch du hast mir gezeigt, dass es möglich ist. Aber mir ist auch klar, dass du nicht das Gleiche fühlst. Wie auch? Du dachtest, ich wäre Ascian.«

Meine Kehle wird eng und ein warmes Gefühl, das mir völlig unangemessen erscheint, breitet sich in mir aus. Es erleichtert mich, dass Cadoc sein Verhalten nicht nur gespielt hat, und gleichzeitig kommt es mir völlig surreal vor. Ich dachte immer, dass Ascian der einzige Mensch ist, der mich trotz meines schwierigen Charakters lieben kann.

»Danke für deine Ehrlichkeit«, sage ich lächelnd.

Einem Impuls folgend rutsche ich zu Cadoc und setze mich dicht neben ihn. Er deckt mich mit dem Bärenfell zu und blickt mich zögerlich an. Dann legt er den Arm um mich, woraufhin ich meinen Kopf auf seine Schulter bette. Ich weiß, dass es falsch ist, doch weshalb fühlt es sich dann so richtig an?

Bald schon fallen mir die Augen zu. Im Halbschlaf bekomme ich mit, wie Cadoc mich vorsichtig hinlegt, aber selbst aufbleibt, um Wache zu halten.

Ascian

Ein unbeschreibliches Glücksgefühl breitet sich in mir aus, als wir endlich die Grenze zu meinem heimischen Revier überschreiten. Die Erschöpfung der vergangenen Tage ist augenblicklich verschwunden und voller Energie folge ich dem Pfad, der den ersten Berg hinaufführt. In der Nähe befindet sich ein Nebenlager, wo wir unseren Proviant auffüllen können, zudem werde ich dort meine Geschichte erzählen können. Vielleicht kann man uns dort sogar zwei Pferde für die Weiterreise geben.

Levana scheint zu merken, dass wir uns in meinem Zuhause befinden, obwohl sie die magisch gezogene Clangrenze nicht spüren konnte.

»Bald wirst du mich deinen Clankameraden überlassen, ist das richtig?«, fragt sie, und ihrer Stimme kann ich nicht entnehmen, was sie dabei fühlt.

Ich realisiere, dass ich darüber noch nicht nachgedacht habe. Allerdings wird mir schnell klar, dass ich sie nicht im Nebenlager lassen kann, da der Anführer im Hauptlager entscheiden muss, wie wir weiter vorgehen. Seltsamerweise erfüllt es mich mit Erleichterung, Levana auch im letzten Abschnitt meiner Reise dabeizuhaben.

»Ich werde dich mit in das Hauptlager nehmen«, verkünde ich mit neutraler Stimme, ohne mich zu ihr umzudrehen. »Bis dahin dauert es noch etwa zwei Tagesmärsche.«

Daraufhin erwidert Levana nichts mehr, und so verbringen wir den restlichen Weg bis zum Nebenlager schweigend.

Als ich endlich aus der Ferne den Höhleneingang sehe, kann ich mich nur schwer beherrschen, nicht einfach loszulaufen.

Als mich die Wachfrau entdeckt und erkennt, kommt sie erfreut auf uns zu. »Ascian, wie schön, dass du hier bist«, begrüßt sie mich und mustert dann Levana mit gerunzelter Stirn. »Ist sie auch ein Clanmitglied? Irgendwie sieht sie nicht so aus.«

Levana rümpft beleidigt die Nase, aber erwidert nichts.

»Ich erkläre gleich alles«, sage ich und bedeute dann Levana, das Lager zu betreten.

Ich war schon oft hier, da es auch zu meinen Aufgaben als Schamanenschüler zählt, die Bewohner aller Nebenlager kennenzulernen. Sie müssen Vertrauen in mich als ihren zukünftigen Schamanen haben, aber es hat mir auch stets Freude bereitet, neue Menschen kennenzulernen.

Das Nebenlager ist beinahe so aufgebaut wie das Hauptlager, außer dass es deutlich kleiner ist. In der Haupthöhle befinden sich einige Hütten, in denen Lebensmittel verarbeitet werden. Allerdings gibt es hier weder Schmieden noch Nähereien, da die Nebenlager vom Hauptlager beliefert werden.

»Nehmt euch erstmal etwas Warmes zu essen und ruht euch aus«, sagt die Wachfrau herzlich und begibt sich dann wieder auf ihren Posten.

»Immerhin werde ich hier besser behandelt als beim Clan des schnellen Leoparden«, stellt Levana trocken fest und lässt sich erschöpft auf eine Sitznische in der Felswand sinken.

»Das liegt nur daran, dass sie noch nicht wissen, wer du bist«, sage ich mit einem leichten Lächeln.

Ich denke darüber nach, ob ich meine Clankameraden darüber im Unklaren lassen soll, doch das würde sich wohl nicht richtig anfühlen.

»Genieß die Zeit, bis ich es ihnen verrate«, füge ich hinzu.

Levana verzieht wenig begeistert das Gesicht und es tut mir beinahe leid, sie so zu behandeln. Doch ich fürchte, dass sie mich wieder manipulieren würde, wenn ich diese Distanz zwischen uns nicht halte.

Erst nachdem wir unsere Bäuche gefüllt und die müden Beine ausgestreckt haben, kommt eine Frau mittleren Alters zu uns – das Oberhaupt dieses Nebenlagers. Sie ist ein Mitglied des Rates und wurde dadurch für diese Stellung auserwählt.

»Es freut mich, dass du hier bist«, sagt sie, während sie sich neben mich setzt. »Aber es wundert mich auch. Uns wurde mitgeteilt, dass es eine Weile dauern würde, bis du uns wieder besuchen kommst, da du dich von der Gefangenschaft erholen musst.«

Ich werfe Levana einen vielsagenden Blick zu, doch ihre Miene bleibt ausdruckslos. Lediglich ihre ineinander verkrampften Finger verraten, was sie fühlt.

»Da gibt es einiges zu erklären«, antworte ich und beginne, ihr alles zu berichten.

Die Augen der Frau weiten sich entsetzt, als sie das Ausmaß des Ganzen versteht.

»Also hat die Stadt uns den Krieg erklärt«, fasst sie zusammen und wird blass.

Ich nicke ernst, denn diesbezüglich gibt es leider nichts zu beschönigen.

»Und dein Zwillingsbruder ist tatsächlich an diesen furchtbaren Taten beteiligt? Ich habe damals zu den wenigen Menschen gehört, die in die Prophezeiung und seine Entführung eingeweiht waren. Es bricht mir das Herz, dass Cadoc zu so einem Menschen erzogen wurde.«

»Aus diesem Grund müssen wir so schnell wie möglich zum Hauptlager reisen«, erkläre ich ernst. »Dort wissen sie noch nicht, dass er meine Rolle übernommen hat. Darum möchte ich euch darum bitten, uns zwei Pferde zur Verfügung zu stellen.«

Die Frau denkt kurz nach. »Ich kann euch leider nur eines anbieten, aber es ist so kräftig, dass es euch beide tragen kann.«

Ich seufze und würde am liebsten ablehnen, da mich der Gedanke, Levana so nah zu sein, verunsichert. Doch es hängt so viel davon ab, dass ich schließlich zögerlich nicke. »Ja, das wird uns sehr helfen. Vielen Dank.«

Levana blickt mich von der Seite an, doch ich ignoriere es stur.

»Wollt ihr noch eine Nacht hierbleiben?«, fragt die Frau. »Die Dunkelheit bricht bald ein, und ihr seid sicherlich erschöpft.«

Widerwillig muss ich mir eingestehen, dass sie recht hat. Am liebsten würde ich Tag und Nacht durchreiten, um das Hauptlager so schnell wie möglich zu erreichen, doch das würde ich sicherlich nicht durchhalten.

»Ein wenig Schlaf wird wohl nicht schaden«, gebe ich nach und ich kann deutlich Levanas Erleichterung spüren. »Aber nur wenige Stunden. Noch vor Sonnenaufgang reiten wir los.«

Ich habe mein Versprechen gehalten: Der Nachthimmel ist noch immer tiefschwarz, als ich das Pferd sattle und hinausführe.

»Ich helfe dir hoch«, biete ich Levana an, doch sie schüttelt entschieden den Kopf.

»Ich bin eine gute Reiterin.«

Mit diesen Worten schwingt sie sich elegant auf das Pferd und rutscht weit genug nach hinten, dass auch ich Platz finde. Als ich ebenfalls oben sitze, merke ich jedoch schnell, dass Levana mir viel zu nah ist. Sofort breitet sich Nervosität in mir aus, und als sie ihre Arme zum Halt um mich schlingt, wird es noch schlimmer.

Ich gebe mir größte Mühe, unbeeindruckt zu wirken, und lasse das Pferd in einen leichten Trab fallen. Trotz der schmalen, steinigen Pfade ist es trittsicher, sodass ich nicht viel machen muss. Das bedeutet jedoch auch, dass mich nichts von Levanas Nähe ablenken kann.

Als die Sonne allmählich aufgeht und die Landschaft in weiches Licht taucht, sind wir bereits weit gekommen. Ich sauge diesen Anblick förmlich auf und kann mich kaum daran satt-sehen. Die raue Landschaft, die hohen Berge und bunten Gräser nehmen mir endlich die Sehnsucht, die mich in meiner Gefangenschaft so gequält hat. Ich frage mich, ob Levana diesen An-blick ebenso überwältigend findet oder sich in die beengende und laute Stadt zurückwünscht.

Irgendwann durchbricht sie die Stille, um meine unausge-sprochene Frage zu beantworten: »Ich kann verstehen, warum du die Stadt so hässlich findest. Ich muss zugeben, dass es hier viel schöner ist.«

Zum Glück kann sie nicht das Lächeln sehen, das sich auf meinen Lippen ausbreitet. Es macht mich seltsamerweise froh, dass die diesen Eindruck mit mir teilt.

Dann kommt mir jedoch ein anderer und viel düsterer Ge-danke: »Ist das der Grund, weshalb ihr die Wildnis für euch beanspruchen wollt?«

Ich spüre, wie sich Levana hinter mir versteift.

»Stadtmenschen schätzen die Schönheit der Natur norma-lerweise nicht«, antwortet sie mit neutraler Stimme. »Aber hier gibt es guten Boden und viel Fläche, um Häuser zu bauen.«

In mir brodelt die Wut, und am liebsten würde ich Levana unzählige Beschimpfungen an den Kopf werfen. Doch sie hat bloß meine Frage beantwortet, also bin ich wohl selbst schuld. Also belasse ich es bei einem wütenden Schweigen und treibe das Pferd weiter an. Ich möchte so schnell wie möglich zum Hauptlager gelangen, um dieser unangenehmen Situation zu entkommen.

Als die Sonne hoch am Himmel steht, entdecke ich etwas in der Ferne. Ich kneife die Augen zusammen und erkenne, dass es zwei Menschen sind, die auf dem gleichen Weg wie wir reisen. Vorsichtshalber taste ich nach der Waffe, die ich an meinem Gürtel befestigt habe, denn es könnte sich um Feinde handeln. Wahrscheinlicher ist jedoch, dass es Clanmitglieder sind, was eine vorsichtige Vorfreude in mir auslöst.

Ich lasse das Pferd in einen langsamen Galopp fallen, woraufhin sich Levana fester an meine Kleidung krallt. Die Sonne blendet mich, sodass ich lange Zeit bloß Umrisse erkennen kann. Doch dann, als uns nur noch etwa zwanzig Schritte trennen, bleiben die beiden Personen plötzlich ruckartig stehen.

»Ascian!«, höre ich eine bekannte Stimme rufen.

Fassungslos und voller Glück lasse ich mich vom Pferd gleiten und laufe dann so schnell ich kann auf Jasira zu. Als wir uns endlich in den Armen liegen, vergräbt sie schluchzend ihr Gesicht in meiner Schulter, und ich streiche ihr liebevoll über das Haar.

Ich blicke erst auf, als ich eine Bewegung im Augenwinkel bemerke – und muss mehrmals blinzeln. Es ist, als würde ich in einen Spiegel schauen, als der Junge auf mich zukommt und dann verlegen den Blick senkt. Eine Weile kann ich ihn bloß anstarren, und gegensätzliche Gefühle toben in meinem Inneren.

»Cadoc«, sage ich mit rauer Stimme und mache ein paar Schritte auf ihn zu.

Nichts hätte mich auf den Anblick meines Zwillingsbruders vorbereiten können. So viele Male habe ich von dieser Begegnung geträumt und nun kommt es mir völlig unwirklich vor. Er sieht mir so ähnlich und gleichzeitig wirkt er so fremd. Doch das Schlimmste ist: Er ist als Feind in seinen Clan zurückgekehrt.

Meine Finger zucken und grünes Licht strömt langsam aus ihnen hervor. Er ist mein Bruder. Er ist mein Feind.

Doch gerade, als die Magie droht, vollends aus mir herauszubrechen, drückt jemand meine Schulter. Als ich mit verschleiertem Blick den Kopf drehe, erkenne ich Jasira, die mich ernst anschaut.

»Cadoc ist nun auf unserer Seite. Wir haben uns auf den Weg gemacht, um dich aus der Gefangenschaft zu retten.«

Nun blicke ich wieder zu Cadoc, dessen Miene völlig ausdruckslos wirkt. Bloß in seinen grünen Augen, die meinen so sehr gleichen, glitzert der Schmerz. Unzählige Gedanken schwirren durch meinen Kopf, doch dann bekomme ich endlich den wichtigsten von ihnen zu greifen: Mein Bruder ist zurückgekehrt, und ich muss ihn nicht hassen. Vorsichtig gehe ich auf ihn zu und bleibe kurz vor ihm stehen.

»Ich habe dich mein ganzes Leben lang vermisst«, bricht es schließlich aus mir hervor. Ich kann nichts dagegen tun, dass mir Tränen die Wangen hinabrinnen.

Dann ziehe ich ihn in eine Umarmung, um endlich vollends sicherzugehen, dass er wirklich hier ist. Dass er keines meiner vielen Traumbilder ist, die sich beim Erwachen wieder auflösen. Ich spüre, wie auch Cadocs Körper zu beben beginnt und das Hemd an meiner Schulter von seinen Tränen durchnässt wird.

»Es tut mir so leid«, schluchzt er immer wieder. »Es tut mir alles so leid.«

Vorsichtig schiebe ich ihn an den Schultern von mir weg und blicke ihm ernst in die Augen. »Ich verzeihe dir. Nun ist endlich alles gut.«

Cadoc verzieht den Mund zu einem traurigen Lächeln und nickt. »Ich danke dir. Ich hätte von Anfang an wissen müssen, dass wir zusammengehören.«

Ich nicke, denn ich weiß genau, was er meint. Es fühlt sich so an, als wäre ich nun endlich vollständig.

Voller Dankbarkeit blicke ich nun auch zu Jasira, der vor Rührung ebenfalls Tränen in den Augen stehen. Hinter ihr wartet noch immer Levana mit dem Pferd, was mich kurz aus dem Konzept bringt. Erst jetzt wird mir bewusst, dass sie ohne Schwierigkeiten hätte fliehen können – und doch hat sie es nicht getan. Sie hat den Kopf schiefgelegt und beobachtet uns aufmerksam, was mich sogleich unwohl fühlen lässt. Doch ich werde mir diesen wertvollen Moment nicht verderben lassen.

»Dann können wir jetzt wohl zum Hauptlager zurückkehren«, sage ich fröhlich. »Wie ihr seht, muss ich nicht mehr gerettet werden.«

Ich lege den Arm um Cadocs Schulter und möchte ihn nie wieder loslassen. Es fühlt sich so neu und gleichzeitig vertraut an.

Jasira kichert und hakt sich an meinem anderen Arm ein. Mit einem Blick nach hinten signalisiere ich Levana, uns zu folgen. Seltsamerweise tut sie es tatsächlich ohne Widerworte.

In mir macht sich Optimismus breit, dass nun alles gut wird – denn Cadoc und ich sind endlich wieder vereint.

KAPITEL 19

Levana

Mit einem wehmütigen Gefühl beobachte ich die Vertrautheit der drei. Immer wieder kommt die Frage in mir auf, ob ich jemals in meinem Leben solch ehrliche Gefühle für jemanden empfunden habe wie Ascian für Cadoc.

Schnell verdränge ich diese unsinnigen Gedanken und konzentriere mich wieder auf meinen Plan – von dem ich nicht weiß, ob ich ihn überhaupt richtig durchdacht habe. Mir war nicht entgangen, dass ich die perfekte Gelegenheit zur Flucht hatte, doch etwas hat mich zurückgehalten. Zum einen konnte ich mir nicht sicher sein, ob ich den Weg durch die Wildnis allein bewältigen könnte, und zum anderen habe ich möglicherweise eine Chance, die Clans auszuspionieren.

Und ein winziger Teil von mir, den ich gerne auslöschen würde, ist neugierig auf Ascians Leben. Er ist mir auf seltsame Weise ans Herz gewachsen, was für meinen Plan mehr als hinderlich ist.

Noch könnte die Stadt es schaffen, die Clanreviere zu erobern und dadurch mein zukünftiges Reich zu erweitern. Ich könnte einen Palast in dieser malerischen Natur bauen lassen, jedoch nicht ohne den Luxus des Stadtlebens. Immer wieder sage ich mir, dass es das ist, was ich will.

Am nächsten Tag trifft das ein, wovor ich mich am meisten gefürchtet habe: Wir erreichen das Hauptlager. Schon von Weitem kann ich den riesigen Höhleneingang sehen und frage mich, wie groß es wohl im Inneren sein mag.

Noch ehe ich mir selbst ein Bild davon machen kann, stürmen bereits die ersten Clanmitglieder, die sich vor dem Eingang aufgehalten haben, auf uns zu. Ascian, Cadoc und Jasira werden mit Fragen gelöchert, während man mich vollkommen ignoriert. Lachend berichten die drei von der schicksalhaften Begegnung und ich kann die Bewunderung in den Augen der Clanmitglieder sehen. Ob mich meine Untertanen eines Tages auch so anschauen werden, wenn ich erst mal Königin bin?

Plötzlich verstummen alle. Aus der Höhle kommen drei Personen mittleren Alters und gehen auf Ascian, Cadoc und Jasira zu. Instinktiv spüre ich, dass sie wichtige Positionen innehaben. »Vater! Taesera!«, ruft Ascian voller Freude und läuft auf sie zu.

Sofort wird er von den beiden in die Arme geschlossen. Mit einem Mal wirkt Ascian wie ein kleiner Junge, der endlich nach Hause gekommen ist. Ich erwische mich dabei, wie ich diese Szene gerührt beobachte. Dann bemerke ich, dass Cadoc und Jasira lächelnd einen Blick tauschen – und dabei sehr vertraut wirken. Wenn ich es richtig verstanden habe, hatten Ascian und Jasira eine Liebesbeziehung. Was könnte also ihre Vertrautheit mit Cadoc bedeuten?

Nach einer Weile geht der Mann, von dem ich mittlerweile weiß, dass er der Anführer ist, auf mich zu. Sofort setze ich mich noch aufrechter in den Sattel und erwidere seinen prüfenden Blick.

Ascian bemerkt es und richtet sich an den Anführer: »Sie ist meine Gefangene. Sie gehört zu meinen Entführern und ist eine nützliche Geisel.«

Sofort wird der Blick des Mannes kühler. »Eine junge Frau aus der Stadt also. Es war schlau von dir, sie herzubringen, Ascian. Ich werde mich um sie kümmern.«

Bei diesen Worten muss ich schlucken, und ich frage mich, ob es bedeutet, dass ich in Gefahr schwebe. Wer weiß schon, wie der Anführer über seine Feinde richtet? Dennoch lasse ich mir meine Angst nicht anmerken und unternehme nichts dagegen, dass er mein Pferd an den Zügeln in die Höhle führt.

Trotz meiner Sorgen blicke ich mich voller Staunen in der gigantischen Höhle um. Die Decke scheint so weit oben zu sein wie der Himmel, und auf dem Boden wimmelt es von Zelten und Holzhütten, in denen verschiedene Beschäftigungen ausgeübt werden. Dort ist ein Ofen, in dem Brot gebacken wird, eine Schneiderei, wo Kleidung genäht wird, und ein Zelt, von dessen Decke eine Unzahl getrockneter Kräuter hängt. Sogar eine Weide mit Pferden entdecke ich weit entfernt, und ich frage mich, wie im Inneren der Höhle Gras wachsen kann.

Ehe ich mir darüber jedoch weiter Gedanken machen kann, sagt der Anführer: »Steig ab. Ich führe dich in deine Zelle.«

Kurz erwäge ich, zu protestieren, oder mich sogar zur Wehr zu setzen, doch überall um uns herum sind Clanmitglieder, die uns neugierig beobachten. Also steige ich kommentarlos vom Rücken des Pferdes. Der Anführer drückt die Zügel einem Jungen, der sich am weitesten zu uns vorgewagt hat, in die Hand. Dann packt er mich am Oberarm und führt mich in einen Tunnel, der nur von Fackeln erhellt wird. Der Gang ist so schmal, dass ich mich mit einem Mal eingeengt fühle und es noch schwerer habe, meine wachsende Panik zu unterdrücken. Ich darf gar nicht darüber nachdenken, wie dick die Felswand ist, die mich von der Freiheit trennt.

Bald befinden wir uns in einer Art Kerker. In die Felswände wurden Zellen eingelassen, die durch schwere Eisengitter versperrt werden. Sie alle sind leer und wirken sehr sauber – hier scheinen nicht oft Gefangene gehalten zu werden.

Doch nun bin ich hier.

Der Anführer öffnet eine der Zellentüren, führt mich hinein und schließt das Gitter sofort hinter mir. Unglücklich blicke ich mich in meinem neuen Zuhause um und bin mir sicher, es nicht so bald verlassen zu können.

Der Anführer richtet noch letzte Worte an mich: »Auch wenn du unverzeihliche Taten begangen hast, werden wir dich gut behandeln – zumindest so gut, wie es deine Lage zulässt. Gleich wird jemand kommen, der dir Decken und Nahrung bringt.«

Damit wendet er sich ab und lässt mich in der beklemmenden Stille allein. Seufzend lasse ich mich an der feuchten Höhlenwand hinabsinken und schlinge meine Arme um die Knie. Meine einst strahlend weiße Toga ist mittlerweile voller Flecken und ich bemerke unglücklich, dass ich stinke. Ich bin so tief gesunken wie noch nie in meinem Leben. Das Schlimmste ist, dass sich daran nicht so schnell etwas ändern wird. Hoffentlich hat der Anführer auch gemeint, was er gesagt hat, sodass ich um neue Kleidung bitten kann. Und vielleicht sogar eine Wasserschale zum Waschen.

Irgendwann lege ich mich auf die unbequeme Holzpritsche und schließe die Augen. Hoch lebe die zukünftige Königin der Städte.

Cadoc

Ich weiß nicht genau, was ich fühle, als ich Ascian zusammen mit Taesera und unserem Vater beobachte. Es wirkt so vertraut und selbstverständlich – und so, als hätte ich dort keinen Platz in ihrer Mitte. Ich habe am eigenen Leib erfahren, wie gut man als Ascian behandelt wird, es ist jedoch nochmal etwas anderes, es zu sehen.

Gerade, als ich mich abwenden möchte, legt sich eine Hand um meine. Als ich den Kopf drehe, blicke ich in Jasiras lächelnde Gesicht, das sofort alle Sorgen verfliegen lässt.

»Geh zu ihnen«, sagt sie sanft, so als hätte sie meine Gedanken gelesen.

»Ich weiß nicht …«, beginne ich, doch sie schüttelt energisch den Kopf.

»Du gehörst zu ihnen. Das hast du schon immer getan.«

Ich bringe ein Lächeln zustande und würde Jasira am liebsten in meine Arme schließen. Tatsächlich mache ich ein paar vorsichtige Schritte auf meine Familie zu. Meine Familie. Es klingt beinahe zu unwirklich, um wahr zu sein, und doch ziehen sie mich in ihre Mitte, als sie mich bemerken.

»Mein verlorener Sohn«, sagt mein Vater voller Stolz. »Ich kann kaum glauben, dass meine beiden Kinder endlich vereint bei mir sind.«

»Das bedeutet aber auch, dass die Prophezeiung nun in Erfüllung gehen kann«, bemerkt Taesera mit leuchtenden Augen.

Ich blicke sie fragend an, denn bisher konnte ich nur bruchstückhafte Informationen über dieses Thema herausfinden.

»Du machst die ganze Stimmung kaputt, Taesera«, tadelt Ascian sie scherzhaft. »Kaum bin ich wieder hier und schon wird die Prophezeiung angesprochen.«

Doch Taeseras Blick wirkt ernst, und es ist deutlich, dass ihr nicht nach Scherzen zumute ist.

Seufzend blickt Ascian zu mir. »Wir beide sind Teil einer Prophezeiung, was wahrscheinlich auch der Grund dafür war, dass du damals entführt wurdest: *Zwei werden es sein, das Licht und die Dunkelheit. Gemeinsam mit der Vereinigung der Vier werden sie es sein, die die Clans retten.* Nun wissen wir auch, was mit Licht und Dunkelheit gemeint ist.«

Er zwinkert mir zu und ich verstehe zunächst nicht, worauf er hinausmöchte. Dann muss ich jedoch wieder an mein altes Leben in der Stadt denken, das mir so unglaublich weit entfernt vorkommt.

»Dann stehe ich eindeutig für die Helligkeit«, sage ich mit einem schiefen Grinsen.

»Du hast ja doch Sinn für Humor«, erwidert Ascian munter und gibt mir einen freundschaftlichen Stoß gegen den Oberarm.

Kurz versteife ich mich und eine Abwehrreaktion droht, aus mir hervorzubrechen. Doch ich schaffe es schnell wieder, in die Realität zurückzukehren. Zum Glück hat meine Familie nichts von dem Aussetzer bemerkt, denn sie scheinen mittlerweile wieder ganz in ihren Gedanken versunken zu sein.

»Wir wissen immer noch nicht mit Sicherheit, was mit der Vereinigung der Vier gemeint ist«, murmelt Taesera. »Das Naheliegendste wäre, dass sich alle vier Clans zusammentun müssen. Aber ist das nicht ohnehin klar? Dieser Teil der Prophezeiung kommt mir irgendwie zu einfach vor.«

»Ich glaube, dass ich eine Ahnung haben könnte«, ertönt plötzlich Jasiras zögerliche Stimme.

Wir alle drehen uns gleichzeitig zu ihr um und blicken sie fragend an.

»Wie ihr ja wisst, habe ich eine kleine Reise gemacht, um herauszufinden, welches mein Krafttier ist.«

Taesera legt den Kopf schief, aber unterbricht Jasira nicht. »Beim Clan des schnellen Leoparden habe ich das erste Mal eine richtige Verbindung gespürt. Doch als ich dem Leoparden begegnet bin, hatte ich eine Vision, in der ich auch die anderen drei Krafttiere gesehen habe.«

Sie stockt und ich kann ihr ansehen, dass sie zu verunsichert ist, um weiterzusprechen. Am liebsten würde ich etwas Aufmunterndes zu ihr sagen, doch Ascian ergreift das Wort: »Ich erinnere mich, dass du in der Vergangenheit eine flüchtige Verbindung mit den Adlern hattest.« Seine Augen funkeln aufgeregt. »Ich glaube nicht, dass das Einbildung war.«

Jasira senkt den Blick und nickt. »Das Gleiche ist mir mit einem weißen Hirsch im kalten Wald passiert.«

Taeseras Augen weiten sich voller Erstaunen und auch ich habe allmählich eine Ahnung, worauf sie hinausmöchte.

»Könnte es tatsächlich möglich sein ...?«, haucht die Schamanin ehrfürchtig. »Ich habe noch nie von etwas Ähnlichem gehört. Aber wenn du wirklich eine Verbindung zu allen vier Krafttieren hast, hätten wir das Rätsel der Prophezeiung gelöst.«

Unser Vater nickt und blickt voller Staunen zu Jasira, der diese Aufmerksamkeit sichtlich unangenehm ist.

»Es gibt nur einen Weg, um das herauszufinden: Du musst zum Clan des grauen Wolfes reisen. Der Wolf ist das einzige Tier, dessen Verbindung du noch nicht erprobt hast.«

Jasira sackt sichtlich in sich zusammen. »Das Problem ist ja, dass ich die Verbindung nicht kontrollieren kann. Sie ist stets so flüchtig, dass ich nicht weiß, was sie mir bringen soll.«

»Vielleicht ist es wie mit der Magie«, überlegt Ascian. »Du musst erst lernen, die Verbindung zu beherrschen.«

Taesera nickt und wirkt stolz auf ihren Neffen. »Tatsächlich ist unsere Verbindung mit den Krafttieren von magischer Natur.

Sie ist zwar normalerweise intuitiver, sodass wir sie nicht aktiv kontrollieren müssen, aber dennoch vergleichbar.«

Jasira wirkt gleichzeitig überfordert und euphorisch. »Ich hätte nie gedacht, dass ich für die Clans wichtig sein kann«, gibt sie kaum hörbar zu.

»Du warst schon immer wichtig für uns«, erwidert Ascian voller Inbrunst, und kurz spüre ich einen Stich von Eifersucht. Die beiden haben eine langjährige Beziehung zueinander, bei der ich niemals mithalten könnte.

»Ich werde dich zum Clan des grauen Wolfes begleiten«, sprudelt es aus mir hervor.

Sogleich bereue ich meine Worte wieder, denn alle wenden sich mir überrascht zu.

»Natürlich nur, wenn du möchtest«, ergänze ich kleinlaut und weiche den Blicken aus.

»Wir beide werden dich begleiten«, sagt Ascian jedoch fröhlich, und sogleich entspanne ich mich wieder.

Zwar wäre es schön gewesen, allein mit Jasira zu sein, doch so werde ich die Gelegenheit haben, meinen Zwillingsbruder besser kennenzulernen.

»Was würde ich für so viel jugendlichen Tatendrang geben«, murmelt Taesera zynisch und hakt sich bei ihrem Bruder ein. »Komm, wir lassen die drei allein. Sie machen ohnehin nur, was sie wollen.«

KAPITEL 20

Ascian

Schon zwei Tage später brechen wir auf. Zwar hätte ich nach all den Strapazen der letzten Zeit gerne noch mehr Zeit in meinem Zuhause verbracht, doch die Zukunft der Clans geht nun vor.

Vielleicht ist Jasira tatsächlich der fehlende Teil, um gegen die Stadtmenschen anzukommen. Sie könnte die Verbindung aller vier Clans sein. Verstohlen blicke ich zu ihr und versuche, die gleiche Verliebtheit wie vor der Gefangenschaft zu fühlen. Zwar verbindet uns noch immer diese starke Liebe, doch etwas ist anders. Da ist nicht mehr diese kribbelnde Energie zwischen uns, die mich vor meiner Gefangenschaft so in Besitz genommen hat.

Bin ich etwa ein anderer Mensch geworden? Dieser Gedanke macht mich traurig, denn ich möchte nicht, dass sich etwas zwischen Jasira und mir ändert. Doch ich merke auch, dass sie sich überhaupt nicht an der mangelnden Zweisamkeit zwischen uns stört. Tatsächlich wirkt sie viel unbeschwerter als in der Zeit vor meiner Entführung. Immer wieder unterhält sie sich fröhlich mit Cadoc, was mich zwar einerseits freut, aber auch ein wenig misstrauisch macht. Es stört mich, dass sie es ihm anscheinend überhaupt nicht übelnimmt, dass er meinen Platz eingenommen hatte.

Als wir am Abend unser Lager herrichten und Cadoc Feuerholz sammeln geht, finde ich endlich einen ungestörten Moment, um mit Jasira zu reden. Sie ist gerade dabei, die Decken und Felle um den Lagerfeuerplatz auszubreiten.

»Habt ihr euch angefreundet?«

Sie blickt bei meiner Frage überrascht auf. »Wie bitte?«

»Du und Cadoc. Es scheint so, als würdet ihr euch mögen.«

Mir entgeht nicht, dass sich Jasiras Wangen rosa färben.

»Ich habe mitangesehen, wie er Taesera gerettet hat. Anfangs habe ich ihm misstraut, aber mittlerweile weiß ich, dass er gute Absichten hat.« Sie klingt steif und förmlich, was mich die Stirn runzeln lässt.

»Ich mache dir doch gar keine Vorwürfe«, sage ich schnell, denn ich möchte nicht, dass zwischen uns eine schlechte Stimmung entsteht. »Ich möchte nur verstehen, wie eure gute Beziehung entstanden ist. Es ist seltsam, dass du eine Weile dachtest, er wäre ich, und nun scheint es, als wäre nie etwas passiert.«

Jasira richtet sich ruckartig auf und funkelt mich an. Meine Worte hatten wohl nicht den Effekt, den ich beabsichtigt habe. »Ich versuche bloß, deinen Bruder kennenzulernen. Er ist ein Teil deines Lebens, also ist er auch für mich wichtig. Weil *du* mir wichtiger bist als alles andere.«

Ich schlucke und fühle mich besänftigt. Gleichzeitig verspüre ich leichte Scham für mein Verhalten. Ich weiß nicht, warum es mich stört, dass Cadoc und Jasira so vertraut miteinander umgehen.

Einem Impuls folgend mache ich einen Schritt auf meine Freundin zu und lege ihr sanft meine Hand auf die Wange. Sie blickt mit großen Augen zu mir auf, und ich habe mit einem Mal das Gefühl, dass sie mir etwas sagen möchte. Doch sie bleibt stumm. Ich drücke ihr einen Kuss auf die Stirn und wende mich dann wieder dem halbfertigen Lager zu.

Ich halte jedoch inne, als ich Cadoc zwischen den Bäumen erkenne. Er steht völlig steif da und starrt uns an, einen Stapel Zweige fest umklammert. Als er meinen Blick bemerkt, lächelt er gezwungen und kommt auf uns zu, so als wäre nichts gewesen.

Wie lange hat er uns beobachtet? Mir kriecht eine Gänsehaut über den Nacken, und trotz der Verbindung, die ich zu Cadoc habe, wird mir bewusst, wie fremd er mir eigentlich ist. Er hat ein vollkommen anderes Leben geführt als ich – voller Gewalt und Erniedrigung. Seine Augen schienen eben so leer, so kalt.

Verstohlen beobachte ich, wie er die Zweige übereinanderhäuft und von Jasira die Feuersteine entgegennimmt. Die beiden tauschen einen Blick und lächeln, was mein Misstrauen noch weiter anfacht. Ich werde mich die nächsten Tage darum bemühen müssen, die Vertrautheit zwischen Jasira und mir wieder aufleben zu lassen.

Am dritten Tag überqueren wir die Grenze zum kalten Wald. Ich bin schon häufiger dort gewesen, und obwohl ich nicht zum Clan des weißen Hirsches gehöre, habe ich ein paar Bekanntschaften geknüpft. Vor allem mit der Schülerin der dortigen Schamanin verstehe ich mich gut. Zwar ist Alia vier Jahre älter als ich, doch wir haben durch unsere Schamanenausbildung viele Gemeinsamkeiten.

In dem ersten Nebenlager, das wir ansteuern, kommt sie mir sofort freudestrahlend entgegengelaufen. Als sie jedoch Cadoc erblickt, stirbt ihr Lächeln, und sie blickt verwirrt zwischen uns hin und her. Ich kann es ihr nicht verdenken, denn sie ist eine von vielen, die nicht wissen, dass ich einen Zwillingsbruder habe, der verschollen war.

»Hast du es geschafft, mit Magie einen Doppelgänger zu schaffen?«, fragt sie und streicht sich eine ihrer silberblonden Strähnen hinter das Ohr.

Gegen meinen Willen muss ich lachen. »Nein, das ist mein Zwillingsbruder Cadoc. Er wurde kurz nach unserer Geburt entführt und viele Clanmitglieder wussten nichts davon.«

Ihre hellblauen Augen weiten sich und sie blickt Cadoc so fasziniert an, als wäre er eine Traumgestalt. Er scheint sich unter ihrem Blick sichtlich unwohl zu fühlen.

»Dürfen wir über Nacht hierbleiben?«, wechsle ich schnell das Thema. »Wir sind auf der Reise zum Clan des grauen Wolfes.«

Die Schamanenschülerin nickt, aber schafft es immer noch nicht, den Blick von Cadoc abzuwenden.

Gerade kommt ein junger Krieger mit weißblonden Haaren auf uns. Er scheint unsere Frage gehört zu haben, denn er sagt: »Wir haben noch zwei Hütten frei. In beiden ist jedoch nur Platz für zwei Leute.«

»Ich teile mir eine mit Jasira«, sage ich schnell, ohne nachzudenken. Erst im Nachhinein wird mir klar, wie das gewirkt haben muss. »Natürlich nur, wenn sie möchte.«

Jasira wirft mir einen seltsamen Blick zu, während Cadocs Gesicht völlig versteinert wirkt. Aus irgendeinem Grund bestärkt mich das nur darin, Zeit mit Jasira allein zu verbringen.

»Na gut, warum nicht?«, sagt diese schulterzuckend.

Ihr Lächeln wirkt gekünstelt, was meine Laune sofort wieder sinken lässt. Vor meiner Entführung hätte sie sofort begeistert eingewilligt. Obwohl ich mich gegen diesen Gedanken wehre, gibt ein Teil von mir Cadoc dafür die Schuld. Dabei war er selbst bloß die Marionette der Stadtmenschen.

Dennoch ziehe ich meine Entscheidung, dass er allein in einer Hütte übernachtet, nicht zurück.

Jasira

Ascian verhält sich schon während der ganzen Reise seltsam. Eigentlich kann ich es ihm nicht verdenken, denn er ist gerade erst aus einer furchtbaren Gefangenschaft entkommen. Ich habe jedoch das Gefühl, dass es etwas mit Cadoc und mir zu tun hat. Hat Ascian herausgefunden, was zwischen uns passiert ist? Dass ich nicht mehr weiß, ob ich meinen Gefühlen vertrauen kann?

Allerdings sehe ich die Nacht in der Hütte auch als Chance, einiges zwischen uns zu klären und mir selbst über meine Gefühle bewusst zu werden.

Während ich am Abend mein Bett herrichte, ist Ascian noch draußen, um sich mit Alia zu unterhalten. Mit einem Lächeln erinnere ich mich daran, dass ich damals eifersüchtig auf sie war. Ich dachte, dass ich aufgrund ihrer magischen Fähigkeiten nicht mit ihr mithalten kann und es nur eine Frage der Zeit ist, bis er sich in sie verliebt. Und nun bin ich diejenige, die sich unsicher ist.

Ich schrecke zusammen, als Ascian durch die Tür tritt. Ich war so in meinen Gedanken versunken, dass ich die Welt um mich herum vollkommen vergessen habe. Doch dann wird mir nach einem kurzen Moment der Verwirrung klar, dass es Cadoc ist.

Er blickt mich ernst an. »Ich möchte nur, dass du weißt, dass ich es akzeptiere, wenn du dich für Asican entscheidest. Ich hätte mich niemals zwischen euch drängen dürfen.«

Für einen kurzen Moment blicke ich ihn völlig überrumpelt an. Dann wende ich mich jedoch nervös ab, denn ich weiß nicht, was ich darauf erwidern soll.

Zum Glück wird mir eine Antwort erspart, denn nun tritt der echte Ascian in die Hütte. Er blickt zwischen Cadoc und mir hin und her, ehe sich seine Augen misstrauisch verengen.

Er öffnet den Mund, um etwas zu sagen, doch ich falle ihm ins Wort: »Cadoc hat mir nur etwas zu essen gebracht. Ich hatte vergessen, meine Vorratstasche aufzufüllen.«

Ich kann nur hoffen, dass diese Lüge überzeugend rüberkommt. Aber seit wann habe ich es überhaupt nötig, Ascian, meinen besten Freund, anzulügen?

»Ja, genau«, murmelt Cadoc und verschwindet schnell aus der Hütte.

Seufzend lässt sich Ascian auf sein Bett sinken und schließt für einen Moment die Augen. »Irgendetwas verheimlicht ihr mir.«

Es klingt nicht wie ein Vorwurf, sondern eher wie Resignation. Kurz erwäge ich, ihn erneut anzulügen, entscheide mich dann jedoch für die halbe Wahrheit. »Es ist nicht spurlos an mir vorbeigegangen, dass er heimlich deinen Platz eingenommen hat. Aber bitte denke nicht, dass er dich ersetzen könnte. Ich mag ihn auf eine völlig andere Weise als dich. Du bist mein bester Freund, seit ich denken kann, da könnte Cadoc niemals mithalten.«

Ein Lächeln erscheint auf Ascians Lippen und er setzt sich nun auf mein Bett. »Das erleichtert mich. Ich glaube, es war tatsächlich meine größte Angst, ersetzt zu werden.«

»Wir sollten nun schlafen«, wechsle ich das Thema und lehne meinen Kopf gegen seine Schulter. Mich erfüllt ein Gefühl von Geborgenheit, das nur er mir vermitteln kann.

»Schwörst du, dass sich nichts zwischen uns geändert hat?«, fragt Ascian und wirkt mit einem Mal verletzlich. Ich zögere, denn ich würde lügen, wenn ich ihm dieses Versprechen geben würde.

»Das muss ich noch selbst herausfinden«, gebe ich zu, woraufhin Ascian betreten den Blick senkt. »Aber eins kann ich dir versichern: Du bist mir nicht weniger wichtig als zuvor. Es hat mir das Herz zerrissen, als ich von der Gefangenschaft erfahren habe, und ich bin sofort losgereist, um dich zu suchen. Doch dann kam Cadoc, sodass ich die Stadt nie erreicht habe.«

Ich hebe die Schultern und fühle mich schuldig, dass ich die Täuschung nicht gleich erkannt habe.

»Sei froh, dass du es nicht dorthin geschafft hast«, sagt Asican mit einem bitteren Lächeln. »Die Stadt ist ein furchtbarer Ort. Ich bezweifle, dass du mich hättest retten können. Am Ende war es eine Verräterin, die mir die Freiheit geschenkt hat.«

Nun denke ich zum ersten Mal richtig über die Gefangene nach, die Ascian mitgebracht hat. Sie war wunderschön und anmutig – so, wie ich immer sein wollte. Mich überkommt Eifersucht, auch wenn das verrückt ist.

Sie ist unsere Feindin und Ascian würde nie etwas anderes in ihr sehen.

Levana

Die Tage vergehen, bis ich irgendwann jedes Zeitgefühl verloren habe. Die drei Mahlzeiten sind der einzige Anhaltspunkt, doch irgendwann habe ich es aufgegeben, darauf zu achten, zu welcher Tageszeit sie gehören.

Dann ist es jedoch so weit: Der Anführer kommt in Begleitung von zwei Kriegern zu meiner Zelle und lässt mich zum ersten Mal heraus. Ich werde nicht gefesselt, doch die Krieger gehen dicht hinter und vor mir. In diesen schmalen Höhlengängen hätte ich niemals eine Chance zu entkommen, selbst wenn ich den Weg nach draußen kennen würde.

Ich werde in einen kleinen Raum gebracht, der, anders als die meisten anderen Zimmer, mit einer Tür verriegelt werden kann. Ich werde aufgefordert, auf einem fleckigen Sitzkissen Platz zu nehmen, was ich nur mit einem Naserümpfen befolge.

»Es ist an der Zeit, dass du uns ein paar Fragen beantwortest«, sagt der Anführer ohne Umschweife.

Ich nicke knapp, denn mir war klar, dass es früher oder später dazu kommen würde. In den letzten Tagen hatte ich viel Zeit, mir darüber Gedanken zu machen, was ich antworten werde.

Ich hebe überrascht die Augenbrauen, als der Anführer einen weiß leuchtenden Kristall aus seiner Tasche holt.

»Unsere Schamanin hat ihn mit Magie hergestellt. Wenn du die Wahrheit sagst, leuchtet er weiterhin weiß, doch wenn du lügst, wechselt er seine Farbe zu schwarz.«

Ich schlucke schwer, denn das wirft all meine Pläne über Bord. Ich hatte nie Probleme damit, zu lügen, und so bin ich umso entsetzter, dass ich nicht mehr darauf zurückgreifen kann.

»Also«, beginnt der Anführer, beugt sich mit einem listigen Lächeln vor und stellt den Kristall zwischen uns ab, »fangen wir mit einer einfachen Frage an: Weshalb greift die Stadt uns an?«

Innerlich atme ich erleichtert auf. Zumindest darauf kann ich ehrlich antworten, denn es gibt keinen Grund, es zu verheimlichen. »In dem Gebiet der Clans gibt es viel, was die Stadt für sich beanspruchen möchte. Fruchtbare Böden, Wälder zum Abholzen und Wild, das gejagt werden kann.«

Der Anführer verengt vor Zorn die Augen und seine Hände ballen sich zu Fäusten. Doch er schafft es, sich zu beherrschen. Er atmet tief durch und stellt die nächste Frage: »Was hast du mit alldem zu tun? Können wir dich als Druckmittel einsetzen?«

Meine Zuversicht sinkt und mir wird klar, dass alles, egal was ich auch sage, mich in Schwierigkeiten bringt. Das scheint auch der Anführer zu wissen, denn sein zufriedenes Lächeln kehrt zurück.

Fieberhaft denke ich nach, was ich zu meinem Vorteil antworten kann, ohne mich mit einer Lüge verdächtig zu machen. Mir kommt der Gedanke, dass ich es vielleicht irgendwie schaffen könnte, meine Freiheit herbeizuführen, indem ich die Wahrheit sage.

»Ich bin die Tochter des Mannes, der den Krieg in die Wege geleitet hat«, beginne ich zögerlich, ohne mir sicher zu sein, ob es eine dumme Idee ist.

Der Anführer zieht die Augenbrauen hoch. »Du bist die Tochter des Königs? Das kann aber nicht sein, denn er soll noch sehr jung sein.«

»Mein Vater ist ein Senator, der gleichzeitig Berater des Königs ist. Der König selbst hat zwar die Erlaubnis gegeben, den Krieg zu führen, kennt aber nur oberflächliche Informationen. Ich bin mir sicher, dass er dem Krieg nicht zugestimmt hätte, wenn er mehr Details erfahren hätte.«

Noch während ich das sage, blicke ich zum Kristall, in Erwartung, dass er schwarz aufleuchtet. Doch das geschieht nicht. Ich bin bestürzt, dass ich so über Nainors Einstellung zum Krieg denke und ihn trotzdem dazu gebracht habe, diesen zu führen.

Die Augen des Anführers blitzen interessiert auf. »Also ist der König nicht zwangsläufig auf eurer Seite?«

Nun ist der Moment gekommen, den ich nutzen muss. Vielleicht habe ich eine Chance, diesem Alptraum zu entkommen.

»Er hört auf meinen Vater und vertraut ihm blind. Aber noch mehr vertraut er mir, denn ich bin seine Verlobte.«

Nun ist es der Anführer, der auf den Kristall blickt. Ich muss ein siegessicheres Lächeln unterdrücken, denn ich bin mir sicher, dass meine Worte genau den gewünschten Effekt hatten. Nachdenklich blickt er mich an, und ich kann regelrecht spüren, wie es in seinem Kopf arbeitet.

»Also bist du die einzige Person, die den König zur Vernunft bringen kann«, sagt er langsam.

Innerlich jubele ich und habe noch mehr Schwierigkeiten, meinen Gesichtsausdruck neutral zu halten.

»So ist es. Aber ich wüsste nicht, warum ich das als Gefangene der Clans tun sollte. Vielleicht wäre es ein Anfang, wenn ihr mich wenigstens aus dieser stinkenden Zelle herauslassen würdet.« Ich blicke mit kühler Autorität zum Anführer, der mich ohne jede Gefühlsregung mustert.

»Wieso solltest du den Clans helfen?«, fragt er schließlich. »Selbst wenn wir dich gut behandeln und letztendlich freilassen würden, gäbe es keinen Grund für dich, die Treue zu deinem Vater zu brechen.«

Wieder so eine Frage, die schwer zu beantworten ist, ohne zu lügen. Doch plötzlich erscheint Ascians Gesicht von meinem inneren Auge und löst ein warmes Gefühl in mir aus. Ich bin mir sicher, dass das die Lösung ist.

»Es gibt da ein Clanmitglied, das mir ans Herz gewachsen ist. Ich möchte nicht, dass er wegen uns Stadtmenschen leiden muss.«

Ja, das ist die Wahrheit. So sehr mich der Gedanke auch reizt, Herrscherin über die Wildnis zu sein, so sehr widerstrebt es mir auch, Ascian seine Heimat zu stehlen. Und ich muss mir selbst eingestehen, dass die Eroberung von Clangebiet nicht mehr das ist, was ich will – auch wenn ich lange versucht habe, es mir einzureden.

Der Anführer steht wortlos auf und gibt den Kriegern das Zeichen, mich abzuführen. Ich wehre mich nicht und lasse mir keine Emotion anmerken, denn ich weiß, dass der Anführer erst gründlich über meinen Nutzen nachdenken wird.

Als ich in meine Zelle gesperrt werde, werden mir jedoch schon kurze Zeit später neue Kleidung und köstliches Essen gebracht. Ich bin mir sicher, dass ich gewonnen habe.

KAPITEL 21

Cadoc

Mit jedem Tag, den wir länger auf Reisen verbringen, wird meine Eifersucht unerträglicher. Es ist ein Gefühl, das mir in meinem alten Leben völlig fremd war, weswegen ich nun maßlos überfordert bin. Beinahe sehne ich mich nach meiner ehemaligen Emotionslosigkeit.

Mittlerweile glaube ich, dass Ascian mich absichtlich reizt; immer wieder flüstert er Jasira etwas zu, bringt sie zum Lachen oder legt den Arm um sie. Währenddessen gehe ich meist hinter ihnen, darauf bedacht, mir nichts anmerken zu lassen.

Gleichzeitig genieße ich jedoch die Zeit mit meinem Bruder und merke, dass es ihm ebenso geht. Es ist ein Chaos der Gefühle, das mich meine Umwelt beinahe vergessen lässt.

Irgendwann fällt mir aber doch auf, dass sich die Landschaft um uns herum verändert. Der Boden ist weniger hügelig und felsig, während die Laubbäume allmählich Nadelbäumen weichen. Zudem wird die Luft wärmer und das Zwitschern der Vögel nimmt allmählich ab.

»Es dauert nur noch etwa einen halben Tagesmarsch, bis wir die Grenze zum warmen Wald überqueren«, erklärt Ascian. »Zuvor kommen wir noch an einem Nebenlager vom Clan des weißen Hirsches vorbei, aber ich bin dafür, keine Rast einzulegen.«

Jasira nickt zustimmend. »Unsere Vorräte sind aufgefüllt und wir sind ausgeschlafen, also habe ich nichts dagegen. Wie siehst du das, Cadoc?«

Der Klang meines Namens hört sich noch immer seltsam an, vor allem aus ihrem Mund. Als ich mich ihr zuwende, bemerke ich einen zärtlichen Ausdruck in ihren Augen, der mir Hoffnung gibt, dass sie noch immer Gefühle für mich haben könnte.

Doch sogleich ist dieser Moment wieder vorbei, als Ascian erneut das Wort ergreift: »Ich bin mir sicher, dass Cadoc von uns drei am besten trainiert ist.« Er lächelt mich an, aber ich habe das Gefühl, dass ein versteckter Vorwurf darin liegt.

Ich zucke mit den Schultern. »Ihr kennt meine Vergangenheit. Es verging kaum ein Tag, an dem ich nicht an meine Grenzen gebracht wurde. Meinetwegen können wir auch die ganze Nacht durchlaufen.«

Es war der lahme Versuch eines Witzes, doch nun fürchte ich, dass es eher als Prahlerei rüberkommt. Ascian wirft mir einen seltsamen Blick zu, aber Jasira rettet die Situation: »Wir wollen es nicht übertreiben«, sagt sie fröhlich. »Schon vor Einbruch der Dämmerung müssten wir das erste Nebenlager vom Clan des grauen Wolfes erreicht haben. Sie werden sicherlich nicht schlecht staunen, wenn wir ihnen unsere Lage erklären.«

»Ich kann den Clan des grauen Wolfes ehrlich gesagt nicht ausstehen«, gibt Ascian zu. »Man hat dort das Gefühl, nicht willkommen zu sein. Und die Clanmitglieder sind immer so grimmig.«

Er verzieht das Gesicht, woraufhin Jasira lachen muss. »Kaum zu glauben, dass ich Wurzeln in diesem Clan habe. Es könnte sein, dass ich zum ersten Mal meinen Großvater kennenlerne – ich habe zumindest nicht von seinem Tod erfahren.«

Plötzlich leuchten Ascians Augen auf. »Das ist es! Deswegen hast du eine Verbindung zu allen vier Krafttieren. Du bist die Einzige, die ich kenne, die direkte Wurzeln in allen vier Clans hat.«

Jasira verdreht die Augen. »Das fällt dir wirklich früh auf. Außerdem wissen wir noch nicht, ob unsere Theorie, was meine Verbindung zu den Krafttieren angeht, stimmt.«

Meine Laune sinkt immer weiter, denn mir wird bewusst, wie wenig ich über Jasira weiß. Doch mit einem Mal werde ich abgelenkt, denn ich spüre ganz deutlich eine magische Kraft.

»Wir nähern uns der Grenze«, stellt Ascian fest.

Als wir sie überqueren wollen, halten wir jedoch inne. Zwischen den Bäumen vor uns treten vier Gestalten hervor. Sie haben allesamt dunkle Haare und sind in Felle und Leder gekleidet. Die beiden Männer unter ihnen überragen uns mindestens um zwei Köpfe und tragen geflochtene Bärte. Sofort weiß ich, warum Asican sich im Clan des grauen Wolfes nicht wohlfühlt: Obwohl wir in der Unterzahl sind und es offensichtlich ist, dass wir keine Stadtmenschen sind, werden wir feindselig angefunkelt.

Ascian tritt hervor und neigt respektvoll den Kopf. »Wir sind mit friedlichen Absichten gekommen. Ich bin Ascian, der Schamanenschüler von Taesera.«

»Ich kenne dein Gesicht«, knurrt der größte Mann. »Das bedeutet nicht, dass ich dir nicht misstraue.«

Am liebsten würde ich mich mit diesen Menschen anlegen. Der Gedanke, ob ich es im Kampf mit ihnen aufnehmen könnte, reizt mich. Doch damit würde ich sicherlich den Platz im Clan des großen Adlers verlieren.

Nun ist es Jasira, die vortritt. »Ich bin die Enkelin von Darith. Wir sind hier, um mit ihm zu sprechen.«

243

Die vier fremden Krieger tauschen grimmige Blicke, und es ist offensichtlich, dass sie Jasiras Großvater kennen.

»Wenn wir herausfinden, dass du uns anlügst …«, knurrt die ältere der beiden Frauen, gibt uns dann jedoch ein Zeichen, die Grenze zu überqueren.

Ich kann Jasira ansehen, dass sie selbst erstaunt über ihren Erfolg ist.

Die Krieger übernehmen wortlos die Führung und drehen sich nicht ein einziges Mal zu uns um. Als ein gewisser Abstand zu uns entstanden ist, wirft Asican uns einen vielsagenden Blick zu.

»Ich wusste ja, dass sie unfreundlich sein können«, flüstert er gerade laut genug, dass wir es hören. »Aber so habe ich sie noch nicht erlebt. Irgendetwas muss vorgefallen sein.«

Jasira nickt ernst, während ich wieder nicht mitreden kann.

Pünktlich zum Einsetzen der Abenddämmerung erreichen wir das Nebenlager. Von allen Seiten werden wir feindselig angestarrt – lediglich die Kinder mustern uns neugierig.

Ich blicke mich auf der Lichtung um. In der Mitte befindet sich eine Feuerstelle, auf der gerade ein Wildschwein zubereitet wird. Erst als ich den Kopf in den Nacken lege, entdecke ich gut getarnte Baumhäuser hoch über mir, die mit Hängebrücken verbunden sind. Sie bilden einen Ring um die Lichtung und man gelangt nur an Strickleitern hinauf. Ich beobachte, wie erlegte Tiere mit einem Seilzug nach oben befördert werden, um sie in einer Vorratskammer zu lagern.

Als Nächstes bemerke ich einen alten Mann, der gerade eines der Baumhäuser verlässt und sich bei unserem Anblick eilig daran macht, die Strickleiter herunterzuklettern. Dann kommt er direkt auf uns zu.

»Wir haben keine Gäste aus den anderen Clans erwartet«, sagt er kühl und streicht sich über den ergrauten Bart. Er mustert uns nacheinander, bis sein Blick an Jasira hängenbleibt. »Du kommst mir bekannt vor«, stellt er fest.

Nun tritt eine der Kriegerinnen, die uns hergebracht haben, hervor. »Sie hat behauptet, deine Enkelin zu sein, aber das war wohl eine Lüge. Entscheide du, wie wir mit ihnen verfahren.«

Jasiras Augen weiten sich. »Du bist Darith? Der Vater von Belor?«

Der Alte wirkt überrumpelt, doch als er spricht, ist seine Stimme neutral. »Dann bist du also Belors Tochter. Ich habe damals von deiner Geburt gehört.«

Man kann seinem Gesichtsausdruck nicht anmerken, was er über das Kennenlernen seiner Enkelin denkt. Ist er an ihr interessiert, oder ist sie ihm völlig egal? Ich merke, dass Jasira von seiner Reaktion verletzt ist. Sie beißt sich auf die Lippe und wirft Ascian einen hilfesuchenden Blick zu.

»Wir möchten nur darum bitten, ein paar Tage zu bleiben«, übernimmt er das Wort. »In einem vertraulichen Gespräch können wir dir auch den Grund dafür nennen.«

Er schaut vielsagend zu den Lagerbewohnern, die sich um uns versammelt haben und unserem Gespräch lauschen.

Jasiras Großvater verengt seine Augen. »Ich sehe keinen Grund, weshalb meine Clankameraden nichts davon erfahren sollten.«

»Liege ich richtig mit der Annahme, dass du ein Ratsmitglied und dadurch das Oberhaupt des Lagers bist?«, fragt mein Bruder mit einer kühlen Autorität, die mich beeindruckt.

Ich erinnere mich an ein Gespräch zwischen Erebus und Titus, bei dem behauptet wurde, dass Ascian naiv wäre. Meiner Meinung nach könnte das kaum weiter von der Realität entfernt sein.

»So ist es«, murrt Darith.

245

»Das, was wir zu besprechen haben, ist streng vertraulich«, fährt Ascian fort. »Die Ratsmitglieder und selbstverständlich eure Anführerin können gerne informiert werden. Es geht auch um die Zukunft der Clans.«

»Um die Zukunft der Clans also«, erwidert Darith mit vor Hohn triefender Stimme. »Habt ihr das auch den Stadtmenschen gesagt, als ihr euch mit ihnen verbündet habt?«

Einen Moment lang können wir den alten Mann bloß sprachlos vor Entsetzen anstarren.

»Wie bitte?«, bricht es schließlich aus Ascian hervor. »Ich wurde von Stadtmenschen *gefangen genommen*. Da würden wir uns sicher nicht mit ihnen verbünden!«

Sofort weiß ich, wer diese Lüge verbreitet hat. Es würde nur zu gut zu Titus passen, auf solch niederträchtige Weise Unruhe zwischen den Clans zu schüren. Doch ich frage mich, wie er es geschafft hat, den Clan des grauen Wolfes zu überzeugen.

Dann fällt mir jedoch wieder ein, was Ascian gesagt hat: Die Mitglieder dieses Clans sind generell misstrauisch den anderen gegenüber. Sicher wusste Titus dies irgendwoher und hat dieses Verhalten für seine Pläne genutzt. Ich kann sein hämisch grinsendes Gesicht vor meinem inneren Auge sehen und muss mich beherrschen, die Fassung zu bewahren.

Jasiras Großvater blickt uns nun wieder mit undurchdringbarer Miene an.

»Kommt mit in mein Baumhaus«, sagt er schließlich knapp. »Aber ich nehme zwei Krieger zu meiner Sicherheit mit.«

Ich kann Jasira ansehen, wie sehr sie dieses Verhalten verletzt. Sicherlich hat sie insgeheim gehofft, mit offenen Armen von ihrem Großvater aufgenommen zu werden. Gerade überlege ich, etwas Tröstendes zu ihr zu sagen, als Ascian ihre Hand nimmt.

Schnell wende ich den Blick ab, ehe mein Gesichtsausdruck verrät, was ich fühle.

Wir folgen dem alten Mann eine Strickleiter hinauf und gelangen auf ein Plateau. Daneben befindet sich ein Baumhaus, das größer ist als die anderen. Als zwei grimmig dreinblickende Krieger ebenfalls oben angelangt sind, betreten wir einen Raum, in dem etwa zwei Dutzend Sitzkissen liegen. Ich nehme an, dass sich dort die Clanmitglieder treffen, wenn es Wichtiges zu besprechen gibt.

»Setzt euch«, sagt Darith, doch seine Stimme klingt alles andere als freundlich.

Die zwei Krieger positionieren sich am Ausgang, was mich unruhig werden lässt.

Nachdem wir Dariths Aufforderung nachgekommen sind, blickt er uns der Reihe nach an.

»Ihr seht beide aus wie Taeseras Schüler«, stellt er fest. »Was hat das zu bedeuten?«

Ascian atmet tief durch und erzählt dann von meiner Entführung und dem Versuch, den Clan des großen Adlers durch meine Hilfe zu vernichten. Ich merke gleich, dass Jasiras Großvater uns glaubt.

»Wenn ich es nicht mit eigenen Augen sehen würde, würde ich es wohl für eine Lüge halten«, stellt er fest. »Eure Geschichte stimmt jedoch nicht mit dem überein, was man mir über den Clan des großen Adlers erzählt hat.«

»Was wurde denn erzählt?«, fragt Jasira der Verzweiflung nahe. »Wir haben keine Ahnung, was für Gerüchte über uns im Umlauf sind.«

»Ein Mitglied des Rates hat berichtet, dass der Clan des großen Adlers mit den Stadtmenschen zusammenarbeitet. Angeblich wollt ihr das Gebiet aller Clans an euch reißen und einen Teil der Stadt abgeben, wenn sie dafür bei der Eroberung helfen.«

Ich balle meine Hände zu Fäusten und werde von Wut überwältigt. Es gelingt mir erst, wieder klar zu denken, als sich eine Hand auf meinen Arm legt. Sie gehört zu Jasira, die mich besorgt anblickt und mir dann ein leichtes Lächeln schenkt. Sofort ist meine Wut wie weggewischt – dafür schaffe ich es nun kaum, meinen Blick von ihr abzuwenden.

»Das ist eine Lüge«, ruft Ascian aufgebracht. »Die Stadtmenschen wollen uns gegeneinander aufhetzen. Und offensichtlich ist es ihnen gelungen.«

»Ich bin gewillt, euch zu glauben«, erwidert Jasiras Großvater langsam. »Es ist offensichtlich, dass ihr die Wahrheit sagt. Doch ich frage mich, wie dieses Gerücht zustande gekommen ist.«

»Ich sage das nicht gern«, beginnt Ascian und sieht aus, als wolle er am liebsten nicht weiterreden. »Aber vielleicht habt ihr einen oder mehrere Verräter in eurem Clan. Bei uns war das leider auch der Fall, sodass die Entführung von Cadoc – und später auch meine – möglich war.«

Darith wirkt kurz verärgert, aber ich kann ihm auch ansehen, dass er nicht allzu überrascht ist.

»Diese Stadtmenschen«, grummelt er in seinen Bart und seine braunen Augen blitzen vor Wut. »Dachten sie wirklich, dass ihre List nicht auffliegt?«

»Ich denke, sie haben geahnt, dass wir sie durchschauen«, melde ich mich nun zögerlich zu Wort. Wieder muss ich daran denken, was für eine intrigante Persönlichkeit Titus besitzt. »Es war sicherlich so etwas wie eine Warnung oder Provokation. Und vielleicht wollten sie uns auch zeigen, wie leicht sie uns manipulieren können.«

Jasiras Großvater springt auf und grollt: »Wenn das wirklich der Fall ist und sie uns verhöhnen wollen, werden wir Krieg führen.«

Ich bin unendlich froh, dass sich sein Hass nun nicht mehr gegen uns wendet. Darith ist eindeutig kein Mensch, den man zum Feind haben möchte.

»Vielleicht wollen sie genau das erreichen«, überlegt Ascian. Ich beneide ihn darum, wie besonnen er in dieser Situation reagiert. »Wir sollten lieber alle Clans versammeln und gemeinsam einen Plan schmieden. Nur als vereinte Kraft haben wir eine Chance.«

Darith nickt grimmig und fährt sich durch den Bart. »Du hast recht. Doch zuerst werde ich den Rat und selbstverständlich unsere Anführerin informieren.« Dann fällt ihm noch etwas ein: »Wenn ich es richtig verstanden habe, gab es ursprünglich einen anderen Grund, weshalb ihr hergekommen seid?«

Jasira nickt, und auch wenn es ihr sichtlich unangenehm ist, ergreift sie das Wort. »Wir haben den Verdacht, dass ich eine Verbindung zu allen vier Krafttieren habe. Ich bin hier, um das bei einer Begegnung mit einem Wolf auszutesten.«

Die Augen ihres Großvaters weiten sich und er betrachtet seine Enkelin voller Staunen. »Ich habe noch nie gehört, dass sowas möglich ist.«

Jasira errötet und senkt den Blick. »Es könnte natürlich auch sein, dass wir uns irren.«

»Unsinn«, sagt Ascian voller Inbrunst. »Wir befinden uns in grausamen Zeiten, und es erscheint nur logisch, dass die Krafttiere eine solche Gabe verleihen. Ich zweifle nicht daran, dass du ein Teil der Prophezeiung bist.«

»Eine Prophezeiung auch noch«, murmelt Darith. »Das wird ja immer schöner.«

KAPITEL 22

Jasira

Mit geschlossenen Augen sitze ich auf einer Lichtung im hohen Gras. Ich konzentriere mich auf die typischen Geräusche des Waldes: das Rascheln im Unterholz, das Rauschen des Windes in den Ästen der Nadelbäume und das Klopfen eines Spechtes. Die Sonne scheint heiß auf mich hinab und schon jetzt bilden sich Schweißperlen auf meiner Stirn. Dennoch bewege ich mich nicht vom Fleck, denn mein Großvater hat mir von einer Wölfin berichtet, die in der Nähe ihre Jungen großzieht. Normalerweise halten sich Clanmitglieder von ihren Krafttieren fern, wenn diese sich ihnen nicht von allein nähern. Doch ich habe nicht die Zeit dafür, auf einen Zufall zu hoffen.

Zuerst habe ich gedacht, dass ich mich ohne die Gesellschaft von Cadoc und Ascian in einem fremden Revier nicht wohlfühlen würde, aber ich merke, dass mir der Abstand zu den beiden guttut. Zum ersten Mal habe ich genug Zeit und Ruhe, um über meine Gefühle nachzudenken. Mittlerweile bin ich mir zwei Dingen bewusst: Zwischen Ascian und mir hat sich trotz unserer Bemühungen etwas geändert – und ich habe eindeutig Gefühle für Cadoc. Ich wische mir den Schweiß von der Stirn und seufze kaum hörbar. Es ist anstrengend, mit meinen Gedanken allein zu sein, aber auch sehr aufschlussreich.

Dann wird meine Aufmerksamkeit jedoch auf etwas anderes gelenkt: In der Nähe kann ich das Geräusch mehrerer großer Tiere hören, die durch das Unterholz streifen. Ich setze mich auf und spüre ein aufgeregtes Kribbeln im Nacken. Und dann sehe ich sie: Eine Wölfin, die gemeinsam mit drei Jungen die Lichtung betritt, nur etwa zehn Schritte von mir entfernt. Doch sogleich macht sich Enttäuschung in mir breit, denn sie sind so nah, dass ich längst die Energie der Krafttiere spüren müsste. Meine Augen brennen und ich bin kurz davor, in Tränen auszubrechen.

Plötzlich wendet sich die erwachsene Wölfin jedoch um und blickt mich geradewegs an. Augenblicklich fährt ein Energieblitz durch meinen Körper, der mir den Atem raubt. Ich schnappe nach Luft und bin mir sicher, mindestens so viel Kraft wie ein Bär zu haben.

Ein Jauchzen entweicht meiner Kehle, das die Jungen erschrocken zusammenzucken lässt. Doch sie laufen nicht fort, sondern kommen neugierig auf mich zu. Das Muttertier lässt es zu. Ich werde von Freude überwältigt und kann es kaum glauben, als die Wolfskinder sich direkt vor mich setzen und mit großen Augen zu mir aufschauen. Mein Herz schlägt wie wild, als würde es jeden Moment aus meiner Brust springen.

Irgendwann macht die Wölfin jedoch ein bellendes Geräusch, woraufhin die Jungen wieder zu ihr laufen und sie so schnell im Wald verschwinden, als wären sie nie da gewesen. Die Energie endet so abrupt, dass ich völlig entkräftet zurücksinke.

Es dauert eine Weile, bis mein Atem wieder gleichmäßig geht und ich allmählich fassen kann, was gerade passiert ist. Ich habe eindeutig eine Verbindung zu den Wölfen gehabt, was beweist, dass ich die einzige Person bin, die mit allen vier Krafttieren verbunden ist.

Lachend liege ich auf dem Rücken und kann mich kaum beherrschen. Selten habe ich mich so glücklich und befreit gefühlt. Dann wird mir jedoch bewusst, was das noch bedeutet: Eine große Verantwortung liegt auf meinen Schultern. Ich bin Teil einer Prophezeiung, gemeinsam mit Ascian und Cadoc.

Doch ich bin nicht allein, und das ist die Hauptsache. Gemeinsam mit den beiden werde ich es schaffen, die Clans vor den Stadtmenschen zu beschützen.

Levana

Ich sitze auf meiner Pritsche und starre in die Dunkelheit, die nur von einer schwachen Fackel leicht erhellt wird. Von Weitem kann ich Schritte hören, und sofort nehme ich eine stolze Haltung ein.

Als zwei kräftige Krieger in mein Sichtfeld treten und sich an dem Zellenschloss zu schaffen machen, lächle ich siegessicher. Ich habe gewusst, dass meine Worte den Anführer dazu bringen würden, mich freizulassen.

»Komm heraus«, brummt der größere und muskulösere der beiden. »Du wirst in einem der Gästezimmer einquartiert und darfst dich frei im Lager bewegen. Dabei wirst du aber stets bewacht.«

Ich streiche mein langes schwarzes Kleid glatt, das eindeutig nicht der Mode der Stadt entspricht. Dabei lasse ich mir meinen Triumph nicht anmerken, sondern folge den beiden Männern wortlos.

Als wir in die Haupthöhle gelangen, werde ich sogleich von allen Clanmitgliedern angestarrt, und sie flüstern aufgeregt miteinander. Ich drücke meinen Rücken noch etwas weiter durch, um so würdevoll und unantastbar wie möglich zu wirken. Ich richte meinen Blick starr nach vorne und ignoriere die Menschen, die sich immer näher an mich herantrauen.

Schließlich biegen wir in einen Gang ab, der zum Glück nicht so beengend ist wie der zu den Zellen. Dennoch würde ich mich am liebsten losreißen und nach draußen laufen, um endlich wieder den weiten Himmel über mir zu sehen.

Verstohlen blicke ich mich um, denn mittlerweile gehen wir an Eingängen vorbei, die mit Vorhängen verdeckt sind. Ich vermute, dass sich hinter ihnen die Privatzimmer der Clanmitglieder befinden. Ich rümpfe die Nase, denn ich frage mich, wie man freiwillig ohne Türen leben kann.

»Das hier ist deins«, sagt einer der beiden Krieger schließlich. »Denk nicht daran, heimlich zu flüchten. Wir halten hier Wache.«

Ich zucke bloß unbeeindruckt mit den Schultern.

Ich schiebe den Vorhang beiseite, betrete den Raum und verschaffe mir einen Überblick. Es ist zwar ein kleines Zimmer, das anscheinend in die Höhlenwand gehauen wurde, aber immerhin entdecke ich ein Bett, einen Spiegel und eine Kleidertruhe. In Letztere werfe ich sogleich einen Blick und bin erfreut, dass sie gefüllt ist. Die ganze Ausstattung kommt zwar nicht im Entferntesten an den Luxus heran, den ich gewohnt bin, aber alles ist besser als diese muffige Zelle.

Seufzend lasse ich mich auf das Bett fallen und freue mich über die weiche Matratze. Endlich eine Nacht, die ich ohne Rückenschmerzen schlafen werde.

Ich schrecke hoch, als eine Stimme ertönt: »Komm heraus, der Anführer möchte mit dir sprechen.«

Ich reibe mir die Augen und blicke mich verwirrt um. Es dauert eine Weile, bis ich mich wieder daran erinnere, wo ich mich befinde.

»Einen Moment«, rufe ich und springe aus dem Bett, um einen Blick in den Spiegel zu werfen.

Ich schnappe entsetzt nach Luft, als ich in das Gesicht einer müden jungen Frau mit ungepflegten Haaren blicke. Am liebsten würde ich vor Frust aufschreien, denn noch nie in meinem

Leben habe ich so furchtbar ausgesehen. Hysterisch greife ich nach dem Kamm, der auf der Ablage unter dem Spiegel liegt, und versuche, meine Haare zu bändigen. Ich schaffe es, sie zu einem einigermaßen ordentlichen Knoten hochzustecken. Dann spritze ich mir das kalte Wasser aus einer Waschschüssel ins Gesicht und ziehe mir eine leichte dunkelgrüne Toga an, die ich in der Kleidertruhe finde.

Ein letztes Mal überprüfe ich mein Spiegelbild und seufze resigniert. Im Grunde spielt mein Aussehen keine Rolle, deswegen muss ich mich umso mehr darauf konzentrieren, meine einnehmende Ausstrahlung beizubehalten.

Als ich durch den Vorhang trete, wirken die beiden Wachen bereits ungeduldig, doch sie führen mich ohne weiteren Kommentar in den Verhörraum vom letzten Mal. Diesmal sitzt dort nicht nur der Anführer, sondern auch die Schamanin. Ich erinnere mich daran, dass sie Ascians Tante ist, und erwische mich dabei, wie ich in ihrem strengen Gesicht nach Gemeinsamkeiten suche. Ich kann jedoch keine finden, abgesehen von den typischen Merkmalen, die sich die Mitglieder vom Clan des großen Adlers teilen.

»Setz dich«, fordert der Anführer mich auf und ich gehorche ihm ohne Widerworte.

Wenn ich alles richtig mache, könnte ich mir die Freiheit erarbeiten. Die Schamanin – ich erinnere mich, dass ihr Name Taesera ist – stellt den Kristall zwischen uns ab und mustert mich dann eingehend. Es scheint ihr nicht zu gefallen, was sie sieht, denn sie verengt misstrauisch die grauen Augen.

»Nun, ich habe mich eingehend mit den Ratsmitgliedern besprochen«, beginnt der Anführer mit kühler Autorität. Ich halte unwillkürlich den Atem an, denn von diesem Augenblick hängt so viel ab. »Wir sind zu dem Schluss gekommen, dass wir dir noch mehr Freiheiten gewähren. Aber wir werden warten, bis Ascian zurückkehrt, denn er kann am besten einschätzen, ob man dir vertrauen kann.«

Meine Zuversicht sinkt, denn ich habe mir Ascians Vertrauen bereits gründlich verspielt. Trotzdem möchte ich die Hoffnung noch nicht aufgeben. Am Ende unserer Reise kam es mir so vor, als hätte sich die Stimmung zwischen uns verbessert, also habe ich vielleicht eine Chance, sein Vertrauen zurückzugewinnen. Seltsamerweise spüre ich wieder diese Wärme, als ich an Ascian denke, und muss unwillkürlich lächeln.

»Sei dir nicht zu sicher«, sagt Taesera, die meine Reaktion offensichtlich missverstanden hat. »Ascian ist nicht dumm. So leicht kannst du ihn nicht täuschen.«

Ich beschließe, darauf nicht mehr zu einzugehen und lehne mich zurück. »Was bedeutet es, dass ich nun mehr Freiheiten habe? Werde ich meine Wachen los?«

Der Anführer schüttelt den Kopf und wirkt verärgert. »Dieses Risiko werden wir nicht eingehen. Aber du darfst hin und wieder die Höhle verlassen.«

Ich versuche, mir meine Freude nicht ansehen zu lassen, auch wenn ich mir sicher bin, dass mein Gesichtsausdruck trotzdem Bände spricht.

»Ich danke euch«, erwidere ich gefasst und neige respektvoll den Kopf.

Ich kann es kaum erwarten, endlich wieder frische Luft einzuatmen und die Sonne auf meiner Haut zu spüren. Am liebsten würde ich aufspringen und die neu erlangte Freiheit sofort nutzen.

»Und nun geh«, sagt der Anführer streng, auch wenn seine Mimik milder wirkt als bei unseren ersten Gesprächen.

So werde ich die Zeit, bis Ascian zurückkehrt, sicherlich gut überbrücken können.

Ascian

Ich kann es kaum fassen, als Jasira uns freudestrahlend von ihrer Begegnung mit den Wölfen berichtet.

»Dann ist es also tatsächlich wahr«, sage ich ehrfürchtig und blicke meine Freundin voller staunen an. Meine Freundin, die noch vor kurzer Zeit dachte, überflüssig in den Clans zu sein.

Ich nehme sie fest in den Arm und stütze mein Kinn auf ihrem Kopf ab. Sofort spüre ich wieder Cadocs Blick auf uns, so wie jedes Mal, wenn Jasira und ich uns nahekommen. Ich muss mir eingestehen, dass ich diese Reaktion mittlerweile provoziere, ohne genau zu wissen, warum. Ich sehe meinen Zwillingsbruder nicht als Gefahr und freue mich weiterhin unglaublich über seine Anwesenheit. Und doch ist da eine Spannung zwischen uns, die ich nicht so recht deuten kann.

»Es ist einfach so unwirklich«, ruft Jasira freudestrahlend und wendet sich ihrem Großvater zu, der mittlerweile dazugestoßen ist.

»Warst du etwa erfolgreich?«, fragt er fassungslos.

Jasira nickt mit einem breiten Grinsen, das sogar noch strahlender wird, als Darith ihr stolz auf die Schulter klopft.

»Dann kann ich wohl in Zukunft mit meiner Enkelin angeben.« Er blickt schuldbewusst zu Boden. »Es war nicht richtig, dass ich nichts von dir wissen wollte. Es hat damals meinen Stolz verletzt, dass mein Sohn beim Clan des weißen Hirsches aufgewachsen ist und sich dann auch noch eine Gefährtin genommen hat, die zum Clan des großen Adlers gehörte.«

Jasira zuckt mit den Schultern. »Ich verstehe das. Die Hauptsache ist, dass du mich nicht abgewiesen hast, als wir hergekommen sind.«

Darith fährt sich verlegen durch den Bart. »Nun ist es aber wichtig, dass ich mich auf die Reise zum Hauptlager mache, damit dort eine Ratsversammlung stattfinden kann. Ich würde dich gerne näher kennenlernen, aber wir können keine Zeit verschwenden.«

Jasira nickt und nimmt kurz die große Hand ihres Großvaters in ihre. »Wir werden uns sicherlich bald wiedersehen. Wir werden auch schon morgen früh aufbrechen, damit der Clan des großen Adlers so schnell wie möglich von den Neuigkeiten erfährt.«

»Dann ist es nun Zeit, uns zu verabschieden«, sagt Darith mit einem wehmütigen Lächeln. »Mein Pferd steht schon bereit.«

Jasira und er umarmen sich ein letztes Mal, und ich beobachte beeindruckt, wie mühelos sich der alte Mann auf sein Reittier schwingt. Wir winken ihm hinterher und stehen schließlich ganz verloren allein auf der Lichtung. Fast alle Lagerbewohner sind auf Patrouille oder Jagd.

»Und was jetzt?«, fragt Jasira mit einem unsicheren Lachen. »Unsere Mission ist erfüllt. Am liebsten würde ich schon heute zurückreisen.«

»Du bist doch völlig erschöpft«, erwidert Cadoc, woraufhin erneut dieser unerklärliche Widerwillen in mir aufsteigt.

Jasira hebt unsicher die Schultern und schenkt ihm ein Lächeln, das mein Unbehagen noch wachsen lässt. »Wahrscheinlich hast du recht. Auf eine Nacht mehr oder weniger kommt es vermutlich nicht an.«

»Aber vielleicht doch«, werfe ich schnell ein, obwohl ich Cadoc eigentlich zustimme. Jasira braucht nach diesem aufregenden Tag dringend Ruhe. »Die Stadtmenschen könnten jeden Augenblick entscheiden, die Clans offen anzugreifen«, füge ich noch hinzu – allerdings mehr, um mich selbst von meinem Argument zu überzeugen.

Ich sehe, dass Cadoc mir am liebsten widersprechen würde, sich aber dennoch zurückhält. Das rechne ich ihm hoch an, auch wenn es mir ein schlechtes Gewissen bereitet. Ich möchte nicht, dass er das Gefühl hat, mir alles recht machen zu müssen. Also seufze ich und beschließe, dass ich meinen Stolz herunterschlucken sollte.

»Vermutlich wäre es tatsächlich besser, noch eine Nacht hier zu bleiben«, gebe ich nach, woraufhin Jasira amüsiert die Augenbrauen hebt.

Zu meiner Erleichterung kommentiert sie mein seltsames Verhalten jedoch nicht, sondern geht ohne weiteren Kommentar davon. Wir beobachten, wie sie eine Kriegerin anspricht, die daraufhin nickt und zu mehreren kleinen Baumhäusern deutet, die miteinander verbunden sind.

»Sie ist viel selbstbewusster geworden«, stelle ich erstaunt fest. »Damals hätte sie niemals einfach so fremde Menschen angesprochen.«

»Vielleicht, weil sie nun endlich weiß, dass sie wichtig ist«, erwidert Cadoc gedankenverloren.

Er lächelt leicht, während er Jasira beobachtet. Wie schon mehrmals zuvor keimt ein Verdacht in mir auf, den ich jedoch schnell beiseiteschiebe. Es ist nicht an der Zeit, über solche Dinge nachzudenken. Ich muss mich einzig auf das Wohl der Clans konzentrieren.

Jasira kommt gut gelaunt zu uns zurückgelaufen. »Wir können uns zwei der Gästebaumhäuser aussuchen. Aber diesmal schlaft ihr beide zusammen in einer Hütte, damit ich meine Ruhe habe.«

Sie zwinkert uns zu, und ich weiß sofort, was ihr Hintergedanke dabei ist. Und ich habe nichts dagegen, das erste Mal Zeit mit Cadoc allein zu verbringen. Erst jetzt fällt mir auf, dass wir bisher nie die Möglichkeit hatten, ohne Zuhörer miteinander zu sprechen.

Mir fällt jedoch auf, dass mein Bruder nervös wirkt. Ist er besorgt, dass ich ihn ausfrage? Nun, ganz unrecht hat er damit nicht, denn ich beabsichtige, endlich ein paar Dinge herauszufinden.

Nachdem Cadoc und ich es uns in dem kleinen Baumhaus gemütlich gemacht haben, hängt zunächst ein unbehagliches Schweigen zwischen uns. Laue Nachtluft strömt durch das weit geöffnete Fenster und trägt den Ruf eines Kauzes hinein. Das Grillenzirpen ist beinahe schon unangenehm laut, aber seltsamerweise beruhigt es mich trotzdem.

»Ich möchte nicht, dass es seltsam zwischen uns ist«, sage ich schließlich kaum hörbar und richte meinen Blick strikt gegen die Decke. Wir beide liegen auf unsere Betten, doch an Schlaf ist noch lange nicht zu denken.

»Ich auch nicht«, antwortet Cadoc schließlich, und ich spüre seinen Blick auf mir.

Als ich meinen Kopf zu ihm drehe, bemerke ich, dass er traurig wirkt. Am liebsten würde ich ihn fragen, was zwischen ihm und Jasira ist, doch aus irgendeinem Grund finden diese Worte nicht aus mir heraus.

»Hast du damals Sehnsucht nach der Wildnis gehabt?«, frage ich stattdessen. »Hast du gespürt, dass du nicht in die Stadt gehörst?«

»Das ist schwer zu beantworten«, murmelt Cadoc. »Ich wurde mein ganzes Leben lang gesteuert, sodass ich kaum noch einen eigenen Willen hatte. Sobald ich Gefühle zuließ, wurden sie mir zum Verhängnis, und trotzdem habe ich sie nie verloren. Allerdings hat mich Erebus strikt von der Welt außerhalb der Stadt ferngehalten, sodass ich auch keine Sehnsucht verspüren konnte. Aber das hat sich sofort geändert, sobald ich den ersten Schritt in den Wald gesetzt habe.«

Seine Worte rühren mich, und ich muss mehrmals blinzeln, um die Fassung zurückzugewinnen. Mir wird bewusst, wie stark Cadoc ist. Obwohl seine Seele verstümmelt wurde, hat er seine Menschlichkeit zurückerlangt.

»Ich frage mich, wie unser Leben verlaufen wäre, wenn du nicht entführt worden wärst«, sage ich. »Wäre die Prophezeiung dann überhaupt in Erfüllung gegangen? Hätten die Stadtmenschen eine Chance gehabt, uns ohne dich anzugreifen? Vielleicht war es dein Schicksal, entführt zu werden, wie grausam das auch klingt.«

»Darüber habe ich noch nicht nachgedacht«, gibt Cadoc zu. »Aber es klingt plausibel. Aber was ist, wenn ich dazu verdammt bin, den Clans zu schaden?«

»Das ist ausgeschlossen«, sage ich energisch. »Du bist auf unsere Seite gewechselt, als wir dich am dringendsten gebraucht haben. Du bist wichtig für uns alle.«

Trotz der Dunkelheit kann ich erkennen, dass Cadoc lächelt. Es widerstrebt mir, nun eine ernstere Frage zu stellen, die diese gute Stimmung wieder zerstören könnte, doch ich muss es tun: »Ich weiß, dass du nicht darüber sprechen möchtest. Aber es ist unglaublich wichtig, dass du mir erzählst, was es mit dem Magier auf sich hat.«

Wie befürchtet verschwindet Cadocs Lächeln, und ich glaube, im Schein des Mondes Angst in seinen Augen aufblitzen zu sehen.

»Er ist unglaublich mächtig«, flüstert er, so als würde man uns belauschen.

Eine Gänsehaut kriecht mir über die Arme. Sogleich habe ich das Gefühl, dass sich die Luft in dem Baumhaus auflädt.

»Er kann spüren, wenn man über ihn redet«, fügt Cadoc noch leiser hinzu und schluckt hörbar.

Seine Worte schockieren mich, denn ich habe noch nie von einem Menschen gehört, der solch mächtige Magie beherrscht. Hinzukommt, dass dieser Mann nicht einmal Schamane ist, was ihn noch unberechenbarer macht.

»Wir müssen das Risiko eingehen«, sage ich angespannt. »Früher oder später müssen wir erfahren, wer unser größter Feind ist.«

Cadoc zögert, aber dann endlich beginnt er zu erzählen: »Sein Name ist Ason. Er stammt von einem mächtigen Schamanen ab, der einst seine Seele an einen Dämon verkauft hat, aber von den Clans besiegt werden konnte.«

»Meinst du Morigan?«, frage ich aufgeregt. »Die Geschichten über ihn habe ich bereits gehört.«

Cadoc nickt. »Genau ihn meine ich. Er hat diese mächtige Magie an seine Nachfahren weitergegeben. Ason war jedoch der erste von ihnen, der es herausfand und seine Kräfte entdeckte. Er ist herumgereist, um der Magie auf den Grund zu gehen, und dabei ist er immer stärker geworden ... bis ihn die Machtgier völlig in Besitz genommen hat.« Cadoc stockt und wirkt verstört. »Er ist das pure Böse«, fügt er beinahe lautlos hinzu.

Ein mulmiges Gefühl breitet sich in mir aus und trotz der warmen Luft fröstle ich. »Und warum hat er uns nicht schon längst vernichtet? Es wäre doch sicherlich ein Leichtes für ihn.«

»Ason steht nicht auf der Seite der Stadt«, erklärt Cadoc. »Er entscheidet nach Laune und Bezahlung, für wen er arbeitet. Die Stadtmenschen haben ihm wohl nicht genug geboten, um offen gegen die Clans in den Kampf zu ziehen. Allerdings hatte er sich damals, als ich noch ein Kleinkind war, bereiterklärt, mich in Magie zu unterrichten. Ich nehme an, dass ihn diese Aufgabe gereizt hat. Eines Tages ist er dann jedoch ohne Ankündigung verschwunden und kam nie wieder.«

»So übel klingt er eigentlich nicht«, gebe ich zu. »Vielleicht könnten wir ihn für uns gewinnen. Schließlich hat er die gleiche Abstammung wie wir.«

»Nein!«, fährt mich Cadoc an, und ich zucke bei seiner heftigen Reaktion zusammen. »Nein«, wiederholt er etwas gefasster. »Du weißt nicht, wozu er fähig ist. Die dunkle Magie, die er mich gelehrt hat, kratzt nur an der Oberfläche. Es ist besser, wenn wir ihn da raushalten.«

»Und was ist, wenn die Stadtmenschen es doch schaffen, ihn auf ihre Seite zu ziehen?«, werfe ich ein. »Dann haben wir verloren, ganz egal, wie stark wir kämpfen.«

Darauf erwidert Cadoc nichts mehr und das unbehagliche Schweigen nimmt den ganzen Raum ein.

»Wir sollten ihn wirklich da raushalten«, sagt mein Bruder schließlich erschöpft. »Glaube mir, ich weiß, wovon ich rede. Bitte vertraue mir.«

»In Ordnung«, gebe ich nach, aber ich beschließe insgeheim, die ganze Sache nochmal mit Taesera zu besprechen. Sie soll entscheiden, ob wir das Risiko eingehen sollten.

KAPITEL 23

Cadoc

Nach wenigen Tagen erreichen wir wieder das Hochgebirge. Mir fällt auf, dass ich es jetzt schon als meine Heimat sehe. Sobald wir die unsichtbare magische Grenze zu unserem Revier überquert haben, fühle ich mich sofort gelöster. Die Besorgnis über mein Gespräch mit Ascian rückt in den Hintergrund und ich freue mich darauf, in mein neues – und vor allem eigenes – Zimmer zurückzukehren. In meinem alten Leben hatte ich nie das Gefühl, nach Hause zu kommen, und es wäre mir nie in den Sinn gekommen, dass es sich so gut anfühlt.

Als wir nach zwei weiteren Tagen endlich die riesige Höhle betreten, werden wir sogleich von freudestrahlenden Menschen umringt. Ein verlegenes, aber glückliches Lächeln breitet sich auf meinen Lippen aus, als ich bemerke, dass die Begrüßung auch mir gilt. Ich kann es noch immer nicht fassen, dass die Clanmitglieder mir das Geschehene nicht mehr übelnehmen, sondern mich sogar als einen von ihnen sehen. Vermutlich hat es auch etwas mit meiner Ähnlichkeit mit Ascian zu tun, dass sie mich nicht als einen Fremden betrachten.

Als sich die kleine Versammlung allmählich auflöst, hält Ascian plötzlich inne und seine Augen weiten sich. Ich folge seinem Blick und erkenne Levana, die er als Gefangene hergebracht hat.

»Warum befindet sie sich außerhalb ihrer Zelle?«, fragt Jasira voller Feindseligkeit.

»Sie hat Wachen bei sich«, stelle ich fest und deute auf die beiden Männer, die ein kleines Stück hinter ihr stehen.

Levana schaut Ascian mit einem unergründlichen Ausdruck an. Mein Bruder erwidert den Blick, und es ist offensichtlich, dass er nervös ist.

Schließlich kommt die junge Frau mit stolzen Schritten auf uns zu. Dabei wirkt sie vielmehr wie eine Anführerin und nicht wie eine Gefangene.

Jasiras Körper spannt sich noch weiter an. Ich habe sie noch nie zuvor so wütend gesehen. Ascian scheint davon jedoch nichts zu merken, denn er geht auf Levana zu und bleibt nur einen Schritt von ihr entfernt stehen.

»Wieso bist du nicht mehr eingesperrt?«, fragt er. Dabei klingt mein Bruder jedoch nicht barsch, sondern vielmehr besorgt und vielleicht sogar ein bisschen erleichtert.

»Das sollten dir Taesera und der Anführer erklären«, antwortet Levana mit einem rätselhaften Lächeln.

Ich werfe einen kurzen Blick zu Jasira, und mit Bestürzung stelle ich fest, dass sie eifersüchtig zu sein scheint. Es ist der gleiche Gesichtsausdruck, mit dem mich Ascian ansieht, wenn ich mit Jasira spreche. Meine Hoffnung darauf, dass wir uns wieder annähern könnten, sinkt.

Ich werde aus meinen Gedanken gerissen, als ich im Augenwinkel eine Bewegung bemerke. Es sind Taesera und der Anführer – es scheint so, als hätten die beiden etwas Wichtiges zu besprechen.

»Ascian, wir müssen mit dir reden«, sagt unsere Tante ohne Umschweife und wirft dabei einen vielsagenden Blick zu Levana.

Diese wirkt zufrieden, was mir überhaupt nicht gefällt. Ascian blickt Jasira und mich entschuldigend an und verlässt dann zusammen mit den beiden Erwachsenen die Haupthöhle. Levana lächelt uns zu, doch ihre braunen Augen wirken kalt.

»Wir sollten gehen«, sage ich zu Jasira, als sich ihr Körper wieder versteift.

Sie nickt knapp und hakt sich bei mir ein, was meine Wangen sofort glühen lässt. Levana zieht wissend eine Augenbraue hoch, sodass ich mich schnell abwende und gemeinsam mit Jasira ziellos durch die Höhlengänge laufe.

»Lass uns wieder zu unserem Platz gehen«, sagt sie irgendwann.

»*Unser* Platz?«, frage ich und sofort beginnt mein Herz zu rasen.

Sie antwortet nicht, sondern zieht mich hinter sich her, bis wir an die Stelle gelangen, wo ich mich damals von ihr verabschiedet habe. Als ich dachte, dass ich sie niemals wiedersehen würde. Meine Kehle wird trocken, als ich daran denke, wie nah wir uns gekommen sind und wie echt sich das alles angefühlt hat.

Wortlos setzt sich Jasira neben das Wasserbecken und lässt mit ihrer Hand kleine Wellen entstehen. Ich stehe eine Weile einfach bloß da und kann meine Augen nicht von ihr abwenden. Ihr blondes Haar schimmert golden im Sonnenlicht und fällt ihr seitlich über die Schulter. Am liebsten würde ich mich neben sie setzen, um ihr nah zu sein, doch ich habe das Gefühl, damit meinen Bruder zu hintergehen. Vermutlich wäre es das Beste, umzukehren und diesen Ort zu verlassen – und doch mache ich keine Anstalten, zu gehen.

Schließlich wendet sich Jasira mit einem Lächeln zu mir. »Es kommt einem alles so weit entfernt vor«, sagt sie und blickt mich erwartungsvoll an.

»Was meinst du?", frage ich.

Ich werfe meine Bedenken über Bord und setze mich neben sie – so nah, dass sich unsere Arme beinahe berühren und ich nur meine Hand ausstrecken müsste, um sie an mich zu ziehen. Schnell senke ich meinen Blick, damit sie nicht meine Gedanken errät.

»Unsere gemeinsame Zeit, als ich noch dachte, du wärst Ascian«, antwortet sie. »Im Nachhinein frage ich mich, warum ich es nicht sofort gemerkt habe. Meine Gefühle hätten es verraten müssen.«

»Du meinst, weil du nicht das Gleiche empfunden hast wie für Ascian?«, frage ich, und sofort sinkt mein Mut.

»Ja und nein«, sagt Jasira nachdenklich. »Es war ähnlich, aber irgendwie ... hat es sich verboten angefühlt. Und dadurch war es umso intensiver.«

Nun kann ich nicht mehr vermeiden, dass mir die Röte ins Gesicht schießt. Mein Atem geht schneller und ich schaffe es kaum, meinen Blick von ihr abzuwenden. Endlich bringe ich die Worte heraus, die mich schon so lange beschäftigen: »Und wie ist es jetzt? Hat sich etwas geändert?«

Sie dreht ihren Kopf, und unsere Blicke treffen sich. Es fühlt sich an, als würde ein Blitz in mich hineinfahren, ähnlich wie das Gefühl, wenn ein Adler in der Nähe kreist.

Jasira antwortet nicht, sondern beugt sich vor und zieht mich an sich. Unsere Lippen treffen aufeinander und entfachen Emotionen in mir, die mich völlig überwältigen. Ich streiche Jasira durch ihr weiches Haar und nehme ihr Gesicht in meine Hände. In diesem Moment wünsche ich mir nichts sehnlicher, als dass dieser Kuss nie endet.

Doch schließlich ist es Jasira, die sich von mir löst und tief in meine Augen blickt.

»Ich hoffe, ich habe dich nicht überrumpelt«, sagt sie mit rauer Stimme.

Ich schüttle bloß den Kopf, denn ich bin mir sicher, kein einziges Wort herauszubekommen. Überglücklich lege ich den Arm um sie und drücke ihr einen sanften Kuss gegen die Schläfe.

Jasira bettet ihren Kopf auf meine Schulter und atmet tief durch.

»Ich bin so verwirrt und gleichzeitig war ich mir nie so sicher«, gibt sie zu.

»Glaube mir, ich weiß genau, was du meinst«, murmle ich.

Eine ganze Weile sitzen wir einfach so da und blicken verträumt auf das Wasser und den plätschernden Wasserfall. Ja, hier ist von nun an *unser* Platz.

Ascian

Ich gehe nachdenklich im Raum auf und ab, während Taesera und der Anführer mich erwartungsvoll beobachten. Sie wollen, dass ich eine Entscheidung treffe, die die Zukunft aller Clans betrifft.

Ich konnte kaum meinen Ohren trauen, als der Anführer mir eröffnete, dass sie in Betracht ziehen, Levana freizulassen. Ich muss mir jedoch eingestehen, dass ein Teil von mir darauf gehofft hat, auch wenn es völlig absurd ist. Levana hat mich hintergangen und sie ist die Tochter unseres schlimmsten Feindes.

Gleichzeitig hat es mir einen Stich versetzt, als ich erfahren habe, dass Levana die Verlobte des Königs ist. Noch nie habe ich eine solche Wut und Eifersucht verspürt, nicht einmal bei Jasira und Cadoc. Levana ist die zukünftige Königin der Städte, und das macht mich aufgebrachter, als es sollte.

»Können wir es wirklich riskieren?«, frage ich und halte in meiner Bewegung inne.

Ich wende mich Taesera und dem Anführer zu, die sofort wieder ratlos wirken. Vermutlich haben sie darauf gehofft, dass ich voller Zuversicht eine Entscheidung treffe.

»Vielleicht stimmt es gar nicht, was sie über den König gesagt hat. Er könnte längst über alles Bescheid wissen und es gutheißen.«

»Der Kristall hat nicht schwarz aufgeleuchtet«, erinnert der Anführer mich. »Levana kann nicht gelogen haben.«

Ich lasse mich auf eines der Sitzkissen sinken und fahre mir mit der Hand über das Gesicht. Selten habe ich mich bei einer Entscheidung so überfordert gefühlt.

»Sie ist nicht weggelaufen, als sie die Gelegenheit dazu hatte«, murmle ich. »Sie hat sich für mich eingesetzt, als ihr Vater mich erneut gefangen nehmen wollte. Vielleicht sollten wir das Risiko tatsächlich eingehen.«

»Aber es könnte auch sein, dass es eine gut durchdachte List von ihr ist«, wirft Taesera ein, woraufhin ich frustriert aufstöhne. Dann kommt mir jedoch eine Idee: »Ich werde nochmal mit ihr sprechen, um ihre Absichten herauszufinden. Den Kristall werde ich erneut nutzen, doch sie wird nicht wissen, dass ich ihn dabeihabe. Dadurch durchdenkt sie ihre Antworten bestimmt nicht so gut wie beim letzten Verhör.«

Taesera nickt und wirkt stolz. »Das ist eine gute Idee. Sie vertraut dir zudem mehr als uns.«

»Ich stimme dir zu«, sagt auch der Anführer und wirkt erleichtert, dass unser Gespräch nun doch zu einem Ergebnis gekommen ist. Er reicht mir den Kristall, der den schummrigen Raum in helles weißes Licht taucht. »Verstecke ihn gut«, sagt er eindringlich. »Sobald sie merkt, dass du den Kristall bei dir trägst, wird sie sich vor dir verschließen.«

»In Ordnung«, antworte ich ernst.

Ich werfe den beiden einen letzten Blick zu und mache mich auf die Suche nach Levana. Den Kristall verstecke ich in meinem Stiefel, denn dort ist er am besten vor ihren Blicken geschützt.

Nachdem ich lange durch das Lager gestreift bin, finde ich sie schließlich draußen. Sie sitzt gegen einen Felsen gelehnt in der Abendsonne und hat die Augen geschlossen. Ihre langen schlanken Beine hat sie übereinandergelegt. Ich ertappe mich dabei, wie ich sie beobachte und den friedlichen Ausdruck auf ihren zarten Gesichtszügen bewundere.

Ich räuspere mich und hoffe, dass die beiden Wachen, die in einiger Entfernung stehen, nichts von meinem Verhalten mitbekommen haben. Als Levana mich bemerkt, öffnet sie ihre Augen und blickt mich entspannt an.

»Ihr seid also mit eurer Besprechung fertig.«

Mit einer eleganten Bewegung erhebt sie sich und streicht ihre moosgrüne Tunika glatt. Dass ihr die typische Kleidung meines Clans so gut steht, bringt mich kurz aus dem Konzept.

»Ja«, antworte ich und räuspere mich erneut.

Mir fällt auf, dass Levanas natürliche Schönheit nun noch mehr zum Vorschein kommt als zuvor. Ihr sonst glänzendes und gebändigtes Haar fällt ihr wild über die Schulter und ihre dunklen Augen wirken offener. Insgesamt wirkt sie trotz ihrer Gefangenschaft befreiter und irgendwie ... echter. So als würde sie hier, in der Wildnis, zum ersten Mal ihre Maske der Beherrschung abnehmen.

»Zu welchem Ergebnis seid ihr gekommen?«, fragt sie und stemmt die Arme in die Hüfte.

Ich muss mich konzentrieren, um mich von dem intensiven Ausdruck ihrer Augen loszureißen. Das, was ich fühle, ist überhaupt nicht gut und könnte mich in große Schwierigkeiten bringen.

»Ich möchte dir noch ein paar Fragen stellen, ehe ich mich vollends entscheide«, sage ich steif. »Komm mit, wir gehen dafür zurück in die Höhle.«

»Können wir nicht noch ein bisschen draußen bleiben?«, bittet Levana und ich bin mir sicher, dass der flehende Ausdruck in ihrem Gesicht echt ist. Ich werfe einen Blick zu den Wachmännern, die sie weiterhin beobachten.

»Also gut«, gebe ich nach. »Gehen wir ein wenig spazieren.«

Wir schlendern dicht nebeneinander einen schmalen Pfad entlang. Obwohl es eigentlich ein alltäglicher Anblick ist, bewundere ich die bunten Wildblumen und das ferne Glitzern des Sees im Tal – dort haben Jasira und ich uns das erste Mal geküsst. Dieser Moment fühlt sich so weit entfernt an, dass ich kaum danach greifen kann. Es erfüllt mich mit Bedauern, denn damals bin ich wirklich glücklich gewesen. Was ist aus dieser Person in mir geworden? Ist sie in der Gefangenschaft für immer verschwunden?

Doch als ich weiter darüber nachdenke, fällt mir auf, dass ich noch immer glücklich bin – nur auf eine andere Weise als früher. Man hat mir meine unschuldige Seite geraubt, doch dafür habe ich meinen Bruder zurückbekommen und kann mich endlich mit der Prophezeiung identifizieren.

»Du wolltest mir doch Fragen stellen«, erinnert mich Levana. »Du bist so still.«

»Entschuldige, ich war in Gedanken«, sage ich und konzentriere mich wieder auf das Wesentliche. »Komm, wir setzen uns.«

Ich deute auf eine Ansammlung von großen glatten Steinen unter fünf Kirschbäumen. Mit einem Lächeln erinnere ich mich an die unbeschwerten Sommertage, an denen ich mit Jasira hier gesessen habe. Wir haben einen Wettbewerb daraus gemacht, wer die Kirschkerne am weitesten spucken kann, und sie hat meistens gewonnen. Jasira ist überall, denn sie ist ein wichtiger Teil meiner Vergangenheit.

»Bleibt bitte in Rufweite«, sage ich den beiden Wachen, die knapp nicken und sich ein Stück entfernen.

Ich setze mich so hin, dass meine Beine ausgestreckt sind und ich einen Blick auf den Kristall in meinem Stiefel erhaschen kann. Es ist bloß ein leichtes Schimmern zu erkennen, doch die Hauptsache ist, dass ich die Farbe sehe. Levana setzt sich mir gegenüber, was die Sache noch vereinfacht.

»Ich muss wissen, ob ich dir wirklich vertrauen kann«, sage ich ernst. »Ich würde mich sehr gerne dafür entscheiden, dich freizulassen. Stimmt es, dass du deinen Vater zu unserem Vorteil beeinflussen würdest?«

Ich beuge mich erwartungsvoll nach vorne, denn dieser Frage kann sie schlecht ausweichen. Levana blinzelt mehrmals und ich kann erkennen, wie sehr sie mit sich ringt.

»Ich werde es auf jeden Fall versuchen«, sagt sie schließlich zögerlich. »Aber ich kann nicht versprechen, dass es mir gelingt.«

Bei einem verstohlenen Blick in meinem Stiefel stelle ich fest, dass der Kristall noch immer weiß schimmert. Dennoch bin ich mit ihrer Antwort nicht zufrieden. Dass sie versucht, ihren Vater zu beeinflussen, könnte auch bedeuten, dass sie bloß einen halbherzigen Vorschlag macht und es dann sein lässt.

Ich beiße mir nachdenklich auf die Lippe. Wie kann ich eine Aussage aus ihr herausbekommen, die unmissverständlich beweist, dass sie uns nicht hintergehen wird?

»Wirst du unseren Angreifern wieder helfen, wenn du in deine Heimat zurückgekehrt bist?«

Ich merke, dass sich Levana bei meiner Frage windet, und triumphiere innerlich.

»Nein«, sagt sie dann jedoch mit fester Stimme.

Hoffnungsvoll blicke ich auf den Kristall, doch mein Herz setzt einen Schlag aus, als ich das schwarze Licht bemerke.

»Lüg mich nicht an«, rufe ich und springe wütend auf. Ich greife nach dem Kristall in meinem Stiefel und halte ihn ihr anklagend entgegen. Zu meiner Verwunderung wirkt Levana nicht überrascht.

»Habe ich es mir doch gedacht«, sagt sie mit einem spöttischen Lächeln. »Ich bin die Meisterin der Tricks, so einfach kannst du mich nicht hereinlegen.«

»Das ändert nichts an der Tatsache, dass du gelogen hast«, entgegne ich und blitze sie voller Zorn an.

»Das stimmt«, sagt Levana jedoch vollkommen entspannt, was mich kurz aus dem Konzept bringt. »Ich werde meinem Vater bei allen möglichen Dingen helfen. Aber nicht dabei, die Clans anzugreifen.«

Meine Augen weiten sich, als der Kristall seine Farbe wieder ändert und nun weiß leuchtet.

Ich stoße einen gleichzeitig amüsierten und resignierten Laut aus. »Du bist wirklich unglaublich.«

Ich lege den Kristall auf einem der Steine ab und lache kopfschüttelnd. »Du bist wahrhaftig die Meisterin der Tricks.«

Levana verschränkt zufrieden die Arme. »Sag ich doch. Und nun werde ich noch Folgendes klarmachen: Mittlerweile weiß ich, dass der Krieg zwischen Stadt und Wildnis völlig sinnlos ist. Wir stören ein Gleichgewicht, was uns alle ins Verderben stürzen könnte. Ich lege keinen Wert mehr darauf, dass mein zukünftiges Königreich erweitert wird, also werde ich meinen Verlobten überzeugen, die Waffen zu senken.«

Trotz der befreienden Worte wird mein Herz schwer. Nun aus ihrem eigenen Mund zu hören, dass sie den König heiraten wird, macht es noch viel realer.

Levana bemerkt meinen Gesichtsausdruck, und ihr Lächeln verblasst. Zu meiner Überraschung macht sie einen Schritt auf mich zu und nimmt meine Hände in ihre. »Auch wenn ich in die Stadt zurückgehe, können wir weiterhin in Kontakt bleiben. Wir können uns regelmäßig treffen.«

»Das wird sicherlich nicht möglich sein«, antworte ich leise. »Der König würde mich als Gefahr sehen.«

Levana zieht ihre Augenbrauen hoch und bricht dann plötzlich in schallendes Gelächter aus.

»Du meinst, er wäre eifersüchtig?«, fragt sie und prustet erneut. »Glaube mir, er wäre froh, wenn er sich in Ruhe um seine eigenen Angelegenheiten kümmern könnte.«

»Aber ... ich dachte, ihr Stadtmenschen heiratet, weil ihr eine Person, die ihr liebt, an euch binden wollt?«, will ich irritiert wissen.

Ich habe das Konzept der Ehe noch nie verstanden – wir Clanmitglieder suchen uns einen Gefährten, mit dem wir so lange zusammenbleiben, wie auch die Liebe währt. Es muss doch unglaublich belastend sein, auf ewig an einen Menschen gebunden zu sein, mit dem man sich irgendwann nicht mehr versteht.

Levana schüttelt grinsend den Kopf. »In den wohlhabenden Kreisen heiratet man meist, um ein noch größeres Vermögen oder einen noch höheren Stand zu haben. Liebesheiraten sind eher selten.«

Ich blicke sie verwirrt, aber auch erleichtert an. »Also haben du und der König keine Gefühle füreinander?«

»Er ist mein bester Freund seit Kindertagen«, erklärt sie. »Ich könnte mir keinen geeigneteren Menschen für eine angenehme Ehe vorstellen. Das Beste ist, dass wir beide unsere Freiheit behalten.«

Sie zwinkert mir zu, und als ich verstehe, was sie meint, erröte ich. Schnell senke ich den Blick, damit sie meine Verlegenheit nicht bemerkt. Ich schaue sie jedoch wieder an, als sie auf mich zukommt und direkt vor mir stehen bleibt. Sie ist nur etwas kleiner als ich, sodass wir direkten Augenkontakt haben. Das warme dunkle Braun ihrer Iris nimmt mich völlig in den Bann, und alles in mir sehnt sich danach, auch den letzten Abstand zwischen uns zu überbrücken. Mein Blick wandert zu ihren vollen Lippen, die leicht geöffnet sind, und ich muss schwer schlucken, um meine Beherrschung zurückzugewinnen.

Schnell wende ich mich ab und atme mehrmals tief durch. Levana mag zwar unsere Verbündete werden, doch zwischen uns beiden darf nichts passieren. Alles daran wäre falsch.

»Wir sollten zurückgehen«, sage ich und fahre mir zerstreut durch die Haare.

Als ich Levana einen kurzen Blick zuwerfe, ist ihre Miene unergründlich.

»Also wirst du dem Anführer raten, mich gehenzulassen?«, fragt sie mit neutraler Stimme.

Ich nicke knapp und drehe mich dann wieder weg.

»Wir sind fertig«, rufe ich nun auch den Wachen zu, die sofort wieder zu uns kommen, um Levana zu beschatten.

Ich greife nach dem Kristall am Boden und gehe dann mit schnellen Schritten davon, ohne mich noch einmal nach Levana umzuschauen.

KAPITEL 24

Jasira

In den nächsten Tagen treffen Cadoc und ich uns immer wieder an unserem Platz, um heimliche Küsse auszutauschen. In der Öffentlichkeit bleiben wir jedoch distanziert, und ich merke schon bald, dass Ascian in unserer Anwesenheit entspannter wird. Ich bekomme ein schlechtes Gewissen, dass er anscheinend wirklich eifersüchtig war, und ich ihn nun hintergehe. Noch nie zuvor hatten wir Geheimnisse voreinander, und es quält mich, Ascian anlügen zu müssen.

Mir fällt aber auch auf, dass er immer abwesender wirkt und sich besonders in Levanas Nähe seltsam verhält. Sie ist mir weiterhin unsympathisch, und das liegt nicht nur daran, dass sie ein Stadtmensch ist. Ihre Ausstrahlung ist so arrogant und überheblich – es ist nicht zu übersehen, dass sie auf uns Clanmitglieder herabschaut. Vermutlich sieht sie uns als Wilde, die sie leicht überlisten kann.

Das Schlimmste ist jedoch, dass ihr das vermutlich schon gelungen ist. Schon vor mehreren Tagen habe ich die Information aufgeschnappt, dass Levana freigelassen werden soll, um sich für die Clans einzusetzen. Ich bin noch immer fassungslos darüber, dass Taesera, Ascian und der Anführer ihr vertrauen.

»Können wir bitte reden?«, frage ich meinen besten Freund, als ich die Distanz zwischen uns nicht mehr ertrage.

Ich weiß selbst noch nicht, was ich ihm sagen soll und wie ich unser einst so vertrauensvolles Verhältnis wiederherstellen kann.

Ascian wirkt alarmiert und folgt mir sofort in mein Zimmer. Unterwegs begegnen wir Cadoc, und sein Blick verdunkelt sich, als er uns zusammen sieht. Ascian runzelt die Stirn, denn auch er hat den Gesichtsausdruck seines Zwillings bemerkt. Schnell ziehe ich ihn weiter und schiebe ihn in mein Zimmer, ehe er sich darüber weiter Gedanken machen kann. Er setzt sich auf mein Bett und blickt mich abwartend an.

»Ist alles in Ordnung zwischen uns?«, frage ich besorgt.

»Natürlich«, sagt Ascian schnell und deutet auf den Platz neben sich.

Als ich mich gesetzt habe, blickt er mich eindringlich an. »Ich möchte nicht, dass sich etwas zwischen uns ändert. Aber ich habe das gleiche Gefühl wie du.«

Seine Antwort stimmt mich traurig, denn ich habe gehofft, dass sich für ihn nichts verändert hat.

»Vielleicht ist momentan einfach zu viel los«, sage ich schwach, ohne selbst daran zu glauben.

Ascian nickt jedoch und scheint über diese Antwort erleichtert zu sein. »Ja, das wird es wohl sein. Taesera verlangt momentan so viel von mir. Die Entscheidungen, die ich treffen muss, sind wirklich nicht leicht.«

»Du meinst, die Entscheidungen über Levana?«, frage ich und kann nichts gegen den spitzen Unterton in meiner Stimme tun.

Natürlich hat Ascian es sofort bemerkt, denn er kennt mich sogar besser als meine eigene Mutter.

»Mir ist direkt aufgefallen, dass du sie nicht leiden kannst«, sagt er und wirkt nachdenklich. »Und das war damals auch bei Iyan der Fall. Du hast ein besonderes Gespür für Menschen.«

»Und wieso vertraust *du* ihr dann?«, frage ich und werde allmählich wütend.

Seine Worte und seine Taten widersprechen sich vollkommen. Ich kann sehen, dass Ascian mit sich ringt und von schlechtem Gewissen geplagt wird.

»Ich denke, sie ist unsere einzige Chance, die ganze Sache friedlich zu regeln.« Er nestelt an seinem grauen Hemd herum und fügt dann mit leiser Stimme hinzu: »Ich hatte ein Gespräch mit Cadoc. Es ging um den Mann, der ihm Magie beigebracht hat. Wir müssen jede Gelegenheit nutzen, damit es nicht zu einem offenen Krieg kommt. Wenn die Stadtmenschen es schaffen, den Magier für sich zu gewinnen, sind wir machtlos.«

Ich kann ihn für einen kurzen Moment bloß sprachlos anstarren. Weshalb haben bis jetzt weder er noch Cadoc mir davon erzählt? Ich schlucke meinen Ärger jedoch herunter und beschließe, sachlich zu denken.

»Wir haben vier Schamanen und vier Schamanenschüler auf unserer Seite. Außerdem Cadoc, der von diesem Magier unterrichtet wurde. Egal, wie stark er ist, ich glaube nicht, dass er allein uns besiegen kann.«

Ascian wirkt bei meinen Worten erleichtert. Sicherlich hat ein Teil von ihm gehofft, dass ich ihm diese Sorge nehme. »Du hast vermutlich recht. Ich werde bei Gelegenheit nochmal mit Cadoc darüber sprechen. Aber ich bleibe dennoch bei dem Entschluss, Levana freizulassen.«

Ich möchte ihm erneut widersprechen, doch er hebt die Hand. »Wir sollten uns nicht darüber streiten. Vertraue mir bitte.«

Kurz zögere ich, nicke dann jedoch widerwillig. »Na gut. Du kennst sie besser als ich.«

Ascian lächelt, doch es wirkt gezwungen. »Ich habe auch eine Frage an dich, die ich schon lange vor mir herschiebe.«

Unwillkürlich setze ich mich aufrechter hin und verkrampfe meine Hände ineinander. Instinktiv weiß ich, was nun folgen wird.

»Was ist da zwischen Cadoc und dir? Ich merke doch, dass ihr mir irgendetwas verheimlicht.«

Ich schließe für einen Moment die Augen und atme tief durch. Nun ist so weit: Ich werde Ascian die Wahrheit sagen. Unsere Freundschaft wird auf eine harte Probe gestellt, und vielleicht könnte ich ihn sogar verlieren.

»Wir machen uns Sorgen um dich«, sprudelt es aus mir heraus, ehe ich es verhindern kann. »Manchmal treffen wir uns heimlich, um uns darüber zu beraten, wie wir dir helfen können, die traumatische Gefangenschaft hinter dir zu lassen.«

Ich bin entsetzt über mich selbst. Ich schaffe es nicht, ihm in die Augen zu blicken, so sehr schäme ich mich für diese Lüge. Dennoch merke ich, wie enttäuscht er ist – ich bin mir sicher, dass er mich durchschaut hat.

Ohne ein weiteres Wort springt er auf und stürmt zum Ausgang.

»Ascian!«, rufe ich ihm noch hinterher, doch da ist er bereits verschwunden.

Ich ringe mit den Tränen und rolle mich auf meinem Bett zusammen. Nun habe ich die Situation noch schlimmer gemacht, statt die Chance zu nutzen, endlich die Wahrheit zu sagen.

Levana

Als ich früh morgens geweckt werde, weiß ich sofort, dass es so weit ist: Ich werde endlich freigelassen. Zu meiner Überraschung steht Ascian bei meinen beiden Wachen vor der Tür.

»Pack deine Sachen«, sagt er gut gelaunt. »Wir machen uns gleich auf den Weg in deine Heimat.«

»Wir?«, platzt es aus mir heraus. »Du willst auch mitkommen?«

Ascian nickt und scheint sich über meinen Gesichtsausdruck zu amüsieren. Schnell konzentriere ich mich darauf, wieder gefasst zu wirken.

»Ich werde nicht mit in die Stadt kommen, doch es gibt noch einiges zu besprechen. Unterwegs werden wir viel Zeit dafür haben.«

Ich versuche, meine Freude darüber zu verbergen.

»In Ordnung«, sage ich knapp. »Ich mache mich kurz fertig und dann kann es meinetwegen losgehen.«

Ich husche zurück in mein Zimmer und bemerke bei einem Blick in den Spiegel, dass sich meine Wangen rosa verfärbt haben. Voller Scham fällt mir auch auf, dass meine Haare in alle Richtungen abstehen und Ascian mich so gesehen hat. Schnell mache ich mich daran, sie zu bändigen und ziehe mir dann eines der Kleider vom Clan des großen Adlers an. Es ist eine weiße Tunika mit goldenen und roten Stickereien an Kragen, Ärmeln und Saum.

Zum Glück sehen meine eigenen Sandalen noch einigermaßen vorzeigbar aus. Als ich sie anziehe, erwarte ich, von Vorfreude erfüllt zu werden, doch bei dem Gedanken an meine Heimat macht sich ein schweres Gefühl in mir breit. Liegt es daran, weil ich dort wieder meinen Pflichten nachkommen und gleichzeitig meinen Vater irgendwie überzeugen muss, die Waffen niederzulegen? Ich nicke und rede mir ein, dass das der Grund ist. Ehe ich mir darüber weiter Gedanken machen kann, kehre ich dem Zimmer für immer den Rücken und trete hinaus auf den Gang. Als Ascian mich von oben bis unten betrachtet, wirkt er zerknirscht. »Du siehst aus wie bei unserem Kennenlernen.«

Ich weiß, dass er das nicht als Kompliment gemeint hat, und ziehe spöttisch eine Augenbraue hoch, um meine Erschütterung zu verbergen. Dann schiebe ich mich an ihm vorbei und haste den Gang entlang. Es fühlt sich beinahe an wie eine Flucht.

Als wir wenig später an die frische Luft treten, stehen vier Pferde bereit. Ich stöhne innerlich auf, denn ich erinnere mich noch zu gut an meine schmerzenden Knochen auf dem Hinweg. Dennoch schwinge ich mich ohne Einwände auf die weiße Stute und blicke auf Ascian und meine beiden Wachen hinab.

»Kann es losgehen?«, frage ich mit kühler Stimme und setze das Pferd, ohne eine Antwort abzuwarten, in Schritt.

Am liebsten würde ich noch einen Blick zurück zur Höhle werfen – ich muss mir eingestehen, dass mir die Zeit hier viel besser gefallen hat, als sie sollte. Doch ich halte meine Augen starr nach vorne gerichtet, ohne auf die atemberaubende Landschaft um mich herum zu achten.

Die Reise verläuft ohne Zwischenfälle, abgesehen von dem quälenden Muskelkater, der mich Tag für Tag die Zähne zusammenbeißen lässt. Immer wieder versucht Ascian, ein Gespräch mit mir aufzubauen, ich weiche dem jedoch stets aus. Ich bin zu sehr mit dem sehnsüchtigen Gefühl beschäftigt, das mich immer mehr plagt, je näher wir der Stadt kommen.

»Wir müssen nun endlich alle Einzelheiten besprechen«, sagt Ascian irgendwann energisch. »Die Grenze zum Stadtgebiet ist nur noch einen halben Tagesritt entfernt.«

Mein Schweigen frustriert ihn, das ist ihm deutlich anzusehen. »Dann leg los«, erwidere ich unbeeindruckt.

Das scheint ihn kurz aus dem Konzept zu bringen und er blinzelt mehrmals, ehe er anfängt. »Wir werden uns zunächst nach Wachleuten an der Grenze umschauen. Wenn wir jemandem begegnen, soll er deinem Verlobten mitteilen, dass er zur Grenze kommen soll.«

Fassungslosigkeit macht sich in mir breit. »Er ist der König! Er wird nicht einfach so tun, was man ihm aufträgt. Ich dachte, wir hätten ausgemacht, dass ich allein mit ihm reden soll. Lasst mich einfach gehen, dann werde ich alles tun, worum du mich bittest.«

Ascian blickt mich mit starrer Miene an. »Ich möchte mir selbst ein Bild davon machen, was für ein Mensch der König ist. Von ihm hängt die Zukunft meines Clans ab.«

Empört schüttle ich den Kopf, erwidere jedoch nichts mehr. Es wäre sinnlos, Ascian umstimmen zu wollen.

»War das alles?«, frage ich schnippisch. »Oder gibt es noch etwas, das du mir sagen willst?«

»Nein, das wäre alles.«

Gehässig schnaube ich. »Na wunderbar.«

Den Rest des Weges verbringen wir in wütendem Schweigen, bis gegen Abend die Grenze in Sicht kommt. Ich kann es kaum glauben, meinem Zuhause so nah zu sein, und doch kommt es mir so vor, als wäre ich nie weiter entfernt von meinem früheren Leben gewesen.

Plötzlich höre ich ein Surren und ducke mich instinktiv. Das panische Wiehern eines Pferdes ertönt, und als ich mich umwende, erkenne ich entsetzt, dass in der Brust einer meiner Wachen ein Armbrustbolzen steckt.

»Keno!«, ruft Ascian entsetzt und springt vom Pferd, um seinem Clankameraden zu helfen.

Dann ist da noch ein Surren, und ich schreie auf, als der nächste Bolzen Ascian um Haaresbreite verfehlt. Ich springe von meiner Stute, wende mich in Richtung der Grenze und wedle mit meinen Armen. »Aufhören! Hört sofort damit auf!«

Auch wenn ich es selbst nicht erwartet hätte, bleibt ein weiterer Angriff aus. Ich verenge meine Augen, um im Gebüsch, wo sich die Armbrustschützen verbergen müssen, jemanden zu erkennen. Allerdings werde ich von einem röchelnden Geräusch abgelenkt.

Als ich mich zu meinen Begleitern umwende, erkenne ich, dass der zuvor getroffene Mann am Boden liegt. Ascian hält seine Hand über die Wunde, und grünes Licht strömt aus ihr hervor. Kurz bin ich so fasziniert von diesem Anblick, dass ich alles um mich herum vergesse.

Als Ascian jedoch laut flucht und völlig verzweifelt wirkt, ist klar, dass er seinen Kameraden nicht mehr retten kann. Meine Leute haben ihn umgebracht. Der Mann, dessen Namen ich bis eben nicht mal gekannt habe, atmet ein letztes Mal aus, ehe sein Blick starr wird. Ascian und der überlebende Wachmann lassen sich erschüttert zurücksinken und bringen kein Wort heraus. Ich weiß instinktiv, dass ich nun nichts sagen sollte, denn indirekt bin ich für diesen sinnlosen Tod verantwortlich.

Eine unbändige Wut steigt in mir hoch und ich stapfe durch die hohen Farne auf die Grenze zu.

»Zeigt euch!«, brülle ich und bin mir sicher, dass die Männer in ihren Verstecken zusammenzucken. »Wer ist hierfür verantwortlich?«

Zögerlich lösen sich zwei Gestalten aus dem Dickicht und kommen auf mich zu. Mehrere Schritte entfernt bleiben sie stehen und blicken mich zerknirscht an. Sie wirken beinahe wie zwei kleine Jungen, die bei etwas Verbotenem erwischt wurden und nun auf ihre Strafe warten – nur, dass es hier um ein verlorenes Menschenleben geht.

»Wer hat euch das aufgetragen?«, frage ich kühl, auch wenn ich mir die Antwort schon denken kann.

Die beiden Männer wechseln einen unsicheren Blick.

»Dein Vater«, sagt einer von ihnen schließlich und senkt den Blick.

»Ihr habt keine Ahnung, was ihr damit angerichtet habt«, fauche ich. »Und nun geht und tretet mir nie wieder unter die Augen.«

Gerade, als sie sich abwenden und sichtlich erleichtert sind, dass sie ohne Strafe davonkommen, füge ich hinzu: »Überbringt dem König eine Nachricht. Sagt ihm, dass seine Verlobte zurück ist und an der Grenze auf ihn wartet. Ein Vertreter der Clans sucht nach einem friedlichen Gespräch mit ihm.«

Die Männer nicken unterwürfig und laufen dann davon.

Seufzend drehe ich mich um und beobachte bestürzt, wie Ascian und der andere Mann um ihren Kameraden trauern. Wieder ein Menschenleben, das mein Vater auf dem Gewissen hat. Ich setze mich ein wenig abseits hin und versuche, möglichst unsichtbar für Ascian zu sein.

KAPITEL 25

Ascian

Ich kann es noch immer nicht fassen, dass mein Kamerad von jetzt auf gleich aus dem Leben gerissen wurde. In mir brodelt solch ein Hass, dass ich meine Magie kaum noch im Griff habe. Immer wieder fließt grünes Licht aus meinen Handflächen, und ich kann instinktiv spüren, dass es sich gegen Levana richten würde.

Es war höchstwahrscheinlich ihr Vater, der die Wachen an der Grenze positioniert hat. Er muss gewusst haben, dass wir Levana früher oder später zurückbringen und er dann die Gelegenheit hat, uns anzugreifen.

Immer wieder werfe ich Levana Blicke zu und frage mich, ob sie es geahnt hat und von Anfang an dazu bereit war, uns zu opfern. Ich fahre mir mit der Hand über das Gesicht, um diese düsteren Anschuldigungen loszuwerden. Nicht umsonst habe ich Levana getestet – und sie hat den Test bestanden. Und ihrem bestürzten Gesichtsausdruck nach zu urteilen, nimmt sie das Geschehen beinahe so stark mit wie mich.

Als die Dunkelheit einbricht und vom König noch immer nichts zu sehen ist, fasse ich mir ein Herz und rufe Levana zu uns. Die Nächte werden allmählich wieder frischer und es ist ihr anzusehen, wir sehr sie friert.

»Danke«, sagt sie mit klappernden Zähnen, als sie sich neben mich setzt und ich ihr einen Bärenpelz um die Schulter lege.

Dabei streiche ich aus Versehen über die weiche Haut ihres Halses und halte für einen Moment inne. Unsere Blicke treffen sich und ich glaube, meine eigenen Emotionen in Levanas Augen gespiegelt zu sehen. Als wir die Schritte von meinem überlebenden Kameraden Eyon hören, rücken wir jedoch schnell voneinander weg.

Er legt einen Haufen Feuerholz vor mich und wirft Levana dabei einen finsteren Blick zu. Ohne darauf einzugehen, strecke ich meine Hände über dem Stapel aus, und kurz darauf züngeln bereits die ersten Flammen aus dem Holz hervor. Zufrieden bemerke ich, dass Levana beeindruckt wirkt.

Ihr starkes Zittern verebbt langsam und auch in mir macht sich eine wohlige Wärme breit.

»Meinst du, der König wird kommen?«, frage ich irgendwann in die Stille hinein, die bisher nur von dem Knistern der Flammen unterbrochen wurde.

Levana blickt gedankenverloren in die Flammen und stochert mit einem Zweig darin herum.

»Ich bin mir nicht sicher«, gibt sie zu. »Wenn, dann nur mit einer Armee von Wachen. Aber wer weiß, ob die Nachricht überhaupt bei ihm ankommt.«

Ich brauche nicht nachzufragen, was sie damit meint, denn auch ich habe diese Möglichkeit schon in Betracht gezogen. Die Männer, die uns attackiert haben, wurden eindeutig von Titus dort positioniert.

»Wir sollten nun schlafen«, murmle ich. »Ich werde einen magischen Schutzschild um uns herum erschaffen, damit wir nicht überraschend angegriffen werden können.«

»Ich werde trotzdem Wache halten«, entgegnet mein Kamerad mit einem grimmigen Gesichtsausdruck. »Ich werde ohnehin kein Auge zu machen können.«

»In Ordnung, vielen Dank«, sage ich und hole dann alle Felle und Decken aus den Satteltaschen.

Nachdem das Lager hergerichtet ist, gehe ich einmal außen herum und errichte einen kuppelförmigen Schild, der leicht grünlich schimmert. Als ich zurück in die Mitte trete, hat Levana sich bereits eingekuschelt und lächelt mich abwartend an. Verstohlen blicke ich mich nach meinem Kameraden um. Er hat sich ein Stück von uns entfernt hingesetzt, mit dem Rücken zu uns gewandt.

Also nehme ich meinen ganzen Mut zusammen und lege mich dicht neben Levana. Sie breitet das Fell über uns aus und wendet sich mir zu. Auch ich drehe mich auf die Seite und betrachte ihr wunderschönes Gesicht, das nun weniger als eine halbe Armlänge von meinem entfernt ist. Das Feuer lässt Schatten über ihre Züge tanzen. Mein Blick wandert zu ihren vollen Lippen, die leicht geöffnet sind und mich kaum noch klar denken lassen.

Und dann halte ich es nicht mehr aus. Ich rücke noch ein Stück näher an sie heran, beuge mich nach vorne und küsse sie. Levana wirkt nicht überrascht, sondern erwidert den Kuss sofort. Obwohl es kaum verbotener sein könnte, habe ich mich so sehr nach diesem Moment gesehnt.

Es fühlt sich ganz anders an als der Kuss mit Jasira; er ist voller verbotener Leidenschaft, die mich verzehrt und in ihren Besitz nimmt. Ich ziehe Levana noch enger an mich, während es sich so anfühlt, als würde mein gesamter Körper in Flammen stehen. Mein Herz schlägt wie wild, denn so etwas habe ich in meinem ganzen Leben noch nicht verspürt.

Ich drücke Levana jedoch schnell wieder von mir weg, als ich von Weitem Schritte vernehme. Zum Glück sind wir beinahe vollständig unter den Fellen verborgen, sodass Eyon uns nicht sehen kann. Schwer atmend rücken Levana und ich auseinander. Ich würde am liebsten sofort da weitermachen, wo wir aufgehört haben, doch leider ist dieser unwirkliche Moment vorbei.

Noch lange starre ich in den Nachthimmel und wage es nicht, mich zu Levana umzudrehen. Mein Herzschlag beruhigt sich allmählich und meine Gedanken klären sich. Das, was eben geschehen ist, war dumm.

Unglaublich dumm.

Levana

Wir wachen am frühen Morgen auf, als das hohe Gras noch mit Tau benetzt ist. Obwohl ich noch immer unter den wärmenden Fellen liege, steckt mir die Kälte tief in den Knochen. Am liebsten würde ich an Ascian heranrücken, doch obwohl sein Kamerad mittlerweile ebenfalls eingeschlafen ist, wage ich es nicht. Ich weiß nicht, was nun zwischen uns ist, und ob Ascian bereut, was geschehen ist.

Für einen Moment erlaube ich es mir jedoch, ihn beim Schlafen zu beobachten. Unwillkürlich muss ich lächeln. Er wirkt so friedlich, so unschuldig. Ich erröte leicht, als ich daran denke, dass er am Vorabend eine völlig neue Seite von sich offenbart hat. Ob er Jasira mit der gleichen Leidenschaft geküsst hat?

Augenblicklich verschwindet mein Hochgefühl, und ich beschließe, mich wieder auf wichtige Dinge zu konzentrieren. Das zwischen Ascian und mir war bloß eine flüchtige Romanze – nichts, was von Bedeutung wäre oder eine Zukunft hätte. Nun gilt es, heil aus dieser ganzen Situation zu kommen.

Und dann wird mir plötzlich etwas bewusst: Ich bin die Einzige, die wach ist. Es ist meine Gelegenheit, die Flucht zu ergreifen.

Kurz zögere ich und blicke nochmal zu Ascian. Es schmerzt mich, ihn auf solche Weise zu verlassen, doch es ist das Beste für uns beide – in erster Linie das Beste für mich selbst.

Also ziehe ich mir kurz entschlossen meine Sandalen an und laufe, ohne zurückzublicken, auf die Grenze zu. Ich ignoriere das Blut am Boden sowie die Armbrustbolzen, die nicht getroffen, sondern sich stattdessen in die Erde gebohrt haben. Dann beginne ich zu rennen, so schnell, wie mein von der Reise schmerzender Körper es mir erlaubt.

Ich gelange in den Wald, der bereits zum Stadtgebiet gehört, und erreiche einen breiten Weg, der oft von Händlern benutzt wird. Dennoch werde ich erst langsamer, als meine Lunge brennt und ich mir sicher bin, keinen Augenblick länger laufen zu können. Keuchend bleibe ich stehen, jedoch nur so lange, bis mein Atem wieder gleichmäßig geht.

Lange Zeit folge ich dem Weg und denke darüber nach, dass Ascian sicherlich schon längst wach ist und nach mir sucht. Ich kann sein enttäuschtes Gesicht vor meinem inneren Auge sehen, als er realisiert, dass ich ihn verraten habe. Es ist mir nicht möglich, ihm zu erklären, dass es nichts mit ihm zu tun hat.

Ich halte inne, als ich das entfernte Klappern von Hufen höre – sie müssen von dutzenden Pferden stammen. Kurz spannt sich mein Körper an, bis ich mir wieder bewusst mache, dass ich hierhergehöre. Wer auch immer da auf mich zukommt, sie werden auf meiner Seite sein. Denn ich bin ihre zukünftige Königin.

Als ich dann in der Ferne eine Gruppe berittener Soldaten entdecke, bin ich mir sicher, dass sie Nainor eskortieren. Meine Worte wurden erhört und der König hat sich auf den Weg zur Grenze gemacht, um mit Ascian zu sprechen.

Voller Freude laufe ich auf die Gruppe zu und wedle ganz unköniglich mit den Armen. Einer der Soldaten löst sich aus der Gruppe und galoppiert auf mich zu. Ich kenne ihn nicht, doch als er mir bedeutet, hinter ihm auf das Pferd zu steigen, zögere ich nicht. Als wir schließlich die Gruppe erreichen, springe ich voller Vorfreude zu Boden und laufe zu der Sänfte. Ich reiße den Vorhang zur Seite, mit der Erwartung, Nainor anzutreffen ... doch es ist mein Vater.

Er lächelt mich freudig an und breitet die Arme aus. »Levana, wie sehr habe ich diesem Augenblick entgegengesehnt!«

Mein eigenes Lächeln erstirbt und mir wird klar, dass ich mich noch nie so wenig darüber gefreut habe, meinen Vater wiederzusehen. Dennoch setze ich mich neben ihn und lasse seine Umarmung zu.

»Mir war von Anfang an klar, dass du diese Wilden auch ohne meine Hilfe überlisten wirst«, spricht er heiter drauflos. »Ich bin gespannt, was für Geheimnisse du mir offenbaren kannst. Dadurch haben sie keine Chance und es wird uns ein Leichtes sein, ihr Gebiet zu erobern.«

Mein Körper versteift sich und ich blicke starr ins Leere. Obwohl es dazu keinen Grund gibt, habe ich schon jetzt das Gefühl, Ascian zu verraten.

»Wolltest du zur Grenze reisen?«, frage ich, um das Thema zu wechseln, aber auch, weil ich einen bitteren Verdacht habe.

»Ja, ich bin davon ausgegangen, dass sie dich weiterhin festhalten und ich die Gelegenheit habe, sie endgültig zu beseitigen«, sagt er leichthin.

»Ich hatte aufgetragen, dass Nainor zur Grenze kommen soll«, erwidere ich mit scharfer Stimme. »Du hast meinen Befehl einfach übergangen, obwohl es durchaus einen Grund für meine Anordnung gab!«

Ich hasse es, dass meine Stimme klingt wie die eines trotzigen Kindes. Ich kann dem Gesichtsausdruck meines Vaters sofort entnehmen, dass er mich nicht ernst nimmt. Er wischt meine Worte mit einer Handbewegung fort, so als wären sie das Lächerlichste, was er je gehört hat.

»Glaub mir, es ist besser, wenn der König nicht mit reingezogen wird. Er ist verweichlicht und trifft durchgehend schlechte Entscheidungen.«

»Er ist immer noch mein Verlobter und bester Freund«, fauche ich. Ich gebe mir keine Mühe mehr, meine Wut zu verbergen. »Und abgesehen davon ist er auch *dein* König. Du solltest deinen Stand nicht vergessen.«

Nun verengen sich die Augen meines Vaters und sein Lächeln verblasst. Ich keuche auf, als er mich an den Haaren eng an sich heranzieht, bis sein Mund direkt an meinem Ohr ist.

»Und du solltest nicht vergessen, dass du nichts zu sagen hast. Du weißt genau, wo dein Platz ist.«

Ich reiße mich los und funkle ihn hasserfüllt an. »Ich werde bald Königin sein. Wenn ich will, kann ich dir deine Macht nehmen. Nainor hört nur auf dich, weil er mir vertraut.«

»Du bist genau wie deine Mutter«, sagt er verächtlich.

Meine Hände krampfen sich ineinander, denn er hat bisher fast nie über sie gesprochen, und erst recht nicht auf diese Weise.

»Sie war eine gewöhnliche Sklavin«, fährt er herablassend fort. »An ihr war nichts Besonderes. Und doch dachte sie, dass sie sich etwas herausnehmen konnte, nur weil sie mein Kind in sich trug. Darum habe ich sie wegbringen lassen, sobald du auf der Welt warst. Leider muss ich nun feststellen, dass sie einen Teil ihres verdorbenen Charakters an dich weitergegeben hat.«

Meine Augen füllen sich mit Tränen, und ich weiche zurück, bis ich an der Wand der Sänfte gepresst sitze. Unablässig schüttle ich den Kopf, denn ich kann es einfach nicht glauben.

»Du hast gesagt, sie wäre freiwillig gegangen«, sage ich, und meine Stimme ist kaum mehr als ein Flüstern.

Mein Vater lacht dröhnend auf, jedoch ohne jegliche Wärme. »Du warst schon immer sehr leichtgläubig. Gerissen, aber leichtgläubig.«

»Du bist ein schlechter Mensch«, schreie ich und verlasse dann so schnell ich kann die Sänfte.

Sofort drehen sich alle Köpfe zu mir, und ich wische mir hastig die Tränen fort.

»Ändert die Richtung, zurück in die Stadt«, befehle ich mit brüchiger Stimme.

Die Männer wechseln einen Blick und scheinen nicht auf mich hören zu wollen.

»Das sage ich euch als eure zukünftige Königin«, füge ich energischer hinzu, und endlich wenden die Soldaten ihre Pferde.

Ich kann ihnen zwar ansehen, dass sie es nicht gerne tun, doch die Hauptsache ist, dass wir nicht an die Grenze gelangen. Ich möchte mir nicht ausmalen, was passiert, wenn Ascian noch dort ist und die Soldaten einen Befehl von meinem Vater erhalten.

KAPITEL 26

Levana

Nachdem ich sichergestellt habe, dass mein Vater und die Soldaten in der Stadt bleiben, mache ich mich am Abend auf den Weg zum Palast.

»Bringt mich zum König«, sage ich mit der herrischsten Stimme, die ich zustande bringe.

Die Sklavin senkt unterwürfig den Kopf und geleitet mich dann durch die Palastflure, die ich so gut kenne, als würde ich bereits hier wohnen.

»Er schläft bereits«, sagt das Mädchen verlegen.

Ich weiß genau, was sie damit andeutet, aber vor der Verlobten des Königs wagt sie es nicht, es auszusprechen. Sie kann nicht wissen, dass wir ein rein freundschaftliches Verhältnis haben.

»Das sollte kein Hindernis sein«, sage ich schlicht und mache Anstalten, die Flügeltüren zu Nainors Gemach zu öffnen.

Die Sklavin zieht erschrocken den Kopf ein und läuft fluchtartig davon. Amüsiert blicke ich ihr hinterher, ehe ich das Gemach schwungvoll betrete. Wie ich es erwartet habe, schläft Nainor in seinem riesigen Himmelbett und eine junge Frau liegt in seinen Armen. Kurz überwältigt mich der Gedanke an meine Mutter, die unfreiwillig die Geliebte meines Vaters war. Doch Nainors Sklavin, deren Namen ich wieder vergessen habe, trägt ein glückliches Lächeln auf den Lippen. Als beide jedoch von meinem lauten Eintreten geweckt werden, schwindet es sogleich und in ihrem Gesicht erscheint Panik.

»Muss das sein?«, fragt Nainor verschlafen, während seine Geliebte hektisch ihre Kleidung zusammensucht.

Ich ziehe eine Braue hoch und beobachte sie amüsiert dabei. Sie muss denken, dass ich sie auf frischer Tat dabei ertappt habe, wie sie mir meinen Verlobten wegnimmt. Ich mache mir jedoch nicht die Mühe, sie aufzuklären. Als sie aus dem Zimmer flüchtet, setze ich mich neben Nainor aufs Bett.

»Es gibt eine Menge zu besprechen«, erkläre ich ohne Umschweife. »Und wir werden schon morgen heiraten.«

Nainor starrt mich kurz in fassungslosem Schweigen an, ehe er losprustet. »Das ist doch nicht dein Ernst. Oh, und schön, dich wiederzusehen, nachdem du offensichtlich aus deiner Gefangenschaft entkommen bist.«

Ich mache eine wegwerfende Handbewegung. »Das war halb so schlimm. Es war eine interessante Erfahrung, auch mal ohne den gewohnten Luxus zu leben.«

Dabei untertreibe ich maßlos, denn ich musste mir bereits eingestehen, dass ich die Zeit bei den Clans sehr genossen habe ... und allem voran die Nähe zu Ascian. Für einen Moment verliere ich die Fassung, so wie jedes Mal, wenn ich an unseren Kuss denke. Ich reiße mich jedoch zusammen, denn von diesem Gespräch hängt viel zu viel ab

»Du weißt ja von den Plänen meines Vaters, gegen die Clans zu kämpfen und ihr Gebiet zu erobern. Nun, er allein war es, der die Feindseligkeiten geschürt hat. Die Clans wollen nur in Ruhe gelassen werden, doch mein Vater versucht, sie zu vernichten.«

Ich habe Nainor anscheinend völlig aus dem Konzept gebracht. »Das kann nicht wahr sein. Das würde bedeuten, dass er mich angelogen und manipuliert hat – und dass du mitgemacht hast.«

Ich senke den Blick, denn nun folgt der Teil, vor dem es mir am meisten graut. »Ich war dir gegenüber nicht so loyal, wie ich es hätte sein sollen, und das tut mir vom Herzen leid. Ich hoffe, dass du mir verzeihst.«

»Verzeihen?«, fragt er und schüttelt voller Enttäuschung den Kopf. »Ich dachte, ich könnte dir vertrauen.«

Ich wusste, dass so etwas kommen würde, aber nun, da es so weit ist, überfordert mich die Situation.

»Bitte hör mir zu. Ich weiß, dass ich einen großen Fehler gemacht habe, aber ich bin zur Besinnung gekommen, als ich bei den Clans gelebt habe.« Nun muss ich völlig ehrlich sein und Nainor meine geheimsten Gefühle offenbaren. Ich atme tief durch, als ich hinzufüge: »Ich habe mich in einen von ihnen verliebt. Er ist ein Schamanenschüler, dem das Wohl der Clans am allerwichtigsten ist. Ihm zur Liebe, aber auch, weil ich die Ambitionen meines Vaters mittlerweile nicht mehr gutheiße, möchte ich den Krieg beenden. Und ich weiß, dass du es auch willst, jetzt, wo du die Wahrheit kennst.«

Nainor blickt schweigend an mir vorbei ins Leere. Er ist tief in seine Gedanken versunken und ich weiß, dass ich ihn nun nicht stören darf. Doch ich fühle mich in dieser qualvollen Zeit völlig entblößt, denn bis jetzt habe ich mir meine Gefühle noch nicht mal selbst eingestanden.

Dann endlich räuspert er sich und beginnt zu sprechen: »Ich freue mich für dich, dass du endlich jemanden gefunden hast, der dir auf solche Weise wichtig ist. Außerdem rechne ich es dir hoch an, dass du so ehrlich zu mir bist, denn ich weiß, wie viel Überwindung dich das gekostet hat. Dennoch brauche ich jetzt erst mal Abstand von dir, um mir über einiges klar zu werden.

Ich weiß nicht, ob eine Hochzeit für mich noch in Frage kommt. Bisher dachte ich, dass du der Mensch bist, dem ich am meisten vertrauen kann.«

»Und das kannst du auch«, sage ich flehend.

Normalerweise würde ich mir solche Gefühlsausbrüche nicht erlauben, doch nur so merkt Nainor, dass es mir wirklich ernst ist. »Ich werde von nun an vollkommen ehrlich zu dir sein. Jetzt weiß ich, was für ein Mensch mein Vater ist – du bist nicht der Einzige, der von ihm hintergangen wurde.«

Mitgefühl blitzt in Nainors braunen Augen auf, und unter normalen Umständen würde er mich wohl fragen, was geschehen ist.

Stattdessen blickt er jedoch zur Tür und sagt: »Geh jetzt bitte. Ich werde einen Boten zu dir schicken, sobald ich zu einer Lösung gekommen bin.«

Ich nicke stumm und verlasse ohne ein weiteres Wort das Zimmer. Seine Geliebte ist nirgendwo zu sehen, und ich bin mir sicher, dass sie von nun an darauf bedacht ist, mir aus dem Weg zu gehen.

Mit schweren Schritten gehe ich zur Kutsche, die im Innenhof des Palastes steht, und lasse mich zurück zu meinem Zuhause bringen. Als ich jedoch dort ankomme, fühle ich mich völlig fremd.

Ich trete zögerlich ein und fürchte mich davor, meinem Vater über den Weg zu laufen – doch ich stelle schnell fest, dass er nicht hier ist. Mit beinahe lautlosen Schritten kontrolliere ich das ganze Haus, doch nirgendwo kann ich eine Menschenseele finden. Sogar die Sklaven sind fort.

In mir wächst stetig das Unbehagen, denn irgendetwas stimmt hier ganz und gar nicht. Als ich in mein Zimmer gehe, fällt mir sofort etwas ins Auge: ein Stück Papier, das auf meinem Bett liegt. Zuerst zögere ich, denn ich fürchte mich davor, was darauf steht. Schließlich reiße ich mich jedoch zusammen, gehe mit energischen Schritten auf das Bett zu und nehme das Papier an mich.

Ich kann sofort die Handschrift meines Vaters erkennen, was die Unruhe in meinem Inneren noch weiter steigen lässt. Ich schlucke schwer, ehe ich zu lesen beginne:

Levana, wenn du das liest, bin ich bereits fort. Da ich dir nicht mehr vertrauen kann, habe ich dich nicht eingeweiht. Es ist zu spät für deinen Plan, mich aufzuhalten. Es ist dir überlassen, wie du damit umgehst, aber ich empfehle dir, dein luxuriöses Leben in der Stadt zu genießen und dich nicht mit politischen Themen zu befassen.

Ich lese diese Zeilen immer wieder und kann es dennoch nicht fassen. Kraftlos lasse ich mich auf mein Bett sinken. Die Botschaft segelt zu Boden, doch ich beachte sie nicht weiter.

Obwohl mein Vater es nicht in genaue Worte gefasst hat, weiß ich, was geschieht: Er ist gemeinsam mit einer riesigen Legion zu den Clans gereist. Er muss das schon lange geplant haben, denn sonst wäre es nicht so schnell gegangen. Ich war nur kurze Zeit von ihm getrennt, doch sie hat gereicht, um das Schlimmste auszulösen.

Für einen kurzen Moment bin ich vor Schock wie gelähmt, bis ich mir einen Ruck gebe und mich daran erinnere, wer ich bin. Selbst wenn Nainor sich dazu entschließt, mich nicht zu heiraten, bin ich noch immer Levana – eine junge Frau, die sich nichts vorschreiben lässt und sich für das einsetzt, was sie für richtig hält.

Entschlossen erhebe ich mich und streiche meine Toga glatt. Mein Vater wird sich wundern, wozu ich fähig bin.

Ascian

Ich kann noch immer nicht fassen, dass Levana einfach gegangen ist. Mittlerweile sind bereits mehrere Tage vergangen, seit wir es aufgegeben haben, auf sie zu warten und aufgebrochen sind, um zu unseren Clan zurückzukehren.

Es graut mir schon jetzt davor, die schlechte Nachricht zu überbringen; Levana hat uns verraten. Wie kann es sein, dass ich mir so sicher war und auch der Kristall nicht angeschlagen hat? Habe ich doch die falschen Fragen gestellt?

»Vielleicht hatte es einen anderen Grund, dass sie gegangen ist«, schlägt Eyon vor, als wir nur noch einen halben Tagesritt von unserem Hauptlager entfernt sind.

»Ich dachte, du kannst sie nicht leiden«, erwidere ich mürrisch. Levana ist gerade die letzte Person, über die ich nachdenken möchte.

»Ja, so ist es«, sagt Eyon mit fester Stimme. »Aber sie hat verhindert, dass unsere Angreifer weiter auf uns schießen. Wenn es ihr nur darum gegangen wäre, uns loszuwerden, hätte sie einfach abwarten können, bis wir getötet werden.«

Seine Theorie klingt plausibel, doch ich bin nicht bereit, etwas Gutes über sie zu denken.

»Wie auch immer«, sage ich mit einer wegwerfenden Handbewegung. »Ob sie ihr Wort hält, werden wir wohl nur wissen, wenn wir die Stadtmenschen nie wiedersehen müssen. Wenn wir jedoch angegriffen werden, hat sie versagt.«

Dazu sagt Eyon nichts mehr, und so verbringen wir den Rest des Weges schweigend.

Als wir am Abend endlich im Hauptlager ankommen, gehe ich zuerst zu Taesera, um ihr von den Vorkommnissen zu berichten. Den Anführer hatte ich bereits in dem Nebenlager, wo wir zuvor die Nacht verbracht haben, getroffen.

Ich finde meine Tante dabei vor, wie sie verschiedene Kräuter zusammenmischt.

»Ascian«, sagt sie freudig, nachdem ich eingetreten bin. »Du kannst mir gleich bei meiner Arbeit helfen. Bald bricht zusammen mit dem Herbst auch die Erkältungszeit wieder ein. Kannst du mir sagen, welche Zutaten die Mischung gegen Husten enthält?«

Ich habe wenig Lust auf diese Prüfung, möchte mir jedoch auch nicht Taeseras Tadel antun.

»Goldwurz, Quellkraut und Dornrinde«, zähle ich schnell die Zutaten auf.

Sie nickt zufrieden und gibt mir dann das Zeichen, Platz zu nehmen.

»Erzähl mir alles«, fordert sie mich auf.

»Du wirst es nicht gerne hören«, sage ich niedergeschlagen. »Keno wurde an der Grenze zum Stadtgebiet getötet, Levana hat sich heimlich davongeschlichen und der König ist auch nicht aufgetaucht.«

Taesera stößt frustriert die Luft aus. »Das klingt gar nicht gut. Aber vielleicht haben wir Glück und Levana hält sich trotzdem an unsere Abmachungen.«

»Das glaube ich nicht«, erwidere ich und muss an unseren gemeinsamen Abend denken.

Sicherlich hat sie sich nur auf den Kuss eingelassen, um mich zu manipulieren. Ich hätte ihr wahrscheinlich sonst weniger Vertrauen geschenkt und besser auf sie aufgepasst. Noch nie habe ich mich so ausgenutzt und erniedrigt gefühlt.

Ruckartig stehe ich auf und sage: »Ich gehe Cadoc und Jasira suchen. Vielleicht schaffen sie es, mich auf andere Gedanken zu bringen.«

Taesera wirft mir einen seltsamen Blick zu, aber erwidert darauf nichts mehr.

Lange Zeit irre ich durch das Lager, ohne die beiden zu finden. Die Wachen am Eingang versichern mir jedoch, dass sie die Höhle nicht verlassen haben. Irgendwann lege ich mich mit einem schwermütigen Seufzen auf mein Bett und gebe es auf.

Lange denke ich über die Geschehnisse mit Levana nach, ehe ich mich erneut frage, wo Jasira und Cadoc stecken könnten. Ich setze mich ruckartig auf, als mir eine neue Idee kommt, wo ich sie finden könnte. Es gibt nur einen Ort, wo man das Lager verlassen kann, ohne von den Wachen am Eingang gesehen zu werden.

Es dauert nicht lange, bis ich mich durch den engen Spalt quetsche, dem versteckten Gang folge und ins Freie trete. Doch das, was ich dann sehe, lässt mich entsetzt innehalten. Mir stockt der Atem und ich werde von einem furchtbaren Schwindel gepackt.

Denn wenige Schritte vor mir sitzen Cadoc und Jasira mit dem Rücken zu mir. Sie haben sich eng umschlungen und reden leise miteinander.

»Das ist nicht euer Ernst«, entweicht es mir, woraufhin sie herumwirbeln und mich voller Panik anblicken.

Jasira ist die Erste, die ihre Stimme wiederfindet: »Ascian, bitte lass es mich ...«

»Nein«, fahre ich dazwischen, ehe ich herumwirble und diesen Ort überstürzt verlasse. Der Ort, den damals nur Jasira und Ich gekannt haben.

Ein Schluchzen kämpft sich meine Kehle hoch, während ich wie blind durch die Gänge laufe. Ein Teil von mir hatte bereits geahnt, dass die beiden Gefühle füreinander haben könnten, doch ich hatte stets die Hoffnung, dass ich mich irre.

Doch das Schlimmste ist nicht, was Cadoc und Jasira empfinden, sondern dass sie es mir verheimlicht haben. Sie hatten genug Gelegenheiten, um mich aufzuklären. Stattdessen haben sie es vorgezogen, sich hinter meinem Rücken zu treffen.

Gleichzeitig quält mich der Gedanke, dass Jasira nun einen Ersatz für mich gefunden hat – meinen Doppelgänger, der nicht in die zeitraubenden Tätigkeiten eines Schamanenschülers eingespannt ist und dadurch mehr für sie da sein kann. Zuvor dachte ich noch, dass Levanas Verrat unverzeihlich ist, doch der ist bei Weitem nicht so schlimm wie das, was meine engsten Vertrauten mir angetan haben.

Vor meinem Schlafraum halte ich inne und erwäge, mich hier zurückzuziehen. Doch sicherlich würden Jasira und Cadoc mich dort als Erstes suchen. Also setze ich meinen Weg fort, bis ich die Höhle verlasse und an den Wachen vorbei ins Freie trete. Mittlerweile habe ich mich zum Glück genug gefasst, um nicht sofort ihren Argwohn auf mich zu ziehen.

»Ich gehe Kräuter sammeln«, sage ich knapp und hoffe, dass meine Stimme nicht zu sehr zittert.

Sie nicken mir lächelnd zu und lassen mich ohne weitere Fragen passieren.

Nachdem ich eine Weile planlos durch die Natur gelaufen bin, habe ich endlich wieder das Gefühl, frei atmen zu können. Meine Füße haben mich jedoch ausgerechnet zu dem kleinen Wald geführt, wo ich damals von den Stadtmenschen entführt wurde. Ich werde traurig, als ich daran denken muss, dass ich Iyan hier als meinen Freund verloren habe.

Niedergeschlagen setze ich mich auf einen Stein und frage mich, ob es mein Schicksal ist, alle Menschen zu verlieren, die mir etwas bedeuten. Angefangen mit meiner Mutter und Cadoc, als ich kaum auf der Welt war.

Dann kommt mir plötzlich der Gedanke, dass ich es selbst schuld bin, dass Jasira sich von mir abgewandt hat. Ich habe mich mehr für Levana interessiert als für sie, und vermutlich hat sie das gespürt. Obwohl ich noch immer wütend auf Jasira bin, überkommt mich auch schlechtes Gewissen. Ich hätte wissen müssen, dass sie besser zu mir passt als Levana, doch nun ist es zu spät – nun habe ich beide verloren.

Mit einem Mal überkommt mich eine unbändige Wut, und erst, als der Stein unter mir zerbirst, merke ich, dass Magie aus meinen Handflächen geflossen ist. Nun sitze ich verdattert zwischen den Trümmern und muss losprusten, als mir klar wird, was für ein Bild ich abgeben muss. Obwohl ich mir dabei unglaublich dumm vorkomme, werde ich von einem befreiten Lachen geschüttelt.

Mit einem Mal erscheint mir alles nicht mehr so düster. Ja, Jasira und Cadoc haben mir ihre Treffen verheimlicht, doch ist das wirklich so schlimm? Sollte ich mich nicht eher darüber freuen, dass mein Bruder und meine beste Freundin glücklich miteinander sind?

Ich bin von mir selbst überrascht und bekomme das breite Grinsen nicht mehr aus meinem Gesicht. Mit einer schwungvollen Bewegung stehe ich auf, klopfe meine Kleidung ab und mache mich auf den Weg zurück. Selten habe ich mich so unbeschwert gefühlt, was mir im Anbetracht der Situation mehr als absurd vorkommt.

Als ich den Wald hinter mir lasse, sehe ich schon von Weitem zwei Personen auf mich zukommen, die sich als Jasira und Cadoc entpuppen. Noch kurz zuvor hätte ich sofort kehrtgemacht, um einem klärenden Gespräch zu entgehen, doch nun sehe ich die beste Chance, den Groll ein für alle Mal aus der Welt zu schaffen.

Als wir nur noch wenige Schritte voneinander entfernt sind und die beiden mein fröhliches Gesicht sehen, wirken sie so irritiert, dass ich wieder lachen muss. Sie bringen kein Wort heraus, und so beschließe ich, sie von ihrem Leid zu erlösen.

»Es war grausam, mir eure Beziehung zu verheimlichen. Aber ich kann euch verzeihen, denn ich freue mich für euch.«

Cadoc und Jasira wechseln einen fassungslosen Blick, ehe meine Freundin die Erste ist, die ihre Sprache wiederfindet. »Wir wollten es dir sagen, wenn du von deiner Reise zurückkommst. Es war großes Pech, dass du uns vorher erwischt hast. Bist du dir wirklich sicher, dass alles in Ordnung ist? Eben sah es nämlich noch ganz anders aus.«

Ich zucke mit den Schultern. »Irgendwie kam mir ein Sinneswandel. Ich muss zugeben, dass ich erleichtert bin, dass nun alles geklärt ist.«

Dabei blicke ich nur Jasira an und sie scheint genau zu verstehen, was ich meine. Sie nickt und wirkt nun ebenfalls so, als würde ihr eine große Last von den Schultern genommen werden.

»Ich hatte Sorge, dass du noch romantische Gefühle für mich hast, die ich nicht mehr erwidere. Wahrscheinlich war das auch der Grund, weshalb ich nicht offen mit dir darüber gesprochen habe, was sich zwischen Cadoc und mir entwickelt hat.«

Nun ergreift auch mein Bruder das Wort: »Ich hatte die ganze Zeit das Gefühl, dir etwas wegzunehmen, und habe mich sehr dafür geschämt. Es tut mir leid, dass ich meine Gefühle über deine gestellt habe.«

Er senkt den Blick, und nun kann ich ihm noch weniger böse sein.

»Lasst uns das alles hinter uns lassen. In Anbetracht dessen, was für eine Gefahr auf uns zukommt, sind solche Reibereien ohnehin lächerlich. Nun ist es wichtiger als je zuvor, dass wir zusammenhalten.«

Die beiden nicken und wirken so dankbar, dass ich aus einem Impuls heraus auf sie zugehe und sie in eine feste Umarmung ziehe. In mir macht sich die Sicherheit breit, dass nun alles gut wird. Solange wir vereint sind, haben wir die beste Chance, die Clans zu retten.

KAPITEL 27

Cadoc

Ich bin überzeugt, noch nie so glücklich gewesen zu sein wie in dem Moment, als Ascian uns verzeiht. Nun habe ich nicht mehr das Gefühl, durch eine unüberwindbare Mauer von ihm getrennt zu sein.

Am Abend gehe ich mit einem breiten Lächeln zu Bett, und es dauert nicht lange, bis ich zufrieden einschlafe.

Doch plötzlich werde ich von einem seltsamen, ruckartigen Gefühl gepackt, und als ich die Augen öffne, finde ich mich in einem nebligen Wald wieder. Die Umgebung ist in eine beklemmende Dunkelheit getaucht – es fühlt sich an, als könnte ich nicht mehr frei atmen.

»Nein, bitte nicht«, hauche ich voller blankem Entsetzen, denn ich weiß sofort, was das hier zu bedeuten hat.

»Bist du etwa nicht froh, deinen Mentor wiederzusehen?«, erklingt eine belustigte Stimme, und ich wirble herum.

Meine Hand tastet instinktiv nach meinem Dolch, doch natürlich habe ich ihn nicht dabei. Denn hier gelten einzig Asons Regeln.

Mein Atem beschleunigt sich vor Panik, und ich kann den Magier bloß wortlos anstarren. Er hat sich seit unserem letzten Aufeinandertreffen vor sechs Jahren nicht verändert, was mich jedoch nicht wundert. Durch seine starke Magie hat er es geschafft, kaum noch zu altern – statt wie ein achtzigjähriger Greis sieht er noch immer aus wie ein junger Mann, der kaum älter ist als ich. Seine tiefschwarzen Haare sind leicht zerzaust und seine eisblauen Augen blicken mich noch genauso kalt an wie früher. Nur in ihnen kann man sein wahres Alter erkennen – sie wirken gleichzeitig so weise, wie ich es nie bei jungen Menschen gesehen habe, aber auch abgrundtief grausam.

»Was möchtet du?«, presse ich hervor und wirke dabei nicht so mutig wie erhofft.

Ason lächelt kühl auf mich herab, denn er überragt mich um mehr als einen Kopf.

»Ich hatte bloß das Bedürfnis, meinen einstigen Schüler wiederzusehen, um zu schauen, was aus ihm geworden ist. Nun, ich muss sagen, dass ich unzufrieden bin. Du wirkst verweichlicht.«

Bei seinen Worten regt sich keine Wut in mir, sondern bloß Angst. Ich wusste, dass es ein Fehler war, über Ason zu sprechen. Er muss es gespürt haben, da bin ich mir völlig sicher. Nun blicke ich ihn stumm an und warte darauf, dass er endlich damit herausrückt, was er von mir möchte.

»Ich habe gehört, dass es zwischen den Stadtmenschen und den Clans Spannungen gibt«, sagt er wie beiläufig. »Es hat jedoch erst mein Interesse geweckt, als ich erfahren habe, dass auch du darin involviert bist.«

Ein schwerer Stein liegt in meiner Magengrube, als mir ein Verdacht kommt, den ich nicht wahrhaben will. Ich möchte aus diesem furchtbaren Traum erwachen, doch das wird erst geschehen, wenn Ason mich lässt.

»Da kam mir die Idee, dass ich etwas mitmischen könnte«, fährt er fort, und sein falsches Lächeln verwandelt sich in ein breites Grinsen. »Das wird sicherlich amüsant.«

Mir stockt der Atem und ich schüttle unablässig den Kopf.

»Bitte, lass die Clans in Frieden«, presse ich beinahe lautlos hervor.

Doch dann wird mir klar, dass das genau das falsche Vorgehen ist, denn damit sporne ich ihn bloß an.

Seine Augen glitzern tatsächlich belustigt auf. »Du wirst sehen, das wird Spaß machen. Aber nun will ich dich nicht weiter aufhalten.«

Er klatscht in die Hände, ohrenbetäubend laut, und im nächsten Moment schrecke ich schweißgebadet hoch.

»Nein, nein, nein«, hauche ich und vergrabe mein Gesicht in den Händen.

Ich bin es schuld, dass Ason Geschmack an den Reibungen zwischen Stadt und Wildnis gefunden hat. Und ich bin es schuld, wenn die Clans durch sein Eingreifen untergehen.

Schwer atmend versuche ich, einen Ausweg zu finden. Für einen kurzen Moment hoffe ich sogar, dass es bloß ein furchtbarer Albtraum gewesen ist. Doch ich weiß es besser, denn in der Vergangenheit hat mich Ason häufiger auf diese Weise heimgesucht. Das Traumwandeln ist eines seiner liebsten Mittel, um einem das Leben schwer zu machen.

Ich stehe ruckartig auf, denn ich muss auf der Stelle mit Ascian sprechen. Vielleicht wird er mich beruhigen, auch wenn er keine Ahnung hat, wozu Ason fähig ist.

Mit nackten Füßen tappe ich über den felsigen Boden durch den Gang, der von Fackeln erhellt wird. Zum Glück ist Ascians Schlafraum nicht weit von meinem entfernt. Als ich davorstehe, rufe ich leise seinen Namen. Es ist noch immer seltsam für mich, keine Tür vor mir zu haben, an der ich klopfen kann.

»Cadoc, bist du es?«, ertönt eine müde und überraschte Stimme. »Komm rein.«

Als ich mich durch den Vorhang schiebe, ist Ascian bereits aufgestanden. Seinem Gesichtsausdruck nach zu urteilen, ahnt er, dass etwas Schlimmes passiert sein muss.

»Ason hat mich im Traum aufgesucht«, erkläre ich atemlos. Die Augen meines Bruders weiten sich, jedoch mehr aus Überraschung als Besorgnis. Vermutlich denkt er immer noch, dass wir es ohne Mühe mit dem Magier aufnehmen können.

Ich setze mich auf Ascians Bett und vergrabe erneut mein Gesicht in den Händen.

»Was hat er zu dir gesagt?«, fragt mein Bruder und lässt sich neben mich sinken.

»Er wird bei der Schlacht mitmischen«, antworte ich verzweifelt und wage es kaum, Asican anzuschauen. »Er hat mitbekommen, dass ich nun zu den Clans gehöre, und findet es wohl reizvoll, mich herauszufordern.«

Ascian stößt verächtlich die Luft aus. »Was für ein schlechter Mentor ist er denn bitte? Sollte er nicht eher auf deiner Seite kämpfen?«

»Ich habe dir erzählt, welche Art Mensch er ist«, entgegne ich finster. »Vielleicht möchte er austesten, wie gut er mich ausgebildet hat. Es könnte aber auch sein, dass er für gar keine Seite kämpft, sondern seinen Spaß daran hat, beide Parteien zu tyrannisieren. Das wäre vermutlich noch das geringste Übel für uns.«

»Und du hast wirklich keine Gelegenheit, ihn auf unsere Seite zu ziehen?«

Ich schüttle entschieden den Kopf. Je mehr ich versuchen würde, Ason zu überzeugen, desto mehr Freude hätte er daran, genau das Gegenteil zu tun.

»Dann müssen wir dafür sorgen, dass diese Schlacht gar nicht erst stattfindet«, sagt Ascian ernst, und ich weiß sofort, dass er dabei an Levana denkt.

Ich kann den Schmerz über ihren Verrat deutlich in seinen grünen Augen aufblitzen sehen.

Ascian

Seit ich von meiner Reise zurückgekehrt bin, bekomme ich kaum ein Auge zu, und wenn doch, werde ich von dunklen Träumen geplagt.

Als ich mich auch in dieser Nacht nur herumwälze, beschließe ich, dass ich der Sache auf den Grund gehen muss. Es kommt mir beinahe vor wie eine schlimme Vorahnung, die ich nicht greifen kann. Wie ein unsichtbarer Feind, der mich beobachtet, den ich jedoch nicht sehen, sondern nur spüren kann.

Obwohl es mich Überwindung kostet, mein warmes Bett zu verlassen, tappe ich durch die dunklen Gänge. Der raue Felsboden fühlt sich kalt unter meinen nackten Füßen an und lässt mich noch wacher werden.

Schließlich gelange ich vor Taeseras Räumlichkeiten. Da ihr Schlafraum zu weit entfernt ist, um meine Rufe zu hören, schicke ich eine kleine grüne Leuchtkugel ins Innere. Nur wenig später wird der Vorhang beiseitegezogen und Taeseras müdes Gesicht erscheint vor mir.

»Ich hoffe, du hast einen guten Grund dafür, mich zu stören«, murrt sie schlecht gelaunt und winkt mich herein.

Ihre ergrauten Haare stehen in alle Richtungen ab, was mir ein Schmunzeln entlockt. Dann erinnere ich mich jedoch wieder daran, weshalb ich hier bin, und werde augenblicklich ernst.

»Irgendetwas geht vor sich«, erkläre ich und wandere im Raum auf und ab. »Ich komme schon seit Tagen nicht zur Ruhe und habe das Gefühl, dass etwas Schlimmes passieren wird.«

Nun habe ich es das erste Mal ausgesprochen. Ich hatte befürchtet, dass es lächerlich klingt, doch nun, wo ich es in Worte gefasst habe, wirkt es nur noch bedrohlicher.

Taesera nimmt mich ihrem Gesichtsausdruck nach zu urteilen sofort ernst.

»Vielleicht hängt es mit der Prophezeiung zusammen. Du bist ein Teil von ihr, also kannst du möglicherweise spüren, wenn sie in Erfüllung geht.«

Mit stummem Entsetzen blicke ich sie an, woraufhin sie grimmig nickt. »Wenn es wirklich so ist, wie du sagst, müssen wir davon ausgehen, dass uns die Stadt angreift.«

»Aber Levana wollte ihren Vater aufhalten«, sage ich beinahe schon flehend – in der Hoffnung, dass Taesera mir zustimmt.

Doch sie spricht bloß das aus, was mich schon die ganze Zeit über quält: »Wir haben uns wohl in ihr getäuscht. Oder aber ihr Einfluss auf ihren Vater ist doch nicht so groß wie sie dachte. Möglicherweise hat sie sich einfach unterschätzt und war sich deswegen sicher, uns die Wahrheit zu sagen. Deswegen hat auch der Kristall nicht angeschlagen.«

Seltsamerweise beruhigen mich ihre Worte nun doch. Wenn Levana wirklich versagt hat, obwohl sie die besten Absichten hat, würde es bedeuten, dass sie mich nicht hintergangen hat. Zwar würde das den Clans nicht helfen, doch es würde mir eine schwere Last vom Herzen nehmen.

»Was tun wir nun am besten?«, frage ich.

Taesera wirkt so, als hätte sie nur auf diese Frage gewartet. »Wir werden Boten zu allen Clans schicken. Wir werden uns alle an einem Ort versammeln müssen, um uns bestmöglich verteidigen zu können. Denn wenn die vier Clans einzeln angegriffen werden, sind wir verloren.«

»Und was ist, wenn ich doch falsch liege? Die anderen Clans würden uns nie wieder ernst nehmen, und wenn dann ein echter Angriff folgt, würden sie unsere Warnung ignorieren.«

Taesera zuckt mit den Schultern und sagt trocken: »Dieses Risiko müssen wir eingehen. Lieber eine Warnung zu viel als eine zu wenig.«

Ich nicke, denn das ist wohl die vernünftigste Lösung.

Plötzlich kommt mir eine Idee: »Vielleicht haben Jasira und Cadoc ein ähnliches Gefühl. Schließlich sind sie auch ein Teil der Prophezeiung.«

»Du solltest sie aber nicht wecken«, ermahnt mich Taesera mit erhobenem Zeigefinger. »Du kannst die Zeit bis zum Morgen mit etwas Nützlichem verbringen.«

Sie wirft mir einen vielsagenden Blick zu. Schon seit vielen Tagen habe ich mich nicht mit meiner Magie beschäftigt, da ich einfach zu viele Dinge im Kopf hatte. Dabei ist es so wichtig wie nie zuvor, dass ich trainiere.

»Ich probiere es nochmal mit der Tarnmagie«, gebe ich mit einem resignierten Seufzen nach. Denn ich muss mir eingestehen, dass es durchaus ein Vorteil wäre, mich unbemerkt an Feinde heranschleichen oder mich vor ihnen verstecken zu können.

Sobald der Morgen angebrochen ist, kann ich nicht länger warten und gehe geradewegs zu Cadocs Zimmer. Als er jedoch nicht auf meine leisen Rufe reagiert, werfe ich einen Blick hinein. Kurz fürchte ich mich davor, dass Jasira zusammen mit ihm im Bett liegt, denn diesen Anblick könnte ich sicherlich noch nicht ertragen. Doch schnell erkenne ich, dass Cadoc allein ist und anscheinend noch tief schläft. Er wirft sich unruhig hin und her, und als ich besorgt nähertrete, fällt mir auf, dass seine Haare schweißnass sind.

»Cadoc, wach auf«, sage ich nun etwas lauter und berühre ihn an der Schulter.

Doch er reagiert noch immer nicht. Dafür zucken nun auch seine Lider, und sein Gesicht sieht aus, als würde er große Schmerzen erleiden.

»Cadoc!«, rufe ich nun und rüttle ihn so stark an der Schulter, dass er endlich die Augen aufreißt. Keuchend setzt er sich hin und wirkt wie ein Ertrinkender, der nach Luft schnappt.

»Hat Ason dich wieder im Traum besucht?«, frage ich besorgt, doch mein Bruder schüttelt den Kopf.

Ein Frösteln geht durch seinen Körper, ehe er antwortet.

»Ason war nicht dort, aber der Traum war dennoch furchtbar. Es war, als wäre ich in einer tiefen Dunkelheit gefangen, aus der ich nicht entkommen konnte. Und von überall kamen Schreie.«

Er reibt sich die Arme und wirkt zutiefst verstört.

»War das die letzten Nächte auch so?«, frage ich alarmiert.

Cadoc blickt mich überrascht an. »Woher weißt du das?«

»Oh nein«, murmle ich und setze mich neben ihn. »Meine letzten Nächte waren auch furchtbar, allerdings habe ich kaum Schlaf bekommen. Taesera und ich sind uns einig, dass es etwas damit zu tun haben könnte, dass ich Teil der Prophezeiung bin. Dass es dich auch betrifft, bestätigt den Verdacht wohl.«

»Oh nein«, sagt jetzt auch Cadoc.

»Wie geht es Jasira?«, frage ich, denn auch sie müsste etwas spüren.

»Ich weiß es nicht«, gibt mein Zwilling zu. »Sie hat sich gestern sehr zurückgezogen und ich konnte kaum mit ihr sprechen. Ich bin mir sicher, dass auch mit ihr etwas geschieht.«

»Wir müssen sofort zu ihr«, sage ich entschlossen. »Vielleicht finden wir zu dritt einen Weg, was wir dagegen unternehmen können.« Mein Blick verfinstert sich, als ich hinzufüge: »Und wie wir uns am besten auf die Schlacht vorbereiten können.«

KAPITEL 28

Jasira

Ich taumle durch die Gänge der Höhle und muss mich immer wieder an den Felswänden abstützen. Stöhnend presse ich mir die Hand gegen die Stirn, denn hinter meinem Auge pocht es unangenehm und ich sehe alles verschwommen.

Mir ist bewusst, dass ich sofort zu Taesera muss, damit sie mich behandelt. Irgendetwas stimmt mit meiner Gesundheit ganz und gar nicht.

Plötzlich erscheint Tullio vor mir – sein Gesicht ist leichenblass und in seiner Brust klafft eine blutende Wunde. Entsetzt weiche ich zurück und möchte schreien, doch mir entweicht bloß ein heiseres Krächzen.

»Ist alles in Ordnung mit dir?«, fragt der Tote verwirrt.

Perplex blinzle ich mehrmals. Im nächsten Moment sieht Tullio wieder völlig normal aus – und vor allem lebendig.

»Ja, alles gut«, murmle ich und gehe mit schnellen Schritten an ihm vorbei. Ich kann spüren, dass er mir noch lange hinterherblickt.

Was hat das bloß zu bedeuten und weshalb wird mein Zustand mit jedem Tag schlimmer?

Endlich gelange ich zu Taeseras Räumlichkeiten und stürme ohne Anmeldung herein. Ich schaffe es gerade noch, mich auf eines der Sitzkissen sinken zu lassen, ehe der Schwindel mich wieder mit voller Wucht packt.

»Jasira, was ist denn los?«, höre ich Taeseras besorgte Stimme, doch ich schaffe es nicht, meinen Kopf zu heben.

»Mir geht es nicht gut«, nuschle ich. »Ich glaube, ich bin krank.«

»Ich habe einen anderen Verdacht«, erwidert die Schamanin ernst.

In meinem Augenwinkel sehe ich etwas Helles, und als ich nun doch meinen Blick hebe, erkenne ich, dass Taesera eine Leuchtkugel erschaffen hat, die sie nun losschickt.

»Ascian wird gleich kommen. Er kann dir sicherlich Klarheit geben.«

Ich weiß zwar nicht, was er damit zu tun haben soll, aber ich bin zu schwach, um Einwände zu erheben.

Es kommt mir vor wie ein kurzer Augenblick, ehe Ascian in Begleitung von Cadoc in das Zimmer stürmt. Als die Zwillinge mich entdecken, gehen sie sofort in die Hocke, und Cadoc streicht mir besorgt über die Wange, was mein Herz hüpfen lässt.

»Beschreibe mir genau, wie du dich fühlst«, fordert Ascian mich auf. Sein Blick ist so finster, wie ich es selten erlebt habe. Wenigstens sieht er nicht aus wie eine Leiche.

»Mir ist unglaublich schwindelig und ich habe seltsame Visionen«, erkläre ich und bin den Tränen nahe. »Ich kann kaum noch Alptraum von Realität unterscheiden. Eben bin ich Tullio über den Weg gelaufen, der aussah wie ein Toter. Er hatte eine schreckliche Wunde über dem Herzen.«

Die Brüder tauschen einen vielsagenden Blick, was mich nur noch mehr verwirrt.

»Es ist die Prophezeiung«, eröffnet mir Ascian schließlich ernst. »Cadoc und ich spüren auch die Dunkelheit. Wir sind uns sicher, dass sich die Stadtmenschen auf den endgültigen Angriff vorbereiten.«

Meine Gedanken klären sich gerade genug, um die Bedrohung vollständig zu erfassen.

»Was können wir tun?«, frage ich, und seltsamerweise ist meine Angst plötzlich wie weggefegt.

Aus einem Impuls heraus nehme ich beide an den Händen, und auch Ascian und Cadoc tun es mir gleich. Als würde plötzlich eine übernatürliche Verbindung entstehen, ist mein Schwindel mit einem Mal fort. Mein Körper wird von einer überschwemmenden Energie erfüllt und meine Gedanken werden so klar wie nie zuvor.

Ich kann den Zwillingen ansehen, dass es ihnen ebenso ergeht. Ihre grünen Augen, die beinahe identisch sind, weiten sich vor Überraschung und spiegeln damit meine eigenen Gefühle wider.

»Das ist unglaublich«, ertönt Taeseras gebannte Stimme hinter uns.

Ich lasse Ascians und Cadocs Hände los, doch dieses befreite Gefühl in meinem Inneren verschwindet nicht.

»Ihr drei gehört wahrhaft zusammen«, fügt die Schamanin mit deutlichem Stolz in der Stimme hinzu.

»Aber es verheißt nichts Gutes«, stellt Ascian mit neuer Besorgnis fest. »Ich hatte zuvor noch die Hoffnung, dass wir mit unserem Verdacht falschliegen. Doch nun müssen wir uns wirklich auf das Schlimmste gefasst machen.«

»Ich werde sofort Boten losschicken«, sagt Taesera, »Sowohl zum Anführer wie auch zu den anderen drei Clans. Am besten schlagen wir ein Treffen an der Grenze zwischen Hochgebirge und kaltem Wald vor, denn das ist die genaue Mitte der Clangebiete.«

Ein ängstliches Kribbeln breitet sich in meinem Körper aus, denn mir wird bewusst, dass nun wirklich Krieg bevorsteht. Und ich bin ein wichtiger Teil einer Prophezeiung, von der wir nur hoffen können, dass wir sie erfüllen werden. Mit einem Mal fühle ich mich klein und verloren zwischen der Last dieser Verantwortung.

Doch als ich zu Ascian und Cadoc blicke, denke ich daran, dass ich nicht allein bin. Es ist ein wunderschönes Gefühl, dass ich auf solche Art mit den beiden wichtigsten Menschen in meinem Leben verbunden bin.

Levana

»Das ist nicht dein Ernst«, sagt Nainor entsetzt und geht aufgebracht in seinem Gemach auf und ab. »Solch einen Verrat würde ich Titus nicht zutrauen.«

»Aber es ist wahr«, erwidere ich. »Er hatte es vermutlich schon lange geplant. Ich kann mir sogar vorstellen, dass du unwissentlich ein Dokument unterschrieben hast, in dem du die Erlaubnis gegeben hast, dass mein Vater alle Legionen in den Krieg ziehen lassen darf.«

Ich zucke zusammen, als Nainor ein wütendes Brüllen ausstößt und seine Hand in die Matratze seines Bettes rammt. Sofort weiß ich, dass ich mit meiner Befürchtung richtig liege.

»Wie konntest du mir verheimlichen, dass dein Vater mich derart manipuliert?«, wirft er mir vor.

Das Schlimmste ist, dass er jedes Recht dazu hat, seinen Zorn an mir auszulassen. Ich hätte diese furchtbare Situation verhindern können, wenn ich nur früher zur Besinnung gekommen wäre. Am liebsten würde ich mich kleinlaut entschuldigen, doch das würde wohl niemandem etwas nützen. Also nehme ich eine stolze Haltung ein und blicke meinem besten Freund fest in die Augen.

»Wir können ihn noch aufhalten, wenn wir uns sofort auf den Weg machen. Es kann nicht länger als einen halben Tag her sein, dass er aufgebrochen ist. Wir hätten den Vorteil, dass wir nur zu zweit und dadurch deutlich schneller wären. Und da es bereits mitten in der Nacht ist, marschieren die Soldaten sicherlich nicht weiter.«

»Ich sollte dich lieber für Hochverrat einkerkern lassen«, knurrt Nainor, was mich ängstlich die Luft anhalten lässt. »Aber du hast recht. Nun hat es Priorität, deinen Vater aufzuhalten.«

Erleichtert stoße ich die Luft wieder aus und nicke. »Also reiten wir sofort los?«

Nainor blickt mir tief in die Augen und nimmt meine Hand. »Du hast recht damit, dass wir so schnell wie möglich heiraten sollten. Also werden wir die Trauung jetzt sofort vollziehen.«

Mein Mund öffnet sich vor Überraschung – ich hätte mit allem gerechnet außer damit.

»Aber du hast doch eben noch gesagt ...«

»Und das denke ich auch immer noch. Es wird eine Weile dauern, bis ich dir wieder vollständig vertrauen kann. Aber nun ist es erst mal wichtiger, dass ich meine Position stärke und damit Autorität zurückgewinne. Und das geht am besten mit dir als Königin an meiner Seite.«

Meine Augen brennen vor Rührung und ich falle ihm um den Hals. Ich kenne ihn gut genug, um zu wissen, dass er mir jetzt schon verziehen hat. Er würde mich niemals heiraten, wenn er mir so misstrauen würde, wie er es sagt.

»Ein Priester ist bereits auf dem Weg«, erklärt Nainor, und wie auf Kommando klopft es an der Tür.

Ein alter Mann, den ich hin und wieder bei dem Tempel am Forum gesehen habe, tritt ein und verbeugt sich tief. Nainor nimmt mich an der Hand und führt mich in die Mitte des Zimmers.

»Wir vollziehen die Trauung hier?«, frage ich überrascht.

In meiner Fantasie hat unsere Hochzeit vor hunderten applaudierenden Menschen stattgefunden, in einem prächtig geschmückten Festsaal. Kurz werde ich von Enttäuschung gepackt, bis ich mich wieder daran erinnere, warum ich das hier mache.

Und für wen. Die egoistische Levana, die ich einst gewesen bin, gehört nun vollends der Vergangenheit an.

Ein Lächeln breitet sich auf meinen Lippen aus. »Dann lass uns die Hochzeit vollziehen.«

In wildem Galopp preschen wir den Waldweg entlang, auf dem ich noch an diesem Morgen zurück in die Stadt gereist bin. Auf dem leicht durchweichten Boden können wir eine Vielzahl von Huf- und Schuhabdrücken ausmachen, was ein deutliches Zeichen dafür ist, dass eine Armee diesen Weg benutzt hat.

Der Hass auf meinen Vater wächst mit jedem Augenblick, und kurz denke ich, dass ich ihn am liebsten umbringen würde. Doch hätte ich wirklich den Mut dazu? Und liebt ein Teil von mir ihn nicht immer noch? Schließlich ist er noch immer mein Vater, der Mann, der mich großgezogen und stets gut behandelt hat. Bis heute. Ich kann kaum glauben, wie viel an einem einzigen Tag passieren kann.

Ein schweres Gefühl macht sich in mir breit, als meine weiße Stute allmählich langsamer wird und sich Schaum vor ihrem Mund bildet. Nainor lässt seinen braunen Hengst ebenfalls langsamer werden.

»Hoffentlich werden wir sie rechtzeitig einholen«, seufze ich, als wir in einen gemütlichen Schritt fallen. Am liebsten würde ich mein Pferd wieder antreiben, doch ich weiß, dass es nichts bringen würde.

»Eine Armee bewegt sich bei Weitem nicht so schnell wie wir«, beruhigt mich Nainor und reicht mir lächelnd seine Hand. Ich ergreife sie und fühle mich tatsächlich nicht mehr so verzweifelt und allein.

Eine ganze Weile reiten wir so schweigend nebeneinanderher. »Erzähl mir etwas über ihn«, durchbricht Nainor dann jedoch die Stille.

Sofort werden meine Wangen vor Verlegenheit warm, was völlig untypisch für mich ist.

»Ich weiß nicht, wen du meinst«, weiche ich überflüssigerweise aus.

Nainor grinst und verdreht die Augen. Er kennt mich zu gut, um darauf eingehen zu müssen.

Schließlich seufze ich ergeben und beginne, ihm von Ascian zu erzählen: »Er ist ein angehender Schamane und beherrscht Magie. Mein Vater hatte ihn gefangengenommen, wodurch ich ihn kennengelernt habe. Eigentlich sollte ich ihn manipulieren und ihm Informationen entlocken, was ich zunächst auch getan habe, aber irgendwie habe ich dann wohl mein Herz an ihn verloren.«

Ich zucke mit den Schultern, als wäre das keine große Sache.

Nainor strahlt jedoch über das ganze Gesicht, denn er weiß genau, wie schwer es mir fällt, Gefühle zuzulassen. Vermutlich hat es etwas damit zu tun, dass ich mein ganzes Leben dachte, meine Mutter wäre freiwillig gegangen. Diese Erkenntnis überrascht mich, denn dadurch ergibt vieles von der Art und Weise, wie ich mich in der Vergangenheit verhalten habe, einen Sinn.

Und weil es sich in diesem Moment völlig richtig anfühlt, erzähle ich Nainor auch von der Offenbarung meines Vaters, dass er meine Mutter fortgeschickt hat.

Sofort verdunkelt sich sein Blick. »Ich nehme alles zurück: Du bist keine Verräterin. Du bist genauso ein Opfer deines Vaters wie wir alle.«

»Danke«, sage ich voller Inbrunst und nun rollt doch noch eine Träne über meine Wange.

Aus einem Reflex heraus möchte ich sie wegwischen und meine Emotionen verbergen, doch dann halte ich inne. Die neue Levana steht zu ihren Gefühlen. Es fühlt sich an wie eine Befreiung, die mich gleichzeitig lachen und weinen lässt.

Als ich mich wieder einigermaßen beruhigt habe, sagt Nainor: »Sobald all das hier vorbei ist, lassen wir deine Mutter suchen und in den Palast bringen. Schließlich ist sie nun die Mutter der Königin.«

Er zwinkert mir zu, und mir wird wieder bewusst, in welcher Stellung ich mich nun befinde. Jahrelang habe ich davon geträumt, endlich Königin zu werden, und nun, wo es so weit ist, kommt es mir völlig surreal vor.

»Ich habe so viel Macht«, sage ich beinahe schon überrascht. »Ich könnte meinen Vater einfach einkerkern lassen, ohne dass jemand meinen Befehl verweigern würde.«

Nainor hebt jedoch warnend den Finger. »Sei dir da nicht so sicher. Wenn es stimmt, was du über ihn sagst, hat er mehr Anhänger als wir. Diesen Umstand müssen wir mit all unserer Kraft ändern.« Er schlägt die Augen nieder und wirkt mit einem Mal bestürzt. »Es ist meine Schuld. Ich habe meine Rolle als König wohl nicht ernst genug genommen. Da ist es klar, dass ich früher oder später hintergangen werde.«

»Du bist viel zu früh König geworden«, sage ich energisch. »Du warst zwölf, also immer noch ein Kind. Da kann man dir nicht zum Vorwurf machen, dass du dir die falschen Verbündeten genommen hast.«

»Du hast wohl recht«, erwidert Nainor leise und lächelt mich dankbar an. »Titus war außerdem der Vater meiner einzigen Freundin. Er war fast wie ein Verwandter für mich – was die Geschehnisse umso trauriger macht.«

»Das stimmt«, seufze ich und schäme mich zutiefst dafür, zumindest teilweise mitschuldig zu sein.

Ich werde aus meinen Grübeleien gerissen, als wir mit einem Mal auf eine Wiese gelangen und im Schein des Mondes gerade noch sehen können, wie die Nachhut der Armee hinter der weit entfernten Baumgrenze verschwindet. Also hat mein Vater den Soldaten tatsächlich verwehrt, ein Nachtlager aufzuschlagen.

»Los, ihnen nach«, keuche ich und gebe meinem bereits müden Pferd die Sporen.

Nainor tut es mir nach, und so preschen wir in voller Geschwindigkeit über die Wiese. Doch plötzlich scheuen die Pferde, und ich kann mich gerade noch am Sattel festhalten, um nicht zu Boden geworfen zu werden. Die Welt um mich herum dreht sich, und erst als ich meine Stute nach vielen verzweifelten Versuchen beruhigen kann, erkenne ich, was das Problem ist: An der Baumgrenze breitet sich in Windeseile ein Brand aus, der nicht natürlich entstanden sein kann.

So sehr ich mich auch vor der Wahrheit sträube: Mein Vater will uns loswerden, auch wenn er dafür mein Leben aufs Spiel setzen muss.

KAPITEL 29

Cadoc

Seit der Erkenntnis, dass Jasira, Ascian und ich uns für die Erfüllung der Prophezeiung vorbereiten müssen, haben meine Alpträume schlagartig aufgehört. Ich bin außerdem zutiefst erleichtert, dass auch Ason sich in meinen Träumen nicht mehr hat blicken lassen.

Mittlerweile ist es drei Tage her, dass die Boten wie von Taesera angekündigt zu den anderen Clans und unserem Anführer geschickt worden sind. Es ist also nur eine Frage der Zeit, bis sich alle Clans an der Grenze zwischen dem kalten Wald und dem Hochgebirge treffen – zumindest, wenn unsere Warnung ernstgenommen wird.

Ich verbringe die Tage des Wartens hauptsächlich damit, mit Ascian unsere magischen Kräfte zu trainieren. Wir haben schnell festgestellt, dass wir uns gegenseitig viel beibringen können. Während meine Magie überwiegend zum Kämpfen taugt, ist Ascian vor allem in Heilung und Tarnung geübt. Ich merke jedoch deutlich, wie sehr es meinem Bruder widerstrebt, meine vernichtende Magie anzuwenden.

»Ich möchte am liebsten niemanden umbringen«, seufzt er, als ich ihm erkläre, wie man ein Herz zum Stillstand bringen kann.

»Du weißt selbst, dass es wohl unumgänglich sein wird«, antworte ich ernst. »Es wäre natürlich gut, wenn du diese Art von Magie nicht anwenden musst, aber es ist dennoch sicherer für dich, sie zu erlernen.«

»Du hast ja recht«, gibt Ascian nach und legt mir die Hand auf die Brust.

Er soll meinen Herzschlag verlangsamen, jedoch nicht vollends aussetzen lassen. Es ist ein unangenehmes Gefühl, als mein Bruder allmählich Erfolge zeigt. Mir wird schwindelig und ich muss mich an der Wand abstützen, um nicht zusammenzubrechen. Besorgt zieht Ascian seine Hand wieder zurück.

»Ich möchte dir das nicht antun. Können wir das nicht irgendwie anders üben?«

»Natürlich geht es auch anders. Aber du willst sicher nicht hören, wie.«

»Ich verstehe schon«, seufzt Ascian. »Bist du wirklich sicher, dass ich es an dir üben soll?«

»Ja, ich habe schon viel Schlimmeres ertragen. Aber wahrscheinlich wäre es besser, wenn ich mich dabei hinlege.«

Mit einem gequälten Gesichtsausdruck beobachtet Ascian, wie ich mich auf den Boden lege, und hockt sich dann neben mich. Ich finde es rührend, wie viele Sorgen er sich um mich macht, obwohl er bloß meinen Herzschlag verlangsamen soll.

Vorsichtig legt er seine Hand wieder auf meine Brust, und ich beobachte, wie das grüne Licht in meinen Körper hineinfließt. Wieder überkommt mich dieses unangenehme Gefühl und ich schließe die Augen, um nicht zu sehen, wie sich der ganze Raum dreht. Dann keuche ich auf und zucke zusammen, als mein Herz kurz davor ist, auszusetzen. Sofort lässt sich Ascian zurückfallen und streicht sich aufgebracht durch die Haare.

»Glückwunsch«, sage ich benommen, während ich mich aufrichte und ihn beruhigend anlächle. Obwohl es schlimmer war, als ich es mir vorgestellt habe, gebe ich alles dafür, mir nichts anmerken zu lassen. »Du hast das wirklich gut gemacht. Leider wird es dir nur was nützen, wenn du direkten Körperkontakt mit deinem Feind hast. Aus der Ferne ein Herz zu stoppen, erfordert sehr viel Übung, und diese Zeit haben wir wohl nicht.«

»Gegen Angriffe aus der Ferne habe ich zum Glück meinen magischen Schild«, erwidert Ascian und grinst mich nun an. »Das ist dann wohl die Lektion, die du als Nächstes lernen wirst.«

Am liebsten würde ich mich für den Rest des Tages vor weiteren magischen Übungen drücken, denn ich fühle mich noch immer benommen. Doch ich habe schon als Kind gelernt, keine Schwäche zu zeigen, was mir ausnahmsweise zugutekommt. Es fühlt sich so unwirklich an, dass ich noch vor kurzer Zeit ein völlig anderes Leben geführt habe – doch irgendwie bin ich auch ein neuer Mensch geworden.

»Dann lass uns loslegen«, sage ich und erhebe mich schwerfällig. Kurz schwanke ich, aber Ascian scheint es zum Glück nicht zu bemerken.

»Also, du musst dich darauf konzentrieren, dass die Magie aus dir herausfließt, aber du darfst sie nicht komplett loslassen. Erfülle erst mal deinen ganzen Körper mit ihr, damit sie dich von außen vollständig einhüllen kann.«

»Das klingt nicht schwer«, sage ich erleichtert, doch Ascian schüttelt mit einem schiefen Grinsen den Kopf.

»Freu dich nicht zu früh. Ich habe einen ganzen Frühling damit verbracht, diese Technik zu perfektionieren.«

Davon lasse ich mir jedoch nicht den Mut nehmen und schließe die Augen. Ich bin eins mit der Magie und sie ist dafür da, mich zu beschützen. Dieses Mantra wiederhole ich immer weiter in meinem Kopf, und erst dann lasse ich meine Kräfte langsam aus mir herausfließen.

»Konzentriere dich darauf, dass sie trotzdem noch mit deinem Körper verbunden bleibt«, warnt Ascian mich.

Ich presse die Lippen zusammen, denn tatsächlich wäre ich an diesem Punkt beinahe gescheitert.

»Das sieht gut aus«, lobt er mich, allerdings weiß ich nicht, wie lange ich die Magie noch aufrecht halten kann.

Ich bin so in meiner Konzentration gefangen, dass ich zusammenschrecke, als jemand in den Raum platzt.

»Ein Bote ist zurückgekehrt«, keucht ein Mann, den ich nur vom Sehen kenne. Es fällt mir noch immer schwer, die Namen all meiner Clankameraden auswendig zu können.

»Und was hat er gesagt?«, fragt Ascian alarmiert.

Der Krieger schluckt und antwortet: »Der Clan des schnellen Leoparden ist schon auf dem Weg zu uns, deswegen hat der Bote die Clanmitglieder bereits im Hochgebirge angetroffen. In ihrem Revier wurde eine Armee der Stadt gesichtet.«

Ascian keucht entsetzt auf.

»Wann wird der Clan des schnellen Leoparden hier sein?«, fragt er nun tonlos. Sein Gesicht ist bleich geworden.

Auch ich fühle mich elend, denn ich hatte gehofft, dass wir mehr Zeit haben.

»Vermutlich noch heute Abend«, antwortet der Krieger. »Sie sind etwas langsamer als unser Bote, denn sie müssen auch Alte und Kinder transportieren.«

Ascian fährt sich über das Gesicht und wirkt völlig überfordert. »An die habe ich noch gar nicht gedacht. Auch in unserem Clan gibt es genug Menschen, die nicht an der Schlacht teilnehmen können.«

Er wird eindeutig von schlechtem Gewissen geplagt, und ich möchte ihm gerade sagen, dass die Verantwortung nicht allein bei ihm liegt, als sich eine neue Stimme zu Wort meldet: »Ich habe uns dafür schon einen Plan zurechtgelegt.«

Wir drehen uns zu Taesera um, die unbemerkt dazugestoßen ist. Ascian wirkt sofort erleichtert darüber, dass ihm zumindest diese Last abgenommen wird.

»Wir werden sie alle bei uns in der Höhle unterbringen«, erklärt Taesera und geht nachdenklich auf und ab. »Dank unserer viel zu zahlreichen Verräter wissen die Stadtmenschen zwar, wo unser Lager ist, doch unsere Höhle lässt sich im Gegensatz zu den Hauptlagern der anderen Clans gut verteidigen, da sie nur einen bekannten Eingang hat. Diesen können Ascian und ich versiegeln, sodass die Menschen im Inneren sicher sind. Gegen Magie können die Stadtmenschen nichts ausrichten.«

Meine Kehle wir eng, als mir bewusstwird, dass das nicht ganz stimmt. Wenn Ason wirklich an der Schlacht teilnimmt und auf die Idee kommt, das Hauptlager anzugreifen, sitzen die Clanmitglieder im Inneren in einer Todesfalle.

Ascian blickt mich an, und in seinen Augen kann ich die gleiche Sorge entdecken. Allerdings bin ich es, der den Mut fasst und Taesera aufklärt.

»Möglicherweise haben die Stadtmenschen einen überaus mächtigen Magier an ihrer Seite. Er war einst mein Mentor und stammt von einem Schamanen ab.«

Sofort erstirbt ihr Lächeln, jedoch nicht das kämpferische Funkeln in ihren Augen. »Dann wird er es mit vier Schamanen und ihren Schülern zu tun bekommen. Oh, und natürlich mit dir, Cadoc. Wahrscheinlich bist du sogar sein größter Feind, da du von ihm gelernt hast und ihn am besten kennst.«

Ich weiß, dass sie recht hat, und dieser Gedanke behagt mir ganz und gar nicht.

»Wir sollten trotzdem kein Risiko eingehen«, sagt Ascian. Ich bin dankbar, dass er die Aufmerksamkeit von mir ablenkt.

»Wir müssen das Schlachtfeld weit entfernt von unserem Hauptlager auswählen. Und wir könnten Krieger in der Nähe der Höhle positionieren, damit sie diese im Notfall verteidigen oder unsere Feinde von ihr ablenken können.«

»Das ist ein guter Plan«, stimmt Taesera mit einem grimmigen Nicken zu. »Aber nun müssen wir alles für die Ankunft vom Clan des schnellen Leoparden vorbereiten. Es wird nicht genug Platz für alle da sein, darum müssen wir einen Ort finden, wo sie ihre Zelte aufschlagen können – ich hoffe, dass sie genug Zeit hatten, sie mitzunehmen.«

Es ist gut, eine Aufgabe zu haben, denn so können wir nicht viel Zeit damit verbringen, uns vor dem Grauen, das auf uns zukommt, zu fürchten.

Ich muss an die Zeiten zurückdenken, als ich kaum vor etwas Angst hatte. Je länger ich darüber nachdenke, desto klarer wird mir, dass es nur daran lag, dass ich keinen bedeutenden Grund zum Leben hatte. Nun habe ich so viel zu verlieren, und schon allein der Gedanke daran lehrt mir das Fürchten.

Während ich Ascian helfe, alle Lebensmittel aus der Vorratshöhle zu holen, entdecke ich zwischen den umhereilenden Clanmitgliedern Jasira. Ich halte inne und beobachte, wie sie mit einer Kriegerin spricht und auf die Schmiede deutet, wo gerade die Waffen herausgeschafft werden. Sie streicht sich ihr blondes Haar hinters Ohr und wirkt so ernst, dass ich sie am liebsten in den Arm nehmen würde.

In diesem Moment wird mir klar, dass ich es nicht überleben würde, wenn ihr etwas geschieht. Ich werde sie um jeden

Preis beschützen, ganz egal, ob ich mich dafür selbst in Gefahr bringen muss.

»Cadoc, lass dich nicht ablenken«, reißt mich Ascian in die Wirklichkeit zurück. Er lächelt mich schief an, also hat er wohl bemerkt, dass ich in Jasiras Richtung gestarrt habe.

»Ja, sicher«, erwidere ich zerstreut und bin froh, dass mein Bruder sich einen weiteren Kommentar verkneift.

Jasira

Die Nacht ist bereits eingebrochen, als wir in der Ferne eine große Gruppe Menschen, größtenteils auf Pferden, entdecken. Obwohl ich es eigentlich besser weiß, überkommt mich kurz die Angst, dass es die Stadtmenschen sein könnten. Allerdings ist deren Armee wohl noch viel größer als die der Clans. Ich kann nur hoffen, dass unsere Zahl ausreicht, wenn alle vier Clans vereint sind.

Ich hatte in den letzten Tagen viel Zeit, über die Prophezeiung und meine Rolle dabei nachzudenken. Auch wenn es mittlerweile klar ist, dass ich zu allen vier Krafttieren eine Verbindung habe, weiß ich nicht, was mir diese Gabe bringen soll. Wie soll es mir damit möglich sein, die Clans zu vertreten? Selbst wenn ich in der Schlacht durch die Anwesenheit eines Krafttieres übermenschliche Kräfte entwickeln würde, könnte ich nicht allein gegen die Armee der Stadt ankommen.

Ich beschließe, mich von dieser Frage nicht innerlich zerfressen zu lassen, sondern sie bei Gelegenheit mit Ascian und Cadoc auszudiskutieren.

»Jasira, hilfst du uns, den Clan des schnellen Leoparden zu empfangen?«, ertönt die Stimme von Taesera.

Beschämt wird mir bewusst, dass ich lange Zeit einfach nur dagestanden und in die Luft gestarrt habe, während sich die anderen Clanmitglieder bereit gemacht haben, unsere Gäste zu begrüßen. Es wurden Vorräte nach draußen geschafft und mehrere Lagerfeuer auf einer Wiese entzündet, die hoffentlich genug Platz für alle Zelte bietet. In der Höhle konnten wir leider keine Plätze entbehren, da auch die Nebenlager unseres eigenen Clans in den nächsten Tagen zu uns stoßen werden.

Mich überläuft eine Gänsehaut, als ich daran denke, wie nah die Armee der Stadt uns schon ist. Zum Glück konnte der Clan des schnellen Leoparden einen kleinen Vorsprung aufbauen, und wir vermuten zudem, dass die Soldaten erst mal all ihre Lager durchsuchen, ehe sie zum Hochgebirge marschieren.

Mein Herz wird schwer, als mir bewusstwird, dass damit unser aller Zuhause zerstört wird. Sicherlich hinterlassen die Stadtmenschen eine Spur der Verwüstung.

Noch immer völlig in meinen Gedanken versunken helfe ich, alle Decken und Kissen, die wir übrighaben, zur Wiese zu tragen. Sicherlich hatte der Clan des schnellen Leoparden keine Zeit, um an Komfort zu denken, und so ist es unser Ziel, es ihnen so angenehm wie möglich zu machen.

Schließlich erreichen uns die ersten Reiter. Ich kann sogleich erkennen, wie niedergeschlagen, blass und erschöpft sie aussehen. Besonders die Kinder, deren Augen vom vielen Weinen ganz rot und verquollen sind, wecken mein Mitleid.

Mit einem Mal überkommt mich ein solcher Hass auf die Stadtmenschen, dass sich meine Hände unwillkürlich zu Fäusten ballen. Das alles kommt wir so sinnlos und grausam vor. Wofür brauchen diese Menschen noch mehr Platz? Warum reicht ihnen das Stadtgebiet nicht? Es kommt mir so vor, als würden sie einfach nur ihre Macht demonstrieren wollen und dafür unsere Heimat zerstören. Damit rauben sie hunderten von unschuldigen Menschen ihre Heimat. Ascian hat mir erzählt, dass der König nichts von diesem Ausmaß wusste, doch das fällt mir immer schwerer zu glauben. Wie konnte all das hinter seinem Rücken geschehen?

Ich reiche einer Mutter mit einem schreienden Säugling auf dem Arm eine Decke sowie eine Tasche mit Lebensmitteln. Sie schenkt mir ein trauriges Lächeln, und ich weiß, dass ihr diese

Geste zwar viel bedeutet, doch ihre Not nur geringfügig schmälert. Überall um mich herum sehe ich Leid und Trauer, sodass mir irgendwann selbst Tränen in die Augen steigen. Ich wende mich ab und atme mehrmals tief durch, um die Kontrolle zu behalten. Ich muss stark bleiben.

Ich blicke überrascht auf, als sich eine warme Hand in meine legt. Sie gehört zu Cadoc, der mich liebevoll anblickt und mir dann einen Kuss auf die Stirn drückt.

»Wir schaffen das zusammen«, sagt er mit leiser Stimme und legt seine Arme um mich.

Ich bette meinen Kopf auf seiner Schulter und genieße die Nähe. Wieder einmal frage ich mich, wie ich je glauben konnte, er wäre Ascian. Alles fühlt sich komplett anders an – es ist ein Unterschied, der mir nicht entgehen konnte. Vielleicht hat ein Teil von mir gehofft, dass er Ascian ist, um mich nicht mit den Konsequenzen auseinandersetzen zu müssen.

»Wir müssen weiter helfen«, murmle ich irgendwann, obwohl ich den Schutz von Cadocs Umarmung am liebsten niemals verlassen würde.

Mein Atem stockt für einen Moment, als mir bewusstwird, dass ich Cadoc in der Schlacht verlieren könnte. Oder Ascian, was ebenso schlimm wäre. Denn ich liebe beide, wenn auch auf unterschiedliche Weise.

»In Ordnung«, sagt Cadoc mit einem Seufzen und gibt mir noch einen Kuss auf den Scheitel, ehe er mich loslässt.

Sofort fühlt sich die Welt wieder kalt und trostlos an. Allerdings entdecke ich auch immer wieder Hoffnung in den Augen der Geflüchteten. Man merkt ihnen an, dass sie sich nun nicht mehr allein fühlen. Wir werden zwar nicht ihre Heimat ersetzen können, aber wir werden für ihre Geborgenheit sorgen – bis der unausweichliche Moment der großen Schlacht kommt.

KAPITEL 30

Levana

Hustend versuchen wir unsere immer wieder scheuenden Pferde zu beruhigen, während wir nach einem anderen Weg Ausschau halten. Ich kann es nicht fassen, dass die Soldaten den Wald hinter sich in Brand gesetzt haben. Mein Vater muss gewusst haben, dass wir ihm folgen, und war uns wieder einmal ein Schritt voraus.

»Dort hinten ist ein Fluss!«, ertönt plötzlich Nainors Stimme.

Ich habe gar nicht bemerkt, wie weit er sich von mir entfernt hat.

Beinahe blind vom vielen Rauch lasse ich mein Pferd zu ihm galoppieren. Dadurch entferne ich mich zwar weiter von der Feuerquelle, doch der beißende Gestank des Rauches hüllt mich noch immer so stark ein, dass es mir schwerfällt, zu atmen. Dann höre ich jedoch das Rauschen des Flusses und treibe mein Pferd noch weiter an.

»Was für ein Glück«, keuche ich, als das Wasser in mein Sichtfeld erscheint.

Ohne zu zögern, lenkt Nainor sein Pferd hinein, und ich halte schockiert den Atem an.

»Bist du wahnsinnig?«, rufe ich. »Du hättest vorher die Strömung testen müssen!«

Mein Gemahl zuckt grinsend mit den Schultern, während das Pferd keinerlei Probleme hat, sich über Wasser zu halten. Es scheint sogar so, als würde es an einigen Stellen den Boden berühren können. Kopfschüttelnd lenke nun auch ich meine Stute in den Fluss und erschaudere, als meine Füße und Beine vom eiskalten Wasser umspült werden.

Schnell wird mir klar, dass wir uns beeilen müssen. Zwar sind wir vorerst vor dem Feuer sicher und bewegen uns in die richtige Richtung, doch ich stelle fest, dass der Rauchgeruch wieder stärker wird. Mit einem zynischen Lächeln hoffe ich, dass mein Vater sich verschätzt hat und die Armee von den Flammen verschluckt wird.

Dann endlich scheint es so, als hätten wir das Feuer hinter uns gelassen, doch wir wagen es noch nicht, das Wasser zu verlassen. Friedlich plätschert es um uns herum und ich entspanne mich allmählich.

Allerdings lassen mir meine tobenden Gedanken keine Ruhe. Hat es mein Vater wirklich darauf angelegt, dass ich im Brand zu Tode komme? Oder wusste er, dass ich nicht so dumm bin, ihm in die Flammen zu folgen? Damals wäre ich wohl davon überzeugt gewesen, dass mich mein Vater nicht einer solchen Gefahr aussetzen würde, doch die neue Levana ist sich nicht sicher.

Vielleicht war seine Liebe zu mir nur gespielt und er wollte mich bloß als Mittel zum Zweck nutzen. Und da ich ihm als zukünftige Königin zu noch mehr Macht verhelfen konnte, wäre das nicht abwegig. Doch nun, da Nainor und ich endlich verheiratet sind, hat er sich dieses Privileg, als Vater der Königin vom ganzen Volk geachtet zu werden, verspielt. Nun gilt er als Verräter des Königreiches. Auch wenn mich der Gedanke innerlich quält, wird er dafür die Todesstrafe erhalten.

Zum Glück befreit mich Nainor endlich aus diesen düsteren Gedanken: »Wir bewegen uns in die falsche Richtung, also sollten wir den Fluss verlassen. Allerdings bin ich dafür, dass wir einen großen Abstand zwischen uns und der Armee einhalten.«

»Ja, das wäre vernünftig«, antworte ich. Meine Stimme klingt genauso niedergeschlagen, wie ich mich fühle. »Wir müssen um jeden Preis vermeiden, dass mein Vater uns bemerkt«, füge ich energischer hinzu.

Nainor wirft mir einen prüfenden Blick zu, und ich bin mir sicher, dass er genau weiß, was in mir vorgeht.

»Wo wird er die Armee wohl hinführen?«, fragt er und kommentiert zu meiner Erleichterung nicht meine düstere Stimmung.

Ich denke nach und komme zu einem furchtbaren Schluss.

»Er wird zuerst beim Clan des schnellen Leoparden zuschlagen«, sage ich mit eiskalter Gewissheit. »Er wird versuchen, die Clans Stück für Stück zu schwächen.«

Wut funkelt in Nainors Augen auf. »Wie konnte ich die Pläne deines Vaters bloß einfach hinnehmen? Die Clans haben uns nie etwas getan und es würde uns kaum Vorteile bringen, ihr Gebiet zu erobern. Unser Reich ist bereits groß genug, und wir führen gute Handelsbeziehungen zu anderen Kontinenten. Warum also will dein Vater die Wildnis für uns beanspruchen?«

Ich verfalle in grüblerisches Schweigen, denn bisher bin ich immer davon ausgegangen, dass mein Vater bloß unser Gebiet erweitern möchte, um weitere Städte bauen zu können. Doch Nainor hat recht: Die Städte bieten unserem Volk genügend Platz, und auf dem umliegenden Land, das ebenfalls noch zu unserem Reich gehört, haben die Bewohner die Möglichkeit, sich außerhalb des Trubels der Stadt niederzulassen. Warum also sollte mein Vater einen blutigen Krieg in Kauf nehmen?

Ich versteife mich, als mir ein neuer Verdacht kommt.

»Er möchte sein eigenes Königreich aufbauen«, hauche ich beinahe lautlos. Mein Herz beginnt zu rasen, und je länger ich über diese Idee nachdenke, desto sicherer werde ich mir.

»Dafür müsste er mich vom Thron stürzen«, sagt Nainor entsetzt.

»Nein«, antworte ich mit einem dicken Kloß im Hals. »Er müsste die Anerkennung des Volkes erringen und uns dazu bringen, ihn als Herrscher des neu gewonnenen Gebietes zu akzeptieren.«

Nainor schüttelt fassungslos den Kopf, aber erwidert nichts mehr. Denn wir wissen beide, dass mein Vater zu allem fähig ist.

Ascian

Unruhig laufe ich nun schon die dritte Runde um das provisorische Lager für den Clan des schnellen Leoparden. Immer wieder klettere ich auf eine Erhöhung, von der aus man über das gesamte Tal blicken kann, und halte Ausschau nach einem Anzeichen der Armee.

Zum Glück scheint der Clan des schnellen Leoparden einen guten Vorsprung aufgebaut zu haben, sodass es genügt, wenn wir am nächsten Morgen aufbrechen. Es wurden bereits mehrere Kriegergruppen ausgeschickt, die nach einem geeigneten Ort für eine Schlacht suchen sollen. Bei dem Gedanken, dass dieser Kampf unausweichlich ist und dabei viele Menschen ihr Leben verlieren werden, schnürt sich mir die Kehle zu.

Völlig erledigt schleppe ich mich in das Lager und in mein Bett, wo ich es zum ersten Mal seit vielen Tagen schaffe, Ruhe zu finden.

Es kommt mir jedoch vor wie ein kurzer Moment, ehe ich wieder aufschrecke. Verschlafen und leicht verwirrt blicke ich mich um und entdecke Cadoc und Jasira, die neben meinem Bett stehen und mich ernst anblicken.

»Es ist so weit«, sagt mein Bruder und greift nach Jasiras Hand, so als würde er im Angesicht dieser Nachrichten ihre Nähe brauchen.

Mir fällt auf, dass ich mich endlich an diesen Anblick gewohnt habe.

»Wir brechen zum Schlachtfeld auf?«, frage ich, auch wenn ich die Antwort eigentlich schon weiß.

Cadoc nickt und Jasira tritt unruhig von einem Bein auf das andere.

»Ich weiß immer noch nicht, welche Rolle ich dabei spielen werde«, platzt es schließlich aus ihr heraus und sie lässt sich frustriert auf meine Bettkante fallen. »Was bringt es mir, mit allen vier Krafttieren eine Verbindung zu haben? Es werden ja wohl kaum Leoparden, Adler, Wölfe und Hirsche auf dem Schlachtfeld herumlaufen. Und selbst wenn, werde ich als einzige Person nicht mehr ausrichten können als andere Clanmitglieder, deren Krafttiere in der Nähe sind.«

Ich blicke zu Cadoc, dem meine eigene Ratlosigkeit ins Gesicht geschrieben ist. Wir waren so sehr mit unserem Teil der Prophezeiung beschäftigt, dass wir nicht weiter über den von Jasira nachgedacht haben.

»Vielleicht hast du die Gabe, die Krafttiere zu rufen«, schlage ich vor.

Cadoc nickt bestärkend und fügt hinzu: »Oder du hast viermal so große Kräfte wie normale Clanmitglieder, wenn ihr Krafttier in der Nähe ist.«

»Ja, vielleicht«, entgegnet Jasira wenig überzeugt.

»Vielleicht wirst du es erst während der Schlacht herausfinden«, sage ich und lege tröstend meine Hand auf ihre.

Als ich Cadocs Blick bemerke, ziehe ich sie schnell wieder zurück. Falls wir den Kampf überstehen, müssen wir dringend darüber sprechen, was im Beisein des anderen angemessen ist, denn es ist ungewohnt für mich, mich bei Körperkontakt mit Jasira zurückzuhalten.

»Es bleibt ohnehin keine Zeit, um es herauszufinden«, seufzt Jasira. »Wir sind hier, um dir zu sagen, dass du deine wichtigsten Sachen einpacken sollst, denn wir werden jeden Moment aufbrechen. Die Bewohner der Nebenlager unseres Clans sind mittlerweile alle eingetroffen und es wurden so viele Waffen hergestellt und zusammengesucht wie möglich.«

341

Ich versuche die Angst, die in meinem Inneren aufkeimt, zu ersticken. Der Tod fühlt sich immer greifbarer an, auch wenn ich mir sage, dass ich gar nicht erst daran denken sollte.

»Wurde die Armee der Stadt nochmal gesichtet?«, frage ich, und zu meiner Erleichterung schüttelt Cadoc den Kopf.

»Die Krieger, die im Hochgebirge patrouillieren, konnten nichts Verdächtiges finden. Demnach halten sich die Stadtmenschen wohl noch im Revier vom Clan des schnellen Leoparden auf.«

»Ich will ja nicht drängeln, aber wir sollten uns trotzdem beeilen«, wirft Jasira ein. »Wir treffen uns vor der Höhle, Ascian.« Mit diesen Worten zieht sie Cadoc mit sich und verlässt mein Zimmer.

Ich reibe mir den Schlaf aus den Augen und werfe einen letzten Blick in den Spiegel. Mir fällt auf, dass ich erwachsener und ernster aussehe als gewohnt. Es erfüllt mich mit Trauer, dass es nie wieder so sein wird wie früher. Ich rufe mir jedoch ins Gedächtnis, dass ich dafür meinen Bruder wieder an meiner Seite habe. Die Möglichkeit, dass er bei dieser Schlacht stirbt und ich ihn abermals verlieren könnte, möchte ich gar nicht erst in Betracht ziehen.

Ehe ich mir darüber weiter Gedanken machen kann, schlüpfe ich in ein schwarzes Hemd, das meine Stimmung gut wiedergibt, sowie kniehohe Stiefel und eine Hose aus dickem grauem Wildleder. Ich werde keine Rüstung tragen, denn dafür habe ich meine Magie. Wenn nötig, kann ich meinen Schild auch für kurze Zeit auf weitere Personen übertragen. Ich beschließe, Jasira und Cadoc nicht von der Seite zu weichen, damit ich ihnen im Notfall sofort zur Hilfe eilen kann.

Es kostet mich viel Überwindung, meine Sachen zu packen und die Höhle zu verlassen. Immer wieder muss ich daran denken, dass es das letzte Mal sein könnte, dass ich mein Zuhause sehe.

Auf dem Weg nach draußen treffe ich meinen Vater, und in mir regt sich das schlechte Gewissen, so wenig Zeit mit ihm verbracht zu haben. Endlich hat er seine beiden Söhne wieder, die jedoch zu beschäftigt sind, um ihm Aufmerksamkeit zu schenken.

Wortlos legt mir mein Vater seine Hand auf die Schulter und schenkt mir ein trauriges Lächeln, das so viele Emotionen ausdrückt.

»Habe ich dir schon mal gesagt, wie sehr du deiner Mutter ähnelst?«, fragt er schließlich, und sofort beginnen meine Augen zu brennen. Ich habe nur selten mit meinem Vater über sie gesprochen, da es wohl für uns beide zu schmerzhaft war.

»Nein, das hast du nicht«, erwidere ich mit rauer Stimme und schlucke schwer.

»Sie hat auch immer diesen entschlossenen Blick aufgesetzt, den ich gerade bei dir sehe. Sie war eine unglaublich starke Frau.« Seine Stimme bricht und er schließt für einen Moment die Augen – vermutlich, um seine Tränen zurückzuhalten. »Ich sehe sie in euch beiden«, fährt mein Vater fort. »Obwohl Cadoc und du euch in vielen Dingen unterscheidet, seid ihr eurer Mutter unglaublich ähnlich. Sie lebt in euch beiden weiter.«

Nun kann ich meine Tränen nicht mehr zurückhalten und fahre mir mit dem Ärmel über die Augen. Mein Vater zieht mich an sich und ich vergrabe dankbar mein Gesicht in seiner Schulter. Es fühlt sich beinahe so an wie damals, als ich noch ein Kind war und er mich wegen irgendetwas trösten musste. Mir fällt wieder ein, dass ich auch damals schon häufiger den Verlust meiner Mutter und meines Bruders betrauert habe. Mein Vater hat nie ein Geheimnis daraus gemacht, dass ich einen verschollenen Bruder hatte, und auch, wenn es mir viele traurige Momente beschert hat, bin ich heute dafür dankbar. Denn so hat sich Cadoc nicht wie ein Fremder für mich angefühlt, als ich ihn endlich wiedergetroffen habe.

»So, jetzt ist es aber genug mit der Sentimentalität«, sagt mein Vater mit einem halbherzigen Lachen.

Ich nicke und schultere etwas unbeholfen meine Tasche. Ich bin unendlich froh, diesen Moment mit meinem Vater gehabt zu haben, ehe wir die Schlacht um Leben oder Tod antreten.

Seite an Seite gehen wir ins Freie. Ergriffen lasse ich meinen Blick über die vielen Clanmitgliedern wandern, die sich draußen versammelt haben. Ich schätze sie auf dreihundert, und das sind mehr Menschen, als ich je auf einem Fleck gesehen habe.

Es dauert lange, bis ich Cadoc und Jasira gefunden habe, obwohl sie am Rande der Menge stehen. Als wir zu ihnen treten, nimmt mein Vater Cadoc beiseite und spricht leise mit ihm. Ich möchte ihnen diesen letzten gemeinsamen Moment vor der Schlacht lassen und wende mich deswegen Jasira zu.

»Es ist seltsam, dass sich die Prophezeiung nun endlich erfüllt – oder dass wir an ihr scheitern. Falls wir diese Schlacht überstehen, sind wir endlich frei.«

»Ja«, antwortet Jasira nachdenklich. »Noch vor gar nicht allzu langer Zeit hätte das für uns bedeutet, dass wir endlich zusammen sein könnten.«

Verlegen senke ich den Blick, denn für mich fühlen sich diese Gefühle so weit weg an.

»Ja, es ist verrückt, wie schnell sich alles ändern kann«, sage ich dann jedoch mit einem befreiten Lächeln.

Ehe wir weitersprechen können, erhebt sich die Stimme unseres Anführers über das Stimmengewirr. Es ist deutlich, wie viel Mühe es ihn kostet, laut genug zu sprechen.

»Nun ist der Zeitpunkt gekommen, von dem wir gehofft haben, dass er niemals eintreffen möge. Doch da alle vier Clans Seite an Seite kämpfen werden, haben wir eine gute Chance, zu siegen. Also lasst uns nun aufbrechen, damit wir uns an der Grenze mit dem Clan des weißen Hirsches und dem Clan des grauen Wolfes vereinen können.«

Zustimmendes Gemurmel erhebt sich, während sich in mir ein beklommenes Gefühl breitmacht. Stehen die Chancen für die Clans wirklich so gut, wie der Anführer gesagt hat?

Oder brechen wir geradewegs in unseren sicheren Tod auf?

KAPITEL 31

Jasira

Der Weg zur Grenze zieht wie ein Traum an mir vorbei. Wir alle verbringen die meiste Zeit schweigend, jeder versunken in seine eigenen Gedanken. Gleichzeitig genieße ich jeden einzelnen Moment, den ich mit Ascian und Cadoc verbringe, denn mir ist deutlicher denn je bewusst, dass unsere gemeinsame Zeit bald enden könnte.

Und dann ist es nach wenigen Tagen so weit: Ich spüre deutlich die Magie, welche die Grenze zum kalten Wald markiert. Kurz darauf treten wir auf eine Wiese, auf der sich eine riesige Menschenmenge versammelt hat.

Es ist seltsam, zum ersten Mal in meinem Leben alle Clans vereint zu sehen. Zwar sind die Alten, Kinder und Kranken sicher in der Höhle untergebracht, doch die Anzahl an Menschen raubt mir dennoch den Atem. Es ist ein gleichzeitig überwältigendes und ängstliches Gefühl, denn ich muss immer wieder daran denken, dass sie alle bald tot sein könnten. Dass die Stadt gewinnen und die Clans ausgerottet werden könnten. Das Wissen, dass Cadoc, Asican und ich eine große Rolle dabei spielen werden, macht es nicht besser.

Suchend gehe ich durch die Menge, doch ich entdecke keine vertrauten Gesichter. Ich muss aufpassen, dass ich Ascian und

Cadoc nicht verliere, denn sie haben sich in eine andere Richtung bewegt als ich.

Wir halten jedoch alle inne, als vier Gestalten auf die Spitze eines Felsens in der Mitte der Versammelten treten. Es sind die Anführer der vier Clans. Sofort verstummen alle Gespräche und die Blicke heften sich gespannt auf sie.

Die Anführerin vom Clan des grauen Wolfes tritt zuerst nach vorne. Sie ist eine muskulöse Frau mittleren Alters mit langen braunen Haaren, die zu vielen dünnen Zöpfen geflochten sind. Sie hat einen solch grimmigen Gesichtsausdruck aufgesetzt, dass sie beinahe schon furchteinflößend wirkt. Die rote und schwarze Kriegsbemalung, die ihre braunen Augen umrandet, intensiviert diesen Eindruck noch.

»Wir sind hier, um uns zu rächen!«, ruft sie mit einer solch kräftigen Stimme, dass mir eine Gänsehaut über den Rücken jagt. »Die Stadtmenschen werden mit ihren Taten nicht ungestraft davonkommen, und darum werden wir kämpfen, bis wir auch die letzten von ihnen vernichtet haben!«

Die Mitglieder vom Clan des grauen Wolfes jubeln, grölen und stampfen zustimmend auf den Boden. Mir wird sofort unwohl, als mir auffällt, dass ich mich mitten in einer Gruppe von ihnen befinde.

Schnell bewege ich mich wieder in die Richtung, aus der ich gekommen bin, und atme erleichtert auf, als ich Cadoc entdecke. Er nimmt mich schützend in den Arm und wirkt ebenso beunruhigt wie ich. Ich kann auch sehen, dass die anderen drei Anführer vielsagende Blicke tauschen, und bin erleichtert, dass sicherlich nicht noch so eine hasserfüllte Rede folgen wird.

Schließlich tritt die Anführerin vom Clan des weißen Hirsches vor. Sie ist eine zierliche Frau mit beinahe schneeweißer

Haut und silbernen Haaren und trägt ein wallendes Kleid in hellem Grün.

»Wir werden nicht dulden, dass die Stadtmenschen uns unterjochen«, ruft sie mit einer angenehmen Stimme, die mich wieder entspannt. Mit entschlossener Miene lässt sie den Blick über die Menge schweifen. »Ich bin für jeden von euch Kriegern dankbar, denn nur, wenn wir Seite an Seite kämpfen, können wir gegen diese niederträchtigen Stadtmenschen ankommen.«

Diesmal jubelt niemand, doch wir alle nicken zustimmend.

Nun tritt die Anführerin vom Clan des schnellen Leoparden vor, und obwohl ihr Gesicht gezeichnet von den Strapazen der letzten Tage ist, funkeln ihre mandelförmigen Augen vor Entschlossenheit.

»Rache oder Ähnliches spielen für mich keine Rolle«, ruft sie in die Menge. »Ich möchte nur, dass wir alle wieder Frieden finden, und dafür bin ich, wenn nötig, bereit, mein Leben zu opfern. Mit dieser Gewissheit werde ich gemeinsam mit euch in die Schlacht ziehen.«

Sie streckt die geballte Faust in die Höhe und erntet von allen Seiten begeistertes Klatschen.

Nun ist unser Anführer als Letzter an der Reihe, doch mir fällt auf, dass er an einer Stelle verharrt und mit zusammengekniffenen Augen in Richtung des Horizontes blickt. Dann scheint ihm eine Erkenntnis zu treffen, denn er wirkt mit einem Mal entsetzt.

Er holt tief Luft und ruft. »Die Armee des Feindes ist auf dem Weg hierher!«

Sofort bricht Tumult aus und die Menschen beginnen, panisch hin und her zu laufen. Immer wieder werde ich angerempelt und muss mich an Cadoc festklammern, um nicht hinzufallen. Ich weiß, dass wir dem Untergang geweiht sind, wenn wir die Lage nicht in den Griff bekommen.

Doch dann erhebt sich eine herrische Stimme, die jeden zusammenzucken lässt: »Beruhigt euch, sofort!«

Unsere Blicke huschen sofort wieder zu dem hohen Felsen, wo sich die Anführerin vom Clan des grauen Wolfes aufgebaut hat und wütend auf uns herabschaut. »Habt ihr alle den Verstand verloren? So kann das nichts werden.«

Beschämt senken einige der Clanmitglieder den Kopf, und ich muss ein genervtes Aufstöhnen unterdrücken. Wir hätten deutlich mehr Zeit gebraucht, um uns auf diese Schlacht vorzubereiten.

»Wir haben eine Stelle unweit von hier gefunden, die wir als Schlachtfeld nutzen können. Es ist eine große Wiese am Rande eines Waldes, in dem sich die Bogenschützen aufstellen können. Außerdem befindet sich daneben ein Abgrund, in den wir möglicherweise ein paar der Stadtmenschen locken können. Und nun folgt uns, ehe sie die Gelegenheit haben, uns vorher einzuholen.«

Die Anführer klettern von den Felsen und ich bin nun doch froh darüber, dass diese Frau so furchteinflößend ist. Niemand wagt es mehr, wie zuvor die Fassung zu verlieren.

Schweigend gehen wir alle wie ein riesiges Rudel hinter den Anführern her. Cadoc legt den Arm um mich, was meine Beklommenheit zumindest ein wenig mindert.

Nach einer Weile zerstreut sich die Menge, und als ich mich umblicke, bemerke ich, dass das die Wiese sein muss, auf der die Schlacht stattfinden soll. Meine Kehle wird eng, als ich daran denke, dass der Boden schon bald mit Blut getränkt sein wird. Ganz egal, ob Freund oder Feind – ich würde alles dafür tun, dass kein Mensch zu Schaden kommt. Doch ich befürchte, dass das nicht der Sinn meiner neugefundenen Kräfte ist. Die Panik in meinem Inneren nimmt allmählich Überhand, und als Cadoc meinen beschleunigten Atem bemerkt, mustert er mich besorgt.

»Wir schaffen das gemeinsam«, sagt er ernst. »Wir überleben diesen furchtbaren Krieg und dann werden wir in Frieden zusammen sein können.«

Tatsächlich bringen mich seine Worte zum Lächeln, und ich konzentriere meine Gedanken darauf, wie unsere gemeinsame Zukunft aussehen wird.

»Was hältst du davon, wenn wir eine Weile durch die Clangebiete reisen?«, frage ich und schiebe schnell den Gedanken beiseite, dass unsere atemberaubende Natur bald Stadtgebiet werden könnte.

»Das ist eine gute Idee«, antwortet Cadoc lächelnd und küsst mir zärtlich auf die Stirn. Wie jedes Mal jagt mir diese Geste einen angenehmen Schauer über den Nacken.

Wir drehen uns erschrocken um, als uns jemand anspricht. »Habe ich euch schon gesagt, wie sehr ich mich für euch freue?« Es ist Ascian, der mit einem traurigen Lächeln zwischen uns hin- und herblickt. »Ich kann mich glücklich schätzen, euch an meiner Seite zu haben.«

Völlig ergriffen gehe ich auf meinen besten Freund zu und ziehe ihn in eine feste Umarmung.

Er stößt ächzend die Luft aus. »Du erdrückst mich noch.«

Doch ich lasse ihn nicht los, denn dieser Moment ist zu wertvoll. Als dann auch noch Cadoc dazukommt und seine Arme um uns schlingt, kann ich ein erneutes Lachen nicht zurückhalten. Eine gefühlte Ewigkeit stehen wir einfach nur da, doch gleichzeitig kommt es mir viel zu kurz vor.

Um uns herum laufen aufgeregte Menschen umher und folgen den Anweisungen der Anführer. Ich bin erleichtert, dass sie die Situation mittlerweile im Griff haben und kein weiteres Chaos entsteht. Denn wenn die Fronten aufeinandertreffen, müssen wir bereit sein und dürfen uns keine Fehler mehr erlauben.

Cadoc

Die Sonne steht hoch am Himmel, als ein berittener Bote zu uns stößt.

»Sie sind beinahe hier«, ruft er atemlos, und es grenzt an ein Wunder, dass keine Unruhe ausbricht. Stattdessen herrscht ein beinahe schon beängstigendes Schweigen, denn die Clanmitglieder blicken mit starren Gesichtern ihrem Schicksal entgegen.

Etwa die Hälfte unserer Armee hat Pferde dabei und bereitet sich für die Schlacht vor. Die Bogenschützen haben sich bereits am Waldrand positioniert – einige von ihnen sind sogar auf Bäume geklettert, um einen besseren Überblick zu haben. Der Rest von uns – und dazu gehören auch Jasira, Ascian und ich – positioniert sich an vorderster Front.

An meinem Gürtel sind zehn Wurfmesser befestigt und zudem trage ich ein langes, schmales Schwert bei mir. Zwar bin ich mit dem Dolch geschickter, doch eine große Reichweite ist in diesem Kampf nützlicher. Zum Glück habe ich noch meine tödliche Magie, die ich im Gegensatz zu Ascian blitzschnell einsetzen kann. Er wird währenddessen versuchen, einen Schutzschild um uns drei aufrechtzuhalten.

Jasira soll ihre Kraft möglichst schonen, denn wir gehen davon aus, dass sie all ihre Energie für die Erfüllung der Prophezeiung brauchen wird. Ich weiß, wie sehr es sie quält, selbst jetzt noch nicht zu wissen, welche Rolle sie spielen und ob sie überhaupt eine Hilfe sein wird.

Ein entsetztes Raunen geht durch die Menge, als die Armee der Stadt am Horizont auftaucht. Die silbernen Rüstungen leuchten in der Mittagssonne auf, und ich kann schon aus der Ferne die Feindseligkeit spüren, die uns entgegenschlägt.

Als sie näher kommt, kann ich Titus nirgendwo entdecken, doch das wundert mich nicht. Er kam mir von Anfang an wie ein Feigling vor – sicherlich versteckt er sich irgendwo und wartet darauf, dass die Soldaten alles erledigen. Ich beschließe, ihn zu suchen und zu töten, sobald sich die Gelegenheit ergibt.

Als die Armee in einiger Entfernung stehen bleibt, breitet sich eine Totenstille aus, und ich glaube, meinen eigenen Herzschlag zu hören.

Und dann geht ein markerschütterndes Brüllen durch unsere Gegner, als sie losstürmen. Mein Atem beschleunigt sich, und wie von selbst laufe ich gemeinsam mit meinen Kameraden los, so als wären wir eins. Mit einem lauten Klirren treffen die Klingen aufeinander, was mir beinahe den Atem raubt.

Während der erste Gegner auf mich losgeht, wird er mit einem Mal nach hinten geschleudert. Ich weiß sofort, weshalb, denn um uns herum hat sich ein grünes Flirren aufgebaut – Ascian hat seinen Schutzschild heraufbeschworen. Meiner Meinung nach ist es viel zu früh und er sollte lieber seine Kräfte schonen, doch vermutlich war es ein Impuls aus Panik. Darum sage ich nichts, sondern zücke meine Wurfmesser.

Innerhalb weniger Augenblicke habe ich vier Clanmitglieder von ihren Gegnern befreit. Verwirrt blicken sie in meine Richtung und nicken mir dann dankbar zu, während ihre Gegner verblutend am Boden liegen.

Schnell verschaffe ich mir einen Überblick und habe gleich die nächsten Soldaten ins Visier genommen. Kurz darauf haben auch schon meine restlichen sechs Wurfmesser ihr Ziel getroffen. Ein grimmiges Lächeln breitet sich auf meinen Lippen aus, und ich strecke die Hand aus, um meine Waffen mit Magie zurückzuholen.

Kurz vergewissere ich mich, dass Ascian und Jasira noch in Sicherheit sind. Zum Glück ist meine Sorge unbegründet, denn mein Bruder scheint noch keine Probleme damit zu haben, den Schild aufrechtzuerhalten. Die Schlacht um uns herum tobt, während es mir vorkommt, als würden wir hinter einer Glaswand stehen. Doch mein Vorteil ist, dass ich angreifen kann, während meine Gegner keine Chance haben, an mich heranzukommen.

Auch Jasira nutzt diese Gelegenheit und verschießt mit ihrem Bogen einen Pfeil nach dem anderen. Für einen kurzen Moment gebe ich mich diesem Anblick hin und bin hingerissen von der Eleganz, mit der sie ihre Gegner tötet. Ich hoffe, dass sie das schlechte Gewissen nach der Schlacht nicht einholt, denn sie ist es nicht gewöhnt, Menschen umzubringen – ganz im Gegensatz zu mir.

Gnadenlos teile ich aus, schicke all meine Wurfmesser los und hole sie immer wieder zurück. Es macht mir beinahe schon Freude, was wohl meiner brutalen Erziehung zu schulden ist. Ich bin erleichtert, dass Ascian und Jasira zu beschäftigt sind, um das zu bemerken. Sie haben mich noch nie richtig in Aktion gesehen.

Lange Zeit geht es so weiter, und ich habe das Gefühl, dass wir im Vorteil sind. Zwar sehe ich auch immer wieder Clanmitglieder fallen, doch im Großen und Ganzen scheinen unsere Kampfkünste besser zu sein. Vor allem die Schamanen und ihre Schüler bringen uns mit ihrer Magie zusätzliche Vorteile, und das merken auch die Soldaten. In ihren Gesichtern liegt Verunsicherung, als sie beobachten müssen, wie ihre Kameraden beinahe mühelos von Magieblitzen niedergestreckt werden. Es wäre wohl Titus' Aufgabe, die Moral aufrechtzuerhalten, doch natürlich ist er noch immer nirgendwo zu entdecken.

Mein Triumph wird jedoch geschmälert, als Ascians Schutzschild zu flackern beginnt und dann langsam verblasst.

»Es tut mir leid«, ruft er atemlos. »Aber ich schaffe es nicht länger.«

»Kein Problem«, erwidere ich grimmig. »Halte dich hinter mir und versuche, wieder zu Kräften zu kommen.«

Es ist jedoch nicht meine Sicherheit, die mir Sorgen macht, sondern die von Jasira. Zwar ist auch sie eine hervorragende Kämpferin, doch sie hat nicht die Möglichkeit, sich im Ernstfall mit Magie zu verteidigen. Also muss ich nun sowohl sie als auch Ascian im Blick behalten und gleichzeitig jeden Gegner zur Strecke bringen, der uns zu nahe kommt.

Zunächst gelingt mir das gut, doch irgendwann merke ich voller Schrecken, dass auch meine Energie allmählich nachlässt. Ich kann meine magischen Kräfte nun nicht mehr dafür nutzen, meine Wurfmesser zurückzuholen, sondern muss jedes feindliche Herz in meiner Umgebung effizient stoppen. Dafür muss ich mich jedoch so stark konzentrieren, dass ich nicht mehr in der Lage bin, auf Ascian und Jasira aufzupassen.

Schweiß bildet sich auf meiner Stirn, und allmählich werden meine Bewegungen immer langsamer. Ich muss mir eingestehen, dass es Zeit für Rückzug ist.

»Wir müssen uns ausruhen«, rufe ich Ascian und Jasira zu, die ebenso erschöpft aussehen wie ich. Auch diese Situation haben wir zuvor besprochen, denn uns war von Anfang an bewusst, dass wir mit unserer Taktik nicht lange durchhalten würden.

Während wir uns mit unseren letzten Kräften durch die Menge kämpfen, müssen wir immer wieder über Leichen steigen. Mir macht dieser Anblick nichts aus, doch die anderen beiden sind blass geworden. Zum Glück sind es deutlich mehr Soldaten als Clanmitglieder, und auch als ich mich umblicke, merke ich, dass wir in der Überzahl sind. Ich vermute, dass sich einige Soldaten heimlich davongestohlen haben, da sie die Aussichtslosigkeit ihrer Situation realisiert haben und nicht voller Überzeugung für Titus kämpfen.

Endlich erreichen wir den Rand des Schlachtfeldes und schaffen es noch zur Baumgrenze, ehe wir völlig erschöpft zusammenbrechen. Zum Glück haben die Schamanen stärkende Tränke vorbereitet, von denen jeder von uns jeweils drei Phiolen bei sich trägt. Jasira, Ascian und ich zögern nicht, etwas von diesem Trank zu uns zu nehmen, und wir wissen, dass es nicht lange dauern wird, bis wir neue Kräfte geschöpft haben.

Schwer atmend beobachten wir aus sicherer Entfernung die Schlacht. Ich fühle mich unglaublich nutzlos, aber weiß auch, dass es nichts bringt, wenn ich mich voreilig wieder hineinstürzen würde.

»Es sieht gut für uns aus«, sagt Ascian irgendwann erleichtert. »Sicherlich haben wir die Schlacht schon vor Sonnenuntergang gewonnen.«

Gerade möchte ich ihm beipflichten, als ich plötzlich etwas sehe, das mich mit eiskaltem Grauen erfüllt. Zunächst habe ich noch die Hoffnung, dass meine Augen mir einen Streich spielen, doch schon wenig später habe ich Gewissheit: Es ist ein schwarzer Nebel, der aus der Ferne langsam in Richtung des Schlachtfeldes rollt.

»Ason«, hauche ich und werde von nackter Panik ergriffen. Ascians Blick schnellt erschrocken zu mir. »Was hast du gesagt?«

»Ason, er ist auf dem Weg hierher«, presse ich hervor.

Mein ganzer Körper beginnt zu zittern. Denn nicht Erebus war der Mensch, vor dem ich am meisten Angst hatte, sondern Ason. Er war in der Lage, mir schon mit einer kleinen Bewegung seines Flügels große Qualen anzutun, die man zwar äußerlich nicht sehen konnte, doch die meiner Seele tiefliegende Narben bereitet haben.

»Wovon redet ihr?«, fragt Jasira alarmiert, und in wenigen Sätzen berichte ich ihr alles über den Magier.

Ohne auf die Schwäche meines Körpers zu achten, erhebe ich mich und stütze mich an einem Baum ab.

»Denkst du, er ist hier, um den Stadtmenschen zu helfen?«, fragt Jasira ängstlich.

Ich möchte ihr am liebsten die Angst nehmen, aber das würde wenig nützen.

»Ich glaube schon«, gebe ich zu und atme tief durch. »Aber vielleicht haben wir Glück und er möchte nur zusehen. Oder er mischt sich zwar ein, aber kämpft für keine der beiden Seiten.«

»Du meinst, er tötet sowohl Stadtmenschen wie auch Clanmitglieder?«, fragt Ascian mit einem gleichzeitig ungläubigen und entsetzten Auflachen.

Ich nicke finster, denn das würde zu Ason passen.

»Und was tun wir jetzt?«, stammelt Jasira und ringt mit der Fassung.

Ich nehme sie kurz in den Arm und streiche ihr beruhigend über den Rücken.

»Asican und ich werden ihn aufhalten«, erwidere ich entschlossen und mein Bruder nickt ernst.

»Ja, das werden wir. Vielleicht ist das sogar der Hintergrund der Prophezeiung.«

Instinktiv weiß ich, dass er zumindest teilweise recht hat.

»Ruh du dich noch aus und suche dann nach Taesera«, sage ich zu Jasira. »Sicherlich wird sie nichts dagegen haben, Seite an Seite mit dir zu kämpfen. Aber lass dich bitte nicht allein in einen Kampf verwickeln.«

Der Gedanke, dass sie verletzt werden könnte oder gar getötet, schnürt mir die Kehle zu.

Jasira verdreht gutmütig die Augen. »Du weißt aber, dass ich die gleiche Ausbildung absolviert habe wie die anderen Krieger auf diesem Schlachtfeld? Keine Sorge, ich kann auf mich aufpassen.«

Ich nicke widerstrebend, denn ich sollte Vertrauen darin haben, dass sie weiß, was sie tut. »Aber geh bitte kein unnötiges Risiko ein.«

»Nun geht schon«, erwidert Jasira und gibt mir einen sanften Schubs.

Ich ziehe sie jedoch nochmal an mich und drücke ihr einen beinahe schon sehnsüchtigen Kuss auf die Lippen. Als ich mich von ihr löse, rede ich mir immer wieder ein, dass nichts passieren wird. Unsere Feinde sind mittlerweile deutlich in der Unterzahl, also wird Jasira sicherlich nicht in Gefahr geraten. Denn die eigentliche Gefahr ist Ason, und wir müssen ihn um jeden Preis aufhalten.

»Es kann losgehen«, sage ich grimmig zu meinem Bruder, und er nickt nur wortlos.

Wir wollen uns gerade wieder in das Schlachtgetümmel werfen, als uns ein lauter Knall zusammenzucken lässt. Kurz darauf bebt der Boden und reißt uns beinahe die Beine weg.

»Was war das?«, keucht Ascian.

Auch die anderen Kämpfenden halten inne, um sich verwirrt umzublicken. Plötzlich breitet sich ein schwarzer Nebel aus und bedeckt das gesamte Schlachtfeld. Unwillkürlich halte ich die Luft an, als auch ich davon eingehüllt werde. Ich weiß, dass ich sofort tot wäre, wenn Ason es darauf anlegen würde.

Stattdessen hallt nun seine Stimme durch den Nebel, und es hört sich beinahe so an, als würde er direkt vor mir stehen.

»Ich bin hier, um ein wenig bei diesem Spaß mitzumachen«, sagt er mit samtweicher Stimme, und ich kann mir vorstellen, wie er boshaft dabei grinst. Er ist ein Sadist durch und durch und hat nun sein Festmahl gefunden.

Die Umstehenden blicken sich verwirrt und eingeschüchtert um, doch Ason ist nirgendwo zu entdecken.

»Viele von euch wissen nicht, wer ich bin, aber ich kann euch beruhigen: Ich bin euer Freund.«

Ich schnaufe gehässig, denn das ist wohl die letzte Bezeichnung, die zu ihm passen würde.

»Wo bist du?«, schreie ich aus voller Kehle, denn ich bin bereit, ihm gegenüberzutreten. Die Umstehenden zucken bei meinem lauten Ruf zusammen.

Ein boshaftes Lachen schallt durch den Nebel, und einige der Anwesenden halten sich die Ohren zu.

»Komm und finde mich, Cadoc.«

»Wie du willst«, knurre ich und gebe Ascian das Zeichen, mir zu folgen.

Mit unerwarteter Wut stapfe ich durch den schwarzen Nebel und bin gleichzeitig erleichtert, nicht vor Angst gelähmt zu sein – so wie früher, wenn es um Ason ging.

Instinktiv weiß ich, dass er sich in der entgegengesetzten Richtung zur Baumgrenze aufhält. Ich glaube fast, seine dunkle Magie körperlich zu spüren.

Ascian wirft mir immer wieder unsichere Blicke zu, so als würde er daran zweifeln, dass ich weiß, was ich tue. Doch ich ignoriere ihn, denn ich war mir selten im Leben so sicher wie in diesem Moment. Es fühlt sich tatsächlich so an, als wäre es meine Bestimmung, gegen Ason zu kämpfen.

Die Schlacht geht mittlerweile zögerlich weiter, und es wäre uns wohl ein Leichtes, einen Gegner nach dem anderen auszuschalten. Doch Ascian und ich müssen unsere ganze Kraft für den entscheidenden Kampf schonen.

Ich bin mir sicher, dass wir die Schlacht gewinnen werden, sobald Ason nicht mehr eingreift.

KAPITEL 32

Ascian

Selten habe ich eine solche Angst verspürt wie in diesem Moment. Ich laufe Cadoc hinterher und versuche immer wieder, ihn anzusprechen, doch er ignoriert mich eisern. Sein Verhalten besorgt mich beinahe mehr als der nahende Kampf mit diesem Magier.

Ich habe noch nie so etwas erlebt wie diesen schwarzen Nebel, der uns einhüllt. Es muss mächtige Magie sein, die Cadoc und ich nicht einmal ansatzweise beherrschen. Können wir es wirklich schaffen, gegen ihn anzukommen, auch wenn wir in der Überzahl sind?

Immer wieder sage ich mir, dass die Prophezeiung in Erfüllung gehen wird. Ist es nicht schon vorhergesagt, dass wir Erfolg haben werden?

Ich schlucke schwer, als mir eine neue Erkenntnis kommt, die einen eisigen Schauer durch meinen Körper jagt: In der Prophezeiung wurde zwar gesagt, dass wir die Macht haben, um die Clans zu retten – aber nicht, dass Cadoc, Jasira und ich überleben werden. Ich blicke unauffällig zu meinem Bruder und überlege, ihm meinen Gedanken mitzuteilen, doch ich möchte seine Entschlossenheit nicht dämpfen.

Mittlerweile sind wir am Rand des Schlachtfeldes angekommen und laufen über die freie Wiese. Der Kampfeslärm wird leiser, kommt mir aber immer noch ohrenbetäubend vor.

Schließlich bleibt Cadoc stehen und blickt sich wie ein gehetztes Tier um. »Er muss hier irgendwo sein. Ich kann ihn spüren.«

Ein bösartiges Lachen ertönt, doch als wir in die Richtung blicken, aus der es kommt, können wir bloß einen kargen Strauch entdecken, in dem sich Ason unmöglich versteckt haben könnte.

»Einen Moment mal«, murmle ich und gehe näher heran.

Und dann kann ich tatsächlich menschliche Umrisse erkennen – er muss also Tarnmagie angewandt haben. Kurz darauf wird die Gestalt eines jung aussehenden Mannes mit dunklen Haaren, blasser Haut und hellen Augen deutlicher. Er wirkt jedoch nicht verärgert darüber, dass ich ihn entdeckt habe, sondern eher amüsiert.

»Ich habe mich schon gefragt, wie dein Bruder so ist«, sagt er mit heiterer Stimme an Cadoc gewandt.

Sein lockeres und völlig unangebrachtes Verhalten macht mich wütend. Auch mein Bruder ballt seine Hände zu Fäusten und fokussiert sich so stark auf seinen Gegner, dass er meinen besorgten Seitenblick nicht bemerkt. Dunkelrotes Licht fließt aus seinen Handflächen und ich weiß, dass er sich für den Kampf vorbereitet.

Als Ason es bemerkt, wird sein Grinsen noch breiter, und das sagt mir, dass wir auf keinen Fall überstürzt handeln sollten.

»Cadoc, beherrsche dich«, zische ich und berühre ihn an der Schulter.

Endlich wird er aus seiner Spirale aus Hass und Wut herausgerissen. Er blinzelt mehrmals, und zu meiner Erleichterung verschwindet seine Magie.

»Wir müssen nun beherrscht vorgehen«, murmle ich und hoffe, dass Ason es nicht hört. Doch ich bin mir leider sicher, dass er alles mitbekommt, was um ihn herum passiert.

Dann mache ich völlig instinktiv etwas, was mich selbst überrascht: Ich lege erneut meine Hand auf Cadocs Schulter und beginne, in meinem Kopf Worte zu formen.

Ich werde gleich einen neuen Schutzschild um uns herum aufbauen, und dann kannst du angreifen.

Seine Augen weiten sich verblüfft und beweisen mir damit, dass er meine Worte tatsächlich hören konnte. Als ich darüber nachdenke, ergibt es einen Sinn, denn ich habe schon immer eine besondere Verbindung zu Cadoc gespürt, und zudem beherrschen wir beide Magie. Es kommt nur selten vor, dass Geschwister – geschweige denn Zwillinge – magische Kräfte haben, also ist das ein wenig erforschtes Gebiet.

Unglaublich, ertönt nun auch Cadocs Stimme in meinem Kopf. *Ich hätte nie gedacht, dass so etwas geht. Denkst du, Ason kann uns wirklich nicht hören?*

Wir blicken beide zu dem Magier, der seine Augen zu wütenden Schlitzen verengt hat. Sein übertrieben lässiges Verhalten ist verschwunden, und das bestärkt meine Vermutung, dass er nichts von unserem Gespräch mitbekommen hat.

Cadoc lacht triumphierend auf, was Ason nur noch wütender macht. Kleine schwarze Blitze zucken aus seinen Fingern, und das kann nichts Gutes verheißen.

Schnell beginne ich damit, meinen Schutzschild zu formen. Als Ason das bemerkt, reibt er seine Handflächen gegeneinander, bis die Blitze größer werden. Schnell greife ich nach Cadocs Arm und ziehe ihn dicht an meine Seite – und das keinen Augenblick zu früh. Die tödliche Magie schlägt dort ein, wo mein Bruder gerade noch gestanden hat, und kleinere

Blitze prallen an meinem Schutzschild ab, den ich im letzten Moment schließen konnte.

Ason brüllt wütend auf. »Mehr als Verteidigung habt ihr nicht drauf?«

Das lässt Cadoc sich nicht zweimal sagen. Er erschafft zwischen seinen Händen eine Energiekugel aus blutrotem Licht.

Verbrauch noch nicht zu viel Magie, sage ich in Gedanken zu ihm. *Versuche erst mal, ihn mit vielen kleinen Attacken zu erschöpfen.*

Mein Bruder nickt und lässt dann die halbfertige Energiekugel in Asons Richtung schießen. Eine zweite, deutlich kleinere, schickt er unauffällig hinterher.

Der dunkle Magier bringt mit einer lässigen Handbewegung die erste Kugel zum Bersten, doch seine Augen weiten sich, als er einen Wimpernschlag später die zweite bemerkt. Er schafft es noch, auszuweichen, doch Cadocs Magie streift ihm am Arm. Ason zuckt kurz vor Schmerz zusammen, ehe auf seiner Miene purer Zorn aufflammt.

»Das werdet ihr bereuen!«, brüllt er und lässt dann eine neue Ansammlung Blitze auf uns zuschnellen.

Während sie auf meinen Schutzschild treffen, fällt es mir immer schwerer, meine Magie aufrecht zu halten. Mit jedem Einschlag sinkt meine Kraft und ich blicke hilfesuchend zu Cadoc.

Ich schaffe es nicht mehr lange, standzuhalten. Am besten attackierst du Ason jetzt so stark, dass er seine ganze Kraft zur Verteidigung benötigt. Dann schaffe ich es wieder, meine Kräfte zu beherrschen.

Cadoc nickt entschlossen. *Das mache ich. Noch habe ich genug Energiereserven.*

Dann wendet er die gleiche Magie an wie Ason. Er lässt immer weiter Blitze auf den Magier zuschießen, die dieser mit schnellen Handbewegungen abwendet. Zunächst scheint es ihm keine Mühe zu bereiten, doch irgendwann kann ich erkennen, dass er langsamer wird.

Dennoch ist Cadoc schon bald zu erschöpft, um ihn weiter anzugreifen. Schwer atmend hält er inne und auch Ason wirkt müde, auch wenn er sich immer noch in einer bedrohlichen Körperhaltung befindet. Er behält jede unserer Bewegungen im Blick und wirkt dabei wie ein Raubtier, das seine Beute beobachtet.

Was jetzt?, fragt Cadoc.

Ich überlege einen Moment lang und gehe all unsere Möglichkeiten durch.

Nun bin wohl ich mit dem Angriff dran, antworte ich schließlich grimmig. Zwar bin ich darin nicht halb so gut wie Cadoc, doch wir müssen um jeden Preis Asons Schwäche ausnutzen. *Versuch nun du, einen Schutzschild heraufzubeschwören,* füge ich noch hinzu, ehe ich damit beginne, zwischen meinen Händen einen grünen Energieball zu erschaffen.

Als Ason das bemerkt, schnauft er gehässig und tut es mir nach – und zu meinem Erschrecken ist er dabei deutlich schneller als ich.

Und dann lässt Ason seine schwarze Magie auf mich zuschießen. Ich schreie erschrocken auf und schicke meine Kugel ebenfalls in seine Richtung. Danach halte ich schützend die Arme vor mich.

Gerade, als ich mit dem tödlichen Aufprall rechne, zersplittert sie jedoch kurz vor mir in unzählige Teile. Verwirrt blicke ich mich um und bemerke mit einem Seufzer der Erleichterung, dass Cadoc es im letzten Moment geschafft hat, einen Schutzschild zu erschaffen.

Ich wirble jedoch wieder herum, als ich einen markerschütternden Aufschrei höre. Ich glaube meinen Augen nicht trauen zu können, als ich Ason am Boden liegen sehe. Auch von Weitem kann ich erkennen, dass eine Wunde an seiner Schulter klafft und sich eine Blutlache neben dem Magier ausbreitet.

Ich werfe Cadoc einen unsicheren Blick zu. *Könnte das ein Trick sein?*

Mein Bruder geht mit vorsichtigen Schritten auf Ason zu, und ich kann an seiner Haltung sehen, dass er sich für einen überraschenden Angriff seines Gegners wappnet. Doch Ason bleibt regungslos liegen. Cadoc geht neben ihm in die Hocke und fühlt vermutlich seinen Puls.

Dann dreht er sich mit einem überraschten Gesichtsausdruck zu mir um. »Wir haben es geschafft! Er ist …«

Doch weiter kommt er nicht, denn plötzlich hält er inne und öffnet seinen Mund. Ein Stöhnen entweicht seiner Kehle, ehe er zusammenbricht.

»Cadoc!«, schreie ich mit überschlagender Stimme und laufe so schnell ich kann zu ihm.

Zunächst kann ich nicht ausmachen, was ihm fehlt, denn Ason liegt weiterhin regungslos da und Cadocs Körper scheint unversehrt. Doch als ich sein Hemd öffne, um sein Herzschlag zu kontrollieren, ziehe ich scharf die Luft ein. Voller Entsetzen betrachte ich die schwarzen Adern, die sich durch seine Haut ziehen und langsam ausbreiten.

Schnell lege ich meine Hand auf sein Herz, um diesen Vorgang zu stoppen. Ason muss mit seinen letzten Atemzügen seine dunkle Magie auf meinen Bruder losgelassen haben. Ich habe so etwas noch nie behandelt und hoffe voller Inbrunst, dass mein theoretisches Wissen darüber ausreicht.

Ich schließe meine Augen und konzentriere mich darauf, die giftige Magie aus seinem Herzen zu ziehen. Mein Körper beginnt unkontrolliert zu zittern, denn ich bin noch immer vom

Kampf geschwächt. Vor Verzweiflung treten mir die Tränen in die Augen, denn ich fürchte, dass mein Bruder aufgrund meines Versagens sterben könnte.

»Bitte, bleib bei mir«, schluchze ich und sammle nochmal meine gesamte Kraft.

Doch ich weiß schon jetzt, dass ich scheitern werde.

Levana

Unsere Verfolgung der Armee meines Vaters war eine einzige Katastrophe. Jedes Mal, wenn wir es fast geschafft haben, sie zu erreichen, haben sich uns Söldner in den Weg gestellt, die offenbar nicht an den Worten ihres Königs interessiert waren. So hat mein Vater es geschafft, uns all die Tage von seinen Soldaten fernzuhalten, sodass Nainor ihnen nicht den Befehl geben konnte, in die Stadt zurückzukehren. Doch wir haben nicht daran gedacht, aufzugeben.

Als wir endlich zum Schlachtfeld gelangen, kann ich meinen Augen kaum trauen. Zwar hört man das unverwechselbare Geräusch eines Kampfes, doch das gesamte Geschehen ist in einen tiefen schwarzen Nebel getaucht.

»Was hat das zu bedeuten?«, fragt Nainor und lässt sein Pferd am Rande des Nebels entlanglaufen.

Ich tue es ihm nach, doch wir beide wagen es nicht, darin einzutauchen. Immer wieder dringen Schreie zu uns, was mir einen eisigen Schauer über den Rücken jagt.

»Wir können die Schlacht ohnehin nicht beenden, indem wir uns hineinstürzen«, rufe ich Nainor zu.

Er nickt grimmig und ich merke, dass er sich ebenso hilflos fühlt wie ich. Ich lasse meine Stute zu ihm traben, damit wir uns beraten können.

»Es gibt nur eine Möglichkeit«, sage ich ernst. »Wir müssen meinen Vater finden. Ich wette, dass er sich irgendwo am Rande versteckt hält, um nicht selbst in Gefahr zu geraten.«

»Du hast recht«, antwortet Nainor. »Aber wir sollten auch versuchen, diesen Nebel zu beseitigen. Hast du eine Ahnung, wo er herkommen könnte?«

»Er wurde auf jeden Fall mit Magie heraufbeschworen. Vielleicht von Schamanen, auch wenn ich nicht weiß, wie er ihnen helfen soll.«

Ich denke einen Moment nach, denn in meinem Kopf flackert eine vage Erinnerung auf, die vielleicht relevant sein könnte. »Mein Vater hat mal etwas von einem dunklen Magier erwähnt, der hin und wieder für die Stadt arbeitet. Vielleicht steckt er dahinter.«

»Wieder eine Sache, von der ich nichts weiß«, sagt Nainor finster. »Also ergibt es wohl am meisten Sinn, zuerst deinen Vater aufzuhalten, damit auch der Magier niemanden mehr hat, der ihm Befehle erteilt.«

»Also dann, folge mir. Gemeinsam werden wir ihn finden.«

Und so lassen wir unsere Pferde im schnellen Galopp das Schlachtfeld umrunden. Es verblüfft mich, wie weit dieser schwarze Nebel reicht; er zieht sich sogar bis in den angrenzenden Wald hinein. Immer wieder glaube ich, schemenhafte Gestalten in ihm auszumachen, aber seltsamerweise verlässt niemand diese bedrückende Dunkelheit.

»Wir sollten vor allem im Wald suchen«, rufe ich Nainor zu, denn ich kann mir gut vorstellen, dass mein Vater dort ein verstecktes Lager aufgebaut hat.

Es dauert eine Weile, bis der schwarze Nebel und der Lärm der Schlacht nicht mehr auszumachen sind. Nun herrscht nur noch die beruhigende Stille des Waldes, die nur von Vogelzwitschern und dem gelegentlichen Rascheln im Unterholz durchbrochen wird.

Ich halte inne, um zu lauschen, doch nirgendwo kann ich etwas hören, das auf meinen Vater hindeutet.

Als wir unseren Weg fortsetzen und irgendwann wieder in die Nähe des Schlachtfeldes gelangen, versteift sich Nainor. Er winkt mich zu sich und deutet auf etwas im Unterholz. Zunächst kann ich nichts entdecken, doch als ich meine Augen anstrenge, wird mir klar, dass sich dort ein Zelt befindet, welches durch seine Naturfarben beinahe vollständig mit dem Wald verschmilzt.

Ich werfe Nainor einen triumphierenden Blick zu und nicke stumm, um ihm zu signalisieren, dass ich es ebenfalls entdeckt habe. Dann lasse ich mich so leise wie möglich von meiner Stute gleiten und pirsche auf das Unterholz zu. Bei näherem Hinschauen entdecke ich auch einen Trampelpfad, der sich durch das Dornengestrüpp bis zum Zelt zieht.

Ich ziehe mein kunstvoll geschmiedetes Schwert, das ich an der Hüfte trage, mache einen Satz nach vorne und halte die Spitze der Klinge gegen die einzige Person, die ich entdecke. Sie hat sich im Zelt unter einer Decke zusammengekauert und mir den Rücken zugekehrt, sodass ich nicht gleich erkennen kann, um wen es sich handelt. Als die Person jedoch langsam den Kopf dreht, sehe ich gleich, dass ich recht hatte: Es ist mein Vater, der mich spöttisch anlächelt.

»Dann hast du es also doch geschafft«, sagt er und richtet sich zu seiner vollen Größe auf.

Schwer atmend folge ich seiner Bewegung mit dem Schwert, doch ich kann mich nicht überwinden, meinem Vater eine Verletzung zuzufügen.

»Na los, tu es«, sagt er mit falscher samtweicher Stimme und hebt die Hände. »Oder bist du noch schwächer, als ich dachte?«

Ich presse meine Zähne aufeinander und meine Hand beginnt zu zittern. Meine Armmuskeln spannen sich an, um den tödlichen Hieb auszuführen, und doch bin ich zu keiner Handlung fähig.

»Dachte ich es mir doch.« Mit diesen Worten macht mein Vater eine blitzschnelle Bewegung, verdreht mir den Arm verdreht und entwendet mir die Waffe.

Ich schreie auf und weiche einen Schritt zurück. Mir ist bewusst, dass ich nun völlig wehrlos bin, also wirble ich herum und stürze zurück in das Unterholz, um zu Nainor zu laufen. Trotz meiner Panik wundert es mich, dass er mir nicht hinterhergekommen ist. Als ich wieder bei unseren Pferden ankomme, sehe ich gleich, woran das liegt: Zwei Söldner stehen hinter Nainor und einer von ihnen hält ihm ein Messer gegen die Kehle. Die Augen meines Gemahls sind vor Panik weit aufgerissen. Als er mich erkennt, versucht er, sich aus dem Griff zu winden.

Ich sehe sofort, dass er es nicht schaffen wird, und überlege deswegen nicht lang. In meinem Stiefel habe ich einen Dolch versteckt, den ich nun ziehe. Mit einem kriegerischen Brüllen, das völlig fremd in meinen eigenen Ohren klingt, stürze ich auf die beiden Männer zu, ungeachtet der Tatsache, dass ich damit mein eigenes Leben aufs Spiel setze. Denn von Nainor hängt der Frieden aller Clans ab – ich traue meinem Vater zu, dass er sich nach Nainors Tod selbst zum König krönen lassen würde.

Die Männer sind sichtlich überrascht von meinem Angriff und lassen zu meiner Erleichterung von Nainor ab. Einer von ihnen nimmt den Kampf mit mir auf, und unsere Dolchklingen treffen klirrend aufeinander.

Nainor nutzt dieses Überraschungsmoment, um dem anderen Mann sein Schwert in den Rücken zu rammen und mir anschließend zur Hilfe zu eilen. Doch noch ehe er bei mir angekommen ist, schaffe ich es allein, den Mann zu entwaffnen. Mit einem gezielten Stich ins Herz beende ich sein Leben. Er reißt überrascht die Augen auf und sinkt stöhnend zu Boden.

Mit einem triumphierenden Lächeln drehe ich mich zu Nainor um, der mich völlig verblüfft anschaut: »Seit wann kannst du mit dem Dolch umgehen?«

Ich zucke lässig mit den Schultern. »Mein Vater hat mich schon früh darin unterrichten lassen, damit ich mich im Notfall verteidigen kann. Wie es aussieht, hat er sich selbst damit keinen Gefallen getan.«

Nainor schüttelt lachend den Kopf. »Ich hätte nicht gedacht, dass es noch immer Dinge gibt, die ich nicht über dich weiß.«

»Du bist nun mein Ehemann, also sollten wir das ändern«, erwidere ich grinsend.

Gerade, als Nainor noch etwas antworten möchte, mischt sich eine neue Stimme ein. »Dann habt ihr also endlich geheiratet. Wurde auch Zeit.« Wir wirbeln herum und blicken geradewegs in das hämische Gesicht meines Vaters. »Wie schade, dass ich nicht zur Hochzeit eingeladen war.«

Ich spare mir eine Antwort und zücke stattdessen wieder meinen Dolch.

Mein Vater seufzt theatralisch. »Schon wieder diese kindischen Spielchen. Du wirst mich ohnehin nicht töten.«

»Sie nicht, aber ich«, knurrt Nainor und stürzt sich auf meinen Vater.

Dieser weicht erstaunlich flink aus und zieht sein eigenes Schwert. Ich erinnere mich, dass er in jungen Jahren ein gefeierter Imperator war, ehe er in die Politik eingestiegen ist, und er scheint seine Fähigkeiten nicht verlernt zu haben.

Ein erbitterter Kampf zwischen Nainor und meinem Vater entbrennt. Das Klirren der Klingen hallt in meinen Ohren wider und für einen Moment bin ich wie gelähmt. Dann rufe ich mir jedoch ins Gedächtnis, wer ich bin: die Königin. Also gebe ich mir einen Ruck und konzentriere mich wieder darauf, wie ich Nainor helfen kann. Die beiden bewegen sich so schnell, dass ich das Gefühl habe, eher ein Hindernis zu sein statt einer Hilfe, wenn ich nun eingreifen würde.

Vorsichtig nähere ich mich ihnen und warte auf den passenden Moment.

Ich schreie auf, als Nainor rückwärts über eine Wurzel stolpert und zu Boden fällt. Kurz habe ich den Impuls, ihm zu helfen, doch ich muss mich um meinen Vater kümmern. Ich hechte auf ihn zu und ziele auf seinen Hals, doch er blockiert den Angriff mühelos. Ich weiß, dass ich mit meinem Dolch deutlich schlechter dastehe als er mit seinem Schwert, doch ich muss nur Zeit schinden, bis Nainor wieder kampfbereit ist.

Ohne mich umzudrehen, weiß ich, dass er wieder auf den Beinen ist, denn der Blick meines Vaters zuckt kurz nervös auf einen Punkt hinter mir.

Und dann wirbelt er herum, um die Flucht zu ergreifen. Obwohl ich nicht damit gerechnet habe, reagiere ich sofort und nehme die Verfolgung auf. Mein Vater schlägt sich keuchend einen Weg durch das dichte Gestrüpp, und schon bald habe ich ihn fast eingeholt. Er schafft es, aus dem Wald zu entkommen, und ich bin mir sicher, dass ich ihn doch nicht mehr erreichen werde – bis er plötzlich ruckartig stehen bleibt und mit den Armen rudert.

Auch ich bleibe stehen und beobachte, wie er es gerade noch schafft, zurückzuspringen, um dem Abgrund zu entkommen. Ich fluche leise, denn das wäre meine Gelegenheit gewesen, all dem ein Ende zu bereiten – ich hätte ihm nur einen kleinen Stoß geben müssen.

Als mich mein Vater langsam umkreist, kann ich den Schreck in seinen Augen sehen. Auch ihm ist bewusst, dass er dem Tod nur knapp entronnen ist. Diesmal verspottet er mich nicht dafür, dass ich ihn verschont habe.

Wir schätzen uns gegenseitig ab und blicken immer wieder prüfend zum Abgrund, der nur wenige Schritte von uns entfernt klafft. Endlich kann ich im Augenwinkel ausmachen, dass auch Nainor aus dem Wald stürmt und auf uns zuläuft. Dann mache ich den größten Fehler: Ich drehe mich in seine Richtung.

Im nächsten Moment spüre ich zwei kräftige Arme, die sich um mich schlingen und nach hinten ziehen. Ich versuche schreiend, mich freizustrampeln, doch der Griff meines Vaters ist unnachgiebig. Plötzlich reißt er mich herum, und ich keuche voller Entsetzen auf, als ich in die bodenlose Tiefe vor mir blicke. Ich kann es nicht fassen, dass mein Vater tatsächlich bereit ist, mich zu töten.

Gegen meinen Willen steigen mir Tränen in die Augen, denn ich muss an meine sorglosen Tage denken, als ich noch ein Kind war und ihn vergöttert habe. Und auch ich war stets sein größter Stolz, das weiß ich genau. Wann ist der Zeitpunkt gekommen, dass die Machtgier ihn völlig in Besitz genommen hat?

»Lass sie gehen«, höre ich Nainors Stimme.

Ich schließe die Augen, um nicht mehr in den Abgrund blicken zu müssen.

»Warum sollte ich?«, fragt mein Vater mit provokanter Stimme, doch ich höre auch, dass sie zittert. Er weiß genau, dass es kein Zurück mehr geben wird, wenn er mich erst mal gestoßen hat.

»Sie ist deine Tochter!«, ruft Nainor entgeistert. »Und deine Königin.«

Mein Vater lacht auf. Dabei klingt er jedoch verbittert.

»Ich werde König sein. Und dafür steht ihr mir bloß im Weg. Ich lasse sie gehen, wenn du dafür zurücktrittst und mir dein Reich überlässt. Vielleicht lasse ich dann sogar die Clans in Ruhe.«

Ich bin mir sicher, dass Nainor ernsthaft darüber nachdenkt. Ich kann das jedoch nicht zulassen, denn mein Vater würde das Versprechen, die Clans nicht mehr anzugreifen, ohne Zweifel brechen.

»Fall nicht auf ihn herein«, rufe ich und blicke dabei nach oben, um nicht erneut von Schwindel gepackt zu werden.

»Es ist die einzige Möglichkeit, um dich zu retten«, antwortet Nainor verzweifelt. »Du bist mir wichtiger als mein Thron.«

Mein Atem wird hektischer, denn je länger ich über diese verzwickte Situation nachdenke, desto aussichtsloser wirkt sie auf mich. Wenn Nainor einwilligt, würde mein Vater mich als Geisel halten, bis ihm das Königreich gehört. Er würde mich freilassen, doch ich hätte nichts mehr zu sagen. Er würde seinen Plan, die Clans zu vernichten, zu Ende bringen und vorher möglicherweise dafür sorgen, dass Nainor ermordet wird.

Ich schluchze auf, als mir bewusst wird, was der einzige Ausweg ist. Wie ich es schaffen kann, Nainor, unser Königreich und die Clans zu retten. Alles hängt einzig und allein von mir ab.

Also kralle ich meine Hände in die Arme meines Vaters, mache einen Schritt nach vorne und stoße mich ab. Der Todesschrei des Mannes, der einst der wichtigste Mensch in meinem Leben gewesen ist, erklingt in meinen Ohren.

Unwillkürlich breite ich die Arme aus, so als könnte ich fliegen.

Doch ich weiß genau, dass ich keine Flügel habe, die mich retten werden.

Jasira

Nachdem ich mit unzähligen Gegnern gekämpft und jegliches Zeitgefühl verloren habe, verlassen mich meine Kräfte endgültig. Auch wenn ich im schwarzen Nebel nicht viel sehen kann, merke ich, dass es auch den meisten anderen so geht. Überall sehe ich Menschen – tot und lebendig – am Boden liegen. Dabei spielt es keine Rolle mehr, wer Freund oder Feind ist. Wir alle haben aufgegeben, und darum erlaube ich es mir endlich, zu Boden zu sinken.

Schwer atmend versuche ich, meinen Herzschlag in den Griff zu bekommen. Noch nie im Leben war ich so erschöpft, und absurderweise verspüre ich den Drang, mich in mein Bett zu legen und mindestens drei Tage lang zu schlafen.

Ich blicke erst auf, als der rote Schein der Abendsonne durch den Nebel dringt, der sich langsam lichtet. Dennoch erhebe ich mich erst, als er beinahe vollständig verschwunden ist und ich meine gesamte Umgebung wieder erkennen kann.

Benommen stolpere ich durch die erschöpfte Menschenmenge und erkenne nur vereinzelte Personen, die sich noch aufrecht halten können. Meine Kehle wird eng, als ich unzählige tote und schwerverletzte Clanmitglieder am Boden sehe. Ich muss keine medizinischen Kenntnisse haben, um zu wissen, dass es viele nicht schaffen werden, denn auch die Schamanen aller Clans sind im besten Fall verletzt, wenn nicht sogar tot.

Ich schließe die Augen und spüre, wie heiße Tränen meine Wangen hinablaufen. Es wird noch schlimmer, als mir bewusstwird, dass ich versagt habe: Was auch immer meine Kräfte sind, ich habe es nicht geschafft, sie einzusetzen. Ich habe meine Prophezeiung nicht erfüllt.

Als Nächstes wird mir klar, dass zumindest Ascian und Cadoc es geschafft haben müssen, denn es kam längere Zeit kein neuer Angriff des Magiers. Dass der Nebel beinahe vollständig verschwunden ist, bedeutet hoffentlich, dass er tot ist. Doch wo sind die Zwillinge?

Ich taumle weiter über das Schlachtfeld und verlasse es gerade, als eine laute Stimme erklingt: »Die Schlacht ist vorbei. Senator Titus ist tot und damit sind die Clans frei!«

Es folgt kein Jubel – lediglich erleichtertes Seufzen kann ich vereinzelt hören.

Als ich mich suchend umschaue, erkenne ich, dass diese herrische Stimme zu einem jungen Mann in prächtiger Kleidung gehört. Ich bin mir sicher, dass das König Nainor sein muss. Also hat Levana es doch noch geschafft, ihn den Krieg beenden zu lassen – nur leider viel zu spät.

Schwankend gehe ich auf ihn zu und ignoriere den pulsierenden Schmerz, der sich langsam in meinem Bein ausbreitet. Ich erinnere mich vage daran, dass ich dort von einem Schwert getroffen wurde. Als ich den jungen Mann erreiche, fällt mir auf, wie verloren er wirkt, und dass seine Augen verquollen sind, so als hätte er geweint.

Er schaut mich an und in seinem Blick liegt keine Feindseligkeit. Stattdessen lächelt er mich traurig an und nickt zum Gruß. »Ich bin König Nainor. Hiermit verspreche ich, dass ich den Frieden zwischen Stadt und Wildnis bewahren und stärken werde.«

Ich erwidere das Lächeln, auch wenn es mich unglaubliche Überwindung kostet. »Wo ist Levana? Ist sie in der Stadt geblieben?«

»Du kennst sie?«, fragt er mit gequälter Stimme, die mich verwirrt die Stirn runzeln lässt.

»Nur flüchtig. Aber sie ist meinem besten Freund Ascian sehr wichtig.«

Nainor senkt den Blick und seine Augen werden wieder glasig. »Levana hat sich geopfert, um uns alle zu retten. Sie hat ihren Vater in den Abgrund gezogen, doch musste dafür selbst sterben.«

Ich kann ihn eine Weile bloß fassungslos anblicken. Auch wenn Levana mir nie sympathisch war, trifft mich ihr Verlust – allein schon, weil sie Ascian wichtig war.

»Dann habe ich mich wohl in ihr getäuscht«, sage ich mit rauer Stimme. »Ich habe sie für unausstehlich gehalten, doch sie schien ein furchtloser und loyaler Mensch zu sein.«

Nainor lacht gequält auf, was jedoch in einem Schluchzen endet. »Oh, sie konnte wirklich unausstehlich sein.«

Ich schniefe und blicke verlegen zu Boden.

»Ich sollte nun Ascian suchen«, sage ich.

Er nickt mit finsterem Blick und wendet sich dann ab.

Ich laufe über das Schlachtfeld und halte wieder nach den Zwillingen Ausschau. Immer wieder überkommt mich die Angst, sie tot am Boden liegend vorzufinden. Die Ungewissheit, was mit ihnen passiert sein könnte, bringt mich beinahe um den Verstand.

Als ich jedoch eine vertraute Gestalt auf mich zurennen sehe, schreie ich erleichtert auf. Ich stürme auf Ascian zu und nehme ihn so fest in die Arme wie noch nie zuvor in meinem Leben.

»Ihr habt es geschafft«, stammle ich und vergrabe mein tränennasses Gesicht in seiner Schulter. »Ihr habt den Magier besiegt.«

Ascian versteift sich bei meinen Worten, und verwirrt löse ich mich von ihm.

»Wo ist Cadoc?«, frage ich alarmiert. Es fühlt sich so an, als würde mein Herz einen Schlag aussetzen und als läge ein schwerer Stein in meiner Magengegend. »Ihm geht es doch gut? Ascian, sag, dass es Cadoc gut geht.«

Meine Stimme wird immer schriller, und in meinen Ohren rauscht das Blut.

Die Miene meines besten Freundes ist völlig versteinert, was mich noch hysterischer werden lässt. Ich packe ihn an den Schultern und schüttle ihn, damit er mir endlich eine Antwort gibt. Damit er mir sagt, dass Cadoc noch lebt.

Doch er senkt bloß stumm den Kopf und nimmt sanft meine Hände von seinen Schultern.

Ein qualvoller Schrei dringt aus meiner Kehle und ich sinke haltlos schluchzend zu Boden. Mein gesamter Körper bebt, und meine Hände, in die ich mein nasses Gesicht vergraben habe, zittern.

Ich merke, wie sich Ascian neben mir niederlässt und mich in den Arm nimmt.

Nach einer gefühlten Ewigkeit hebe ich mein Gesicht und blicke ihm fest in die Augen. »Wie ist es passiert?«

Ascian schließt für einen Moment die Augen, und ich kann sehen, welche Qualen es für ihn bedeuten, mir zu antworten: »Ason hat sein Herz vergiftet. Ich habe versucht, die Magie zu stoppen, aber ohne Erfolg.«

Aus irgendeinem Grund brechen die Gefühle nicht wieder erneut über mich ein – stattdessen klären sich meine Gedanken.

»Ihr habt es trotzdem geschafft, die Prophezeiung zu erfüllen. Im Gegensatz zu mir. Ich habe versucht, Kontakt mit Krafttieren aufzunehmen, doch kein einziges hat sich in der Nähe des Schlachtfeldes befunden. Was bringt es mir, eine solche Macht zu haben, wenn ich sie im entscheidenden Moment nicht nutzen kann?«

Es tut gut, darüber nachzudenken statt über Cadocs Tod. Mich auf mein eigenes Versagen zu konzentrieren ist besser zu ertragen, als mir einzugestehen, dass ich einen wichtigen Teil von mir verloren habe.

Ascian blickt nachdenklich über das Schlachtfeld, auf dem unzählige Verletzte und Tote liegen. Er runzelt die Stirn und scheint fieberhaft über etwas nachzudenken.

»Vielleicht hatte dein Teil der Prophezeiung einen anderen Sinn als wir dachten«, murmelt er kaum hörbar. »Möglicherweise bezog er sich nicht auf die Schlacht selbst, sondern auf die Zeit danach.«

Ich blicke ihn überrascht an. »Du meinst, es ist erst jetzt an der Zeit, dass ich meine Kräfte einsetze?«

Er nickt, und eine Weile beobachten wir Nainor dabei, wie er seine wenigen überlebenden Soldaten zusammentrommelt und auf sie einredet. Ich entdecke auch ein paar Schamanen, die gerade dabei sind, die schlimmsten Verletzungen zu heilen. Doch auch von Weitem sehe ich, dass ihre Gesichter von Erschöpfung gezeichnet sind. Zu meiner Erleichterung befindet sich unter ihnen auch Taesera, die abgesehen von einigen Schrammen unverletzt zu sein scheint.

»Also soll ich nun nochmal versuchen, eine Verbindung mit den Krafttieren herzustellen?«, frage ich zweifelnd. Irgendetwas daran fühlt sich falsch an.

»Während des Kampfes mit Ason haben Cadoc und ich instinktiv gespürt, was zu tun ist. Vielleicht funktioniert das auch bei dir.«

»Mal schauen ...«, sage ich wenig überzeugt.

Dennoch gebe ich mir große Mühe, in mich hineinzuhorchen, um irgendetwas für die Clans tun zu können. Ich betrachte das Schlachtfeld und lasse dabei meine Gefühle zu, während ich alle Gedanken aus meinem Kopf verbanne. Ich konzentriere mich auf die Geräusche der klagenden und weinenden Menschen.

Wie von selbst bewegen sich meine Beine auf sie zu, bis ich mitten im Geschehen bin. Dann schließe ich die Augen und nehme das Leid um mich herum mit allen Sinnen auf. Ein tiefer Drang, ihnen zu helfen, erfüllt mich, und plötzlich weiß ich, dass ich ihnen Kraft spenden kann. Ich beiße meine Zähne zusammen und breite meine Arme aus – und dann kann ich es spüren. Mein Körper strahlt eine beinahe unwirkliche Energie aus, die sich immer weiter ausdehnt. Ich kann überraschte und freudige Stimmen hören, was mich noch entschlossener werden lässt, alles zu geben.

Ein Grinsen breitet sich auf meinem Gesicht aus, und obwohl das, was ich gerade tue, unglaublich an meinen Kräften zehrt, habe ich mich noch nie so lebendig gefühlt. Auch wenn meine Augen noch immer geschlossen sind, weiß ich, dass sich die Überlebenden aller vier Clans auf die Beine erheben, und dass auch die Schwerverletzten nun wieder eine Chance haben, zu heilen.

Ich drehe mich im Kreis und jauchze voller Freude auf, denn nun weiß ich, was meine Gabe ist: Ich beherrsche die gleiche mystische Magie wie die Krafttiere. Meine Verbundenheit mit ihnen bedeutet, dass ich wie sie bin.

Allmählich merke ich, wie mein Körper schwächer wird und ich zu schwanken beginne. Dennoch mache ich so lange weiter, bis es nicht mehr geht. Erst, als ich zusammenbreche und kaum noch in der Lage bin, einen Finger zu rühren, beende ich die Verbindung.

Asclan eilt zu mir und nimmt mich in den Arm. Gleichzeitig besorgt und freudestrahlend streicht er mir eine schweißnasse Strähne aus der Stirn. »Du hast es geschafft. Du hast unzähligen Clanmitgliedern das Leben gerettet.«

Ein wohliges Seufzen kommt über meine Lippen.

»Nun wird alles gut«, murmle ich. »Aber jetzt muss ich schlafen.«

Ich schließe die Augen und erlaube mir mit einem seligen Lächeln, in die Dunkelheit zu sinken. Mit den Folgen der Schlacht kann ich mich später noch auseinandersetzen.

EPILOG

Ascian

»In der heutigen Ratssitzung geht es darum, wie wir eine Handelsbeziehung zwischen der Stadt und den Clans gründen können«, erklärt Nainor und lehnt sich entspannt zurück, während er seiner Verlobten Ereka ein verstohlenes Lächeln zuwirft.

Er wirkt zufrieden mit den Entwicklungen des ersten Jahres nach der großen Schlacht. Ein Jahr, in dem so viel passiert ist – hauptsächlich Gutes, aber auch Trauriges. Wir mussten viele Tote begraben, aber dank Jasira war ihre Anzahl deutlich geringer als befürchtet.

Unwillkürlich wandert mein Blick zu dem leeren Stuhl, auf dem eigentlich Cadoc sitzen sollte.

»Wir sollten klein anfangen«, meldet sich die Frau mittleren Alters zu Wort, die Levana so ähnlich sieht, dass es schmerzt. »Wir könnten zunächst mit Gewürzen anfangen, und uns hin zu weiteren Lebensmitteln und später Waffen und anderen Gütern steigern.«

Kurz nach der Schlacht hat König Nainor Levanas Mutter herbringen lassen, um ihre Wünsche auch nach ihrem Tod zu ehren. Zu der Überraschung aller ist keine gebrochene Frau in die Stadt zurückgekehrt, sondern eine Person, die jedem Respekt einflößt. Sie ist humorvoll und stark, doch ein eisiger Blick von ihr lässt einen sofort verstummen.

Nainor nickt anerkennend, und die drei Clanmitglieder, die für den Rat ausgewählt wurden, wirken zufrieden.

Gerade möchte ich etwas hinzufügen, als die Flügeltür in den Ratssaal aufgestoßen wird und Cadoc völlig außer Atem hineingestürmt kommt. Mit reuevollem Gesicht tritt er zu uns an den runden Tisch und setzt sich auf seinen Stuhl.

»Es tut mir leid, ich wurde aufgehalten«, erklärt er und errötet leicht.

Ich fange seinen Blick auf und grinse ihn an, denn ich weiß, dass er die Zeit mit Jasira verbracht hat, die uns diesmal in die Stadt begleitet hat. Wie so oft werde ich von Dankbarkeit erfüllt, dass ich ihn in der Schlacht nicht verloren habe.

Ich hatte die Hoffnung aufgegeben, denn ich wusste nicht, dass sein Herz noch schwach schlug und durch Jasiras entfesselte Kraft gegen das Gift ankämpfen konnte.

»Das ist ein guter Ansatz«, durchbricht Nainor meine Gedanken. »Wenn es so weitergeht, wird die Beziehung zwischen Stadt und Wildnis stetig wachsen. Und ich sorge dafür, dass unser Frieden nicht mehr zerstört wird – versprochen.«

Ende

DANKSAGUNG

Es hat mir großen Spaß gemacht, nochmal in die Welt der Clans einzutauchen. Ich danke allen, die mich dabei unterstützt haben, dass ich nun das fertige Buch in der Hand halten kann:

Meiner Familie, dass sie immer für mich da ist und vor allem meiner Mutter, die meine Geschichten stets mit Begeisterung liest und bei den Überarbeitungen hilft; Annika Strauch und Johanna Kuchem, die mir immer zuhören und mich motivieren; Angelo und Alex Lauricella, die sich auch dann Zeit für meine Geschichten nehmen, wenn in ihrem Leben viel los ist – vielleicht wird Alissia ja auch irgendwann meine Bücher mögen :)

Außerdem danke ich meinem frischgebackenen Ehemann Sebastian Schmitz, dass er mir immer den Rücken freihält, mich aufmuntert, wenn alles mal nicht so gut läuft und mich dabei unterstützt, vorwärtszukommen.

Zum Schluss bedanke ich mich bei Sabine Pöstinger von *inspirited books* für das Cover, das wie immer wunderschön geworden ist; Marcus und Constanze Kramer von *Coverboutique* für den tollen Buchsatz; Antonia Ertelt für das Lektorat und Korrektorat, wodurch meine Geschichte noch den letzten Feinschliff bekommen hat.